a
ANAGRAMMA

83

Tutti i personaggi di quest'opera sono immaginari
e qualsiasi somiglianza con persone reali,
viventi o defunte, è puramente casuale.

Titolo originale: *Mummy said the F-word*

First published in Great Britain
by Hodder&Stoughton, an Hachette UK company

Traduzione dall'inglese di Riccardo Bnà

Prima edizione: febbraio 2009

Roma, Casella postale 6214

ISBN 978-88-541-1335-0

www.newtoncompton.com

Realizzazione a cura di Purple Press s.r.l., Roma.
Stampato nel febbraio 2009 presso Puntoweb s.r.l., Ariccia (Roma)

Fiona Gibson

Mamma dice le parolacce

Newton Compton editori

Dedicato a Margery e Keith, con tutto il mio amore

PROLOGO

Sul tavolo della cucina c'è una copia della rivista «Bambino». Prima di gettarla nel cestino, la prendo in mano e la scorro senza interesse. *La bibbia settimanale del perfetto genitore inglese*, recita la frase sotto il titolo rosa fiammante; come se tutti i genitori ritenessero impossibile crescere i propri figli senza.

La rivista è aperta alla pagina della posta del cuore. Una delle lettere è intitolata *Quando papà se ne va.* Alzo gli occhi verso la porta aperta della cucina seminterrata: Martin, mio marito, è in giardino, indaffarato a parlare al telefonino. S'è preso un giorno di ferie per via di una di quelle influenze potenzialmente mortali che colpiscono solo gli uomini; però, *naturellement*, deve rimanere in costante contatto con l'ufficio. Nostro figlio Travis, invece, si sta godendo il sole di giugno, cercando delle farfalle da mettere nella sua ambulanza giocattolo.

Torno con gli occhi sulla rivista e un brivido mi corre lungo la schiena. La persona che si occupa della rubrica si chiama Harriet Pike. Indossa una camicetta bianca dall'aria costosa – quella che nelle riviste viene sempre abbinata all'aggettivo *fresca* – e sfoggia un sorriso appena accennato simile quasi a un ghigno. In effetti, mi ricorda sorprendentemente quella donna che dal fruttivendolo fece una faccia disgustata nel vedere un pezzettino di cacca fuoriuscire dalla salopette di Travis; una di quelle espressioni idiote con il naso arricciato. Ma a certe persone col tempo si diventa immuni.

Leggo le prime righe della pagina di Harriet: «Elegante, alla moda, diretta»; poi salto al pezzo intitolato *Quando papà se ne va.*

Non che mi aspetti qualche consiglio utile da questa tizia; sono solo curiosa. La mia amica Millie è la redattrice della rivista e me ne manda sempre una copia, che io cestino praticamente senza leggere, anche se non gliel'ho mai detto. Del resto Millie lo fa con le migliori intenzioni: me la spedisce sperando che possa portare un po' di brio nella mia vita (ah ah).

La Pike non ha fatto altro che smembrare le conseguenze della scappatella di papà in varie fasi – come se districare i problemi di un'intera vita fosse facile quanto preparare una torta. «La prima fase», scrive, «è il dolore».

> Piangi per i bei momenti, per il tempo vissuto assieme. Ad ogni modo, per quanto tu possa stare male, ricorda: in caso di tradimento è raro che la colpa sia esclusivamente di una persona. Prova a considerare quello che hai fatto tu, il tuo ruolo all'interno della vicenda. Forse si sentiva terribilmente abbandonato; credeva di essere in secondo piano rispetto al nuovo arrivato.

Ma su quale pianeta vive questa donna? Si è portato a letto un'altra donna, fine della storia! «Se tutto va bene», continua la Pike, «il vostro cuore troverà il modo per perdonarlo». Lancio la rivista sul tavolo, con uno sbuffo.

Dalla porta aperta sul retro s'intrufola una folata d'aria gelida. Martin finisce la sua chiamata e rientra in cucina. Alzo gli occhi e mi accorgo che sta fissando inebetito la copia di «Bambino», ancora aperta alla pagina dei problemi. I nostri sguardi si incrociano e un'ombra gli attraversa il volto – colpa, terrore estremo.

Merda. C'è qualcosa che non va. Il mio cuore ha un sussulto e tutto ciò che mi circonda si fa vago e sfocato, come se si stesse dissolvendo. Allora non erano solo delle mie fantasie. Non sono una stupida paranoica. È da un sacco di tempo che sospetto ci sia qualcosa; qualcosa che Martin ovviamente non può condividere con me, dato che sono solo sua moglie da dodici anni, nonché la madre dei nostri tre bambini. Ho perfino pensato che sia stato licenziato e che non abbia trovato la forza per dirmelo. La mia mente si è riempita di immagini di lui seduto al parco a bere caffè mentre cerca di occupare le giornate.

Ora, mi auguro che sia un problema del genere. In fondo non sarebbe così male: io potrei lavorare a tempo pieno, trovare un posto da impiegata e alla fine si risolverebbe ogni cosa. Gli perdonerei perfino tutte le bugie.

Con l'ambulanza in mano, Travis arriva di corsa dietro Martin e gli saltella intorno; lo guarda e gli sorride. Ma la faccia di papà è diventata di un rosso paonazzo allarmante. Mi aggrappo allo schienale della sedia, per paura di quello che potrebbe accadere se non lo facessi.

«Caitlin, mi dispiace».

Sono concentrata sulla bocca di Martin. Non mi chiama mai Caitlin. Per lui sono sempre stata Cait, fin dall'inizio.

Adesso ho la certezza che è davvero qualcosa di grave.

«Che… Che c'è?», chiedo con un sospiro.

Il volto di Martin adesso è impallidito, come se la sua temperatura interna fosse andata in tilt. Si abbandona su una delle sedie attorno al tavolo.

Travis sottopone l'autoambulanza a un'agile inversione di marcia sul pavimento, accompagnandola con un "vrooooom".

«Non mi sembra il momento migliore per discuterne», commenta Martin indicando con uno sguardo supplichevole nostro figlio.

Il piccoletto urla: «Nii noo! Voglio farfalla. Dai, papà, gioca!».

Non riesco a parlare. Nella testa continua a rimbombarmi un rumore sordo.

«Papi è buffo», continua. «Papi piange».

Ha ragione, anche se non è che le lacrime gli stiano proprio scendendo dagli occhi. Piuttosto, è come se li macchiassero, formandovi dei cumuli luccicanti attorno.

«Per favore, Travis, vai di sopra», dico a voce bassa. «Va in camera di Lola. Ha tirato fuori tutti gli strumenti del veterinario». Anche lei, come il padre, oggi è malata. La casa sembra puzzare di chiuso, invasa dai germi.

«No», replica Travis, perlustrandosi il naso con un dito.

«Te lo chiedo per favore. Vai di sopra. Ti piace tanto giocare al veterinario! Oggi potrai fare il veterinario capo! Dai, tesoro, vai su. Tra un minuto vengo anche io». Se ce li avessi, gli ficcherei un milione di sterline nelle tasche della salopette pur di farlo salire in camera di Lola.

«Lola brutta, veterinario brutto». Travis studia il padre impressionato. A quanto pare, guardare Martin mentre piange è molto più divertente di un set chirurgico per piccoli veterinari, con tanto di macchina per fare i raggi che si illumina e gattini di plastica che miagolano sui loro lettini. Spero che si stanchi anche di questo spettacolo sorprendente ed esca dalla stanza.

Da quando stiamo insieme, non l'ho mai visto piangere. A volte mi sono perfino chiesta se avesse i condotti lacrimali, o se invece glieli avessero chiusi per sempre negli ultimi anni dell'infanzia. Mi sento come se tutto fosse amplificato. Il cuore mi sta battendo all'impazzata.

«Bip biip», continua Travis.

«Di qualunque cosa si tratti», riprendo con voce calma, «dimmelo senza problemi».

Martin comincia a balbettare: «Cait, ho un'altra. Me ne vado».

Allontano lo sguardo da lui e mi concentro su Travis; mi accorgo che la salopette militare di velluto sta diventando più scura sull'inguine, segno della pipì che comincia a uscire.

«Mami piange!», esclama, sogghignando, come se il mio prossimo giochetto potesse essere ancora più spassoso. Chi è che ha bisogno di un set per piccoli veterinari quando in casa sta succedendo di tutto di più? Ci si diverte un sacco in casa nostra.

Con il braccio mi asciugo la faccia, mi dirigo spedita verso Travis e lo prendo in braccio appoggiandolo su un fianco. Poi lo porto via dalla cucina, pensando a quanto mi piacerebbe potermi rimpicciolire fino a entrare nella sua autoambulanza, così da essere trasportata in un luogo sicuro, accogliente, dove non accade mai nulla del genere.

Più tardi, quando i nostri bambini sono stati messi al sicuro sotto le coperte, scopro che lei si chiama Daisy. Un giorno Daisy, graziosa e delicata, è entrata disinvolta da Bink&Smithson, lo studio di architetti a Holborn dove lavora mio marito, per proporre servizi di assistenza postvendita. «Che tipo di servizi postvendita?», gli urlo dietro.

Lo sto torturando, voglio cavargli fuori fino al più piccolo particolare. Dovrebbe farmi sentire meglio, ma non è così. Siamo in cucina seduti uno di fronte all'altra attorno al tavolo in disordine.

«Lei... Lei lavora per la ditta di refrigeratori d'acqua. Ne avevano messo qualcuno nel nostro ufficio e...».

«Taglia corto!».

«Lei... Be', ecco, insomma lei è tornata per assicurarsi che il distributore mantenesse l'acqua alla giusta temperatura... Per chiedere se c'erano stati problemi a cambiare il boccione...».

Ottimo. Poi si sarà trattenuta un po' alla scrivania di Martin, avrà riso alle sue battute, si sarà complimentata con lui per l'abbinamento di camicia e cravatta, l'avrà fatto sentire di nuovo *giovane* e *bellissimo*, e alla fine gli si sarà buttata addosso – cogliendo l'indifeso micino talmente alla sprovvista che lui si sarà ritrovato con una mano sprofondata nel suo reggiseno di pizzo taglia terza e con l'altra dentro le mutande in coordinato.

«Poi lei, ecco... Noi, come dire... Insomma, è successo»; questa è la sua versione.

Ovviamente a quell'ora i suoi colleghi se ne erano già andati a casa. Quella dell'abbinamento intimo è una mia supposizione: non credo che le vacche dei refrigeratori d'acqua permetterebbero alle loro chiappe vellutate di venire a contatto con certi orribili mutandoni.

Insomma, le mani di Martin sono capitate da quelle parti, proprio come all'asilo nido il piede di Travis è "capitato" sul sedere di Eddie Templeton mentre litigavano per un disegno strappato. Non mi ero mai accorta che quelle parti cruciali del corpo di Martin – le mani, il pene – fossero in grado di agire in modo del tutto indipendente dal cervello. Forse dovrebbe andare dal medico a farsi controllare le connessioni nervose.

«Quando è successo?», chiedo stupidamente.

«Ehm, tre mesi fa. Circa tre mesi fa».

«Quindi hai continuato a mentirmi per tutto questo tempo».

Martin annuisce lentamente.

«E quand'è stata la prima volta che di fatto...»; la voce mi si spezza, mi aggrappo al bordo del tavolo.

Il suo pomo d'Adamo sale e poi riscende. «Quel giorno stesso. In, ehm, nell'ufficio... Il giorno postvendita».

«Che cosa?», urlo. «Mi stai dicendo che l'avete fatto nel tuo ufficio? Oh Cristo, Martin...».

«No, no... Non è successo... L'abbiamo fatto...». Abbassa la voce. «In bagno».

Spalanco la bocca e poi la richiudo. Perfetto, allora non c'è problema. L'hanno fatto nel bagno dell'ufficio; non sulla scrivania o che. Evviva, stappiamo una stramaledetta bottiglia di champagne. La mia pancia emette un terribile brontolio.

Martin mi guarda negli occhi, le sue labbra sono esangui e raggrinzite. «Non hai idea di quanto mi piacerebbe che tutto questo non fosse successo».

«Tu... Tu la ami?». Mi odio per aver fatto questa domanda, ma non potevo farne a meno.

Stringe le labbra, scuote la testa. «Non è... Non lo so, Cait. Tutto quello che so è che non posso continuare a stare qui, con te».

«E allora fallo», gli dico rabbiosa. «Vattene».

È come se stesse desiderando questa cosa da mesi e alla fine gli fosse stato dato il permesso di farla.

Ogni sua tensione si disperde. Si alza, esce dalla cucina e sale verso l'ingresso. Lo sento uscire di casa, chiudere la porta e aprire la macchina. Poi avvia il motore e il rumore di lui che si allontana si fonde assieme agli altri dell'East London.

Se n'è andato. Abbandono la mia testa tra le mani e stringo forte gli occhi, illudendomi che quando li riaprirò, tutto sarà tornato alla normalità: Martin continuerà a essere distante, ma almeno sarà qui, sarà ancora mio.

Li riapro e non è cambiato nulla. Ma quell'idiota che scrive su «Bambino» conferma, con il suo tono amorevole, che «è normale sentirsi arrabbiate!». La mia famiglia, la mia vita, distrutte per una sveltina nel cesso di un ufficio.

Come servizio di assistenza postvendita, mi sembra un tantino esagerato.

PRIMA PARTE

Scordatevi i computer, i vari giochini e tutte le diavolerie dell'era moderna. I regali più belli che potrete fare ai vostri bambini sono il calore e la protezione di una famiglia amorevole.

Harriet Pike, *L'angolo della posta del cuore*,
«Bambino», 18 febbraio

Ma vaffanculo, di cuore.

Caitlin Brown, madre di tre figli appena lasciata

CAPITOLO UNO

Sapevate che l'alito cattivo dipende più dalla lingua che dalle gengive o dai denti? Essa infatti costituisce l'habitat perfetto per lo sviluppo di batteri maleodoranti che si presentano sotto forma di una invisibile patina di placca. Spazzatela via all'istante con il nostro nuovo Spazzolalingua antibatterico, un vero affare per soli...

«Mamma!».

Digito "4.00 sterline (speciale prezzo lancio)".

«MAMMA! Dove sei?». La voce di Lola rimbomba lungo le scale mentre scende di corsa in cucina.

«Sto lavorando», le rispondo. «Guardati un DVD, oppure colora il tuo disegno. Io finisco tra un attimo».

Io e Lola abbiamo raggiunto un accordo: lei mi lascia sbrigare le mie inserzioni pubblicitarie per vitalworld.com, un sito che sembra vivere sulla paranoia dei clienti di avere l'alito cattivo, e nel frattempo – parliamo di un'oretta scarsa – può guardarsi il suo DVD dei Simpson o colorare il poster con la zebra. Lo so che le madri dovrebbero essere distrutte dal senso di colpa per aver anche solo provato a riavvicinarsi al mondo del lavoro retribuito. Ad ogni modo, dato che Martin se ne è andato ormai da otto mesi, non ho molta scelta. Inoltre, non credo proprio che l'appuntamento di Lola con il compagno di giochi Bart Simpson possa essere considerato come trascurare i propri figli.

È venerdì e siamo appena tornati da scuola. Abitiamo in una via residenziale a due passi dalla fermata della metropolitana di Bethnal Green. La zona era molto più economica quando io e

Martin ci siamo trasferiti qui, poco dopo il matrimonio; ben presto però l'area si è imborghesita e ora è piena di famiglie giovani. Ci sono un sacco di passeggini e di attività sane e divertenti per i bambini. Jake, mio figlio di dieci anni, è all'allenamento di calcio nel nuovo centro sportivo; impegno che porta avanti con molta caparbietà, nonostante trascorra gran parte del tempo a esaminarsi le unghie delle mani, come ha sottolineato il suo allenatore. Travis, che ha tre anni, è al compleanno del suo amico psicopatico Rory. Di solito le brave mamme accompagnano la loro prole alle feste e vi rimagono fino alla fine; ma Travis non mi voleva: «Ciao ciao, mamma!», ha gridato mentre mi salutava tutto contento. Il mio terzogenito sembra considerare la mia lontananza un'eccitante minaccia.

Proseguo il mio lavoro. "Bastano pochi istanti per rimuovere lo strato di spore fungiformi dalla superficie della lingua".

Sono un genio! Vincerò il Booker Prize. Già mi vedo mentre salgo con passo trionfale sul palco di una qualche sala da ballo scintillante per ricevere il premio. Ho delle ciocche di capelli di un castano intenso (anziché di un insignificante marrone chiaro), e il seno sfacciato di una diciannovenne. Non sono più la madre trentacinquenne depressa con indosso un paio di jeans malandati e uno di quei maglioni di lana infeltriti dai lavaggi.

«Mamma, è da un'ora che ti chiamo!». Lola piomba in cucina e mi si butta in braccio, facendo vacillare pericolosamente la mia sedia girevole.

«Lo so tesoro, ti ho sentita. Dammi solo un minuto».

«Dici sempre così. Non è mai un minuto. Sono ore, ore e *ore*».

Sospira sconsolata. Ha appena compiuto sette anni, ma è già maestra nell'arte di infondermi il senso di colpa più profondo.

«Cucciola, mi dispiace. Ma prima mi lasci andare avanti e prima finisco; così poi possiamo divertirci assieme».

«Non è giusto», brontola.

Allungo il collo oltre la sua spalla per vedere lo schermo. Quali altri pregi potrei sottolineare a proposito di questo aggeggio stramaledetto? Ross, che mi commissiona il lavoro, si aspetta sempre una montagna di descrizioni minuziose; una volta mi ha rimproverato perché non avevo reso abbastanza "attraente" un arnese per bruciare le verruche. Il mio istinto mi diceva di comportarmi da adulta responsabile e di mandarlo a fare in culo; ma quando le tue entrate dipendono al novanta per cento da quell'unica persona, tendi a tapparti la bocca. «Devi accattivarti i clienti», sottolineava Ross. «Convincili che i nostri prodotti sono...», aveva sbuffato al telefono, «davvero in grado di cambiare loro la vita».

Che cosa cavolo potrei dire? «Non spazzolatevi mai la lingua se il vostro ragazzo si ferma da voi a dormire, perché potrebbe pensare che abbiate una specie di ossessione psicotica per la pulizia della lingua. Anche i bambini in tenera età potrebbero ritenere quest'operazione preoccupante».

A quanto pare, bisogna prestare molta attenzione alla zona pelosa alla base della lingua: un elemento insignificante che fa sì che il mio spuntino di metà pomeriggio si rigiri fastidiosamente nello stomaco. Ho sempre pensato che le lingue si pulissero da sole, senza bisogno dell'intervento del loro padrone. Tra un po' arriveremo all'irrigazione del colon. Ma forse il sollievo offerto dal Tubo Rettale ad Alta Pressione Acme può ancora aspettare. "Basta premere un bottone e quelle parti difficili da raggiungere torneranno a splendere". Potrei spedirne uno a Daisy, così lo prova sul mio adorato ex. Di sicuro gli ravviverebbe il venerdì sera.

«Cos'è quello?», chiede Lola avvicinandosi allo schermo.

«Che cos'è cosa, tesoro?». Vattene, ti prego; lasciami finire.

«Un pettine per la lingua?»

«Ma no; è uno *spazzola lingua*», sorrido, portandole un braccio attorno alla vita. «Lo usi per spazzolarti la lingua se hai l'alito cattivo».

«Puah, io non ho l'alito cattivo».

«Certo che no, tesoro. Anzi, profuma d'arancia».

«Fammi leggere ancora», chiede.

«Lola, non ti interessa. Sono solo un mucchio di problemi noiosi che capitano alle persone grandi».

«Ti prego, solo un altro pochino. Voglio stare qui con te».

Sospiro e faccio scorrere in basso la pagina di qualche riga, così può imparare qualcosa sulle solette deodoranti iper-assorbenti ideali per quelle persone dai cui piedi il sudore letteralmente "sgorga", inondando le scarpe; però non così tanto da farle vedere anche gli assorbenti discreti per chi soffre di vescica debole.

«Adesso, però, devo andare avanti, d'accordo? Se vuoi guarda pure un altro cartone animato, o colora un po'».

«Non posso», mormora stringendosi nella maglietta.

«Perché non puoi?»

«Si è, ehm… rotta».

«Ma di matite colorate ne hai un sacco. C'è ancora quella scatola da duecento che ti ha dato papà». Il mio sguardo è ancora concentrato sullo schermo.

«Non sono le matite. È la TV».

La volto verso di me, così da poterla guardare attentamente negli occhi. «Cos'è successo alla TV?»

«Mi ci è finita dentro la bibita».

«*Dentro*? Dove esattamente?»

Mi allungo sopra di lei per premere "salva": non vorrei perdere nemmeno una parola del mio capolavoro letterario; poi la sollevo dalle ginocchia. Mentre salgo a passo deciso verso il salotto, Lola si affretta a seguirmi.

Mi avvicino al televisore e cerco di guardare attraverso le fessure sul retro. Lì dentro è buio da far paura e c'è una leggera puzza di arancia sintetica.

«Com'è successo?», chiedo, passando la mano sulle scanalature alla ricerca di una zona appiccicaticcia.

«Ci è finita dentro, tutto qui», sussurra.

«Cosa intendi dire con "ci è finita dentro"? Questa televisione è nuova! Le televisioni costano un sacco – centinaia di sterline. Lo capisci Lola? I soldi non significano niente per te?».

Abbassa lo sguardo. Le sue ciglia sono talmente nere e spesse che sembrano sempre umide.

«Era gratis. Millie la stava buttando via e tu le hai chiesto se la dava a noi».

Sospiro. I suoi capelli folti e mossi – di un marrone rossastro, come la buccia delle mandorle – le scendono lungo il viso, punteggiato da qualche lentiggine. Le sue labbra, dalla curvatura stupenda – identica a quella di sua padre, anche se mi costa ammetterlo – sono protese, come se stesse per mettersi a fischiare. Ma ha ragione: quella TV ce l'ha data Millie, che non la voleva più. Martin si è preso la nostra quando si è trasferito – ci credereste? Per lui aveva un valore affettivo, per cui era indiscutibilmente "sua" (gli era stata donata dai soci anziani dello studio dopo che loro avevano ricevuto un premio più prestigioso). Strano che, già che c'era, non si sia portato via anche il nostro stramaledetto frigorifero.

«Insomma», riprendo. «La bibita ci è finita dentro e poi cos'è successo? È saltato qualcosa, hai sentito uno sfrigolio?».

Sto cercando di mantenere la calma. Da quando Martin se n'è andato, quella che prima era una figlia estroversa ora mi sta appiccicata addosso come una sanguisuga, ma io non voglio darle delle preoccupazioni. Dopo aver scoperto che papà non stava solo con la Vacca – altrimenti detta Daisy – ma anche con Poppy, la figlia di quattro anni, le si è spezzato il cuore.

«Si è spenta, tutto qui», mi spiega Lola con voce sommessa. Poi mi scruta molto attentamente mentre provo ad accenderla e spegnerla diverse volte, dandole dei pugni in alto.

«Devi sapere», alzo la voce, «che versare dei liquidi negli apparecchi elettrici è molto pericoloso. Potresti prendere la scossa e morire. Ecco perché gli elettrodomestici non si possono portare in bagno».

«Cos'è un elettrodomestico?», mi chiede.

«Una stufetta, per esempio, o un microonde. Qualcosa che funziona con la corrente elettrica».

«Ma noi non abbiamo una stufetta».

«Già, e adesso non abbiamo più neanche...». Squilla il telefono.

«Il telefono è un elettrodomestico?», mi domanda Lola mentre afferro la cornetta.

«Ciao Cait».

È Martin, meglio noto come Cazzo Vagante, o Puttaniere, come si diverte a chiamarlo Millie. Allontano il ricevitore dall'orecchio per paura che la sua voce possa infettarlo.

«Ciao», rispondo secca.

«Ieri ho chiamato due volte, ho lasciato un messaggio a Jake. Non ti ha detto niente?»

«Mmm, sì, forse ha accennato qualcosa», dico restando sul vago.

«Ha detto che eri in bagno».

«Esatto. Ti dispiace? Magari mi preferiresti sporca, sciupata, e con i capelli stra-unti?»

«L'asciugacapelli è un elettrodomestico?», interviene Lola.

Martin sbuffa; più o meno come se cercasse di smuovere un'ostruzione nasale, il che mi fa risalire i succhi gastrici per l'esofago.

«Ti chiamavo per questo fine settimana», continua. «È abbastanza importante».

«Siamo già nel fine settimana», preciso. «È venerdì. Grazie al cielo è venerdì, il week-end comincia da qui».

«Cristo, Cait! Possibile che non si riesca ad avere una normale conversazione tra adulti? Perché ti ostini a comportarti come una bambina?».

Mi piacerebbe tanto ricordargli che anche la sua condotta ultimamente non è stata impeccabile, ma riesco a controllarmi, per il bene di Lola. «C'è qualche problema», riprendo con voce tranquilla, «per questo fine settimana?»

«Sì. Senti, mi dispiace, lo so che toccava a me stare con i bambini, ma...».

«Aspetta, non dirmelo», lo interrompo stizzita. «È sorto un problema».

«Non usare questo tono». Martin emette un altro fastidioso sbuffo. Mi immagino le sue narici umide che tremolano, e mi chiedo cosa può avermi spinto a fare sesso con quest'uomo, a innamorarmi di lui alla follia, a dover trattenere gridolini di gioia ogni volta che ci incontravamo al Batters Corner, che a quei tempi era il punto di ritrovo della gente di qui. Vederlo là in piedi, ad aspettare me, rappresentava per me non solo l'inizio di una serata, ma della mia vita intera.

«Martin», taglio corto, «non sto usando nessun tono. Io parlo sempre così».

Espira. «Sabato Poppy compie cinque anni. Mi spiace: me n'ero totalmente scordato...»

«E?»

«Lo spazzolino elettrico di papà è un elettrodomestico!», irrompe Lola. «Perché non ne posso avere uno anch'io? Pulisce i denti meglio quindi non hai bisogno di quell'affare spazzola lingua».

«Be', ecco», balbetta Martin, «cerchiamo di non complicare le cose...».

«Avevi detto che domenica avresti portato i bambini a Thorpe Park, ricordi?»

«Evvai!», grida Lola raggiante di gioia. «Vieni anche tu, mamma?».

Faccio un chiaro no con la testa. Martin preferisce portare i bambini in posti eclatanti, come gli zoo, i parchi a tema e le fabbriche di cioccolata; così dimostra loro che, anche se adesso vive con Daisy e Poppy a Stoke Newington, resta sempre il Padre Migliore che si occupa dei propri figli. Proprio come quei belloni a torso nudo con un neonato in braccio ritratti nelle pubblicità. È talmente *adorabile* con i nostri bambini che i figli degli altri gli vanno tutti attorno, mentre le donne non più giovanissime si commuovono. Non mi stupisco se poi le loro mutande si volatilizzano quando passa loro accanto. Lui è lo stramaledetto Pifferaio Magico di Stoke Newington. Sfortunatamente, è poco propenso a cercare pidocchi o a spalmare la lozione per le verruche.

Martin si schiarisce la gola. «Se fosse stata un'altra occasione, non ci sarebbe stato alcun problema; ma è il suo compleanno... Poppy vorrebbe, insomma... stare da sola con me».

«Ma non può stare da sola con sua madre?», gli domando.

«Sì, certo...».

«Però credi dovresti esserci anche tu. Nel giorno speciale di Poppy. Voi tre e basta. Lo so che la matematica non è il mio forte, Martin, ma come fate a stare da soli tu e lei se siete in tre?».

La mia voce s'è fatta improvvisamente stridula, cosa che detesto.

«Cait», ribatte Martin con gentilezza, «non mi sembra il momento migliore per trovarci tutti assieme».

Che nervoso; allora è questo quello che pensi dei nostri bambini: una marmaglia indisciplinata pronta a infestare il giorno più importante di Poppy. Che cosa riceverà come regalo? Vediamo. Un pony? Quindici antilopi? Una casetta di zenzero a grandezza naturale, con tanto di veranda fatta di leccalecca bianchi uniti assieme? Quell'odiosa bambina ha tutto. La prima volta che i miei bambini l'hanno incontrata, si sono divertiti un sacco a fare l'elenco dettagliato di tutti i suoi giocattoli.

«Insomma», riprendo seccata, «dove hai intenzione di portarla?»

«Ehm, Thorpe Park».

«Cristo». Mi girano così tanti insulti per la testa che temo mi scapperanno fuori dalle orecchie.

«Me lo ha chiesto lei», aggiunge. «È da secoli che ci vuole andare».

«Lo stesso vale per i nostri figli», sussurro.

«Ce li porterò un'altra volta. Usciremo...».

«Ma certo!», lo interrompo bruscamente. «Perché i nostri non ce li porti di sabato, dato che non c'è nessun compleanno? Così con Poppy ci vai di domenica, il suo giorno...».

«Non posso andare a Thorpe Park due volte nello stesso fine settimana!», urla Martin.

Lola comincia a succhiarsi nervosamente una ciocca di capelli.

«E perché no?», gli chiedo.

«Porca miseria, Cait: io li odio i parchi dei divertimenti; sono pieni di bambini urlanti, iperattivi, imbottiti di caramellacce. Io impazzisco».

«Davvero? Credevo ti divertissi a trascorrere certe giornate spensierate assieme ai nostri figli».

Silenzio. «Tu devi sempre rigirare tutto, vero?».

Mi immagino il collo di Martin, con quei ciuffetti di peli morbidi che gli crescono sotto la nuca – e che, ci tengo a sottolineare, cominciano a ingrigire – e penso a come mi piacerebbe afferrarlo e torcerlo per bene. Un giro completo, fino a fargli schizzare via gli occhi e a staccargli tutte le vene. Sarebbe una bella alternativa all'essere maturi e al pensare solo al bene dei nostri figli. Mi trattengo talmente tanto quando ci incontriamo per lo scambio dei bambini, che temo che una volta o l'altra, per lo sforzo, il mio cuore batterà un ultimo forte colpo e poi si fermerà.

«Oppure», proseguo, noncurante del suo appunto, «potresti portarli tutti assieme e una volta là dividervi: Daisy con Poppy da una parte, e tu con i nostri figli dall'altra; così ogni famiglia se ne va per la sua strada...».

Smetto di parlare, sopraffatta dalla terribile constatazione che Martin non si sente affatto estraneo alla famiglia di Daisy e Poppy. Come potrebbe, del resto?

"Problemi di spazio", come dice lui, significa che non può soddisfare la propria prole tanto quanto gli altri fine settimana. Daisy e Poppy stanno con lui quasi tutto il tempo. Avrà letto miliardi di favole della buonanotte, proprio come faceva con Lola, Jake e Travis. Adesso però sono loro la famiglia di Martin: una donna con un caschetto corvino e il seno impertinente di una giovincella, e una figlia precoce che non permetterà a Lola di sfiorare nemmeno con un dito la criniera del suo Mini Pony. A distanza di otto mesi dal fatto, quando ormai dovrei essermi ripresa dalla separazione e guardare avanti, rifarmi una nuova vita – e tutte quelle stronzate iperottimiste di cui sono infarcite le riviste come «Bambino» – l'unica cosa che vorrei fare è piantargli un coltello in mezzo agli occhi. Non stiamo nemmeno divorziando. Ma se non ho voluto mettere in moto niente è solo per un motivo tristemente patetico: credevo che in questo modo gli avrei reso la vita più complicata. Martin, da parte sua, non s'è nemmeno azzardato a suggerire l'ipotesi.

Mentre metto giù il telefono, faccio mente locale sul punteggio totale: Martin 1, Cait 0.

Lola alza lo sguardo verso di me; gli occhi le luccicano come le decorazioni dell'albero di Natale. «Perché papà non ci può portare a Thorpe Park?», chiede.

Farfuglio una scusa: «Dice che vi porterà e che non vede l'ora; ma purtroppo questo fine settimana non può perché ha altro da fare».

«Ah. Che cosa?».

Lo sa, eccome se lo sa. Però vuole che sia io a dirglielo. Mentre cerco disperata la risposta meno dolorosa, la lingua si agita in una bocca sempre più secca. «Non me l'ha detto», è tutto ciò che mi riesce di dirle.

«Ci va con Poppy al posto nostro, vero?», una lacrima tremola pericolosamente, così mi chino per abbracciarla forte.

«È il suo compleanno», le sussurro. «Vuole solo trascorrere una giornata speciale».

Mi fissa con uno sguardo impassibile, coraggioso. «Anche io», mormora.

«Senti, faremo qualcosa di speciale pure noi. Ora finisco il lavoro, d'accordo? Poi usciamo, andiamo a prendere i fanciulli e torniamo a casa a cenare. E come dolce ci facciamo le frittelle, che ne dici?»

«Con il limone e lo zucchero?»

«Compreremo un limone mentre torniamo a casa. E sarai tu a preparare l'impasto». Lola accenna un debole sorriso e si butta sul tappeto. Non me la sento di insistere con la storia della televisione rotta, per lo meno non dopo la delusione di Thorpe Park.

Raccogliendo tutta la concentrazione possibile, disegna una corona perfetta sulla testa di zebra più grande. Qualunque cosa lui faccia, o per quanto la possa deludere, Lola vedrà sempre suo papà Martin come il Re. Il che mi sembra molto più che ingiusto.

Giù nelle viscere della nostra casa – ovvero nella buia cucina seminterrata – cerco di rimettermi al lavoro, ma non c'è verso. Non ne posso più di questi affari spazzola lingua, figuriamoci delle creme al grano o degli anti comedoni. Spesso le telefonate di Martin hanno questo effetto. È come se stesse tramando un complotto volto principalmente a farmi perdere il lavoro presso la Vitalworld.

Non è che ci voglia ritornare assieme: se solo penso a lui che mi tocca – o, addirittura, che condivide la mia stessa pagina dell'elenco telefonico – mi viene da vomitare. In realtà ciò che più mi preoccupa in questi giorni è il suo effetto sui bambini. A vedere Lola che cerca in tutti i modi di essere brava e coraggiosa mi si rivolta lo stomaco. Jake, invece, ha incominciato a pulire la sua camera da letto con una determinazione che mi inquieta. La prima volta che l'ho sorpreso a passare l'aspirapolvere al piano di sopra, credevo la stesse utilizzando per gioco.

«Voglio che la mia camera sia bella», ha borbottato.

«Ma ci penso io a renderla bella!», gli ho risposto.

«Non è bella. È bruttissima e sporca».

Qualche giorno dopo, con i propri risparmi si è comprato un flacone di Mr Sheen (nella profumazione Fresca primavera). Ogni volta che lo usa, il suo profumo sembra impregnare tutta la casa. A volte riesco perfino a sentirne il gusto.

E Travis? Lui è troppo piccolo per cogliere i retroscena, ma è ben consapevole che papà non vive più con noi, e che un'altra donna adulta con figlia annessa fanno ora parte della sua vita.

Si è accorto che mentre una volta papà si preoccupava di preparagli i cereali per colazione, stando talmente in alto a versare il latte che quando cadeva formava delle cascatelle bianche, ora non lo fa più.

Controllo la casella di posta. C'è una nuova e-mail da parte di Ross della Vitalworld.

Ciao Cait,
Spero che sia tutto a posto con la tua prole.

Usa sempre il termine "prole" e a me sembra di essere una chioccia cicciottella.

Mi dispiace disturbarti, ma non è che potresti cercare di cambiare leggermente il tono per gli annunci della prossima consegna e renderlo più grintoso? I capi supremi mi hanno fatto un resoconto e vorrebbero che fossero più vitali, più accattivanti – sai cosa intendono. Sono sicuro che non sarà un problema. Spero solo tu non ci abbia già lavorato molto.
Tanti saluti, Cait, e buon fine settimana, Ross

Torno sulla lista dei prodotti, scrutandola con uno sguardo minaccioso.

MASCHERA PER IL TRATTAMENTO ANTIFORFORA *BRILLA E RISPLENDI*

Comincio a scrivere: "C'è qualcosa di peggio che scorgere una tormenta di neve sulle proprie spalle?"; e poi penso, "certo!". Ci sono un sacco di cose peggiori. Per esempio tuo marito che ti dice che lui e la sua compagna si stanno trasferendo in un nuova villetta di lusso a Canary Wharf, perché vorrebbero qualcosa che fosse più di "entrambi" anziché solo suo "di lei" (tutto ciò nonostante gli esorbitanti assegni di mantenimento che lui deve pagare li abbiano mandati in bancarotta – ma essendo un Papà modello, è ovviamente ben disposto a versarli). Villetta con non uno, ma ben due – due! – terrazze a tetto.

POMATA PER LE EMORROIDI

PILLOLE CONTRO L'ALITOSI AGLI ESTRATTI DI LIQUERIZIA E CHIODI DI GAROFANO *ZONA FRESCA*

TRATTAMENTO ANTICOMEDONI

TRATTAMENTO PER LA RICRESCITA DEI CAPELLI PER UOMINI

CREME PER I CALLI ALLA CERA D'API. Efficaci anche sui talloni, sui gomiti e ogni altra zona squamosa

Ma chi diavolo comprerebbe questa roba? Le lucertole?

PASTIGLIE SCACCIA-ARIA, per curare fastidiosi problemi di flatulenza o gonfiore di stomaco

Cristo santo, a volte il corpo umano è davvero imbarazzante. Avendo perso l'input sugli aggeggi per la lingua, vado avanti con le pillole per le scoregge, chiamando all'ordine tutte le cellule vitali ancora presenti nel mio corpo.

Forse è giunto il momento di trovarmi un lavoro serio.

È tutta colpa di Martin: se non mi avesse scombinato i programmi e fatto perdere il filo, avrei già praticamente finito. In fondo, non serve altro che un pizzico di "vitalità" in più.

Thorpe Park. È il fine settimana di apertura, che coincide con le vacanze di febbraio. Per quello che m'importa, ci può passare anche tutto il weekend assieme a Daisy e Poppy su quelle giostre vorticose che tanto detesta. Io e i ragazzi ci divertiremo un sacco a... Be', sono sicura che qualcosa m'inventerò.

Per quanto riguarda invece la scelta di Martin di preferire la festeggiata al sangue del suo sangue, non dirò nemmeno una sola parola in più. Che abbiano pure il loro stramaledetto momento per stare da soli. Ci passerò sopra, per questa volta.

CAPITOLO DUE

Thorpe Park è appariscente quanto una cesta di giocattoli rovesciata.

«Dai, andiamo!», strilla Travis, tirandosi via un guanto e staccandosi dal gruppo.

Lo prendo per le bretelle della salopette. «Dobbiamo stare appicciccati o finiremo per perderti. Hai visto quanta gente c'è?»

«Voglio andare su quello!», grida scatenato, indicando uno spaventoso ottovolante mentre passa nel giro della morte.

«Ma è per bambini più grandi, Travis. E poi ci sono un sacco di altre cose su cui puoi salire».

«Non voglio cose da bambini. Voglio cose da grandi». Protende il labbro inferiore come una rampa d'accesso.

Sam mi fa un cenno con gli occhi e sorride. Sono di nuovo parte di un "noi" – sebbene solo temporaneamente – in quanto, con mia grande sorpresa e gioia, il mio amico papà-single si è offerto di accompagnarci. L'ex moglie, madre del loro figlio Harvey, di dieci anni, a quanto pare è sgattaiolata via per "ritrovarsi" in Cornovaglia con una vecchia fiamma. Come me, anche Sam è stato scaricato con dieci tonnellate di letame. Non credo però – per quanto ne sappia – che lui covi odio o risentimento. I rapporti tra Sam e Amelia sembrano essere del tutto maturi e rispettosi. Una volta ho intravisto un biglietto di auguri disegnato a mano sulla mensola del suo caminetto, dove lei aveva scritto "Buon compleanno, tesoro. Con amore, un mare di baci. Melly", il che difficilmente fa pensare a un odio reciproco.

«Non hai paura di ritrovarteli davanti?», mi chiede, mentre il nostro gruppo si sparpaglia tra la folla.

Era proprio questo il mio piano, come se fosse un modo per dire "vaffanculo". Lo so, non è né grandioso né intelligente. E poi adesso non sono più sicura di voler stare qui.

«Non credo sia possibile», gli rispondo, «ma nel caso, ho tutto sotto controllo». *Ho te*, volevo aggiungere.

Mi appoggia sulle spalle un braccio rassicurante. Mio dolce e gentile Sam. Sarebbe un tipo niente male – moro, occhi scuri, un corpo snello e slanciato – per qualsiasi donna la cui libido non fosse stata totalmente repressa, come nel mio caso.

«Solo non vorrei che ti rattristassi», aggiunge.

«Sam», mi volto per guardarlo in faccia, «non me ne importa proprio niente di loro. Dai, cerchiamo la giostra delle rapide».

Il mio morale si è risollevato – forse perché Jake per una volta sorride, anziché mostrare la sua solita faccia mogia da "uffa, va bene". Trascorriamo la mattinata vagando di giostra in giostra, sfidando le Rumba Rapids e l'ottovolante più tranquillo, dove le due donne del vagone di fronte continuavano ad ammiccare a Sam credendo che io non me ne accorgessi. L'ho incontrato per la prima volta un anno fa, ma saranno sei mesi che portiamo fuori assieme i nostri bambini, ovvero da quando lui e Harvey si sono trasferiti nella via accanto alla nostra e i nostri figli sono diventati grandi amici a scuola. Sam mi ha tirato fuori da una depressione abissale, riuscendo a non farmi sentire più come il guscio rotto di un uovo che sta per essere gettato nella pattumiera della vita. Adesso sono un barattolo di fagioli stufati, pieno più o meno per metà. Ovviamente Bev, Marcia e tutto le altre dell'Associazione genitori e insegnanti sono convinte che la nostra sia una relazione passionale, visto che i nostri figli sono amici e noi usciamo assieme – inoltre, si sa, le madri single non vedono l'ora di sfilare le mutande a chiunque. La settimana scorsa al supermercato ho incontrato Marcia, che ha dato un'occhiata al contenuto del mio carrello, credendo di scovare cibi precotti e litri di gin.

Dopo il pranzo alla tavola calda, Sam porta Travis sulle giostrine per piccoli, mentre io e gli altri ci mettiamo in coda per la ruota panoramica. Le ruote riesco a sopportarle. Ed è proprio dal punto più alto della giostra che lo noto: Martin, maglietta color tuorlo d'uovo e una bambina seduta sulle spalle.

Mi si stringe lo stomaco e afferro la mano di Lola. Non dovevo portarli qui, non oggi almeno. E adesso non c'è via di scampo. I miei bambini stanno per trovarsi faccia a faccia con il loro padre e Poppy durante il suo giorno speciale ed è tutta colpa mia, stupida idiota che non sono altro. M'incanto a guardare Poppy. Tutto ciò che so del tesorino di Daisy l'ho dedotto qua e là dai racconti dei ragazzi dopo i fine settimana trascorsi con papà: a tavola ha una sua sedia "speciale" su cui nessun altro si può sedere; rifiuta qualsiasi cibo da lei ritenuto "molliccio"; possiede una culla, una poltroncina e un camper per le bambole – e probabilmente anche una casa delle bambole per le vacanze in multiproprietà alle Mauritius. Dato che Martin viene a prendere i ragazzi e poi li riporta anche indietro, non ho ancora avuto il piacere di vedere il suo nuovo nido e di incontrarla. Lola mi ha spiegato che non indossa niente che non sia rosa, così ho deciso di soprannominarla Principessa Rosa.

Martin sembra trovarsi completamente a suo agio con lei. Poppy continua a guardarsi intorno tutta contenta, con le gambe a penzoloni sul suo petto. La tiene ben ferma e salda per le caviglie. Chiunque guardandoli penserebbe che lui è suo papà. Quindi, oltre alla poltroncina e alla multiproprietà, questa bambina ha pure il padre dei miei figli – nonostante indossi una maglietta giallina tristissima. Vuole forse assomigliare a uno di quei conduttori di programmi per bambini o a un panetto di margarina? Quella maglietta sarebbe un perfetto sostituto per quei surrogati del burro: *Cremoso&Burroso, non ci credo che non è burro!* – ovvio che non è burro, razza d'idiota.

Disperata, cerco di pianificare la nostra via di fuga così da evitare il confronto con l'incantevole quadretto in festa. Che cosa credevo di fare portando qui i ragazzi oggi? Volevo segnare un punto (forse *lui* non avrà problemi a deludere i propri figli. Ma per me non è certo così). Il messaggio voleva essere: "Credevi di essere l'unico a poter venir qui per il compleanno di Poppy?... Be', eccoci qui! Abbiamo pagato il biglietto e adesso andiamo a divertirci come Dio comanda!". Ma non avevo considerato che magari i ragazzi si sarebbero rattristati vedendo Martin con la sua nuova raggiante famiglia. Sono davvero un essere ignobile; voglio dire, utilizzare i propri figli per mettere a segno un punto. Dovrebbero toglierli dalla mia tutela.

Se solo potessimo filarcerla senza essere visti. Ma certo: appena scendiamo dalla giostra dirò a Sam che dobbiamo andarcene immediatamente. Fingerò un malore, uno svenimento; anche la morte. Qualsiasi cosa pur di uscire da questo posto maledetto. Cazzo, la macchia color margarina si sta avvicinando. Mentre la nostra cabina raggiunge terra faccio in tempo a intravedere la testa di Poppy, i suoi riccioli biondo cenere tenuti assieme da una miriade di fermagli e nastrini – un bell'esempio di surplus di accessori.

«Mamma», protesta Lola, «mi stai facendo male alla mano».

«Scusami, tesoro. Non me n'ero accorta». La lascio andare e asciugo il sudore passando il palmo delle mani sui jeans. Sto sudando ovunque, nonostante il freddo condensi il nostro fiato in piccole nuvolette. Grazie al cielo, nessuna traccia della Vacca. L'ho incontrata solo una volta, un paio di mesi fa, mentre stava acquistando i regali di Natale assieme a Martin a Covent Garden. Si tenevano mano nella mano, ma appena mi hanno vista si sono staccati. Almeno lei ha avuto la decenza di fare una faccia terrorizzata. Stavo stringendo talmente tanto i denti che temevo li avrei ridotti a un mucchietto di polvere. Ero così provata dallo sforzo di comportarmi in modo *ragionevole* e *maturo* che mi sono fiondata in un pub e ho ordinato un calice di vino bianco, scolato quasi alla goccia. Se fossi entrata nella galleria con i negozi, avrei allungato il conto a Martin.

«Wow, è stato fantastico!», grida Harvey entusiasta. «Possiamo fare un altro giro?». «Magari più tardi», gli rispondo velocemente, «ora dobbiamo raggiungere tuo padre alla svelta, ci aspetta dalle tazze, va bene? E cerchiamo di camminare in fretta, da quella parte». Allungo la mano nella direzione opposta a quella della macchia di margarina.

«Perché dobbiamo andare di fretta?», mi interroga Jake con occhi sospettosi. «Perché... Vogliamo fare tutte le giostre che possiamo, no? C'è n'è qui da vedere, o mi sbaglio? Non è fantastico questo posto?». Mi accorgo che sto andando in iperventilazione e cerco di calmare il respiro.

Jake soffia via la frangia sempre più lunga dai suoi occhi. Faccio ogni cosa possibile pur di eliminare Martin dal mio campo visivo, ma la sua maglietta continua a risplendere gioiosa, come un ranuncolo che galleggia su un fiume. La ruota si ferma con uno scossone e scendiamo tutti quanti.

«Guarda mamma!», urla Jake. «C'è papà!». Gli corre incontro, seguito da Lola, con i capelli che le svolazzano dietro.

Harvey resta appostato al mio fianco e io li seguo con gli occhi fino a quando inchiodano davanti a Martin e alzano lo sguardo verso Poppy.

«Ciao papà», esordisce Lola, non più felice come prima.

Sul volto di Martin si allarga un sorriso incerto. «Ehi, ciao ragazzi!». Mentre mi avvicino, mi lancia uno sguardo pieno di odio.

Harvey, d'un tratto impacciato e timido, si è infilato le mani in tasca e adesso guarda per terra.

Lola osserva rabbiosa l'appendice bionda sulle spalle di suo papà: Poppy sta sgranocchiando una caramella; il suo sguardo impassibile aggiunge al tutto un tocco di compiacimento. Ha la pelle bianca come la porcellana, due occhi azzurri di bambola distanti fra loro ed è chiusa fino al collo in una giacca imbottita rosa, con il cappuccio rivestito da un folto strato di pelo argenteo.

«Be'», dice Martin con un sorrisetto, «che combinazione trovarvi qui».

«I ragazzi volevano venire», borbotto.

«Già», conferma Jake. «Mamma ha detto che non potevi accompagnarci così l'ha fatto lei. Ma perché non potevamo venirci tutti assieme?»

«Io, ecco, era un po' difficile», risponde Martin accennando un sorriso. Sento tutte quante le mie viscere raggrinzirsi; mi sembra di rimpicciolire.

«Be'», conclude Lola, «adesso siamo tutti assieme».

Martin corruga la fronte e con un sussurro domanda: «Ma non è il figlio di Sam Blackwell?», come se Harvey non sentisse bene.

«Sì, è lui. Si chiama Harvey. Sam ha accompagnato Travis sulle giostrine, per cui è meglio se andiamo. Ci siamo dati appuntamento a…».

«Quello che proprio non capisco», commenta Martin con tono seccato, «è che bisogno avevi di venire qui proprio oggi. Per guadagnare punti, vero?».

Ovviamente ha dimenticato che una giovane e impressionabile creatura con sei miliardi di fermagli sta assorbendo ogni sua parola.

«Certo che no», ribatto.

«Tu sì che sai come complicare le situazioni, Cait».

Sto per controbattere, ma lui mi sferra un secondo attacco: «Se proprio ci tenevi parecchio, ne avremmo potuto parlare. Non avrei mai creduto che saresti arrivata a tanto».

«Sai papà, siamo stati sulla ruota panoramica», dice Jake a bassa voce.

«Bello», risponde Martin con un sorriso tirato.

«Possiamo farlo anche noi?», gli sussurra Poppy. «Possiamo andare sulla ruota panoramica?»

«Più tardi, tesoro», borbotta.

Ah, adesso la chiama anche "tesoro".

«Dov'è mammina?», chiede.

«È andata a prendere…», inizia a dire, poi cerca in mezzo alla folla e si mette ad agitare il braccio nervosamente «Guarda là: ecco mamma!».

Poppy si volta di scatto e comincia a sorridere entusiasta, mentre la Vacca si avvicina.

Anche Daisy sorride; porta con sé due bevande calde. Appena mi vede, però, il suo volto si spegne. *Oh cazzo*, sembrano dire i suoi occhi. *Oh no, che palle*. Il suo volto si è irrigidito. Indossa dei pantaloni militari aderenti, un paio di ballerine lilla con un fiocchetto sul davanti e un top leggero senza maniche decorato con dei graziosi fiorellini rosa. Rimango a fissarla come un vecchio pervertito.

Un bambino la urta, facendola traballare, e dai coperchi bucati dei bicchieri fuoriesce un po' di liquido.

«Mammina!», grida Poppy, ma Daisy non riesce a fare altro che un sorrisino.

Le guardo il top. Si è bagnato ed è diventato praticamente trasparente. Come si fa a non portare una giacca o un soprabito a Febbraio?! È proprio un'idiota.

«Ciao Caitlin», dice, mentre allunga a Martin un bicchiere fumante. «Che combinazione trovarti qui». Il suo occhio sinistro ha un leggero tremolio.

«Già, che combinazione», ribatto, incapace di distogliere lo sguardo dal suo magnifico seno. Seno che peraltro, noto con un tonfo al cuore, non è sorretto da alcun sostegno: stanno su come quelle di Barbie, senza alcun reggiseno visibile. Sono tette finte, tipo quelle belle rotonde che si trovano in certi disegni zozzi dei tredicenni.

Non sembrano vere.

«Come mai sei bagnata, Daisy?», chiede Lola.

È proprio mia figlia.

«Già, che stupida, vero?». Le scappa una risata un po' esagerata, facendo ondeggiare i suoi capelli modello réclame dello shampoo. «Siamo stati sul Rumba Rapids e il mio impermeabile si è tutto inzuppato. Ho pensato che era meglio se me lo toglievo».

«Ma anche il tuo top è bagnato», osserva Lola, «e oggi fa molto freddo. Mamma ci ha fatto mettere i guanti».

Batti un cinque, figlia mia, sei un mito.

«Curioso, vero?», mi intrometto. «Anche noi siamo stati sulle Rumba Rapids, però siamo scesi perfettamente asciutti. Ma forse è stata solo questione di fortuna».

«Credo dipenda da dove sei seduta all'interno di quella specie di barca», commenta sbrigativa.

Mi accorgo che, oltre alla piccola appendice bionda sulle spalle, Martin ha anche un soprabito incastrato sotto il braccio. Deve essere di Daisy. Che io mi ricordi, non mi ha mai portato il mio soprabito.

Harvey sta guardando la Vacca con un sorriso largo. Jake, invece, giocherella distratto con la cerniera del suo giubbino. Fulminandomi con un'occhiata di sfida, Daisy afferra la mano di Martin e la stringe talmente forte da fargli sbiancare le nocche.

«Be'», s'intromette Martin, «noi stavamo andando alla tavola calda per pranzare. Passate una buona giornata. Ci vediamo il prossimo fine settimana, d'accordo ragazzi? Ci divertiremo un sacco. Vi va di andare a vedere che c'è di nuovo al museo di scienze naturali?».

Annuiscono senza tanto entusiasmo. Jake schiaccia con il piede un tubetto di Smarties.

«Sarà qualcosa di davvero speciale», conclude Martin e io do una controllata in basso per vedere se la sua falsità è colata fino a terra, formando pozzanghere di bugie.

Poi vedo Sam che si avvicina assieme a Travis, scrutando la folla per trovarci. Quando si accorge di Martin, si ferma. I nostri sguardi si incrociano e lui fa una faccia preoccupata.

«Sono sicura che non vedono l'ora», taglio corto, allontanando i bambini.

«Ciao!», grida Poppy, con il suo adesivo "ho cinque anni" che luccica sotto il sole invernale.

Lei è solo una bambina. Non ha nessuna colpa. Non è stata lei a scegliersi la madre o a insistere affinché seducesse uomini ignari nei loro uffici. Poppy non ha proprio nulla a che fare con i preziosi servizi postvendita della Vacca. Provo a sorriderle, come farebbe qualunque bravo adulto, ma non mi viene. Adesso sta indicando l'ottovolante più alto, appoggiando il mento sulla testa di Martin.

Stringendo forte la mano di Lola, cerco di mantenere un contegno mentre il trio in festa si disperde tra la folla.

CAPITOLO TRE

Siamo a casa, e nonostante fuori sia già buio e faccia un freddo tremendo, i bambini vogliono a tutti i costi andare nel giardino sul retro a rompere le pozzanghere ghiacciate. Vanno e vengono dalla cucina domandando altri attrezzi per spaccare il ghiaccio. Rimedio loro una vanga in plastica dura, ma i mestoli e i coltelli seghettati per il pane non si toccano.

«Spero tu non sia abbattuta per Miss Maglietta Bagnata», azzarda Sam appena i bambini sono abbastanza lontani da non poterci sentire.

Mentre verso i bastoncini di pesce nella padella, nella mia testa torna l'immagine sfolgorante del seno sfacciato di Daisy.

«Certo che no», ribadisco. «Però avevi ragione. È stata un'idea stupida andare là oggi».

«Non ho detto questo...».

«No, ma l'hai pensato. Hai cercato di mettermi in guardia. Volevo dimostrare che non m'importava, ma l'unico risultato è che i ragazzi si sono rattristati». Mi trema la voce. «Non avrei dovuto fargli passare tutto questo».

«Forse non è stata la mossa migliore», osserva Sam con delicatezza, un modo leggermente più gentile per dire "Te l'avevo detto".

Sorride e contagia anche me, come se i nostri meccanismi solleva-labbra fossero in qualche modo legati.

«Comunque», proseguo, «cosa ne pensi della Vacca?».

I bambini stanno bisticciando nel giardino: sono in troppi e le pozzanghere ghiacciate attorno a cui stare troppo poche.

«Ehm... mi sembra un tipo», mormora Sam.

«A me non sembra 'sto gran che», ribatto. «Insomma, secondo te è attraente? Non che m'importi. Cioè, lo vedo anch'io che lo è...».

«Lasciami finire. Volevo dire che mi sembra uno di quei tipi di persone dal volto rigido ma fragile, che basta un sorriso per mandarlo in frantumi... Potrà ridere in modo spontaneo?».

Sam mi tira su di morale, nonostante tutto. «Non ne sarei tanto sicura. Comunque stavo ripensando al top bagnato, al fatto che non portasse il reggiseno e quant'altro».

Aggrotta la fronte. «Erano, ecco, molto...».

«Impertinenti?»

«Bagnate. Erano molto bagnate. Un indumento più caldo, un dolcevita per esempio, sarebbe stato più indicato».

Rido e verso i piselli in un tegame. Non mi darebbe fastidio se Sam fosse rimasto ipnotizzato dalle mercanzie della Vacca. In fondo è un uomo, anche se non sembra interessato a fare nuove conoscenze. Forse sta ancora rimpiangendo la sua ex. O magari, come me, non ha ancora il bisogno di farlo con qualcun altro. Da quando Martin se n'è andato, non sono stata a letto con nessuno – eccetto Travis e Lola alle prese con un incubo o con la varicella – e credo non accadrà mai più. Sono passati ormai otto mesi, ma il pensiero di un uomo che mi palpeggia il corpo mi fa ancora venire la nausea. Ho *provato* a immaginarmi con Sam, se non altro per essere sicura di poter fare ancora dei pensieri sconci. Ho provato in tutti modi a figurarmelo nudo, mentre ci baciavamo appassionatamente e le mie mani percorrevano il suo corpo assolutamente da percorrere, ma niente. Nemmeno un fremito, nemmeno un briciolo di sconceria nella mia testa. Ho ripetuto lo stesso procedimento con qualsiasi uomo di età compresa fra i diciotto e gli ottantacinque anni che conosco (pensavo fosse una fascia abbastanza ampia per scegliere), ma ancora niente. La mia libido è morta, come una pianta che nessuno si è preoccupato di innaffiare.

Sam si sposta fuori per controllare i bambini, facendo entrare una folata di aria gelida. Sta così bene qui assieme a noi. Da quando ci siamo incontrati nel parco giochi, mentre ci riparavamo dalla pioggia battente sotto uno scivolo, la nostra amicizia è sembrata inevitabile.

«Ehi», mi fa, spuntando dalla porta, «quello che è successo oggi ti ha proprio buttato giù, vero?».

Annuisco silenziosamente. «Mi sono servita dei bambini per attaccare Martin».

«Dai, Cait. Loro se lo sono già scordato, e si sono divertiti un mondo. Dimenticati di Martin e della Vacca».

Come potrei?, penso, mentre Sam si avvicina e mi abbraccia.

«Senti», mi scosta, fissandomi negli occhi. «Tu non lo rivuoi indietro, giusto?»

«Oddio, certo che no». Mi volto e tiro fuori la griglia.

«E allora smettila di ossessionarti. Lei è un'idiota e si meritano a vicenda. A quest'ora si sarà già presa una polmonite».

«Lo spero». Mi odio con tutta me stessa per pensarci, per immaginare Martin che aiuta Daisy a togliersi gli abiti bagnati, che le prepara un bagno caldo, le porta un bicchiere di vino e, una volta finito il bagno, le fa un massaggio…

Ma più di ogni altra cosa, odio il fatto di essermi trasformata, a soli trentacinque anni, in un androide asessuato.

Più tardi, dopo aver letto a Lola e a Travis la loro favola, passo in camera di Jake per augurargli la buonanotte. Ha tirato via i libri dalla mensola e la sta spolverando con un panno giallo.

«Perché stai spolverando?», gli chiedo sotto voce.

«Perché mi va», mormora.

Faccio un bel respiro e mi metto a sedere sul bordo del suo letto. D'un tratto mi sento piena di sensi di colpa. Dovrei aiutarlo anziché starmene seduta a guardare; avrei dovuto pulirla io la mensola, così adesso non lo starebbe facendo lui. A dieci anni uno non dovrebbe preoccuparsi per un po' di polvere.

«Jake», provo a dirgli, «sono davvero molto contenta che tu mi aiuti a tenere in ordine la casa, ma non c'è bisogno che tu passi tutto questo tempo, insomma… a pulire e via dicendo».

«Tranquilla», mormora.

«Cos'è che non andava con la mensola? I tuoi libri sono talmente in ordine in questi giorni! Sam non riusciva a crederci l'ultima volta che è entrato in camera tua e…».

«C'era un ragno», m'interrompe Jake, mentre raccoglie la polvere. «Stava camminando sopra i miei libri».

Scoppio in una risata isterica. «Ma tu non hai paura dei ragni, tesoro, vero? Sei sempre a raccogliere insetti nel giardino…».

«Significa che qui è sporco. Probabilmente ci sono anche delle ragnatele».

Apro la bocca come per parlare, ma lui si volta dall'altra parte e dà un'altra spruzzata di Mr Sheen alla mensola. Mi sento così inutile a guardarlo mentre sfrega a fondo con il panno. Voglio solo che ritorni a essere il vecchio Jake, quello che fino a poco tempo fa mi saltava in braccio chiedendomi un sacco di baci. Il Jake che lasciava la stanza con il pigiama appallottolato sul pavimento, odorante un po' di pipì, e i cartoni vuoti dei succhi di frutta lasciati ad ammuffire sul davanzale della finestra.

In questo momento sarei disposta perfino a *baciarlo* uno di quei succhi ammuffiti.

***

«Poi mi ha accompagnata in bagno», racconta Millie entusiasta il giorno dopo a pranzo, «lo so, tu non ci crederai Cait, ma ce l'aveva grosso come…».

«Sst!», le faccio indicando Travis, intento a picchiettare allegramente il tavolo con un cucchiaino.

Siamo da Marco, un affollato ristorantino italiano vicino a Leicester Square, dalle parti dell'ufficio di Millie.

«Ma che dici?», mi guarda sorpresa. «È un bambino. Non capisce».

«E invece sì! Può sentire, sai? E parlare e ripetere le parole…».

«Io non sono un bambino», reclama Travis.

«Quanti anni è che ha?», domanda Millie, come se lui non riuscisse a capire o a parlare.

«Tre».

Evito di ricordarle che lei è la sua madrina, la prescelta. Dovrebbe avere la data del suo compleanno stampata nella testa, no?

Mi guarda stupita e aggrotta le sopracciglia, come se me ne fossi uscita con qualche sorprendente teoria sullo sviluppo del bambino. Nonostante sia la redattrice di «Bambino», la cosiddetta "bibbia settimanale del perfetto genitore inglese", Millie sembra non capirne proprio nulla di bambini. Le non ne ha – le sue relazioni tendono a spegnersi dopo qualche settimana esaltante – e temo che sia infastidita da quelli che è costretta a incontrare, come se qualunque bambino al di sotto degli undici anni dovesse mangiare solo da McDonald's. Se vede un bambino al ristorante, si ritrae come se il suo pannolino potesse esploderle in faccia. Di fatto, nessuno dei colleghi di lavoro di Millie ha figli, «anche se *conosciamo* tutti quanti delle persone con bambini», mi ha detto una volta con particolare premura.

Continua a parlare senza sosta del suo nuovo compagno, che di lavoro fa il pony express (al momento), ma è anche un bravissimo scultore, in grado di creare oggetti strabilianti con i telai arrugginiti delle finestre. «Che gambe incredibili», sospira. «Hai presente quel muscolo delizioso che gli uomini hanno nell'interno coscia, proprio sotto il cavallo...», e mentre lo dice si passa un dito sul suo interno coscia.

«Cavallo!», squittisce Travis, ridendo.

Annuisco, anche se il suddetto muscolo ormai mi è sconosciuto e non riesco a ricordarmi se Martin ne fosse provvisto. Dopo aver divorato i suoi spaghetti, Travis si butta sulle mie penne, così gliene passo alcune forchettate nel piatto. Quando non ero ancora una madre single – e assicurandomi che nessuno dei bambini fosse nei paraggi – mi gustavo la vita sessuale di Millie fino al dettaglio più perverso. Almeno era totalmente opposta alla mia e mi ricordava che stare nudi assieme a qualcun altro può anche essere divertente. Per parecchi anni il sesso tra me e Martin è sembrato un'operazione da fare di tanto in tanto, come tirare via le foglie dalle grondaie. Ma in questo periodo, ora che non sono più un essere sessualmente attivo, non mi va tanto di sapere che qualunque altro adulto del pianeta terra – esclusi Sam e mia madre – si conceda regolarmente degli strepitosi su e giù.

«Ma comunque», dice Millie, cambiando argomento, «cos'hai combinato?»

«Questo fine settimana ho fatto una cosa stupida», ammetto. «Ricordi che Martin non poteva portare i bambini a Thorpe Park perché ci doveva andare con...», indico con gli occhi Travis, «tu sai chi?».

Millie annuisce e s'infila in bocca una fettina di pesce.

«Be', ci sono andata lo stesso, con i ragazzi e Sam. Ci siamo incrociati. È stato davvero tremendo e io mi sento una cretina...»

Allunga una mano verso la mia e la stringe. «Oh, tesoro, ma perché l'hai fatto?»

«Non lo so». Allontano il boccettino del pepe dalla portata di Travis.

«Non sei una cretina, Cait. Eri distrutta e arrabbiata, e va bene è *concesso*, ma devi smetterla di continuare a ossessionarti...».

«Non sono ossessionata! Perché credete tutti che io sia ossessionata?»

«D'accordo. Senti, io so di cosa hai bisogno...».

«Non provare a incastrarmi», la fermo sottovoce. «Non mi interessa».

Negli ultimi mesi, Millie ha cercato di accoppiarmi a diversi uomini: una serie di episodi tristi e desolanti, dove uno dei due o entrambi non facevamo altro che trovare delle scuse per tornarcene a casa.

«Non sto parlando di uomini», salta su Millie. «Intendevo un lavoro. Un lavoro nuovo. Quello che stai facendo adesso, gli articoli sulle emorroidi e via dicendo, non possono riempire tutto il tuo tempo...».

«Non sono solo le emorroidi», mi difendo. «Faccio dei servizi sulla salute e ogni giorno pubblico dei consigli sul sito».

«Non mi sembra poi così impegnativo».

«E chi lo vuole un lavoro impegnativo», dico, ridendo. «Il mio è solo un'occupazione part-time, ricordi?».

Gli occhi di Millie cadono su Travis, che si sta tirando fuori dalla bocca una penna smangiucchiata.

«Non la voio».

Rimane sbigottita nel vedere che gliela prendo con le mani e la lascio cadere senza farci caso nel mio piatto. «Non ti piacerebbe lavorare di più? Qualcosa che ti distolga la mente... da tutta la faccenda di Martin?»

«A dire il vero no. Non voglio dover lasciare Travis all'asilo nido per più di due giorni la settimana».

È come se i suoi occhi mi chiedessero: «E perché mai?».

Proprio non ci arriva. La maggior parte delle donne devono guadagnarsi da vivere, anche quelle che non desiderano fare nulla di più stimolante che svuotare i cestini della merenda e appaiare le calze dei propri figli – anche se si tratta solo di articoli sull'alito cattivo e sulle emorroidi. Allo stesso tempo vogliamo comunque stare con i nostri bambini, anche se a tavola fanno i biricchini.

«Ecco cosa ti propongo», esordisce Millie. «Harriet è malata ormai da un paio di mesi e il suo lavoro lo sta facendo quasi tutto la mia assistente personale, passando in rassegna tutte le lettere e le e-mail arrivate in redazione e scegliendo le cinque che le servono per la sua rubrica settimanale. Ad essere sincera, lei non è molto entuasiasta della faccenda. Insomma, occuparsi di descrizioni non rientra nelle sue mansioni...».

«E di quale rubrica si occupa Harriet, in particolare?»

«I problemi dei lettori. La posta del cuore. Hai presente, no: Sconvolta dalla contea di Durham, Esausta da Penzance...».

Ah sì, ora ricordo: «Non riesci a trovare in cuor tuo la forza di perdonare quel porco cascamorto di tuo marito? Il poveretto non poteva trattenersi».

«Sono sicura di averti già parlato di Harriet», continua Millie. «È quella pazza che si fa togliere di continuo dei pezzetti del suo corpo per poi mandarli ad analizzare».

«Puah, quali pezzetti?», chiedo, sperando che la risposta non sia troppo macabra per le orecchie innocenti di Travis.

«I capelli, se non sbaglio».

«Non sembra così orribile. Dalla foto sembra una persona raggiante e in ottima salute, vero? Di certo non è una che sta per morire...».

«E chi lo sa», commenta Millie con uno sbuffo. «Ad ogni modo è una gran rottura di scatole. Credo che Harriet abbia bisogno di staccare un po', per cui sto cercando di individuare una sostituta temporanea. Il problema è che non è facile trovare una che si occupi della posta del cuore. È difficile che vogliano venire allo scoperto».

Mi scappa un risolino, immaginandomi donne che pur di non essere assunte sgusciano fuori dal ristorante come serpenti, mandandomi sorrisi di conforto. «Davvero te ne serve una? Perché non elimini la rubrica fino a quando non guarisce?».

Millie mi guarda inorridita, come se le avessi proposto di invitare Travis a passare la notte a casa sua. L'unica volta che c'è stato, le ha svuotato una scatola di tampax nel water. «È la pagina più popolare della rivista», insiste. «Fornisce ai nostri lettori un servizio prezioso».

Farfuglio qualcosa sputacchiando, facendo ridacchiare Travis. «In realtà non è così. È solo un modo per gioire delle sfortune altrui».

Millie sorride, e i suoi occhi brillano maliziosi. «Be' sì, è anche per questo. Ad ogni modo, non possiamo rimanere senza posta del cuore: i lettori andrebbero in crisi». Si tira indietro il ciuffo di capelli fuoriuscito dal fermaglio a forma di guscio di tartaruga che le stava dondolando allegramente davanti a un occhio. Millie è una vera bellezza: capelli biondi come il miele che risplendono quasi fossero illuminati dall'interno, abbinati a una pelle perfettamente liscia. Ecco a voi una persona senza figli: sembra una quindicenne, nemmeno una screpolatura della pelle, e ha il sedere levigato dai sali del Mar Morto; inoltre, non conosce i nomi dei Teletubbies.

«Be'», concludo con fermezza, «sono sicura che qualcuna la troverai. Onestamente, pensi davvero che io abbia la minima idea di come si aiutano le persone?», le chiedo, tralasciando il fatto che l'aria affettata di «Bambino» mi fa imbestialire: tutti quei bambini immacolati che scorrazzano per campi di ranuncoli vestiti con abitini di Christian Dior; potrei riempirle di insulti le sue pagine patinate.

«Proprio per questo saresti perfetta», insiste Millie.

«Non capisco per quale motivo...».

«Perché hai avuto...», cerca un modo diplomatico per dirmelo, «moltissime "esperienze di vita"».

«Cristo, Millie. Di' pure che sono stata scaricata».

«Saresti assunta a un ottimo livello», sottolinea Millie; «inoltre è un lavoro regolare. Un *guadagno* regolare. Scommetto che sei al verde, vero? Quand'è stata l'ultima volta che ti sei andata a tagliare i capelli?»

«Nell'estate del 1942».

«Sono soldi facili. Sbaglio, o sei madre e scrittrice?»

«Questo è discutibile», rispondo.

«I tuoi bambini sono sani e perfettamente equilibrati, quindi qualcosa di giusto l'avrai pur fatto. Tu le conosci queste situazioni...».

«Ma non significa che sia qualificata per dare consigli ad altre persone», ribatto, omettendo la fissazione poco equilibrata di Jake per la pulizia.

«Nemmeno Harriet lo è! Non ti servono dei titoli per occuparti della posta del cuore. Anche un'imbecille può farlo. Basta solo dare l'idea che tu abbia le risposte a tutto, usare un po' di buon senso e saper scrivere in modo elegante».

«Tutto qui?», dico, tirando via dagli artigli di Travis un bicchiere di vino. «Mi sentirei una bugiarda», aggiungo senza tanto entusiasmo.

«Scusa, ma non ti senti una bugiarda anche quando scrivi quei consigli sulla salute? Insomma, tu che ne sai di piedi affetti da fungosità e di calvizie prematura?»

«Mah, nulla...».

«E poi prendi me, che dirigo una rivista per genitori senza aver mai cambiato un pannolino in tutta la mia vita e nemmeno ci tengo, grazie. Tutti fingiamo, Cait, se ci pensi. Stiamo tutti bleffando. A meno che tu non abbia passato anni a studiare chirurgia e adesso faccia un lavoro *vero*, occupandoti di ricucire le parti interne delle persone».

Rido e lei ricambia con un sorriso abbagliante mentre prende il conto portato dal cameriere. «Ci penso io. Lo metterò in nota spese».

«Grazie Millie; la prossima volta pagherò io».

«Ci pensi? Alla posta del cuore, dico».

«D'accordo», dico mentendo.

Mentre cerco di ripulire Travis dal sugo, Millie rimette il protafoglio nella borsetta. Sembra un articolo esclusivo, una di quelle borse che puoi comprare solo dopo aver superato una lista d'attesa e che non vanterà certo al suo interno delle briciole di biscotti. Guarda l'ora, mi dà un rapido bacio sulla guancia e mi dice: «Devo scappare. Allora fammi sapere, d'accordo? È importante per me».

«Sì, certo», mormoro.

Fa una piccola pausa, poi riprende. «Sono... Sono davvero orgogliosa di te, lo sai? Io non potrei mai farlo. In fondo tu ci sei passata, stai crescendo i tuoi bambini da sola...».

«Grazie», dico con un sorriso incerto.

«Le uniche cose di cui mi devo preoccupare io sono le scadenze e altre cazzate del genere. Credo che tu sia straordinaria».

Mentre si volta per andarsene, mi esce uno sbuffo dal naso.

Travis saluta e urla: «Ciao Billie!»; ma tutto ciò che rimane di lei è solo la scia del suo profumo Gucci.

CAPITOLO QUATTRO

Mentre Millie si toglie il cappotto e torna a istruire i lettori inglesi sul "modo corretto per crescere i figli", io e Travis prendiamo l'autobus diretto alla Mimosa House, la casa di riposo dal nome ottimista dove Jeannie, la mia madre settantasettenne, sta al momento bisticciando con una compagna di stanza (scusate, si dice ospite).

«Ti ho solo chiesto quanti anni hai», protesta la donna sulla sedia accanto.

«Non sono fatti tuoi», commenta seccata mia madre, senza accorgersi che la sua amata figlia e il suo nipote più giovane stanno attraversando il salone comune per portarle un sacco di baci e notizie dal mondo esterno.

Ci fermiamo a una discreta distanza, aspettando che il battibecco si calmi. La televisione è accesa a tutto volume – i *Flintstone*; anche i colori sono regolati al massimo – e due inservienti stanno distribuendo tè e biscotti da un carrello cigolante. Dietro di noi, nel corridoio, le infermiere stanno ridacchiando per qualcosa che hanno visto sul giornale. Nonostante il suo scopo – e il fatto che mia madre viva qui – l'atmosfera della Mimosa House è tutto sommato gioiosa. Però non c'è nessuna pianta di mimosa, almeno nei posti in cui sono riuscita ad arrivare; solo alcune foglie di dente di leone polverose che spuntano dalla ghiaia all'ingresso.

«Di chi è questo bambina?», chiede smaniosa di sapere la vicina di mamma, sporgendosi in avanti per studiare meglio Travis. Inclina la testa da una parte e sorride amorevole. «Che bella bambina», aggiunge. «Non è come te, Jeannie, che hai la mascella enorme».

«Sta un po' zitta», tuona mia madre, tirando in dentro le labbra fino a trasformare la bocca in una linea sottile.

«Non sono una femmina!», protesta Travis. «Sono un maschio».

«Ha bisogno di tagliarsi i capelli», commenta mia madre.

«Ciao mamma». Mi chino per baciarla sulla guancia raggrinzita.

«Dov'è la mia colazione?», chiede.

«Mamma sono io, Cait, tua figlia. Non c'è nessuna colazione. È pomeriggio: ora del tè con i biscotti. Guarda, ho portato Travis a farti visita. Tuo *nipote*».

Passa in rassegna il suo volto con uno sguardo serissimo, stando seduta sulla sedia rivestita in pelle sintetica. Dopo di che infila una mano ossuta nella tasca del suo cardigan marrone e ne estrae una manciata di caramelle alla menta glaciale. Per un attimo sono quasi convinta che le porgerà a Travis. Ne scarta una, se la infila in bocca, e rimette le altre nella tasca.

«Nonna, posso averne…», chiede Travis, ma lo zittisco.

«Questa gente», borbotta mia madre, «di notte entra nella mia stanza e si prende il mio borsellino e la mia trapunta». Fa scivolare una mano sotto il cuscino su cui è seduta, come se il ladro avesse nascosto la refurtiva proprio lì.

«Mamma», le dico amorevolmente, abbassandomi così da mettermi alla sua altezza, dato che non sono rimaste sedie libere per i visitatori, «sono certa che nessuno qui ha preso le tue cose. L'hai detto anche l'ultima volta, ricordi? E poi abbiamo trovato il tuo borsellino nella borsetta. Chiederò a Helena se l'ha visto».

Helena, l'inserviente che si occupa di mia madre, è cordiale e confortante, come un budino di latte. A volte mi piacerebbe tanto che si occupasse anche di me.

«Quella strega», sibila mia madre, sputacchiando pezzetti di caramella. «Crede che io non lo sappia».

«Eh già», mormoro.

Travis si sposta ballonzolando verso la televisione e ci si piazza davanti.

«Crede di essere meglio di noi perché ha un padre farmacista e non deve arruolarsi nell'esercito», continua a brontolare mia madre. «Razza di pigrona che non è altro! Con tutte le cose che si prendono di nascosto – l'agnello, la cioccolata – e magari si fa anche la gazzosa con i prodotti chimici dell'ospedale...»

Ci risiamo.

«Alcuni di noi», ruggisce, dando una masticata rabbiosa alla caramella, «sanno cosa significa il duro lavoro: costruire navi con le sole mani; rivettare lamiere di acciaio; stare alla fornace».

Bla bla bla.

«A quei tempi noi lavoravamo sodo».

«Ne sono certa».

Mentre lei continua a blaterare, passo in rassegna il salone. È assolutamente convinta di aver gestito per conto proprio un cantiere navale a Clyde, dove manovrava enormi gru e rompeva le lamine di acciaio con i denti. Quando ha cominciato ad avere di queste uscite, ho capito che qualcosa non andava. Ogni volta che rallentava il ritmo, in cerca di parole, mi prendeva un infarto. Per quanto ne so io, mia madre ha sempre e solo fatto due cose: lavorare nella tabaccheria di suo padre nell'East End di Glasgow e terrorizzare me e mio fratello. Mi ha avuta a quarantadue anni, quando mio fratello Adam era ormai tredicenne: un'età che all'epoca era considerata andare ben oltre l'anzianità. Ovviamente non ero programmata. «Un incidente», si divertiva a dirmi, quando le sue parole avevano ancora un senso. «Mi hai quasi ammazzata. Dopo averti partorito mi è venuta la pleurite e non sono più tornata come prima, perché mi hanno ricucita male». Parlava di sé come di una borsetta difettosa.

«E lei», tuona rabbiosa, facendo rovesciare il digestivo alla sua vicina capellona, «ha proprio una bella faccia tosta!».

«Mamma, qui nessuno vuole farti niente».

Sento il mal di testa che avanza. Travis si è sfilato le scarpe lasciandole sul tappeto, dove chiunque potrebbe inciamparci e finire col rompersi un'anca. Mentre cerco di rimettergliele, mi chiedo dove sia Millie in questo momento. Si starà facendo rifare le sopracciglia, o magari il peeling al seno? Dubito che da dieci anni a questa parte si sia mai occupata delle sue sopracciglia in prima persona.

«Nonna», salta su Travis, lasciando perdere la televisione, «siamo stati a Thorpe Park. Daisy si è bagnata. Si vedevano le poppe».

«Le poppe di chi?», chiede mamma aggrottando le sopracciglia.

«Quelle di Daisy», spiega Travis. «La *findazata* di papà».

Mi lancia uno sguardo severo. «Non ti sei ancora trovata un uomo decente?»

«No, mamma, ma ci sto lavorando e non appena ci sarà qualcosa di nuovo ti metterò al corrente».

«La cosa non mi sorprende, visto che sei così grassa».

Grassa io? Lo fa sempre: insinua sempre che sono leggermente sovrappeso. Sono una taglia 42, se vogliamo dirla tutta. Fisico atletico, magari un po' flaccida in vita per via delle tre gravidanze – tre gravidanze, mamma! – ma certo non occupo ancora due sedili quando vado in aereo. Ma chi si crede d'essere? Eva Herzigova? Pronta per la prossima collezione intima di Calvin Klein?

Mamma mi sorride con cattiveria. Un frammento di caramella luccica sul suo labbro. Come ha fatto papà a rimanere con lei senza trasferirsi in via permanente in soffitta? Forse è proprio per questa sua vena maligna che lui ha deciso di andarsene all'altro mondo quasi vent'anni or sono. Se l'è proprio cercato quell'infarto fatale; se lo è creato a poco a poco accumulando spessi strati di burro sui toast. Era l'unica via di fuga dal cattivo umore di Jeannie.

Tra me e mia madre cade il silenzio, come succede sempre quando la vengo a trovare. Alcuni dei degenti se la stanno raccontando per passare il tempo, ma i discorsi saltano da un argomento all'altro così spesso che la maggior parte di loro sembra del tutto smarrita. Provo a convincere Travis ad allontanarsi dal televisore, ma è come se questo lo attraesse a sé con qualche potente forza magnetica. La donna accanto a mia madre lo sta fissando in modo talmente affettuoso che non riesco a rimproverarlo. Mamma prende un'altra caramella dalla tasca e getta la carta sul pavimento.

Per mettermi alla prova – o forse per divertirsi in maniera perversa – una volta Martin propose di far venire Jeannie da noi. «Jake e Travis potrebbero dormire assieme», disse. Chi se ne importa se hanno sette anni di differenza; del resto le famiglie di quindici persone non stanno ammassate insieme in stanze grandi quanto un cassetto per le posate?

Mi chiesi se stesse andando fuori di testa. Ad ogni modo, il nostro matrimonio non era proprio in forma smagliante. Forse era questo il suo piano: l'arrivo di Jeannie avrebbe segnato la nostra fine, fornendogli quel pretesto per andarsene che stava aspettando. Un po' come papà con il burro. Sono sicura che ne sarebbe stato capace. Comunque su questo eravamo d'accordo: andava fatto qualcosa. Nonostante gli assistenti domiciliari passassero spesso da lei per prepararle da mangiare, una volta fu trovata a vagare per le strade di Hackney in un orario improponibile – dimenticando che viveva a Londra da cinquantatré anni – nel tentativo di imbattersi nella stazione centrale di Glasgow.

Proposi di metterla alla Mimosa House.

«Spetta a te decidere», disse Martin, con una leggere sfumatura di disapprovazione.

«Ti sentiresti davvero tranquilla a mettere mamma in un ricovero?». Le parole di mio fratello rimbombavano nel suo loft di Manchester.

«Certo che no. Sai cosa penso, Adam? Che magari potrebbe venire a stare nella tua stanza vuota. Ho sempre pensato che ti sentissi terribilmente solo a gironzolare per quell'enorme appartamento senza nessun altro attorno». Nonostante gli oltre trecento chilometri di distanza, riuscivo a percepire il terrore che gli oscurava lo sguardo.

«Be', ecco», disse infastidito, «forse il ricovero è la tua unica soluzione». La *mia* soluzione? Ah, certo; io ero Grande Capo Cattivo. Il bravo e presuntuoso Adam, invece, è sempre stato il cocco di mamma, e adesso ha un'azienda in forte espansione che si occupa di siti web. Che mai avevo fatto? Facilitare il mio concepimento al solo scopo di distruggere la sua salute. E non avrei mai ottenuto niente nella vita con le mie cosce ben piantate. Quando Adam se ne andò di casa, la sua stanza venne mantenuta così com'era per mostrarla agli ospiti, come se fosse la camera da letto di John Lennon. La mia, invece, venne riempita di stendibiancheria e l'ormai defunta lavatrice a due cestelli.

«Ciao Caitlin; oggi Jeannie è in grande forma, non trovi?», esordisce Helena, uscita dall'ufficio del direttore mentre io e Travis cercavamo di svignarcela. Sembra trovare mia madre simpatica. Sarebbe sgarbato dire: «In realtà no, oggi mi sembra particolarmente scontrosa».

«Già», rispondo, «l'ho vista proprio allegra»; come se stessimo parlando di un pappagallino.

All'uscita vengo colpita da una folata di aria fredda. La nostra visita è durata all'incirca quattordici minuti, risultato di cui sono molto fiera. A volte abbiamo concluso il tutto in dieci minuti. Eppure, come al solito, mentre prendo la mano di Travis vengo sfiorata dal senso di colpa. Helena sembra aver scoperto un'altra Jeannie: una Jeannie spesso "in gran forma" e che "fa sbellicare dalle risate" gli altri ospiti. Certo, per lei la situazione è diversa: occuparsi di mamma è il suo lavoro. Ma essere sua figlia è più complesso.

Andarla a trovare di solito mi fa cadere in una profonda depressione; situazione che può essere tranquillamente superata con una vasca d'acqua bella calda, in cui verso ogni sorta di intruglio profumato. Mi immergo nell'acqua, godendomi la calma che discende sulla casa una volta che i bambini sono a letto. Millie ha infilato la copia di «Bambino» di questa settimana nella mia borsa, così le do un'occhiata, tanto per passare il tempo. C'è un intervento sul giocare nella neve con i propri figli, come se servisse un articolo di duemila battute per dirti come fare. "Godetevi l'attimo in cui il vostro bambino sperimenta la morbidezza vellutata della neve e tira fuori la lingua per prenderne un fiocco". Sì, certo. Anche quando gliene viene ficcata una manciata dentro il giacchetto dal fratello maggiore impazzito. Ovviamente, poi, i piccoletti dalle guance di pesca di «Bambino», per fare il naso del loro pupazzo di neve, non raccolgono mai quello che sembrerebbe essere un sasso e invece è cacca di cane congelata.

Sfoglio rapidamente le pagine dedicate alla moda – abiti vivacissimi lavorati a maglia in lana di alpaca peruviana – e mi fermo alla pagina della posta del cuore di Harriet.

Cara Harriet,

Ogni volta che vado a far la spesa con mia figlia, lei mi assilla finché non le compro qualcosa. C'è un modo per farla smettere? La situazione è peggiorata a tal punto che non posso nemmeno entrare in un negozio normale, come la farmacia, senza che le mi supplichi di comprarle un cerchietto, uno smalto per le unghie, un burrocacao, un nuovo bagnoschiuma, o un sacco di altri prodotti di cui non ha bisogno e che non mi posso permettere.

È snervante, sfiancante, e ho paura di aver cresciuto senza volerlo una signorina viziata. A volte, giusto per farla stare buona, le compro un regalino; ma questo non fa altro che scatenare tutta una serie di suppliche.

Ti prego, aiutami.

Disperata da Plymouth.

Cara Disperata,

Brontolare nei negozi è una fase che attraversano praticamente tutti i bambini. Nonostante questo, credo che anche tu abbia la tua parte di responsabilità. Comprandole dei regalini le stai facendo capire che brontolare serve a qualcosa e porta a delle ricompense. Non importa se gli hai già detto di no nove volte: lei si ricorderà solo del momento in cui cedi. Quindi non fare più acquisti spontanei. Questa per me è una regola imprescindibile. Se cedi ogni volta che si lamenta, non fai altro che accrescere la sua smania di regali. Prova invece a cambiare il tuo atteggiamento, passando dal comprare cose a *fare* qualcosa assieme a lei, come leggere, realizzare dei collage o preparare i biscotti. Attività di questo genere dovrebbero distoglierla da un materialismo dilagante.

Forse tu e tuo marito non date il buon esempio, pretendendo a tutti costi l'ultimo modello di portatile o di televisore al plasma. Ricordati che i bambini apprendono e imitano le nostre caratteristiche meno interessanti...

Povera Disperata! Lei racconta le sue paure e in cambio che cosa riceve? Una bella ramanzina. Gesù: materialismo dilagante. Ma di cosa stiamo parlando: una fascia per i capelli e una bottiglietta di bagnoschiuma Matey? Non c'è viaggio al Boots senza che Lola mi chieda piagnucolando di comprarle una saponetta a forma di pesce o una confezione di kleenex "boutique" con la scatola a fiori. Una volta ha insistito fino a snervarmi perché le comprassi un flacone di Listerine, convinta che fosse una bibita moderna capace di farti diventare blu la lingua. Insomma, sostanzialmente qualsiasi cosa avesse sopra un codice a barre. Questo significa che anche lei, a soli sette anni, è una materialista?

"Non portare tua figlia con te quando vai a fare la spesa", conclude Harriet, "almeno fino a quando non smetterà di pensare che cederai a qualsiasi suo sfizio".

E che cosa dovrebbe dunque fare Disperata quando non può evitare di recarsi al supermercato? Chiudere la figlia nel vano caldaia? Non ha mai parlato di un marito o di un compagno. Ha scritto "io", non "noi". Forse anche lei è stata scaricata dal marito per una vacca più giovane e con un seno prosperoso. Scaravento «Bambino» sul bordo della vasca. È più che evidente che Harriet Pike non ha mai cresciuto un essere umano per conto suo. Mi sembra la tipica persona senza figli che ti guarda male mentre il tuo bambino si abbassa i pantaloni e comincia a fare pipì nel giardino sensoriale per persone con problemi alla vista.

Scruto la rivista dall'alto, fissando con rabbia la foto della Pike. Ha proprio la faccia di quella che crede che se lasci guardare la televisione ai tuoi bambini per più di quattro minuti alla settimana causerai loro dei danni irreparabili, e che se vogliono a tutti i costi degli elastici per capelli è solo perché – ovviamente! – non ti sei impegnata per trovare distese di neve immacolata per farli divertire. Sono sicura che la Pike osserverebbe che non dovrei starmene qui distesa nella vasca, ma riempirla di grappoli d'uva non OGM e poi schiacciarli così da fare il succo per i miei figli sfortunati. Io e

Adam siamo cresciuti con i precotti al curry della Vesta. A regola dovremmo essere già morti.

Esco dalla vasca, infilzando il tallone sullo pterodattilo di plastica di Travis. Mentre mi asciugo, mi accorgo che il sangue che fuoriesce dalla ferita sta macchiando l'asciugamano e gocciola sul pavimento a scacchi in vinile. Ci sono delle incrostazioni rosse come il vino, come le prove sulla scena del crimine. Imprecando a bassa voce, provo a tirarle via con una spugnetta, ma visto che il piede continua a sanguinare, decido che è meglio fasciarlo con la carta igienica. Così, con questa fasciatura, salgo zoppicando le scale e do un'occhiata ai bambini, che stanno tutti dormendo di sasso nei loro letti, per poi infilarmi sotto le lenzuola soddisfatta.

Le cose potrebbero anche andare peggio. Potrei essere la Disperata di Plymouth con i suoi capelli indeboliti e delle ombre scure sotto gli occhi. Lei era solo andata dal farmacista, probabilmente per un acquisto banale, come una scatola di cerotti o un pacchetto di Rennie per digerire. Prodotti normali, di cui non puoi fare a meno per il semplice fatto che sei una madre. Come me, anche lei ora sarà a letto che cerca di calmare il battito forsennato del suo cuore e di tranquillizzarsi, dicendosi che il brutto episodio nel negozio non è avvenuto davvero per colpa sua. Cosa ne sanno quelle che curano la posta del cuore di come vivono le persone realmente?

Il tallone mi continua a pulsare. In questo momento vorrei telefonare alla Pike per dirle di andarsene a quel paese.

CAPITOLO CINQUE

«Mi dispiace che sia toccato a te, Cait. So che in questo periodo le cose non stanno andando benissimo». Dietro la sua scrivania dall'aspetto economico, Ross cerca di trasmettere comprensione. Ciò di cui in pratica mi sta informando è il fatto che la Vitalworld.com è fallita, per cui l'ultima serie di articoli da me scritti è in più rispetto alle esigenze aziendali e le parcelle non ancora liquidate sono finite in una zona oscura, strana, legata a registri dei creditori e tribunale. Poi, dopo un periodo di tempo indefinito, "potrei" essere pagata, "alla fine".

Gli uffici della Vitalworld sono a Camden. Dato che mi hanno convocata con poco preavviso, sono stata costretta a portare Travis con me.

«Da quanto tempo lo sapevate?», chiedo, cercando di non lasciar trasparire l'agitazione nella mia voce.

«L'abbiamo scoperto solo ieri. Sai com'è in queste situazioni...».

«Sì, certo».

E come faccio a sapere com'è? Mi sento impotente. È piuttosto difficile lanciarmi in un'invettiva e al contempo tenere d'occhio Travis, che si sta divertendo un sacco a riempire un bicchiere di plastica dopo l'altro al refrigeratore d'acqua. Si tratta di un modello Fonti di Purezza – la ditta di Daisy – il che mi sembra davvero crudele. Il logo turchese a forma di gocciolina è lì che brilla, lo vedo con la coda dell'occhio. Sembra una lacrima. Chissà se Daisy è stata anche qui, e se qualcuno dei membri della Vitalworld ha potuto apprezzare i suoi servizi postvendita di lusso.

«Per cui anche io sono di troppo», aggiunge Ross abbattuto, «a partire da questo fine settimana».

«Immagino, ecco, immagino che sarai preoccupato». Sto cercando, invano, di dimostrarmi interessata.

«Sono sicuro troverai un sacco di altri lavori, Cait. Sei straordinaria: veloce, affidabile, non ci hai mai deluso. Mi spiace che sia andata a finire così».

«Già, anche a me». Adesso sono come un'auto usata: in buono stato e con tutte le revisioni in regola.

Uscendo dall'ufficio assieme a Travis, mi rendo conto di essere stata una vera idiota a non prevedere una cosa del genere e ad aver fatto dipendere le mie entrate solo dalla Vitalworld per tutto questo tempo. Erano mesi che continuavano a "smarrire" le mie parcelle e a rifilarmi stronzate circa certi problemi del sistema. Una volta non ero così imbranata. Assieme alla televisione, Martin si è portato via anche il mio coraggio e il mio fegato, calciandoli via con il suo stramaledetto quarantacinque di piede.

In attesa che arrivi l'ascensore, Travis preme i bottoni a caso. Harriet Pike direbbe che se non condivido la tendenza di mio figlio a premere i bottoni, non dovrei portarlo in posti con bottoni. Dovrei lasciarlo a casa, a infilare pastelli nelle prese.

«Dove 'ndiamo, mamma?», mi chiede una volta entrati nell'aria pesante di Camden Road.

«Abbiamo giusto il tempo di tornare a casa, prendere la macchina e portare la televisione a riparare».

«TV aggistata». Tutto contento, si butta a capofitto fra le mie gambe.

Non importa quanto ti impegni con i collage e i biscotti – grazie, Pike – tutto ciò che vogliono i bambini è uno schermo funzionante.

Non mi resta altro che escogitare un modo per pagare.

***

L'ospedale delle televisioni si trova in Bethnal Green Road, a circa ottocento metri da casa.

«Non mi capita spesso di vedere un modello come questo», commenta l'addetto alle riparazioni, sogghignando mentre guarda il nostro defunto televisore. «Dove diavolo l'avete trovato?». Ha un largo sorriso e a occhio e croce direi che ha quasi trent'anni – soltanto un ragazzino, dal punto di vista di una madre confusa.

«A dire il vero, nella soffitta di un'amica». Ho ancora il fiatone per aver trascinato quel dannato coso fin qui dalla macchina.

Gli occhi del dottore della televisione brillano divertiti. «Funziona per caso a vapore?».

Mi ritrovo a rispondergli con un sorriso, mentre Travis si spinge dietro di lui per accedere ai fantastici bottoni delle televisioni esposte. «Probabilmente sì. Ma mi sa che adesso, comunque, andrà a Fanta. Mia figlia ci ha versato dentro, sul retro, una bibita e lui, ehm... si è spento».

Annuisce con fare saggio. È ancora abbastanza giovane da essere definito carino; una volta che i maschi superano i trenta, il loro essere carino comincia a trasformarsi in qualcos'altro.

«Fanta», ripete.

«Già. Di solito non gliela faccio bere», aggiungo rapida, come se fosse un complice in borghese di Harriet Pike.

Alza un sopracciglio in maniera inequivocabilmente ammiccante.

«Di solito le do acqua fresca o delle spremute», insisto, «però avevo del lavoro da sbrigare, lui ha dato un'occhiata nel frigo e...».

La confusione gli ha annebbiato la vista.

«I denti», aggiungo. «La corrosione e quant'altro».

Il dottore della televisione sorride. «Io non ne ho. Parlo dei bambini. Senta, la cosa migliore che può fare con questo ammasso di spazzatura è gettarlo in una discarica. Non lasci che se lo prenda suo marito per armeggiarci sopra: è solo una perdita di tempo».

Vorrei dirgli: "non ho un marito né un lavoro né, come ben sai, una televisione funzionante".

«Vendete anche dell'usato?», chiedo.

«Sì, certo. Aspetti un attimo che vado a vedere nel retro cos'ho di rimesso a nuovo».

Per Travis la giornata sta trascorrendo davvero in modo meraviglioso: prima un refrigeratore dell'acqua con cui giocare nell'ufficio di Ross; adesso un negozio pieno di televisioni da accendere e spegnere e nessun fratello che gli ordini cosa guardare. Si è sistemato contento sul tappeto sgualcito e sorride beato. Leggo rapidamente un cartello giallo e rosso:

Si effettuano riparazioni di qualità con tutte le principali marche di televisioni, di videoregistratori, di portatili, di antifurto, di telecamere e di aspirapolveri. Prezzi vantaggiosi. Nessuno fra i costi è a sorpresa. Chiedete a Darren su un preventivo.

Al giorno d'oggi ci sono un sacco di cose che vanno male, compreso l'uso delle preposizioni.

Prima di cominciare la sua nuova vita raggiante, le "cose rotte" erano affare di Martin. Da un punto di vista pratico, mi sono resa conto di essere senza un uomo quando ho dovuto trascinare fuori il bidone delle immondizie per gli spazzini. C'è un angolo fastidioso da passare e una volta la pattumiera è caduta a terra come un'enorme ubriacona, sputando resti marcescenti ovunque. Sono rimasta lì, con ai piedi le mie ciabatte smangiucchiate, a guardare le lattine di mais dolce e i sacchetti del pane, perfettamente consapevole che la signora Catchpole, la vicina di casa, mi stava fissando atterrita dal vialetto. «Oh, cara», aveva bofonchiato, precipitandosi verso la porta di casa e sbattendola dietro di sé.

Il bidone si era rotto. Non c'era nessun Martin pronto a ripararlo, nessun marito robusto che avrebbe sistemato le cose. Mossa dal nervoso e dalla determinazione, schizzai in casa, ritornai fuori con il rotolo dei sacchetti per l'immondizia e ci ficcai dentro fino all'ultima coscia di pollo in decomposizione. Rappezzai la spaccatura con uno spesso nastro adesivo nero e ci buttai dentro i vari sacchetti. Infine rientrai in casa e mi feci la doccia più lunga della mia vita, senza nessun essere adulto di sesso maschile che dicesse brontolando: «Che cosa stai facendo lì dentro?». Visto, Martin? Chi è che ha bisogno di un uomo scoreggione e spara-cazzate per riparare le cose?

«Cosa sta facendo quel signore?», domanda Travis stando seduto sul pavimento.

«Sta cercando di rimediarci una televisione nuova».

«Se le interessa un modello usato, questa è l'unica disponibile al momento». Il dottore delle televisioni è riemerso dal retrobottega reggendo un televisore portatile.

«Quanto viene?», gli chiedo.

Mi dice un prezzo inverosimilmente bassissimo.

«È sicuro?»

«Sì, non c'è problema. Mi lasci il suo nome e il suo numero di telefono, così se arriva qualcos'altro la richiamo. Nel frattempo questa dovrebbe risolvere il problema. Cercava un modello normale, oppure uno con lo schermo a cristalli liquidi, o un televisore al plasma?».

Mi lancia uno sguardo arrogante che ricambio senza problemi. «Insomma, basta che, ecco, si vedano le immagini».

Sogghigna e mi allunga un blocchetto su cui scrivere nome e numero di telefono. Mentre ce ne andiamo, mi fa l'occhiolino in un modo davvero viscido, eppure ha un non so che di carino. Sì, decisamente quel carino che piace. Dal mio seno risale una vampata di calore.

«Ci si vede in giro, Cait», dice.

«Ci vediamo, ehm…».

«Darren».

«Grazie, Darren».

Quando usciamo dal negozio con in braccio il nostro nuovo bambino di quattordici pollici, sto ancora sorridendo come una stupida.

Che palle! Martin è venuto a prendere i bambini per il solito fine settimana di gioia e splendore con mezz'ora d'anticipo. Scende dall'auto tutto composto, con un paio di jeans scuri e un maglioncino grigio chiaro dall'aria costosa. Proprio un bel bastardo.

Dalla finestra del soggiorno scorgo la sua sagoma che si avvicina. Nessuno è pronto, e poi devo ancora mettere in valigia i panni dei ragazzi (nonostante a Villa Vacca i loro vestiti si stiano ormai accumulando e Martin sia perfettamente in grado di far funzionare una lavatrice, non riesco proprio a digerire che sia lei a doverli lavare. Me la vedo che inorridisce mentre osserva i colletti sporchi e i bianchi che cominciano a ingrigire).

«Sei in anticipo», gli faccio notare mentre apro la porta.

«Sempre meglio che essere in ritardo, no?» Si aggira per il soggiorno quasi fosse suo, e di fatto lo è (almeno per metà), e quando nota la nuova televisione aggrotta le sopracciglia.

«Cos'è successo alla nostra televisione?»

«Si è rimpicciolita».

«Sul serio, dov'è finito quel ferrovecchio osceno che ti aveva dato Millie?»

«Lola ci ha versato dentro una lattina di fanta».

«Fanta?», ripete lui, sgranando gli occhi.

«Sì. Hai presente quella bevanda frizzante all'arancia?»

«E da quando Lola beve la fanta?».

Comincio a ribollire di rabbia. «Vorresti criticarmi per averle fatto un regalino, visto che ha completato con tutte le stelle la tabella degli obiettivi personali che le hanno dato a scuola?».

Questa è una balla: la fanta era una tangente, non una ricompensa.

«Certo che no», sbotta Martin. «Credevo solo fossimo entrambi d'accordo sul non dare ai nostri figli bevande gassate».

Se è per quello, eravamo d'accordo su un sacco di cose; per esempio, che non avremmo mai scopato con qualcun altro.

«Non posso credere che tu stia facendo la paternale a me», dico con tono rabbioso, chiedendomi quando la situazione diventerà più semplice e noi saremo finalmente in grado di "gestirci" a vicenda, come due colleghi di lavoro tolleranti, senza alcuna malignità.

«Scusami», mormora lui, appoggiandosi al bracciolo consunto del divano. «È che sono ancora nervoso dallo scorso fine settimana».

«Come mai? Perché siamo venuti anche noi a Thorpe Park?». Mi esce una voce smozzicata, come quella della segretaria di un dottore. È una voce che non mi piace.

Martin sospira e guarda verso l'alto, quasi volesse penetrare il soffitto con gli occhi. Jake e Lola staranno probabilmente scegliendo quali vestiti portare. Lola prenderà un paio di jeans ricamati, i collant arcobaleno e quel cappello da vecchia ricoperto di pelo che ha voluto a tutti costi che le comprassi alla vendita di beneficienza organizzata dalla scuola; niente maglioni o pantaloni, però.

«Ciao papà». Entra in soggiorno trascinando il suo trolley zebrato, seguita subito dopo da Travis e Jake.

«Ciao ragazzi», risponde Martin raggiante. «Questo fine settimana ci divertiremo un sacco, non è vero?». Tocca le spalle di Jake come se stesse controllando che la vernice sia asciutta.

«Che cosa faremo?», domanda Lola diffidente.

«Pensavo di andare allo zoo; e poi c'è una mostra sullo spazio al museo di scienze naturali: proietteranno un film in 3D. Sembra esaltante».

«Fantastico», commenta Jake entusiasta.

«Sarebbe bello se venisse anche mamma», sussurra Lola.

«Ma voi non mi volete là con voi», rispondo prontamente. «Vi divertirete un mondo con papà».

Lei si volta di scatto verso Martin. «Possiamo andare a vedere i pinguini?»

«Ma non ci sono al museo di scienze naturali», ridacchia Jake.

«No, volevo dire allo zoo…», un'ombra di sconforto le attraversa lo sguardo.

«Ma certo che possiamo, tesoro», si affretta a rassicurarla Martin. «Perfetto; siamo pronti? Avete tutti la vostra borsa?»

«Un attimo che vado a prendere quella di Travis», mormoro, grata di avere una scusa per lasciare il salotto.

Martin mi segue di sopra. Sentire i suoi passi pesanti dietro di me mi mette a disagio, così faccio gli ultimi scalini a saltelli per distanziarlo. Se ne va in bagno e chiude la porta a chiave. Il *mio* bagno, che schizzerà tutto di pipì.

Prendo la borsa di Travis – a forma del cane Dougal del programma *Magic Roundabout*, ormai infeltrita – dal suo letto disfatto e mi metto alla ricerca del suo amato uncino di Capitan Uncino.

«Perché c'è del sangue sul pavimento del bagno?», sento chiedere Martin ai bambini mentre mi dirigo verso le scale. «Qualcuno si è tagliato?»

«Credo sia stata mamma», risponde Lola.

«Ah», sorride. *Allora non c'è problema.*

«Non l'ha ripulito nessuno», aggiunge Jake di proposito.

Sono in piedi nell'ingresso e allungo la borsa a forma di cane a Martin, poi li accompagno fuori sul marciapiede. Un bacio a ciascuno – escluso lui – e qualche "a presto" biascicato. Lola indugia a salire sull'auto, nonostante suo padre stia cominciando a spazientirsi. È come se non mi volesse lasciare.

«Dai Lola», esclama Martin. «Salta su».

«D'accordo papà». Si arrampica dentro la macchina e mi manda un sorriso dal finestrino. Mentre ricambio, sento una fitta al cuore. Jake è troppo indaffarato a chiacchierare con il padre per voltarsi a salutarmi, ma alla fine mi sorprende dando un forte colpo sul vetro.

«Ciao», dico, sfoggiando un sorriso finto prima di voltarmi e tornare dentro di corsa. La casa sembra sempre così vuota quando loro non ci sono.

Ed eccomi qui, costretta a passare quarantotto ore senza nemmeno un lavoro che mi tenga occupata. Mai avrei detto che quei problemi di incontinenza mi sarebbero mancati sul serio.

In realtà non sono completamente sola. Appoggiata sulla mia scrivania c'è l'acquario con le scimmie di mare di Jake. Il loro nome ha un non so che di esotico, un incrocio fra un babbuino e un crostaceo. In realtà sono dei piccoli pallini bianchi – tipo forfora – che gironzolano nell'acqua senza uno scopo. Tutto qui. Niente carezze, niente abbracci affettuosi, niente giochetti carini. Se pensate che vi riportino la palla o che vadano a prendere il bastone, siete proprio sulla strada sbagliata. Con la lente di ingrandimento potrete anche individuare delle minuscole gambe che si agitano di continuo. Sono proprio interessanti. Nessuno mostra interesse per questi pallini di forfora fino a quando uno dei miei bambini sospetta che ne sia morto uno; a quel punto Lola afferma che ogni fiocco aveva un nome ed era molto amato. Non da Jake, ovviamente: lui ha chiesto che l'acquario venisse rimosso dalla sua stanza, suppongo per motivi igienici. E così adesso conferisce un'aria di professionalità al centro nevralgico del giornalismo d'avanguardia.

Nonostante sembrino ancora vive, non credo che le ultime creaturine siano disposte a farmi compagnia questo venerdì sera. Faccio mente locale sulle alternative possibili. Sam? Ipotesi da scartare: è andato con Harvey a trovare degli amici al Lake District. Gli amici-zombie assortiti? Tutti felicemente accoppiati. Di venerdì sera i genitori accoppiati chiamano una babysitter ed escono a cena, oppure se ne stanno accovacciati sul divano a guardare un DVD. E Millie? Non credo di poter reggere un altro episodio della sua focosa vita sessuale.

Butto un'occhio sulle scimmie di mare e giurerei che se la stanno ridendo. *Ti ho beccata, sola soletta il venerdì sera, senza nemmeno un'amica da chiamare.* Dai, vatti a guardare la tua tristissima televisione portatile. Com'è potuto accadere? Vivo a Londra da una vita, eppure non riesco a trovare nessuno con cui uscire a divertirmi. Ho perso i contatti con la maggior parte dei vecchi colleghi con cui passavo le serata bevendo vino da quattro soldi. Ma del resto è quello che succede quando sei la prima del gruppo ad avere bambini. Forse ero io che non potevo proprio uscire, o forse sono stati loro a pensare che non potessi e quindi non me lo chiedevano. Ad ogni modo, a quell'epoca stare con Martin e la nostra piccola cerchia di conoscenti mi sembrava sufficiente. Quasi tutte le mie compagne di scuola si sono trasferite nelle bifamiliari in periferia o in qualche casa di campagna ricoperta di caprifogli. Avremmo dovuto farlo anche noi: andarcene, fare qualcosa di diverso. Scommetto che nessuno dei loro mariti è stato tentato da servizi postvendita di lusso.

Ripesco un cereale Cheerio ormai zuppo che Travis deve aver buttato nell'acquario. Dio, detesto i venerdì sera quando i bambini sono da Martin.

«Non può essere tutto negativo», ha commentato un giorno Marcia fuori da scuola. «Secondo me, uno dei lati positivi dell'essere una mamma single è che hai una marea di tempo in più da poter dedicare te stessa. Già questo sarebbe sufficiente per farmi mollare Casper!». L'ho fulminata con uno sguardo, pronta a darle un pugno. Non sono mai stata così: costretta a sopprimere impellenti scatti di violenza e a ringhiare contro le scimmie di mare.

Forse sto diventando come mia madre.

Sulla scrivania c'è una copia di «Bambino». La prendo, la apro alla posta del cuore di Harriet Pike e comincio a leggere:

> Cara Harriet,
>
> Come posso rimettere la mia vita in carreggiata quando mi sembra totalmente vuota? Adoro i miei bambini e adoro fare la madre, però non voglio essere solo questo. Una volta avevo un lavoro divertente, stimolante, ma quando otto anni fa è nato il primo figlio, l'ho lasciato. Da allora ho avuto altri due bambini. Il mondo del lavoro, quello in cui le persone parlano di cose reali e non di pannolini sporchi di pupù, sembra troppo distante e destinato ad "altri" – gente con scarpe eleganti e agende pieni di appuntamenti. Ora ho un "piccolo part-time", come lo chiama mio marito; però non mi appaga per niente.
>
> Che cosa posso fare? Voglio qualcosa per me, che mi faccia sentire di nuovo giovane e viva. So che può sembrare egoista – una madre non si dovrebbe sentire così, giusto?

Ma allora come dovrebbero sentirsi le madri? Dopotutto, non siamo *solo* madri. Al di là dello sterminare i pidocchi e del supervisionare la casa, restiamo le solite di sempre: siamo ancora quella giovane donna che flirtava con gli sconosciuti e che con un po' di vino già le girava la testa.

«Mi sento così in colpa», aggiunge la donna.

Be', non devi, le dico con il pensiero. Smettila subito. Hai investito quasi dieci anni a curare i tuoi figli, ora è tempo di fare qualcosa per te. Sì, lo so che è difficile. Dici che il tuo vecchio lavoro ti piaceva: c'è qualche possibilità di rientrare a far parte di quel mondo? Magari a te la porta sembra chiusa, ma dubito sia sprangata da un enorme lucchetto arrugginito. Dalle una gomitata. Iscriviti a un corso, oppure soffia via la polvere dalla tua rubrica telefonica e richiama tutti i tuoi vecchi colleghi. Fa sapere loro che non solo sei ancora viva e in funzione sotto quei cumuli di panni in putrefazione, ma sei anche pronta ad accogliere il mondo del lavoro a braccia aperte, ad afferrarlo per...

Diamine, ma che cosa credo di fare, partendo dal presupposto che io non so assolutamente nulla della vita di questa sconosciuta? Do un'occhiata al nome: In Cerca di Qualcosa, da Milton Whippet. È la prima volta che sento nominare Milton Whippet, eppure è come se la conoscessi già, perché potrei essere io. E ho il sospetto che anche lei stia passando un venerdì sera proprio di merda.

Magari è perfino bloccata in cucina a guardare la forfora fluttuare nell'acqua.

Sarà davvero difficile rispondere a lettere come la sua? Potrebbe anche piacermi, perché no. Forse – il cuore comincia a battermi forte – è esattamente quello che sto cercando: essere Harriet Pike. No, non Harriet. Me stessa: la Caitlin Brown che ero prima di sposare Martin, di diventare la signora Collins e di, in un certo senso, appassire.

Continuo a fissare il suo nome: In Cerca di Qualcosa.

Credo proprio di averlo appena trovato.

CAPITOLO SEI

«Sapevo che avresti cambiato idea», esordisce Millie nel cubicolo di vetro che la separa dai suoi sottoposti. «Non preoccuparti di Harriet», aggiunge, «e della popolarità che aveva raggiunto grazie alle interviste radiofoniche, i *talk show* e via dicendo».

«*Talk show*?», ripeto.

Si butta indietro i capelli. «Ormai è una celebrità, sai? Grazie ai libri, ai DVD e allo spazio televisivo la mattina presto è diventata il guru dell'educazione dei bambini».

Cazzo. Che stronzate. Non guardo la televisione all'ora di colazione da anni. «Sei sicura che vuoi affidarmi questo incarico?», le domando.

Mi fa un sorriso rassicurante. «Ti chiedo solo di sostituirla fino a quando non si sarà rimessa in sesto, d'accordo? Sarai perfetta».

Mando giù un briciolo di insicurezza. «D'accordo. Come le vuoi?»

«Corte. Vivaci. Non perderti troppo in chiacchiere inutili».

Millie e le parole sono proprio due mondi separati. Preferisce estasiarsi con i servizi fotografici e controllare che la sua "squadra di fotografi", come la chiama lei, immortali anche una quantità sufficiente di calze di lusso per bambini, fatte con le sopracciglia di yak.

«Nel senso», proseguo tentando di avere qualche informazione in più, «vuoi che sia comprensiva e interessata, oppure che ehm...».

Mi piacerebbe dire "parli a vanvera", come la Pike, ma non ci riesco.

«Sii te stessa e basta. Prendi spunto dalla tue esperienze personali. Assicurati che ci sia il giusto miscuglio di problemi: una questione d'amore e poi qualche trauma emotivo, delle situazioni più concrete, magari un tentato suicidio...». Scoppia a ridere. «Davvero, Cait, sarà una passeggiata. Mi servono solo cinque lettere a settimana».

Cerco di sembrare convinta, ma l'occhio mi cade sulla scrivania di Millie e, insomma, non credevo che fosse così la scrivania del direttore di una rivista patinata; io mi aspettavo di trovarci, chessò, giusto un vaso di lillà bianchi e un biglietto in prima fila per una sfilata di Dolce e Gabbana. Sulla sua, invece, ci sono un ammasso di riviste concorrenti, delle pasticche che succhia ossessivamente per smettere di fumare e metà *bagel* con una fettina di salmone che ciondola fuori come una lingua.

«Insomma, cosa devo fare?», le domando.

«È molto semplice. Devi solo scegliere i problemi tra le lettere e le e-mail che ci arrivano. Harriett ne riceve circa cento a settimana, per cui là fuori l'angoscia esistenziale certo non manca».

«Davvero? Ma non ce la farò mai a rispondere a tutte, Millie. Dovrò stare sveglia anche la notte...».

«Non devi rispondere a tutte, idiota! Nella pagina c'è una riga in cui avvertiamo i lettori che "Siamo spiacenti, ma Harriet non può rispondere a tutte le lettere personalmente". Pensavi di doverli andare a trovare a casa loro? Farli piangere sulla tua spalla? Portarli tutti in vacanza con te?»

«No, però...».

«Nessuno si aspetta che tu sia loro *amica*».

Una ragazza con una massa di boccoli rosso rame fa capolino nell'ufficio. «Scusa, Millie, hai un minuto? Non è che potresti venire a sistemare una cosa per la copertina?».

Lei si alza rapidamente e aggiunge: «Non sarà solo un minuto, Cait...».

Le pareti di vetro consentono un'eccellente panoramic.. sul viavai del settimanale "Bibbia del perfetto genitore inglese". Quando vivevo nel mondo del lavoro, e non in questo mondo di bastoncini di pesce alla griglia, ho trascorso alcuni periodi nelle redazioni di guide per i genitori. Gli uffici erano caotici e iperaffollati, tipico di questi posti, con poster stropicciati attaccati a casaccio su qualsiasi parete disponibile. C'erano pile traballanti di attrezzature per bambini – girelli, culle, passeggini, seggiolini per l'auto, palestre multiattività, fasciatoi, sterilizzatori – che erano state spedite per farle testare ai consumatori. Un sacco di roba. È un miracolo che alla fine abbia avuto comunque dei figli. A volte c'era qualche madre tirata a nuovo che entrava con in braccio il figlio per un casting. Cercavano in tutti i modi di fingere un'aria indifferente, ma si vedeva lontano un miglio che non speravano altro che il loro bambino venisse scelto per un servizio fotografico o, meglio ancora, per la copertina.

Qui però non è così. In lontananza si sente la musica di Radio Four, è c'è un invitante aroma di caffè, per una tazza del quale in questo momento sarei anche disposta a uccidere. Non c'è nessun passeggino semismontato, nessun bambino stanco che piange.

Millie un giorno mi spiegava che «Bambino» vuole offrire un universo alternativo, mille volte più piacevole, rispetto alla realtà macchiata di cacca del crescere i figli. «Inseriamo la pubblicità di accessori utili ai genitori solo per smettere di far sentire in colpa le mamme quando comprano la rivista», aveva ammesso; il che mi sembrava un po' assurdo (come un uomo che finge di leggere «Playboy» per gli articoli sui motori). Insomma, una volta letta qualche cavolata su come realizzare i castelli di sabbia, ti puoi mettere a sbavare sulle borsette.

«Ma poi», le domando quando ritorna, «cosa ne faccio delle lettere rimaste?».

Millie prende il suo *bagel*, lo scruta qualche istante e poi lo getta nel cestino della carta. «Non ho la più pallida idea di cosa se ne faccia Harriet. Immagino le butti via».

Buttar via tutte quelle lettere così sofferte? Quelle persone sono disperate; non credo che uno si metta a raccontare spontaneamente le proprie paure a una sconosciuta con una camicetta bianca impeccabile, a meno che non sia l'ultima spiaggia. «Vuoi dire che le devo mettere nel cestino assieme al resto dell'immondizia?», le chiedo.

«Be' certo», ride. «Se invece sono e-mail, basta cancellarle. Tu cosa faresti in alternativa?».

Capisco quello che vuole dire, però per me è sbagliato. «D'accordo», concludo, «cinque lettere alla settimana. Per quanto credi avrai bisogno di me?»

«Al massimo tre o quattro mesi, suppongo; insomma, fino a quando la vecchia strega non si sarà ripresa. Sai, Cait, te ne sono immensamente grata, sul serio; mi hai davvero tirata fuori da un bel pasticcio».

So che in realtà non lo pensa e che ci sono tanti altri scrittori sicuramente molto più adatti di me in questo. Millie fa solo l'amica, procurandomi un lavoro regolare che mi distragga da Martin e dalla Vacca.

Forse è proprio ciò di cui ho bisogno. Ma potrò dare consigli agli sconosciuti se ho dimenticato chi sono io?

Dato che ho un'ora di tempo tutta per me prima di passare da scuola e dall'asilo a prendere i ragazzi, strappo la carta attorno al voluminoso pacco che Millie mi ha messo in mano. Ci sono dozzine e dozzine di lettere, da quella battuta al computer senza nemmeno uno sbavatura a certi scarabocchi a malapena decifrabili. Alcune sono macchiate di cibo – glassa al cioccolato, mi pare, o forse uovo sbattuto. Ci sono penne che macchiano e perdono inchiostro in abbondanza. Non avrei mai creduto che i lettori di «Bambino», abituati ai frullati al melograno per i loro bambini, si abbassassero a scrivere con la penna.

Capovolgo il pacco sul tavolo della cucina e resto a contemplare la montagna di lettere che ne è venuta fuori. Diamine, almeno non sono l'unico genitore che teme di procedere nel modo sbagliato. E adesso da quale comincio? Chiudo gli occhi e passo la mano sopra al mucchio, muovendola come se fosse quella di una medium che cerca di mettersi in contatto con i morti.

Le mie dita incappano su un angolo sollevato. Apro gli occhi.

Cara Harriet,

Da quando abbiamo avuto nostro figlio, che adesso ha un anno, mio marito mi sembra diventato un estraneo. Spesso torna a casa dal lavoro tardi (dopo essere passato al pub) e si piazza sul divano, su cui finisce inevitabilmente per addormentarsi. Mi sta spezzando il cuore. Eravamo super uniti e innamorati prima che nascesse Matthew, e lui ci teneva tantissimo ad avere un bambino. Adesso, invece, non alza neanche un dito per aiutarmi, e tra brontolare, urlare e fingere di poter fare tutto da sola, ora sono distrutta. Poi, chiaramente, muoio dalla rabbia. Sono diventata una martire inacidita, Harriet, ed è una cosa che odio. C'è da meravigliarsi se poi quando sono così irascibile non ha mai voglia di fare sesso (intendiamoci, nemmeno io)?

A volte ho come la sensazione che ci stiamo aggrappando l'uno all'altra per nostro figlio. Sono sul punto di chiedere a mio marito di andarsene, ma ho paura che possa essere l'errore più grosso della mia vita.

Che cosa dovrei fare?

Ginny da Lincs.

Cara Ginny,

E io che cazzo ne so?

Con amore, Caitlin.

No, così non può andare. Dato che curo la posta del cuore della *bibbia settimanale per il perfetto genitore britannico*, meglio se raccatto qualche parola in più.

Dovrebbe lasciarlo o no? In attesa di ispirazione, osservo la scrittura di Ginny, elegantemente curvata. Niente. Le scimmie di mare navigano pigramente.

Accidenti, non sarà affatto facile. Se sbaglio potrei contribuire a sfasciare un matrimonio che, sebbene non sia proprio roseo, probabilmente è solo in crisi per via del nuovo arrivato. Ginny potrebbe farmi causa? *L'imputata, una giornalista a cottimo priva di abilitazione, ha suggerito alla nostra cliente di avvia-*

re le pratiche del divorzio. Come conseguenza, ha subito un forte stress emotivo.

Butto la lettera di Ginny a terra e scartabello le altre in cerca di un problema più banale, ma non riesco a trovarne nemmeno uno. Nadia da Upminster teme di soffrire di un disturbo ossessivo-compulsivo, e spesso abbandona i bambini del gruppo di gioco per fiondarsi a casa e assicurarsi di aver spento il gas. Distrutta da North Wales ha trovato dei preservativi nella tasca dei jeans del suo ragazzo. Afflitta dai Sensi di Colpa da Derbyshire ha in programma di trasferirsi in Toscana con il suo capo sposato e non sa come dirlo ai figli. A quanto pare nessuno ha problemi meno gravi. O se li hanno, non si preoccupano di andarli a raccontare alla Pike. Queste donne sono tutte sul punto di abbandonare i loro mariti, di lasciare i propri figli, di darsi fuoco ai capelli. Una va a letto con il marito di sua sorella: «lo so che è sbagliato, e ogni volta che sto con lui mi sento male, però non sopporterei mai l'idea di lasciarmi sfuggire una delle cose più belle della mia vita».

E lei si aspetta che sia io a dirle come comportarsi?

Il mucchio di lettere emana rabbia e dolore. Riesco quasi a sentirne l'odore. Probabilmente sta impregnando anche il tavolo della cucina, penetrando fra le crepe. Ho ancora mezz'ora prima della missione scuola, così raccolgo il malloppo e lo scarico di fianco al computer. Spero che il file che ho appena creato, "Problemi femminili", mi dia la giusta carica di efficienza e determinazione. Comincio a digitare:

Cara Ginny,
Mi dispiace che le cose non ti stiano andando bene. Hai provato a spiegare a tuo marito quanto tu ti senta trascurata e disperata?

Per carità: evitiamo il tono moscio da consulente. Cancello e riprovo:

Cara Ginny,
Mi sembra abbastanza evidente che tuo marito è un grandissimo pezzente.

No, no. Magari è anche vero, ma di certo non le sarà di grande aiuto.

Cara Ginny,
Quando hai a che fare con un nuovo arrivato, il primo anno non è mai facile. Stai mostrando i chiari segni della depressione post-natale.

Ora sono perfino diventata un medico. Sebbene non abbia mai aperto un libro di medicina, non so come sono diventata un esperto di fama mondiale sulle malattie post-parto.

A proposito, io di preciso che cosa so fare? La segretaria di redazione di una rivista e la scrittrice indipendente che però non vale un centesimo. E poi so anche dare lo smalto alle unghie di Lola, far gridare Travis di gioia con le pernacchie sulla pancia, e spalmare la lozione contro le verruche a Jake.

Cara Ginny,
Forse è meglio se provi a incontrare altre donne in grado di capire quello che stai passando.

Esatto, magari come quella dal volto affilato dell'Associazione genitori e figli I tre orsi, a cui trascinai Lola per "giocare in modo creativo". Decisi che non faceva per me quando l'orsa capa, una donna spaventosa con indosso un gonnone pieghettato color cacca, uscì dalla cucina urlando: «Caitlin, hai preparato tu oggi il caffè e il tè?»

«Ehm, sì...», mormorai.

«Hai preso lo zucchero dalla credenza del *lunch-club* dei pensionati anziché da quella dei Tre orsi!».

Incerta se mostrare le mie più sentite scuse o cominciare a piagnucolare, alzai le spalle, cercando di non sembrare spaventata.

«Hai preso lo ZUCCHERO SBAGLIATO!», tuonò l'orsa capa.

A quel punto, onde evitare che mi legassero a una grata e mi versassero sopra dell'olio bollente, presi in braccio Lola ancora terrorizzata e la misi nel passeggino. E mentre lo spingevo verso casa, decisi che essere intrappolati in una cucina buia e con un frigo che brontola di continuo era sicuramente meglio dei Tre orsi.

Qualunque cosa sarebbe stata meglio dei Tre orsi.

Rileggo la lettera di Ginny, cercando di raccogliere l'ispirazione con respiri profondi, come un mantice, tanto che nel digitare la risposta avverto un leggero senso di stordimento.

Mentre mi preparo per andare a prendere i bambini a scuola e all'asilo, la mia mente viaggia a mille. Non sono assolutamente all'altezza di queste problematiche, ma non è forse meglio provare paura – provare *qualcosa* – piuttosto che tirare avanti riempiendosi la testa di liste di cose da fare ed escogitando infiniti piani per far soffrire Martin e la Vacca?

Mi rendo conto, con un piccolo lampo di gioia, che oggi pomeriggio non ho pensato a loro neanche una volta. Inoltre, sono riuscita a mettere in piedi una risposta per Ginny.

Quando esco in strada vedo Sam da lontano e accelero il passo per raggiungerlo.

«Sembri soddisfatta di te stessa oggi», azzarda. «È successo qualcosa di bello?»

«Non ne sono sicura», gli rispondo, e mentre ci dirigiamo spediti verso la scuola, lo aggiorno sulla mia nuova carriera folgorante.

«Sembra esaltante», commenta sogghignando.

«Secondo me lo potrebbe diventare».

Lo so, sono un'imbrogliona e non ho alcuna qualifica per immischiarmi nelle vite altrui. Ma almeno non devo più scrivere di lingue patinate e di secrezioni che si accumulano fra le dita dei piedi. Direi che mi sto muovendo nella giusta direzione, o sbaglio?

CAPITOLO SETTE

«C*os'è* che stai per diventare?», mi domanda Rachel incredula.

Ops, devo averle detto inavvertitamente che ho intenzione di intraprendere una carriera da accompagnatrice o da ballerina di lapdance. Rachel è l'unica donna che mi rivolse la parola all'associazione dei Tre orsi e mi consolò per lo scandalo dello zucchero. Ero davvero contenta di incontrarla ogni giovedì pomeriggio; poi siamo diventate amiche e ben presto abbiamo deciso che era meglio trovarci al parco, dove nessuno ci avrebbe cacciato via urlando. Quando Martin se n'è andato, ha invitato diverse volte me e i bambini a cena o a fare una merenda nel giardino di casa sua. Adesso sta pestando con i pugni una sottospecie di impasto per la pizza sul tavolo della cucina: l'esempio perfetto di ciò che potrei diventare quando anche io, finalmente, sarò una madre vera e propria.

«La zia del cuore», ripeto. «Hai presente, no: quella che risponde alle lettere piene di problemi che i lettori mandano alle riviste».

«Oh mio dio, Cait, ma è da malati di mente. Non per offendere, intendiamoci; però chi è che si disturba a scrivere a una rivista?»

«Gente disperata che non ha nessun altro a cui rivolgersi». E pensare a quanti sono i Disperati là fuori fa abbastanza paura.

Rachel scuote la testa, facendo danzare i riccioli attorno alle sue gote luminose.

Non mi aspetto che capisca. Ci frequentiamo ormai da dieci anni, ed è sempre stata dell'idea che la maternità sia un atteggiamento spontaneo, e che sarebbe molto più semplice per tutti se le madri smettessero di lagnarsi e continuassero a fare il loro lavoro. Lei ha Eve, una bambina di sei anni incredibilmente educata, e un marito che l'adora. Vivo nella speranza che un pizzico del suo perfetto equilibrio imbratti anche me.

«Che stai facendo?», le domando, tanto per cambiare argomento.

«Oh, la sfoglia per la pasta».

«La *sfoglia* per la pasta? Fai la pasta a mano?»

«Sì, è semplicissimo. Farina, uova, acqua... Ma lascia perdere. Tu, piuttosto, curatrice della posta del cuore...». Le sue spalle tornano a sussultare.

La seguo ipnotizzata mentre stende l'impasto elastico e prosegue inserendolo in un aggeggio in acciaio. No, dico: pasta fresca. Cos'ha che non va quella secca in scatola?

«Non ti sembra che oggi stiamo esagerando un po' con questa storia di crescere i figli?», commenta.

«È una questione molto importante», ribatto. «Anzi, è la questione più importante di tutte».

Rachel aggrotta le sopracciglia. «Con Eve non abbiamo mai avuto *alcun* problema».

«Come, scusa: neanche un problema? Mai?»

«Mmm, be', perdo un po' la pazienza quando non trova le sue scarpe da ginnastica». Caspita, che meraviglia. Nella sua famiglia questo è il peggio che può capitare: un paio di scarpe da ginnastica con la parte anteriore elasticizzata messe nel posto sbagliato. A volte mi chiedo se essere amica di Rachel faccia davvero bene alla mia psiche.

Mi sintonizzo sulle chiacchiere che arrivano dalla stanza di Eve. Anche Jake sembra essere felice qui, a bighellonare in giardino per conto suo. C'è un rettangolo di sabbia con un recinto di legno che Guy, il marito di Rachel, ha improvvisato in meno di un'ora. In questa famiglia ogni cosa sembra andare per il verso giusto. Magari Guy non sarà l'uomo più eccitante del pianeta – al contrario di Martin non fa saltar via le mutandine alle donne quando gli passa accanto – ma almeno è *qui*.

«Sei proprio fortunata», le dico con un tono pacato.

Rachel smette di girare la manovella della macchina per la pasta e piega la testa. «Oh, Cait, mi dispiace se risulto molto compiaciuta di me stessa. Credo tu stia facendo un lavoro fantastico, sul serio». I suoi occhi marroni emanano gentilezza. A rigor di logica, dovrebbe essere lei a sostituire Harriet Pike.

«Grazie», rispondo non del tutto convinta.

Fa passare di nuovo l'impasto nella macchina. Questa volta esce a forma di tagliatelle, proprio come quelle che puoi comprare al Tesco per 98 penny. Butta le fettuccine anemiche in una pentola di acqua in ebollizione. Il sugo a base di pomodoro e basilico che si sta passando sul fuoco sprigiona un profumo di erbette aromatiche.

«Come sta Jake ultimamente?», mi domanda.

«Mah, il solito. Brontola, pianta il broncio. È come se fosse passato direttamente all'adolescenza».

Sorride, sa di cosa sto parlando; oggi, tra i vapori di cottura e gli sforzi per impastare, ha un faccino rosa acceso che la fa sembrare ancora di più una zietta. «Probabilmente si deve ancora abituare al fatto che tu e Martin vivete separati. Sono quasi nove mesi che se n'è andato, giusto? Per un bambino non è poi molto...».

«Già, la pensa così anche Sam».

Rachel fa un sorriso malizioso. «Sbaglio o trascorri un bel po' di tempo con Sam?»

«Non cominciare...».

«Sì, lo so, siete soltanto amici, bla bla bla, però...».

«Tra me e Sam non è così», taglio corto. «Non c'è... attrazione sessuale. Lui non è interessato, io non sono interessata, e...».

«Cos'è che non va in lui?», mi chiede preoccupata, quasi stesse assistendo un bambino ferito.

«Nulla, però...».

«Non dovresti tenerti aperta ogni possibilità?»

«Rachel», cerco di spiegarle, con tutta la pazienza che posso avere di fronte a una donna che sta assieme al suo uomo da novecento anni, «non c'è *nessuna* possibilità».

Sospira e versa la pasta in vivaci piatti a righe. «Ti dispiace chiamare a rapporto la truppa? È ora».

Chiamo i bambini e loro arrivano di corsa giù dalle scale e dal giardino, fiondandosi attorno al tavolo tra schiamazzi e sedie spostate freneticamente. Si buttano tutti sul cibo senza fare storie, nonostante le erbette siano in bella vista (a casa nostra, provare a mettere di nascosto qualsiasi tipo di foglie verdi è un reato punibile con la pena di morte).

«Molto meglio della pasta essicata, vero?», osserva Rachel entusiasta.

«Mmm, che buona», conferma Lola.

«Deliziosa», dico. Oddio, mi sembra di mangiare dei vermi.

«Quali sono le mie ziette?», mi domanda Lola mentre torniamo a casa.

«In realtà di zie vere ne hai solo una», le spiego. «C'è zia Claire, la sorella di papà. E poi ci sarebbe la moglie di tuo zio Adam, ma siccome non è più sposato con lei…».

«Chi è la mia zietta del cuore?», taglia corto.

Sorrido. «Non ce l'hai, tesoro, e spero tu non ne abbia mai bisogno. Non si tratta di una vera zia, nel senso che non è una tua parente. È una signora che lavora per una rivista a cui puoi scrivere se hai dei problemi e lei cerca di darti un consiglio».

«Ah».

Mentre Lola mi tiene per mano, Jake ci segue a qualche metro di distanza, quasi volesse ridurre al minimo le possibilità di essere visto con me in pubblico. Travis invece si ferma per esaminare ogni scaglia di gesso che si è staccata dal muro, ogni sacchetto di patatine appallottolato e ogni tappo di bottiglia sudicio che incontra per terra.

«No, tesoro, è sporco», continuo a dirgli, allontanandolo dai batteri in fermento.

«Perché le persone scrivono a questa signora?». Lola non mollerà certo facilmente.

«Be', di solito si pensa che la zia del cuore sia intelligente e saggia, e che conosca la risposta a un sacco di cose». Abbasso la testa imbarazzata.

«Perché?»

«Tesoro, continui a chiedermi "perché" solo per farmi parlare. In realtà non mi stai facendo delle domande». È il suo gioco preferito: perché? Perché? Perché?

«Non è vero», sbuffa offesa. «È solo che non capisco perché la gente scrive a quella persona...».

«Forse non ha nessun altro con cui parlare».

Ridacchia, si libera della mia mano e comincia a correre verso casa. «Io non ho bisogno della zia del cuore», urla voltandosi, «perché io ho te, mamma».

Mi illumino di gioia. Forse, dopotutto, sto facendo qualcosa di giusto.

Più tardi, dopo aver scaricato tutti a letto e mentre mi rilasso per conto mio in salotto, capito su un articolo di «Bambino» che mi fa scappare una sorriso sarcastico. È intitolato *Sono single e mi diverto!*, il che mi sembra troppo polemico. Non leggi mai, chessò, *Felicemente sposata e mi diverto!,* o *Ho una storia d'amore favolosa e sono proprio al settimo cielo!*. Devo assolutamente leggerlo fino alla fine.

In pratica è una lista di tutte le cose sensazionali che una donna single può fare quando non c'è nessun altro rompiscatole rilevante che possa interferire con il suo divertimento. Per esempio:

Stendersi sul letto in diagonale senza che nessuno si lamenti perché stai prendendo troppo spazio.

Per quale motivo dovrei aver voglia di farlo? Mi sembra bizzarro e inutile. È triste, però io continuo a stare dalla mia parte, lasciando lo spazio per un uomo inesistente.

Crogiolarsi in una vasca piena di oli profumati alle 19,30.

E come, quando devi dare la cena, lavare, mettere il pigiama e raccontare una storia a tre figli? «Bambino» è una rivista per genitori: dovrebbero saperlo, no?

Flirtare con uno sconosciuto al parco, giusto per il gusto di farlo.

Com'è che si fa a flirtare? Per favore, qualcuno me lo ricordi. Se non ricordo male si devono sbattere le ciglia. Se ci provassi adesso sembrerei una malata di mente. In più, probabilmente finirei per far colpo su quello che ti dà una mazzata in testa e poi ti trascina dietro a un cespuglio.

Quando ti senti vacillare, ricorda tutto ciò che non ti manca di tuo marito.

Così va meglio. Ci sono un sacco di cose che non mi mancano di Martin. Il suo nervosismo alla guida, per esempio. Che faccia tosta. Guai a chi osava mettersi sulla nostra stessa corsia! Magari guidando in maniera pienamente responsabile!

Lui: «Gesù, guarda lì: ma che cavolo sta facendo? Oddio, sto per impazzire. A che gioco vuole GIOCARE? Razza di idiota!».

Io: «Ha messo la freccia a destra e toh, sta svoltando a destra compiendo una manovra nel pieno rispetto delle norme di sicurezza».

Lui: «D'accordo, va bene, per cui sono *io* quello in errore, vero?».

Non mi mancano nemmeno quelle volte in cui mi domandava se in casa avevamo del latte/della carta igienica/del bacon, essendo a quanto pare incapace di controllare da sé. Non mi manca quel suo russare in modo profondamente gutturale. O la mania di citarmi come "mia moglie"; per esempio: «Mi piacerebbe un sacco venire, Damon, ma mia moglie dice che dovremmo farci vedere alla vendita di beneficienza organizzata dalla scuola. Sai com'è, no...». Come se avessi inventato la scuola e tutte le iniziative a scopo di beneficienza solo per fargli un dispetto.

Mi rannicchio sul divano, chiedendomi come abbia potuto

amarlo così follemente. Che mi è preso quando gli ho mandato dei fiori in ufficio e ho comprato un anello d'oro dal costo esorbitante per il suo dito mignolo? I figli hanno cambiato tutto. Apparentemente non avevo più tempo per Martin, povero pasticcino trascurato. Provate a immaginare: stare dietro ai pannolini sporchi dei nostri figli anziché massaggiare la sua schiena dolorante. Svolazzavamo come falene in stanze diverse della casa, venendo assieme – benché non in senso letterale – ogni due settimane dopo del sesso affaticato.

Il sesso, uno schifo: orgasmi simulati, lui che si scansava con un grugnito di soddisfazione e mi voltava le spalle, nemmeno un minimo di conversazione postcoitale. Non mi aspettavo che raccontasse approfonditamente come era stato per lui, ma un paio di parole non avrebbero certo guastato. Qualcosa tipo: "È stato stupendo", o "Buonanotte tesoro"; ma anche "Se per caso scendi giù, amore, non è che mi porteresti un bicchiere d'acqua?". Insomma, sbaglio o queste si chiamano buone maniere? Il Guy di Rachel sicuramente non è il massimo in quanto ad aspetto fisico (capelli rossicci e un gene del rosso esploso in maniera sorprendente sotto forma di barba color carota), ma scommetto che dopo averlo fatto lui le sussurra delle parole dolci. Diamine, perfino Millie quando parlava delle sue avventure diceva che chiacchierava dopo averlo fatto, ammesso che fosse vero.

Chiudo la rivista, la lancio via e scendo in cucina a cercare del vino. C'è un messaggio sulla segreteria telefonica; si vede che mentre ero di sopra a leggere i consigli della befana non ho sentito la chiamata.

«Ciao Caitlin», dice una voce che non riconosco. «Sono, ehm, Darren. Quello del negozio di televisori. Spero non ti dispiaccia se ti ho chiamato...». Pausa d'imbarazzo. Strano, magari lavora di sera. «Mi chiedevo, ecco, ti andrebbe di uscire o di andare a bere qualcosa? Se non hai voglia, nessun problema; ho pensato, ehm, sì, ecco, ho pensato che potevo chiedertelo...».

Tutto a un tratto capisco chi è. Sono talmente sbalordita che non mi segno nemmeno il suo numero.

Darren, il dottore delle televisioni. Un ragazzo, quasi un «Bambino», che mi chiede di andare a bere qualcosa. Lo ascolto un'altra volta e non c'è dubbio: ha detto Caitlin; quella con una ridicola televisione vecchia, un bambino di tre anni e altri due di cui lui ignora l'esistenza. Non ha pensato che magari ero sposata? "La cosa migliore che può fare con questo ammasso di spazzatura è gettarlo in una discarica. Non lasci che se lo prenda suo marito per armeggiarci sopra". Che furbino: stava sondando il terreno o, più semplicemente, ce l'ho scritto in faccia che sono stata scaricata?

Con un mare di imbarazzo, riascolto il messaggio una terza volta, rubando uno dei "pastelli a cera per piccole mani" di Travis per annotarmi il numero. Che cos'è che diceva Rachel a proposito di tenersi aperte le possibilità? Uscire a bere con un uomo più giovane e carino… Caspita, perché non dovrei? Che male potrà mai fare?

Sorrido e il cuore comincia a battere in modo leggermente isterico mentre digito il numero di Darren sul telefono a forma di banana.

CAPITOLO OTTO

«Quello che non riesco a capire», mi dice Sam, studiando con attenzione la posta di «Bambino» accumulata sul tavolo della cucina, «è come mai ci sia così tanta differenza fra le lettere terribili, tragiche, che la gente spedisce e i miseri trafiletti che alla fine vengono pubblicati; tipo quello del bambino che si mette a brontolare dal farmacista, o la piccola Ghiacciolo che vuole invitare troppi amici al suo compleanno...».

«Finora nella rubrica di Harriet ho trovato solo una lettera seria», gli faccio, mentre nella mia testa si ripresenta l'immagine di *Quando papà se ne va*.

«Ma questa qui», Sam batte la mano sul mucchio di lettere, «è tutta gente la cui vita sta cadendo a pezzi».

Gli allungo una tazza di caffè e mi butto sulla sedia accanto a lui. «Sai cosa ti dico? Secondo me Harriet non si è mai preoccupata di rispondere a delle lettere reali: si inventava le sue, in modo da semplificarsi la vita. È facile, no, essere sgarbati e polemici quando non rischi di offendere nessuno».

Sam sorride e torna a fissare il giornale. L'ho lasciato aperto alla pagina della Pike, caso mai la sua foto potesse darmi ispirazione. Ma non ha funzionato. Sembrava piuttosto che mi stesse *spiando*, sconvolta dalla pila di stivali fangosi accanto alla porta sul retro e dall'acqua torbida delle scimmie di mare.

«Secondo me hai proprio ragione», commenta Sam. «C'è qualcosa di losco in lei».

«Non è una brutta idea, però. Anch'io potrei inventarmi qualche problema banale. Sarebbe molto più semplice che stare a lottare contro questi qui».

«Cosa direbbe poi Millie?», mi domanda.

«Non credo che ci farebbe caso. Ehi, perché non mi aiuti a inventarne uno?». Mi precipito al computer, tirando fuori una sedia in più per Sam, pronta a divertirmi.

«Mmm, non ne sarei per niente capace». Rimane seduto al tavolo.

«Eddai! Hai un'immaginazione molto fervida. Che mi dici, per esempio, di tutte quelle storielle che inventi per Harvey?». Batto la mano sulla sedia per incoraggiarlo.

Arrossisce leggermente. «Le storielle non sono personali. Gli uomini non parlano di problemi personali».

«Non intendevo problemi veri… A meno che tu non ne abbia uno, il che sarebbe anche meglio! Dimmi una cosa – qualsiasi cosa – che in questo momento non ti rende sereno e io proverò a trovare una soluzione. Sarà una buona palestra, come quando a scuola fanno le simulazioni degli esami».

Il volto di Sam si irrigidisce. «Mi dispiace Cait, ma non posso proprio aiutarti». Aggrotto le sopracciglia. «Davvero? Non hai nemmeno un problema?»

«No», risponde deciso.

«Nemmeno… Nemmeno un problemino ino ino?»

«Nemmeno un problemino ino ino».

«Sei fortunato», commento, ridendo un po' a disagio.

Alza le spalle e distoglie lo sguardo.

«Ti prego, Sam, ho solo bisogno di…». Lascio perdere, rendendomi conto che preferirebbe se tacessi. Ma che gli ho detto, per la miseria? Mi guarda sospettoso. Non è assolutamente da lui. C'è qualcosa che lo preoccupa, qualcosa che la mia boccaccia e il mio stupido gioco devono avergli riportato alla mente. Il fatto che non lo voglia condividere con me mi ferisce profondamente.

«I problemi li inventi tu», propone avvicinandosi lentamente alla scrivania. Il volto gli si riaccende. «Io ti do una mano con i dettagli».

«Perfetto», concludo, anche se adesso ho un po' meno entusiasmo.

Alla fine ce la facciamo e gli animi si rilassano. Grazie all'aiuto di Sam, riesco ad architettare cinque problemi plausibili e mi lascio coinvolgere a tal punto mentre scrivo le risposte che comincio a dispiacermi sul serio per Sally da Lincolnshire, la cui figlia dice troppe parolacce a scuola, il che le causa non poche difficoltà. Per Malata da Inverness, invece, sarei anche disposta a precipitarmi in Scozia solo per dare un pugno al marito che continua a fare due partite di golf intere ogni fine settimana, lasciando a lei il compito di scarrozzare i figli a una miriade di attività. Cerco di inventarmi una storia in cui chiedersi se una madre anziana dovrebbe essere messa al ricovero, ma lascio perdere e guardo Sam.

«Sei sicura che fare tutto questo non ti creerà nessun problema?», mi chiede timidamente.

Mi giro sulla sedia. «No, effettivamente no...».

«Ci pensi? Inventarli settimana dopo settimana, mentre quelle persone ti scrivono lettere e e-mail, con un disperato bisogno di aiuto».

«Dai, smettila», gli dico ridendo.

Con il sorriso sulle labbra, guarda l'orologio e si alza dalla sedia. Harvey passerà la notte nella stanza profumata di Jake, visto che me l'ha chiesto in ginocchio e sto tentando di migliorare i rapporti fra noi due.

Mentre si prepara per andare, Sam mi dice: «Sai? Penso che dovresti proprio dimenticarti di quella Pike ed essere semplicemente te stessa. Non c'è bisogno che te le inventi le lettere, Cait. Hai tutte le carte in regola per affrontare quelle serie».

Sulla porta di casa un brivido mi corre lungo la schiena. «Non è così semplice...».

«La gente ti racconta sempre i suoi problemi. Che mi dici del tassista con la moglie malata di cancro?»

«Sì, ma...».

«E quella signora anziana incontrata al parco che era abbattuta perché sua nipote aveva abbandonato l'università, te la ricordi?»

«È diverso», ribadisco.

Si stringe nel giacchetto, rabbrividendo. Come vorrei che restasse di più. Quando ce l'ho vicino è come se la mia vita fosse, ecco, quasi normale. A volte Rachel mi fa sentire troppo inferiore. Con Sam, invece, mi sento meno sola.

«La gente ti racconta le sue cose, Cait», aggiunge, «perché sanno che ti interessano e che li starai ad ascoltare».

Un sorriso mi riscalda il volto. «D'accordo, ci proverò».

Nel salutarci mi accorgo di non avergli nemmeno accennato del mio prossimo appuntamento informale, della serie "non significa nulla", con Darren.

Tornata alle mie lettere tristi e disperate, scelgo cinque dilemmi autentici. La cosa strana è che rispondere a questi problemi non è difficile tanto quanto credevo. Mi immagino seduta in un bar accanto a ciascuna di queste donne e cerco di pensare a come reagirei se cominciassimo a parlare e mi raccontassero le loro paure, come fanno a volte le persone dopo aver bevuto un po'. Lola entra barcollando in cucina, semi addormentata, così la riaccompagno a letto con dolcezza. Jake e Harvey sono già pronti per dormire sotto la trapunta con gli astronauti. Travis mi chiama fingendo di volere un bicchiere d'acqua, ma in realtà credo voglia solo assicurarsi che non sia stato abbandonato anche dal secondo genitore.

Quando torno alla mia scrivania, le idee cominciano a prendere forma. Tutto mi appare chiaro, come se stessi parlando per davvero con queste donne, senza accorgermi delle ore che passano. Una volta finito guardo l'orologio. Le 2,37. E non sono nemmeno stanca. È stato stimolante e, lo dico senza problemi, divertente.

Forse, dopotutto, ce la posso fare.

Giovedì sera, ore 18,25: come nascondere il look da mamma in dieci semplici fasi:

Far tacere i bambini dando loro da mangiare delle porcherie e mettendoli davanti a un episodio di *Wallace e Gromit* mentre tu ti rinchiudi nel bagno per farti la doccia e depilarti.

Non lo faccio prevedendo che Darren arriverà a sbirciare certe parti del corpo. In fondo, dovrò comunque tornare a casa da tre innocenti bambini addormentati più Holly, la babysitter diciannovenne dalla pelle vellutata. E ad ogni modo, per il benessere del vecchio e ormai distrutto ego, in queste occasioni è sempre meglio non sentirsi un gorilla. Reputo terribilmente ingiusto che mentre certe aree – ad esempio il seno – si affloscino e avvizziscano con l'età, il pelo pubico sfoggi una fresca e rigogliosa ricrescita, quasi gli fosse stato somministrato una buona dose di polvere a base di ormoni.

Assicuratevi che la fase doccia/depilazione sia il più rapida possibile, dato che sicuramente qualcuno dovrà per forza utilizzare il bagno... e magari proprio quello occupato da me, sebbene ce ne sia un altro perfettamente funzionante al piano di sotto.

In questo preciso momento Lola batte con insistenza sulla porta chiusa a chiave. «Mamma, cosa stai facendo?», urla. E poi aggiunge: «Il bagno è un elettrodomestico?».

Una volta che vi siete asciugate e cosparse di lozione, scegliete jeans, scarpe con la zeppa e un top svolazzante per un'aria maliziosa ma senza esagerare.
Datevi un'occhiata barcollando sul letto come un ubriaco in modo tale da controllarvi pezzo dopo pezzo nello specchietto appoggiato sul tavolo.

Mmm, non credo sia l'abbinamento giusto. Il top è decisamente troppo trasparente, il seno è piccolo da far pietà. D'un tratto mi viene in mente l'immagine della Vacca a Thorpe Park, così opto per il vestito nero lungo fino alle ginocchia, un paio di collant fantasia e stivali alti.

Fatevi dare consigli di stile da una diciassettenne.

«Perché sei in piedi sul letto?», mi domanda Lola, entrando in camera mia con un passo ampio.

«È l'unico modo per riuscirmi a specchiare».

«Dove devi andare?»

«Fuori con un amico, tesoro».

Scuote la testa disperata. «Non metterti quel vestito. Ti fa sembrare una strega».

Pensa: che cosa indossano veramente le trentacinquenni quando si avventurano fuori casa di notte?

Non lo so più. Andrà bene abbinare (mi piace utilizzare un po' il gergo della moda) una gonna sul corto con dei collant opachi, oppure i veri giovani cominceranno a ridere o, peggio ancora, a vomitare? Una volta chiesi a Jake per scherzo se i jeans a vita bassa erano accettabili addosso a una donna non più giovane come me. «Solo se ci metti su un maglione molto lungo», rispose trasalendo visibilmente inorridito. «Una volta ho visto una donna anziana con indosso una maglietta con il cappuccio», aggiunse.

«Anziana per davvero?», domandai. «Quanti anni, più o meno?»

«Addirittura più vecchia di te», ridacchiò.

Espressioni preferite quando si parla di moda dai trentacinque anni in su: buona foggia, taglio classico e "investire sulla propria immagine"; così tediose che mi viene voglia di buttarmi a terra.

Assicurati di non dare l'idea di esserti impegnata troppo, e che la tua squisitezza sia del tutto naturale.

Questa mi sembra la combinazione più ragionevole. Del resto, se Darren mi ha invitata a uscire, in un modo o nell'altro devo averlo colpito; a meno che lui non l'abbia fatto così per scherzo. È un concetto semplicissimo, da cui deduco che dovrei presentarmi come me stessa. Alla fine decido per il top svolazzante e i pantaloni, più i sandali per un pizzico di malizia.

Idratare la pelle secca del volto.

Sul fondo dell'armadietto trovo un barattolo di crema che promette "un'aria giovanile e luminosa con risultati visibili già dopo un mese". Potrà agire più alla svelta? Ho bisogno di risultati dopo un'*ora*.

Applicare il trucco, attenendovi assolutamente a un approccio "meno è meglio", e "addomesticate" i capelli.

Miracolosamente la mia scarsa selezione di cosmetici a buon mercato sembra riuscire ad abbellirmi: i miei occhi sembrano meno spenti; la bocca più armoniosa e licenziosa (vacci piano!). Mi tiro su i capelli nel disordinato tentativo di fare uno chignon, tirando fuori qualche ricciolo per "incorniciare" il volto (ma guardatemi, rasento il livello delle pagine di «Bambino» dedicate alla bellezza) così da non avere un'aria troppo imponente. Almeno il mio aspetto non dice forte e chiaro "sono una mamma".

Al piano di sotto Holly, la babysitter, sta chiacchierando con i bambini. Loro adorano quando ci viene a trovare. A differenza di me, per lei è ragionevole utilizzare termini come "stai fresco" e "che figata" (una volta Jake mi disse che non avrei mai dovuto usare la parola "fresco", nemmeno quando si riferiva alla temperatura – per esempio: "Mi berrei proprio una bibita fresca").

Quando avete ufficialmente smesso di essere una madre, al punto tale che chiunque scoprendo che in realtà avete messo al mondo tre bambini urlerebbe «Non ci posso credere!», scendete con passetti leggeri le scale, evitando di calpestare il castello dei cavalieri semi-costruito nell'ingresso.

«Wow, sei splendida!», esclama Holly.

«Grazie». Mi sento arcicontenta anche se lei, al contrario di me, è splendida *di natura* e non ha bisogno di attenersi a nessuna serie di fasi.

Non mi rimane altro da fare che dare un bacetto sulla testa della mia prole profumata e sgusciare via nella notte.

N.B. I sopraccitati dieci punti dovrebbero garantire anche alla madre più trasandata di salutare il mondo esterno dando l'idea di essere un bocconcino dalla pelle morbida. Per lo meno, questo è ciò che vi raccontano le riviste.

Peccato che non ti dicano mai che cosa fare quando ti stai cagando sotto.

CAPITOLO NOVE

Il tempo di arrivare al Circa, il nuovo locale a Shoreditch, e già mi sento più tranquilla. Gli esercizi di respirazione eseguiti durante il breve tragitto in tassì hanno fatto la loro parte. Millie mi ha mostrato come immagazzinare molta aria lentamente, trattenere il respiro contando fino a tre… E poi espirare. È una tattica che usa prima delle riunioni più stressanti (com'è possibile stressarsi in un ufficio confortevole popolato da adulti pettinati in modo impeccabile?).

Mentre spingo la porta in vetro satinato per entrare, a parte un leggero senso di vertigine, non c'è nient'altro che mi preoccupa. In fondo non si tratta certo di una di quelle situazioni in cui andare fuori di testa. Insomma, un conto è se fossi vagamente interessata a lasciarmi andare con Darren, o a inserirlo nella lista dei potenziali fidanzati. Purtroppo, però, l'ho già etichettato come un ragazzo indubbiamente dolce, di bella presenza e utile per procurarsi una televisione di seconda mano, ma, a occhio e croce, con dieci anni di troppo in meno di me. Voglio solo divertirmi un po', tutto qui.

L'ambiente illuminato da luci soffuse è pieno per metà e c'è un sottofondo di chiacchiere a voce bassa. Il barista sta shakerando i cocktail in maniera acrobatica, facendo volteggiare alcolici e limoni. Mi arrampico su uno sgabello, ordino del vino bianco (un calice) e mi metto a studiare la sala, sulle spine per l'attesa.

I primi sorsi scendono che è un piacere e comincio ad avere un atteggiamento più positivo sui possibili esiti della serata. Chi lo sa, magari io e Darren diventeremo amici. Potrebbe cominciare col venirmi a trovare per un caffè e intanto aggiustarmi vari elettrodomestici fuori uso. Quando poi farà più caldo, potrà togliersi la maglietta e poltrire nel giardino che abbiamo sul retro, così daremo alla signora Catchpole la possibilità di digrignare i suoi denti finti dalla casa accanto.

Lo immagino mentre mi presenta ai suoi amici dall'aria fresca come lui. Sicuramente non parleranno di quanto bisogna essere rigorosi nell'insegnare ai bambini l'uso del vasino, o della vaccinazione contro morbillo, rosolia e orecchioni. Discuteranno di musica, film e discoteche (questa parte mi spaventa molto: non metto piede in una discoteca da quando avevo vent'anni). Nei loro frigoriferi ci sarà solo una bottiglia di vodka e un bel pezzo di formaggio per gli spuntini notturni, e nessuno di loro avrà una macchina per la pasta. Devo stare attenta a non fare alcuna gaffe imbarazzante, come iniziare un discorso con: "Quando avevo la vostra età"; oppure parlare di scuola, asilo nido, l'Associazione genitori e bambini I tre orsi, Martin, Daisy, Poppy... (oddio, sono davvero tanti gli argomenti che dovrò evitare. Di che diavolo parlerò mai?).

Non so come sono riuscita a essere in anticipo. Mi do un'occhiata in uno specchio intarsiato ad arte, sollevata dal fatto che le luci violacee mi nascondono le ombre sotto gli occhi. Adesso il locale comincia a riempirsi e incrocio lo sguardo di un uomo in piedi accanto a un gruppo di altri uomini vestiti in modo simile (pantaloni da lavoro casual, camicia, cravatta allentata) vicino alla finestra. L'uomo sorride e mi saluta. Rispondo con un saluto incerto, senza accorgermi subito che è Guy, il marito di Rachel, senza la barba rossa.

La sua faccia sembra terribilmente nuda.

Mi viene incontro rapidamente, con in mano la birra e un enorme sorriso stampato sulla faccia. «Caitlin, sapevo che eri tu! Di nuovo in giro in un locale dove si beve. Accidenti, sei proprio vestita da favola». Il suo sguardo mi percorre dalla testa ai piedi.

Accenno un sorriso e mi sposto indietro sullo sgabello. «In realtà sto aspettando una persona». È strano incontrarlo qui – fuori contesto, in un posto per gente più giovane – quando finora l'avevo intravisto solo mentre costruiva box con la sabbia o curava la sua aiuola di sempreverdi. Immagino sia anche un po' ubriaco e il sudore gli sta colando dalle tempie. Insomma, non è che abbia proprio un bell'aspetto.

«Serata con le amiche?», mi domanda.

«Ah, no: appuntamento con un amico».

«Un *ragazzo*?». Emette un gorgoglio simile a quello delle rane.

«No, non proprio...», rispondo, cominciando a guardarmi attorno disperata.

«Fortunato lui. Spero non ti dispiaccia se te lo dico, Cait, ma stasera sei proprio stupenda. Non ho mai capito perché Martin se n'è andato con quella... Con quell'altra. L'ha conosciuta sul lavoro, vero? Cos'era, la segretaria per caso?»

«No, lui...».

«Perché uscire a prendere un hamburger quando in casa c'è una bella bistecca, ah? AHAHAH!».

A momenti lo strozzo.

«A che ora dovrebbe arrivare questo tuo amico?»

«Alle otto in punto e cioè adesso». Do un'occhiata all'orologio cercando disperatamente di inviargli dei messaggi impliciti, tipo: "tornatene dai tuoi colleghi". Uno di quelli del suo gruppo continua a fissarci inebetito, come se potesse accadere qualcosa di sconvolgente e non se lo volesse perdere per nulla al mondo.

Guy guarda il suo orologio perplesso. «Il mio fa le otto e un quarto, e non è *mai* avanti. A quanto pare ti ha tirato il bidone».

«Non credo». A dire il vero, ora che me l'ha fatto notare mi sa che è proprio così. Le ascelle cominciano a sudarmi e il bicchiere è completamente vuoto.

«Tutti uguali questi uomini. Bastardi senza cuore. Permettimi di offrirti un altro bicchiere di vino. Anzi, unisciti a noi; non posso vedere una donna incantevole come te seduta al bancone tutta sola. Chissà chi potrebbe saltarti addosso, AHAHAH!...».

Incapace di congetturare anche un solo motivo per alzarmi e andarmene immediatamente, rimango seduta, in silenzio, mentre Guy ordina un altro calice di vino e poi mi trascino dietro di lui lungo la sala.

E che squadra di disperati: hanno tutti più o meno la sua stessa età, sulla quarantina, ridono in maniera troppo sguaiata e sono visibilmente eccitati all'idea di essere fuori di notte in mezzo a gente giovane (a dire il vero anch'io ero eccitata per lo stesso motivo, almeno fino a tre minuti fa). Qualche saluto veloce e poi riprendono la loro discussione.

«Dov'eravamo rimasti? Ah già», dice quello con i capelli brizzolati simili alla paglietta per i piatti, «quindi ho passato la staccionata con il cresolo, pensando che una mano fosse sufficiente per...».

«Spero non fosse sul serio cresolo, vecchio», interrompe Guy tutto esaltato. «È illegale».

«Sì, no, cioè: è quell'altra sostanza, quella nel flacone bianco e verde con un falco sul davanti...».

«L'hai data con il pennello o ce l'hai spruzzata sopra?», domanda Guy.

Li guardo uno dopo l'altro: hanno il volto paonazzo e gli occhi che luccicano come il giaietto.

«Gliel'ho spruzzata. Si fa prima», risponde il signor Cresolo, con le guance che gli tremolano come la gelatina quando è quasi pronta.

Darren mi ha tirato il bidone. Non era nient'altro che uno scherzo.

«Ma se usi il pennello avrai una copertura maggiore», lo avverte Guy, suscitando un mormorio di approvazione dagli altri.

Potrei mettermi a piangere: sono qui, ho seguito tutte le dieci fasi del programma e ho anche preso una babysitter, tutto questo per che cosa? Trovarmi intrappolata in una discussione sul mantenimento del legno. Cristo santo. Attorno a noi le persone ridono e chiaccherano animatamente, si salutano con un abbraccio.

Mi prende un gran voglia di essere una di loro e non la Caitlin Brown bidonata, bloccata in mezzo a uomini di mezza età che parlano delle loro stramaledette staccionate. Potranno mai interessarmi argomenti del genere? Forse sarebbe il caso, metti che un giorno diventi una "madre vera" come Rachel. Ora che ci penso, la signora Catchpole mi domanda spesso quando ho intenzione di potare la parte del nostro ciliegio che si affaccia sul suo giardino, quasi rappresentasse una minaccia per le fondamenta della sua casa.

Una ragazza mozzafiato con dei capelli biondi lunghi e lisci ci passa accanto e il signor Cresolo si volta per fissarle le gambe. Sto aspettando una pausa nella conversazione così da poter dire che non mi sento bene e che devo andare immediatamente a casa a prendere qualcosa e mettermi a letto.

«Insomma?», mi chiede Guy, come se d'un tratto si fosse ricordato che ci sono anch'io, «cosa fa il tuo ragazzo?»

«Non è il mio ragazzo», ribatto secca.

«Volevo dire quello dell'appuntamento. Il tuo appuntamento *galante*», sottolineando per bene l'ultima parola.

«Ripara televisori».

«Aaaaaah!», commenta sgranando leggermente gli occhi; «ma allora non è anche lui un giornalista di talento come te. Un lavoro piuttosto faticoso».

Cresolo scoppia a ridere. «Però è utile se per esempio devi regolare l'antenna».

«O se hai bisogno di qualcuno che ti "smanetti certi pulsanti"», interviene uno con una bella fila ordinata di dentoni.

Provo a ridere, o almeno a sorridere, per dimostrare che so stare allo scherzo, ma a quanto pare la mia bocca si è paralizzata. Guy e i suoi amici adesso sono proprio al top della forma. Perché non salgono su quel cavolo di palco?

«Occhio, eh, che non ti crei qualche interferenza», sbraita Cresolo.

«O che non provi ad accenderti», sghignazza denti di coniglio.

Sono precipitata dal godermi la mia giovinezza ritrovata a sentirmi una vecchia di trecento anni sulla corsia preferenziale verso la Mimosa House. Il vino ormai è tiepido, ma continuo a sorseggiarlo disperata.

«Oh», salta su Guy, «chi sta dietro ai fanciulli questa sera?»

«Nessuno», rispondo. «Li ho ficcati dentro a una credenza con un po' di biscotti. Se la caveranno».

Gli occhi gli cadono sul mio seno. «Oh, di sicuro, ahah...».

«Ehm, Caitlin?».

Mi volto di scatto. È Darren, una prospettiva assolutamente più bella e attraente rispetto al gruppo di Guy. Bello e attraente, stop. Un sorriso vivace, occhi marroni come le caramelle mou, appena un velo di barba sul volto.

«Ciao Darren». Gli sorrido e lui mi dà un bacio sulla guancia.

«Scusa il ritardo; qualche inconveniente sul lavoro...».

«Non c'è problema. È stato un piacere conoscervi», dico, sfoggiando il sorriso più falso della terra mentre porto Darren lontano dal gruppo di commedianti.

«Se vuoi possiamo berci qualcosa assieme ai tuoi amici», propone.

«Non sono miei amici e no, non mi va».

Ci mettiamo a ridere e mi volto all'indietro. Cresolo sta facendo avanti e indietro con il dito indice, cercando di imitare uno che accende la televisione.

La serata può solo migliorare.

Infatti migliora e il sarcarsmo di Darren si dimostra un'alternativa meravigliosa a quello del gruppo di Guy.

«Insomma, questa donna entra per riprendersi il suo videoregistratore», mi racconta, «dicendo che era colpa mia se c'erano dentro dei soldi. Come se ce li avessi messi io – saranno stati più o meno due o trecento sterline in monetine, e ovviamente erano il motivo per cui non andava...».

«Anche Travis lo fa», lo interrompo. «Ha la mania di imbucare gli oggetti, il desiderio di infilarli nelle piccole fessure». Richiudo la bocca: i bambini non dovrebbero rientrare nel programma della serata.

«Lei dice: "Non so come ci siano finiti dentro"», continua Darren, «al che le dico: "Deduco che lei abbia dei bambini…". E lei mi fa: "Sì, ma il mio piccolo culetto rosa non farebbe mai una cosa del genere…"».

Rido, cercando di cancellare i profili di Guy e Cresolo dalla mia visuale.

«Insomma», mi dice Darren, «come ha fatto una bella ragazza come te a restare sola?»

«Come fai a sapere che sono sola?», gli chiedo, facendo ruotare il calice per lo stelo. «Insomma, perché mi hai telefonato?».

Sorride. «Diciamo che ho corso un rischio».

«Non ti credo», replico con un sorrisino.

«E va bene… Mi sono ricordato che ti avevo già visto prima, in quella gastronomia esclusiva vicino al museo…».

Mi ha notata. Ho sempre creduto di essere invisibile quando esco per fare quattro passi. «Stavi comprando dei limoni», continua Darren, «parlavi di frittelle, e la tua bambina ha detto: "Devo andare da papà questo fine settimana?"».

«Ottimo», concludo un po' sorpresa.

«Scusa; detta così sembra che io sia un malintenzionato». Sorride, mesto, e mi guarda dritto negli occhi.

«Figurati, nessun problema».

«Dopo che sei stata al negozio con la tua vecchia TV, continuavo a fissare il tuo numero di telefono e mi dicevo: "vedrai che dirà di no"».

Non so come rispondere, non ci sono più abituata. Insomma, non è come andare in bicicletta o a nuotare: in questi casi proprio ti dimentichi di come ci si deve comportare.

«Be'», gli confesso, «sono contenta che tu l'abbia fatto».

Cara Pike, pensavo, mentre passiamo di fianco alla combriccola di Guy, tutti ubriachi davanti al distributore di sigarette a sganasciarsi dalle risate, come dovrei comportarmi secondo te alla fine dell'appuntamento per rispettare l'etichetta?

Adesso stiamo andando a cena – una tavola calda italiana. Ero troppo nervosa e angosciata per mangiare prima assieme ai bambini, e ora sto morendo di fame.

Mentre mi parla della sua famiglia dell'East London e del lavoro che gli ha passato suo padre, mi prende per mano. Mi racconta il suo fine settimana tipico: gli piace andare in discoteca (ahia); a volte fare il DJ (doppio ahia). È un po' strano tenere la mano a una persona che ha più di sette anni, ma cerco di rilassarmi e di ripetere l'esercizio di respirazione, anche se in maniera più nascosta. Non voglio certo far pensare a Darren che abbia una crisi perché sono vecchia e via dicendo.

Chi se ne frega se quando lui aveva il pannolino io ero probabilmente già alle medie. A proposito, non gli ho ancora chiesto l'età; non ne ho avuto il coraggio. Ma forse non importa: è come se fossimo entrambi contenti che la serata continuasse così. Ma come andrà a finire? Non ho più l'età per fermarmi in qualche vicoletto buio a sbaciucchiarmi, anche se mi piacerebbe tanto, visto che Darren ha una bocca dall'aria davvero deliziosa. Eh sì, non c'è dubbio: sarei decisamente disponibile a baciarlo. E non mi preoccuperei nemmeno se Holly si accorgesse che le mie labbra sono appena state sfiorate da qualcuno. Accidenti, credo che mi si sia risvegliata la libido.

Mi squilla il cellulare. Lo prendo dalla mia borsetta, temendo che si tratti di un'emergenza a casa. Cristo santo, è la Mimosa House.

«Pronto?», rispondo con voce tremante.

«Oh, Caitlin». È la voce di Helena, l'ho riconosciuta subito. «Non voglio metterti in ansia, però...».

«Mamma sta bene?»

«Sono sicura di sì. Mi dispiace, so che queste cose non devono accadere, ma non so come è riuscita ad andarsene. Hai presente, no, che sta sempre in agguato all'ingresso, con addosso il soprabito. Un visitatore avrà pensato che stesse uscendo e così le ha tenuto aperta la porta... Per lo meno questa è la nostra ricostruzione».

«Oddio. Da quanto tempo è via?»

«Pressapoco un'ora. Abbiamo controllato nelle strade qui attorno, andando in tutti i negozi e i ristoranti, chiedendo a chiunque se per caso l'avesse vista. La polizia ha mandato fuori una pattuglia a cercarla. Non è per spaventarti, Cait, ma tu lo sai quanto è vulnerabile Jeannie...».

Mi si stringe lo stomaco e il mio istinto mi dice di chiamare Adam – per metterlo al corrente – ma che cosa può fare stando a Manchester?

«Vi raggiungo subito», concludo velocemente.

«Credo sia la cosa migliore. Magari ti vengono in mente dei luoghi che per lei significano qualcosa, un qualunque posto dove possa essere andata».

Guardo Darren. Il suo sguardo si fa preoccupato. «Ci proverò, Helena. Sarò da te appena possibile, d'accordo?»

«Che...», comincia a chiedermi Darren.

«Mia madre. È sparita. Sta in una casa di riposo e...». Mi si offuscano gli occhi, mi trema la voce.

«Posso fare qualcosa?», chiede, toccandomi il braccio.

Rispondo di no con la testa. «Devo andare là per aiutarli a cercarla...».

«Ti chiamo un taxi».

Mi guardo attorno disperata, ma non ce n'è nemmeno uno in giro. Poi lo vedo: un autobus, che sta arrivando alla fermata di fronte. Stampo il bacio più breve della storia sulle labbra incredule di Darren e mi metto a correre.

CAPITOLO DIECI

Dove diavolo sarà andata?

Mentre cammino veloce sotto una pioggerellina leggera con dei sandali per niente adatti, provo con tutta me stessa a entrare nel confuso mondo di mia madre. Prima di stare alla Mimosa House abitava a Hackney, che però adesso come adesso per lei potrebbe anche essere Giove. Usare la logica non serve a niente: mamma non distingue un giorno dall'altro e tutte le stagioni per lei sono uguali. Una volta fece una sfuriata perché nessuno le aveva mandato un regalo di Natale ad agosto. Non mi viene in mente nessun amico o conoscente che stia cercando di rintracciare: tutti i rapporti che aveva li ha distrutti anni prima di trasferirsi nella casa di riposo per delle liti causate da motivi futili. Il Natale scorso ha ricevuto solo tre biglietti d'auguri: uno da me e i bambini, uno da Helena e poi un affare gigantesco rivestito di raso da parte di Adam, arrivatole in una scatola piatta bianca; emanava un senso di colpa tale che potevi perfino sentirne l'odore. A quanto ne so io, non c'è nessun altro nella sua vita, a meno che non si considerino i pazientissimi medici, le parrucchiere e le calliste che si recano presso la struttura e le curano varie parti del corpo. Devo avvertire i miei figli che se comincio a mostrare gli stessi sintomi della nonna, devono piazzarmi in un piccolo capanno vicino al mare con alcool a non finire e sigarette forti, dato che ho tutte le intenzioni di riprendere a fumare. Martin è un accanito oppositore del fumo, di fatto è il motivo per cui ho smesso. Metterò da parte tutti i mozziconi e glieli farò avere in una busta imbottita.

Comincio a intravedere la Mimosa House. Non riesco a togliermi dalla testa l'immagine di caramelle alla menta frantumate che luccicano sulla strada, o del suo vecchio cardigan marrone che dopo essere stato schiacciato da un auto viene preso a beccate da un piccione. Helena sta camminando nervosamente nell'atrio e non appena mi vede preme l'apri-porta. Sta cercando di trasmettere tranquillità, ma nei suoi occhi c'è molta paura. «Mi sono davvero scervellata», mi dice, «e c'è solo un posto che tua madre nomina sempre».

«Glasgow? Non sarà mica andata a King's Cross, vero, a prendere il treno?».

Helena mi sorride amichevolmente. «Mi sembra improbabile».

«Anche la polizia la sta cercando?»

«Esatto. In più è uscito anche uno dei nostri. Non può essere andata lontano, Caitlin».

Annuisco sconfortata e comincio a sentirmi male. Potrebbe essere stata aggredita, anche se non porta nulla con sé per cui essere assalita, a parte le caramelle alla menta, o investita da un'auto: la sua percezione della strada è peggio di quella di Travis. Me la immagino in qualche vicoletto o in qualche angolo buio del parco, sola e spaventata. Non ci sarà più nessuna Jeannie irritata a sgridarmi per essermi lasciata andare.

«Caitlin», cerca di rincuorarmi Helena, «su, non piangere. La troveremo. Dai, andiamo».

Mentre ci avviamo fuori, penso a Glasgow: lei la considera la sua città, anche adesso; Londra l'ha sempre e solo *tollerata*. Papà, lui stesso un londinese, aveva promesso che qui avrebbero condotto una vita migliore, ma mia madre, quasi volesse fargli dispetto, continuava a parlargli della vecchia casa; discorsi che poi si sono trasformati nelle fantasie sul cantiere navale: Jeannie la costruttrice di navi, in grado di piantare ribattini a mani nude.

«Helena», dico improvvisamente, «mi è venuta un'idea». Navi, fiumi, acqua.

«Che idea?»

«Il canale. È solo una sensazione...».

«Vale la pena tentare», commenta, così ci dirigiamo di corsa verso delle umide stradine laterali, gridando il suo nome.

«Sono io Jeannie!», urla un ubriaco, balzando fuori da un pub dall'aria squallida. Si mette a cantare dietro di noi: «Io mi sogno Jeannie con i capelli castano chiari».

Arriviamo al ponte che attraversa il canale. Su entrambi i lati c'è una scalinata che porta giù all'alzaia. Mentre Helena scende velocemente da una parte, io vado dall'altra. Ci sono delle chiatte ormeggiate e dalle finestre di alcune di esse s'intravede un barlume giallastro. Adesso, però, mi sembra ridicolo che mia madre possa aver davvero scambiato un canale torbido dell'East London per Clyde.

Da una delle imbarcazioni giunge una flebile musica folk. C'è un profumo dolce, legnoso di erba. Mentre cammino rumorosamente con i miei sandali alti lungo l'alzaia, uno dei tacchi comincia a vacillare e prego che non si spezzi proprio adesso. Alla fine era meglio se mi mettevo gli stivali.

Nonostante abbia troppa paura per guardare, i miei occhi passano in rassegna la superficie del canale: tra i riflessi argentei galleggiano alcuni flaconi e una bottiglia del latte di plastica. E se mamma non fosse rimasta a galla, ma giacesse sul fondo con un carrello della spesa arrugginito e chissà cos'altro?

Come diavolo farò a raccontare ad Adam tutto questo?

Aveva ragione lui: la Mimosa House non è il posto adatto a lei; è troppo poco sicura. Siamo nel Ventunesimo secolo, maledizione: non possono installare un sistema di sicurezza in grado di fermare una signora anziana affetta da demenenza senile? Non è la prima volta che ci prova: tempo fa entrò di soppiatto in cucina e poi sgusciò fuori dalla porta sul retro mentre il cuoco si fumava una sigaretta; si è anche appostata all'ingresso sperando di riuscire ad accodarsi alla famiglia di qualcun altro mentre usciva; e poi Helena l'ha sorpresa mentre strattonava il maniglione della porta antincendio nel tentativo di uscire fuori. Imprigionata: ecco come si sente mamma; rinchiusa assieme ad altri anziani che dicono cose senza senso e a una televisione a tutto volume che sembra perennemente sintonizzata sui *Flintstones*. Mi scivola qualche lacrima sulle guance e mi sfugge un singhiozzo. Se avessi seguito il suggerimento di Martin e l'avessi fatta venire a stare da noi, adesso sarebbe ancora viva.

«Mi perdoni, va tutto bene?».

La voce mi fa trasalire. Dalla nave con la musica folk si è affacciata una testa e subito dopo spunta un uomo robusto e barbuto.

«Sto solo cercando una persona», rispondo veloce.

Sorride e nel farlo mostra un dente d'oro luccicante. «Per caso una donna irascibile, scozzese, che ha lavorato in un cantiere navale per tutta la vita?».

Il sollievo cresce in me come un'onda e corro da lui. «Sì. L'ha vista? Sta bene?».

L'uomo fa segno di avvicinarmi. «Jeannie è qui dentro. È di buona compagnia, tua madre. Una personcina incantevole». Mi prende la mano e mi aiuta a scavalcare il bordo.

Metto i piedi sul pontile, che ondeggia instabile, e lo seguo scendendo per una scaletta schricchiolante. C'è un odore intenso di legna bruciata. Lungo entrambi i fianchi corrono delle panche basse sui cui sono seduti ragazzi e ragazze stipati uno accanto all'altra come se fossero su un treno, e in mezzo a loro, Jeannie con il suo cappotto in tweed abbottonato fino al collo.

«Mamma!», esclamo, scrutando in mezzo al buio. «Che ci fai qui?».

Punta un dito sul tavolo. Stanno giocando a carte. C'è del fumo diffuso da due sigarette e una canna posate su un portacenere ricavato da una conchiglia di pettine. «Gioco a poker», ribatte. «A te che sembra?»

«Eravamo tutti preoccupatissimi per te! Ho setacciato questo posto come una forsennata pur di trovarti...».

«È una giocatrice accanita», mi interrompe l'uomo barbuto.

«Ti sei proprio divertita con noi, Jeannie, vero?». Mi fa l'occhiolino.

«È bello incontrare delle persone giovani che conoscono le buone maniere», borbotta mamma. «Sbaglio o sei conciata da far paura? Sei diretta da qualche parte?»

«No, mamma». Non riesco ad arrabbiarmi.

«Quei pantaloni non giovano certo ai tuoi fianchi».

Una ragazza dal volto pallido e luminoso ridacchia nascondendosi dietro alla mano. Probabilmente ha la stessa età della mia babysitter.

«Su, dai, mamma», le dico con voce tranquilla. «Andiamo».

«Sei una guastafeste, ecco cosa sei. Mi rovini sempre il divertimento». Le brillano gli occhi nella penombra.

Mi faccio strada tra la fila di ginocchia per prendere mamma per mano. «Grazie per aver badato a lei», dico. «Dai, Jeannie, ora ti riporto a casa».

«Di nuovo da quei vecchiacci maledetti», borbotta mentre ci allontaniamo.

Sono le 3,20 del mattino. D'un tratto mi rendo conto, con ansia crescente, che fra sette ore dovrò andare a posare per «Bambino», dato che Millie ha preteso a tutti i costi una mia foto professionale per la rubrica. Immaginatevi: preoccuparsi per un problema così banale quando vostra madre poteva essere finita in un canale o presa in ostaggio da qualcuno di quelle barche.

Ovviamente, è tutta colpa mia. Questo è ciò che succede quando esci con uno sconosciuto, bevi un po' e cominci a pensare che in fondo il sesso non è poi un'attività tanto orribile.

CAPITOLO UNDICI

«Brutta nottataccia, eh?», commenta Carmen scrutando il mio volto come se fosse un vestito scadente nella cesta dei saldi.

«Sono solo uscita a bere qualcosa con gli amici», le rispondo.

«Mmm, bisogna dare una sistematina qui, qui e qui». Le sue unghie con la French mi picchiettano sul mento, ai lati del naso e sul contorno occhi. «E anche qui e qui», aggiunge, indicando l'attaccatura dei capelli e le guance.

Mi do un'occhiata nello specchio del camerino dello studio fotografico. A Carmen, che è abituata a truccare modelle professioniste, dovrò sembrare un cadavere.

«Di solito che trucchi usi?», mi chiede.

«Quelli della Rimmel, della Maybelline…».

Sobbalza. «No, intendevo dire, preferisci qualche tonalità in particolare?».

Che cosa significa? Io non ce l'ho una *tonalità*. «Non è che mi trucchi molto», le rispondo, «a meno che non debba uscire. Allora mi metto solo un po' di ombretto e il lucidalabbra».

Si abbandona a una grassa risata. «Fidati di me, sono un'esperta».

Nonostante sia terrorizzata dall'idea che un fotografo professionista mi scatti una foto – in uno studio serio, con i faretti abbaglianti – comincio a prendere la faccenda con più tranquillità. Carmen sembra non aver alcun trucco se non un velo di lucidalabbra brunastro sulle sue labbra carnose. Una bellezza naturale, che profuma di fresco e di limone. Tra le sue mani delicate mi sento abbastanza sicura.

«Non farò altro», continua a spiegarmi, «che mettere in risalto gli occhi e la bocca, rimanendo sulla tavolozza del rosa e del marrone. Due tinte che ti donano e che sottolineano il tuo colore naturale».

Colore naturale! Mi piace l'idea. Non ne ho uno da almeno dieci anni.

«Sarai sempre tu», aggiunge Carmen, «solo di più». Mi fa un sorriso rassicurante che ricambio. Non so esattamente che cosa sia la tavolozza del rosa e del marrone, ma non sembra pericolosa.

Noto con sollievo che Travis sta chiacchierando con Adrian, il fotografo, nella sala principale. «Mi piace Capitan Uncino», afferma. «Capitan Uncino bello».

«Anche a me piace», commenta Adrian entusiasta. «Hai anche uno di quegli uncini di plastica da mettere al posto della mano?»

«Sììì! Me l'ha preso papà. E c'ho pure giacca e pantaloni».

Ho provato a convincere Millie che ero disponibile nei giorni in cui Travis era all'asilo, ma adesso mi accorgo che non c'era nessun motivo di preoccuparsi.

«Siamo fortunati a poter prenotare Adrian», mi aveva detto. «Dobbiamo lavorare in base alla sua disponibilità».

Carmen sceglie dei prodotti da tre enormi trousse e li sistema sul ripiano dello specchio. Mi sa che ha preso un po' troppi trucchi per un semplice colore naturale: ci sono dozzine di sfumature di ombretto, dal beige luccicante al nero. Ombretto nero? Mi auguro non abbia intenzione di usarlo. Mi sento fin troppo a pezzi per sfoggiare gli occhi truccati di nero tipici della seduttrice e poi non credo che sarei convincente come dark lady. Poi apre una tavolozza di lucidalabbra e svita il tappo a quattro tubetti di fondotinta.

«Non è un colore facile il tuo», commenta, «per cui devo fare un po' un misto».

«D'accordo». Nessuno mi aveva avvertita. Mi domando se sottintenda la possibilità di qualche problema medico.

Di certo Carmen non sta lasciando nulla al caso. Armata di pennelli, applicatori, piega ciglia e spugnette rotonde piatte che assomigliano a coppette assorbilatte, si mette all'opera. Come dal parrucchiere, anche qui evito di guardarmi allo specchio, concentrandomi su una macchia d'olio sul muro subito accanto.

«Il tuo bambino è davvero un amore», sottolinea Carmen, dandomi dei rilassanti colpetti con il pennello del fard.

«Grazie. A volte fa i capricci, ma in fondo è un bravo bambino».

«È così carino! Non ti assomiglia per niente, o sbaglio? Assomiglia a suo padre?». Stringo forte i denti. «Sì, in realtà è la copia esatta».

Ridacchia. «Deve essere un tesoro. Tuo marito, intendo. Sei proprio fortunata».

«Eh già». Mi dà fastidio quando succede questo. Lo ammetto, i miei bambini sono così belli che tutti si voltano per guardarli, e non lo dico per essere presuntuosa. Quando andiamo al parco gli sconosciuti fanno "Aah" e "Ooh", perfino con Jake, che in teoria dovrebbe essere già grande per certi complimenti affettuosi. È stato un caso che abbiano ereditato lo sguardo cupo e intenso di Martin, anziché i miei occhi di un insignificante grigioazzurro e i capelli castano chiaro. Di fatto non mi assomigliano nemmeno lontanamente, il che è piuttosto irritante quando sei tu quella che li ha portati dentro di sé per nove mesi e che era stesa a urlare e a prendere ossigeno dal respiratore convinta che la parte inferiore del corpo stesse per esplodere da un momento all'altro. I nostri bambini sono stati infusi della bellezza di Martin, quel bel faccia da culo.

«Nanananananananana, *Batmaaan*!», arriva all'improvviso Travis urlando.

«Fatto», annuncia Carmen, con un sorrisino. «Cosa ne pensi?».

Alzo gli occhi. Piano piano metto a fuoco la mia immagine riflessa nello specchio.

Ed è davvero oscena.

Farfuglio qualcosa di incomprensibile. È che non riesco proprio a parlare. Non ci sono parole per descrivere l'orrore puro che mi ritrovo davanti. Carmen mi ha mentito: non sono me stessa più di prima, mi ha trasformata; e se prima ero tutto sommato presentabile, nonostante la leggera aria di spossatezza, adesso mi viene in mente solo un termine in grado di definirmi: uomo.

Un uomo travestito. Quel tipo di travestiti poco convincenti per cui provi tanta pena, con la faccia troppo truccata, i capelli cotonati e delle enormi mani da contadino. Quelli che vorresti prendere in disparte e dire: «Senti, tesoro, tirati via quella camicetta ornata di falpalà, le ciglia finte e tutto quel rossetto che ti sei messo. È troppo. Le donne non si truccano così – almeno a partire dal 1975. Vieni a casa mia; ci prendiamo un tè e proviamo qualcosa di più femminile».

Apparentemente incurante della mia reazione, Carmen sta rimettendo a posto tutti i suoi attrezzi. Io continuo a fissarmi. È al di là di ogni orrore. Andrò su una rivista nazionale assomigliando a Bert dei *Muppets* o a Norman Bates. L'immagine mascolina del mio volto mi fissa inebetita mentre Carmen ripulisce la sua tavolozza dei lucidalabbra con una salvietta per bambini. In un universo differente, Travis continua a cantare la sigla di *Batman*.

«Io... Ehm...», balbetto, e temo che se continuerò a fissare lo specchio prima o poi scorgerò anche un pomo d'Adamo e un velo di barba incipiente.

Carmen adesso sta canticchiando, come se si fosse dimenticata della mia presenza. Di certo non le interessa sapere che cosa penso della sua opera. Come ha osato tranquillizzarmi con un falso senso di sicurezza? Proprio un colore naturale! Sono scocciata come se avessi chiesto a un pittore di ridipingermi il salotto – non che mi possa permettere di assumere dei professionisti – e anziché bianco panna come da accordi presi, mi ritrovassi una stramaledetta stanza porpora.

«Mamma!», urla Travis. «Dov'è mamma?»

«Sto arrivando, tesoro», riesco a dirgli mentre Carmen mi fa una veloce cotonatura dei capelli dandogli una generosa spruzzata di una lacca nauseabonda. Grandioso. Adesso sfoggio una cupola di capelli indistruttibile. Chi si cotona più i capelli di questi giorni e di questi tempi?

Ormai non m'interessa più e mi rassegno. Per lo meno quando Millie vedrà le foto si farà quattro risate e a quel punto potrò anche andarmi a buttare giù dal London Bridge e farla finita.

«Lei è pronta», canticchia Carmen.

Non sono più Caitlin, ma "lei". E ho anche un odore strano, come se tutto il mio corpo fosse stato immerso in un bagno di trucchi da vecchia. So di Mimosa House, a parte il leggero odorino di pipì e piatti a base di carne.

Mi alzo decisa dalla sedia e mi dirigo con passo sicuro nello studio, dove Adrian ha preparato uno sgabello in morbida pelle su cui mi posso parcheggiare. Travis è spaparanzato a terra a pancia in giù che sta giocando con un ammasso di cavi colorati. Spero non siano cavi della corrente elettrica. Di certo Adrian o il suo assistente smorto l'avrebbero fermato se lo fossero...

«D'accordo. Perfetto». Adrian sta valutando il mio aspetto e storce le labbra preoccupato. «Mettiti sullo sgabello Karen, per cortesia».

«Mi chiamo Cait...», ribatto e in quel momento Travis alza lo sguardo e il suo volto si tinge di terrore nel vedere non la mamma che prepara le frittelle, ma una specie di Bert impossessatosi dei miei vestiti.

«Mamma!», urla gettando via i cavi.

«Tranquillo, tesoro, sono *io*», replico mentre si volta per scappare via andando a sbattere contro l'asta di un faretto, che rovina a terra. Si sentono un fragore metallico e il tintinnio di vetro infranto.

«Cristo santo, la mia lampada!», urla Adrian.

Mi allontano velocemente dalla mia postazione e cerco di tirare su Travis, che è andato a rannicchiarsi in un angolo. Lui tenta di liberarsi dalla mia presa, continuando a piagnucolare convinto che io sia una ladra di bambini meschina. «Voglio mamma!».

«Travis, tesoro, io sono la mamma».

«Non mi piace la faccia di mamma!», strilla.

Carmen assiste alla scena divertita, sistemandosi una mano contro l'anca ossuta.

«È solo trucco», cerco di tranquillizzarlo. «Poi lo tiro via».

«Mamma mostro! Mamma cattiva!».

«Sssht, tesoro...».

«VOGLIO PAPÀ!».

Cerco di afferrargli la mano, ma lui si dimena in maniera convulsa, dandomi un pugno sulla coscia e scalciando come un forsennato. Alla fine, quando la sua rabbia si trasforma in singhiozzi, riesco a convincerlo ad accompagnarmi verso lo sgabello di pelle.

«Scusa per la lampada», dico a bassa voce.

«Cose che capitano». Adrian punta gli occhi verso l'assistente, un ragazzo dai lineamenti spigolosi che non si è ancora presentato e sta già provvedendo a sostituire il faretto.

«Potevano avvisarmi», aggiunge, «che oggi qui ci sarebbe stato un bambino. Non è proprio il luogo più *adatto*».

Ah no? Forse avrei dovuto usare anche questa volta la tecnica della credenza. Scommetto che Harriet Pike non ha mai dato fastidio mentre le scattavano le foto.

Travis è talmente sconvolto che alla fine decidiamo di fare gli scatti con lui appollaiato in grembo, gemente come un cagnolino ferito. Per quanto cerchi di suscitare empatia, sento il mio volto teso in maniera innaturale.

«Travis, sorridi», sussurro.

«Ah, non ti preoccupare di lui», borbotta Adrian. «Tanto poi lo taglio via».

Ora anche Travis, come me, non ha più un nome.

Carmen piomba sul mio volto con la cipria. «Hai la fronte e il naso terribilmente unti», mi rimprovera. «Stai colando tutta».

Sai che scoperta. Travis sta ancora singhiozzando silenzioso. Mentre ce ne andiamo dallo studio, do un'occhiata a tutti e tre – Adrian, il suo assistente e la strega Carmen – mentre sgraffignano una birra ciascuno da un frigo malandato e le stappano con aria sconsolata.

«Sporca faccia mamma», piagnucola Travis sulle scale.

Accidenti, mi sono dimenticata di togliermi tutto lo stramaledetto trucco. «È come mascherarsi», lo rassicuro. «Insomma, come quando giochi a Capitan Uncino».

Resta un po' scettico. Quanto ci vorrà ancora prima di arrivare a casa e lavarmi la faccia? Almeno mezz'ora. Mezz'ora tra la gente con addosso la maschera di Bert.

Nel cortile pavimentato dello studio mi metto a frugare nella borsetta alla ricerca del mio portafoglio. Tredici sterline più qualche spicciolo: non sono nemmeno sufficienti per prendere un taxi. Così afferro la mano di Travis, con l'intenzione di trovare una caffetteria dotata di una buona scorta di carta igienica con cui ripulirmi il volto. Camminiamo lungo una serie di vicoletti pieni di immondizia e alla fine ci ritroviamo in una rotonda trafficata. Non mi pare fossimo passati di qui all'andata. Ci sono magazzini squallidi e fabbriche con insegne dipinte alla buona, ma nessuna caffetteria con carta igienica in abbondanza, dunque nessuna possibilità per me di riacquistare un aspetto normale.

Continuiamo a camminare, tenendoci stretti contro il freddo vento di marzo, entrambi troppo demoralizzati per parlare, fino a quando ci ritroviamo davanti l'insegna della metropolitana. Per fortuna sul vagone non c'è molta gente, e magari riusciremo anche ad arrivare a casa senza che debba incrociare lo sguardo di nessuno. Ogni volta che sbatto le palpebre, sento fino all'ultimo dei diciotto strati di mascara effetto allungante; è come se mi avessero immerso le ciglia nel catrame.

D'un tratto mi viene in mente Darren. Il giovane e spensierato Darren, illuso davvero che io e lui potessimo divertirci assieme. Solo a pensarci mi viene da ridere.

Nel vagone c'è un uomo che sta facendo le parole crociate e un gruppo di ragazzi in viaggio che stanno controllando guide e cartine. Sul sedile di fronte a sinistra è seduta una donna con la testa china, il volto circondato da capelli neri luminosi, totalmente presa dal contenuto della cartellina che regge in grembo. Indossa un tailleur pantalone gessato e sta ascoltando l'iPod.

«Biscotto», mormora Travis.

«Presto saremo a casa. Mangerai qualcosa prima che andiamo a prendere Lola e Jake».

«Voglio quello col buco in mezzo».

«Se non sbaglio nel barattolo ce ne sono ancora». Sono così provata dal servizio fotografico che gliene lascerò mangiare quanti ne vorrà. Potrà fare fuori tutto il pacco. E anche bere la Fanta, se ne è rimasta in frigo.

«BI-SCOT-TO», la sua voce rimbomba in tutto il vagone. Quello delle parole crociate muove le pagine del giornale in maniera fastidiosa; la donna tossisce. Un giorno, in un universo parallelo, forse anch'io potrò godermi i viaggi in metropolitana con l'iPod nelle orecchie.

«Biscotto!», grida Travis.

«Certo, quando saremo a casa, ma solo se adesso fai il bravo». Prendi un grosso respiro, trattieni il fiato ed espira. Inspira. Espira. "Evitate di guardarli negli occhi", suggeriva la Pike nella sua rubrica la scorsa settimana. "Non date mai, e dico MAI, corda ai capricci quando siete in pubblico. Fintanto che è al sicuro, lasciate che il vostro bambino smetta da solo di lagnarsi. E vorrei anche aggiungere che secondo me i genitori troppo indulgenti nei confronti dei loro figli non fanno altro che incoraggiare queste scenate ignobili". L'uomo delle parole crociate guarda Travis con disapprovazione. Scommetto che i suoi figli non si sono mai comportati così.

«Non piace mamma», afferma. «Mamma non è amica mia».

«Perfetto». Continuo a guardare la cartellina in grembo alla donna. Lei la richiude e i miei occhi restano fissi sul logo a forma di goccia d'acqua sul davanti.

Fonti di Purezza. Servizio personale garantito.

Alza gli occhi e i nostri sguardi si incrociano. D'un tratto all'interno del vagone comincia a rimbalzare qualcosa, una palla di terrore. Prendo un respiro profondissimo.

«Ciao Daisy», esordisco con una voce rauca.

Si tira via gli auricolari. «Oh ciao! Scusa, Caitlin, non ti avevo vista». Ha una voce stridula e ridacchia a disagio. Almeno ha la decenza di sembrare mortificata. Il suo volto è truccato ad arte, anche se ha un po' di occhiaie. Probabilmente avrà passato la notte a scopare mio marito.

«Finito di lavorare per oggi?», chiedo secca, anche se è improbabile dato che sono le due del pomeriggio.

«Io… Sto andando a incontrare dei clienti a Liverpool Street».

«Grandioso». *Pensi di scoparti anche loro?*, mi piacerebbe chiederle.

Stringe la cartellina a sé. L'uomo delle parole crociate ripiega il giornale facendo un sacco di rumore.

«Vi siete sistemati nel nuovo appartamento?», azzardo.

«Aha, sì, è incantevole. Ehm, voglio dire… Insomma. In realtà non è niente di speciale, però è, ecco… carino».

«Ho sentito dire che si tratta di un attico», aggiungo.

«No, niente del genere». La sua risata tintinna come dei cocci di vetro. «Non c'è nemmeno lo spazio per girarsi. Lo chiamiamo attico per scherzo».

«Aaaah». Sai che ridere.

«Cos'è un attrico?», domanda Travis, che grazie al cielo si è dimenticato per un attimo della fame di biscotti.

«Un appartamento molto costoso», gli spiego, «in cima a un edificio enorme. Solo le persone molto ricche possono permetterselo». Mi concentro su di lei con uno sguardo gelido, sperando che a forza di fissarla intensamente riesca a penetrarle il cervello e a causare danni irreparabili.

«Davvero», continua, «è piccolissimo».

«Le misure non sono tutto», replico.

Daisy annuisce silenziosamente e dà un'occhiata intorno, andando a posare il suo sguardo sul freno d'emergenza. "Che stronza", starà pensando. E poi si meraviglia che Martin l'abbia lasciata per me. Guarda il suo povero bambino affamato, che chiede disperato un biscotto, e la sua faccia tutta impiastricciata...

Oh merda. Dimenticavo la mia faccia. Ma che cosa credo di fare cercando di innervosirla? È Daisy quella con l'attico, il fidanzato architetto e un trucco impeccabile; io invece sono il travestito dai capelli cotonati e il grasso che cola dalle labbra.

«Be', ci si vede in giro». Si alza in piedi e infila la cartellina nella borsa.

«Ciao», le dico, non appena il treno raggiunge la fermata di Liverpool Street.

«È stato un piacere incontrarvi». Adesso sorride tranquillamente; ogni traccia di nervosismo è sparita.

«Ciao ciao!», le fa Travis agitando la mano tutto contento.

Daisy risponde con un cenno rapido e scende giù dal treno, battendo i tacchi sul marciapiede. Mi sfrego le labbra unte con il dorso della mano, che rimane macchiato di rosso. Sembra una ferita.

CAPITOLO DODICI

Il trucco di Carmen è proprio bastardo da tirare via. Non mi metto il mascara da quando è nato Jake – dato che è l'unico tipo di trucco che non sparisce magicamente mentre dormi – per cui non ho né un detergente adatto, né spugnette di cotone per pulirmi da questa roba stramaledetta (immagino che Daisy, invece, abbia i batuffoli di cotone color pastello nel barattolo di vetro della Liberty. E probabilmente se le *tinge* perfino, le ciglia).

Rifugiata nel mio bagno, inumidisco un po' di carta igienica e mi strofino le ciglia. Nonostante il mascara mi stia colando graziosamente nella zona sotto gli occhi, c'è n'è ancora una tonnellata che non vuole sapere di andarsene. Di che cos'è fatta questa roba: cresolo? Magari Guy e i suoi amici potrebbero essermi d'aiuto con i loro solventi o suggerendomi un prodotto alternativo non unto. Temo che non tornerò mai più a sbattere le palpebre normalmente: gli occhi mi si raggrinziranno per mancanza di un'adeguata lubrificazione.

Prendo un altro po' di carta igienica e cerco di grattar via le macchie color carbone nel contorno occhi. Adesso ho la pelle tutta screpolata e mi brucia da morire. Grandioso: sembra che abbia pianto per settimane. Avendo terminato il tempo a mia disposizione per ripulirmi la faccia, mi avvio con Travis verso la scuola per andare a prendere Lola e Jake, consapevole del fatto che tutti guarderanno il mio volto patito e gonfio.

Non c'è niente di meglio dello sciame di persone attorno al cancello della scuola per aumentare il tuo imbarazzo quando non ti senti al cento per cento.

«Ciao Cait!», strilla Bev Hartnett, bastione portante dell'Associazione genitori e insegnanti, con indosso un paio di pessimi pantaloni blu che potrebbero provenire direttamente dall'era Neoromantica.

Sorrido a labbra chiuse e mi volto dall'altra parte, ma non c'è via di scampo.

«Cos'è successo al tuo viso?», mi chiede fingendo di essere preoccupata.

«Dovevano, ehm, farmi una foto».

«Ma per il passaporto? Sei in partenza?»

«No, è per una questione di, ehm, lavoro. Per la rivista».

Mi guarda incuriosita. Fa che suoni la campanella e i bambini mi salvino dallo sguardo fisso di Bev.

«Siamo 'ndati in un posto pauroso», spiega Travis. «Una signora ha messo cose addosso a mamma». Mi preme le labbra con un dito sporco.

«Caitlin», urla Rachel, accelerando il passo per raggiungerci, «hai un aspetto orribile! Hai per caso pianto?»

«Sono stata aggredita», spiego, «da un pennello per il mascara».

«Davvero? Smettila, dai. Ti sei prestata a una di quelle dimostrazioni che fanno gratuitamente ai grandi magazzini, vero?»

«Gesù», squittisce Bev, «io non gli faccio toccare mai nessuna parte del *mio* volto, anche quando distribuiscono campioni gratuiti».

Cominciano ad arrivare altre madri e tutte si dirigono verso di noi studiando attentamente il mio volto deturpato. Mi sento nuda e mi guardo attorno disperata in cerca di Sam.

Mi arriva un messaggino di Millie: «Spero foto tutto bene scommetto eri bellissima baci m.».

«Mi devi un favore», esclamo incavolata rivolta al mio telefono.

Sam mi saluta stando dall'altra parte della strada e arriva accanto a me quando i bambini si riversano fuori dall'edificio. Anche se solleva un sopracciglio, studiando chiaramente i miei occhi gonfi, si trattiene dal farmi domande in pubblico. Potrei abbracciarlo per questo; peccato che poi Bev interpreterebbe il gesto come prova della nostra relazione che imperversa. Non posso aspettare fino alle vacanze di Pasqua per staccare da tutto questo.

Nelle settimane successive ci do dentro con la rubrica, grata di un lavoro regolare che plachi la mia ira, quando un bel giorno Martin mi avverte che lui, Daisy e Poppy andranno in Sardegna per le vacanze di Pasqua. «È solo un viaggetto economico», mormora. «Uno di quei *last-minute*». Che cosa c'entra "solo" con una partenza last minute per la Sardegna? Non c'è *solo* che tenga.

Da quando siamo usciti quella sera, Darren non l'ho più sentito. Anche se non voleva incontrarmi di nuovo, poteva almeno chiamare per sapere se avevamo ritrovato mamma. È chiaramente ancora troppo giovane per capire come ci si sente ad avere un genitore anziano. Sua madre stessa avrà circa quarantacinque anni. Mi sento ferita e leggermente arrabbiata; in fondo è lui che doveva chiamarmi e fare tutte le mosse. Quando vado a fare la spesa qui in zona, evito di passare davanti al negozio di televisioni; e se proprio non posso, cammino sul marciapiede opposto, tenendo la testa forzatamente voltata di lato.

Anche i giornalai mi mettono alla prova: ogni volta che intravedo una copia di «Bambino», mi ricordo che il fatidico giorno in cui uscirà il mio primo intervento è sempre più vicino. Quel giorno scopriranno che sono un uomo e la mia vita non sarà più come prima. Al confronto Darren e la Sardegna sono insignificanti. Magari potrei comprare tutte le copie e fare un falò in giardino. O per lo meno spedirle in un altro paese.

Con i primi di aprile arrivano, finalmente, le vacanze pasquali e aspetto l'uscita dei ragazzi davanti al cancello del cortile della scuola, mentre Marcia e Bev discutono della loro imminente gita nel sud della Francia. Due famiglie in viaggio assieme. Sai che gioia. Una volta proposi a Martin di andare in viaggio con Rachel e Guy e lui mi guardò come per dire che preferiva essere evirato piuttosto che andare via con un'altra coppia e relativi figli.

In quel caso credo avesse ragione: due settimane di con. ersazioni sul cresolo, senza alcuna via di scampo, sono una prospettiva molto inquietante.

La campanella suona petulante e Jake si materializza accanto a me, buttando lo zaino per terra vicino ai miei piedi, quasi fosse compito mio riportarlo a casa. «Che facciamo per le vacanze?», mi guarda con aria di sfida.

«Non ho programmato nulla, Jake. Pensavo di improvvisare».

Fa una smorfia amareggiata. «Vuoi dire che non andiamo da nessuna parte?»

«Non tutti vanno via a Pasqua», gli faccio notare un po' innervosita mentre Lola ci corre incontro. «Faremo un viaggio quest'estate, e lo farai anche con tuo padre, per cui avrai *due* vacanze». È proprio un ragazzo fortunato ad avere i genitori separati.

Sam e Harvey ci salutano facendosi strada tra la ressa per raggiungerci. «State andando dritti a casa?», domanda Sam.

«Già», rispondo, ansiosa di fuggire dalla chiacchierata sulle vacanze di Pasqua.

«*Tutti* vanno via per Pasqua», borbotta Jake, seguendo il mio stesso passo accanto a me.

«Sì, certo», ribatto, «proprio come tutti hanno l'Xbox e le merendine *Starbursts* per l'intervallo». Quando Jake cominciò la scuola, ci ero proprio cascata, facendo una scorta di pacchi talmente abbondante che fu un miracolo se i denti non gli si polverizzarono alla fine della prima settimana. Poco dopo venni a sapere che la maggior parte dei genitori mandavano i propri figli a scuola con mele, uva passa, o fette di torta di riso grandi quanto un morso.

«Eve non va da nessuna parte», gli rammento.

«E invece sì», interviene Lola. «Va in un Center Parcs».

«Sei sicura?». Accidenti, è vero: Rachel aveva fatto la prenotazione all'ultimo minuto. Comincio a spiegare che i Center Parcs costano una fortuna, e che la maggior parte delle famiglie ci si reca per fare le vacanze serie – e non quei due giorni in croce a Pasqua – ma lascio perdere, tanto è chiaro che nessuno mi crede. «E tu, Harvey?», domando. «Tu starai a casa, vero?»

«Noi andiamo in Cornovaglia», risponde raggiante.

«Ah davvero?».

Scusa, mima Sam con la bocca.

«Andiamo nell'hotel di mia zia Julie», continua entusiasta. «Papà dice che se fa abbastanza caldo posso imparare a fare surf. Sarà divertentissimo».

«Fantastico», commento, lasciando trasparire la mia delusione. Speravo di passare un sacco di tempo con Sam in questi giorni. «Anche Bryony Ellis parte?», chiedo con uno spiraglio di speranza.

«Canarie», cinguetta Lola.

«Jamie Torrance?»

«Corfù», borbotta Jake arrabbiato. «Dov'è? Possiamo andarci anche noi?»

«No», rispondo secca. Quand'è che è cominciata questa mania di andare in vacanza tutte queste volte in un anno? Questo prendere l'aereo per le Canarie o la Grecia ogni volta che c'è una ricorrenza o un giorno libero dal lavoro? Quando ero piccola le uniche vacanze che facevo erano quelle nelle pensioni a Lyme Regis o a Littlehampton. Sicuramente i genitori di Jamie Torrance porteranno con loro anche la ragazza alla pari rumena, così da minimizzare il contatto con il proprio figlio. Una volta sua madre si vantava perché nelle loro ultime vacanze lo vedevano solo a pranzo e prima di andare a letto. I miei ragazzi dovrebbero rendersi conto di quanto siano fortunati ad avere una madre che adora la loro compagnia, anche se non sempre, e che vuole *stare* con loro.

«Be'», tiro le somme, «ci divertiremo lo stesso anche stando a casa. Possiamo andare al cinema, in piscina, al parco e…».

«Il parco!», ripete Jake rattristato. «Io lo odio il parco. Fa freddo ed è noioso».

«Una volta non dicevi così. Una volta lo adoravi».

Sospira disperato. «Sì, quando avevo quattro anni. Ma adesso ne ho dieci, mamma». Come se gli avessi proposto di andare a fare un giro sul trenino di *Thomas the Tank Engine*.

«Si possono fare un sacco di altre cose per Pasqua», commenta Sam, ma Jake non ne farà nemmeno una.

«Sadie Bloom andrà a Disneyland Paris», borbotta.

«Credi che mi possa permettere di portarvi a Disneyland Paris?», ribatto scioccata. «Non ti piace nemmeno più Walt Disney! Tutti quei film che adoravi – *Peter Pan*, *Il libro della giunga*, *Il re leone* – non mi avevi detto di darli in beneficienza? Non erano anche loro troppo "da bambini" come... come il parco?»

«No», protesta Lola. «Quelli sono miei».

«A me piace *Peter Pan*», mormora Travis.

«Non voglio dare *Peter Pan* in beneficienza!», grida Lola e una lacrima le scivola giù per la guancia.

«Be', mamma dice che lo farà», ribatte Jake soddisfatto. «Ormai sei troppo grande. Lo puoi dare ai bambini poveri».

«Ti odio», piagnucola Lola. «Non è giusto».

«Tesoro», le dico stringendole la mano, «non darei mai via le tue cose senza prima chiedertelo».

«Ma Jake ha detto...».

«Non ascoltare quello che dice Jake». Lo fulmino con lo sguardo. Come ha fatto il mio piccolo adorabile figlioletto a diventare un'autentica peste? «È davvero meraviglioso», borbotto, «cominciare le vacanze di Pasqua in maniera così positiva».

«Che ho fatto?», domanda allargando le braccia.

«Buona Pasqua del cazzo», dico sottovoce tra me e me.

«Ti ho sentito!», gracchia Jake. «Mamma ha detto una parolaccia. Ha detto ca».

«E allora?». In realtà volevo dire *E allora, cazzo?*

«Jake», interviene Sam, «credo che tua mamma volesse dire...».

«Quello che volevo dire», lo interrompo, «è che non ci posso fare niente se tutti gli altri della vostra classe scappano all'estero appena hanno un...».

«La Cornovaglia non è all'estero», commenta Jake. «È in Inghilterra».

So dov'è la Cornovaglia, brutto faccia da culo.

«Noi ci possiamo andare in Cornovaglia?», chiede Lola in lacrime. «Possiamo andare in Sardina come papà?»

«Voglio il mio uncino», s'intromette Travis.

Faccio finta di essere sorda. Vorrei essere a casa, con il piumino tirato fin sopra la faccia, nascosta dagli sciami di madri in strada che fingono di non sentire. Che sciocca, Caitlin, non hai nemmeno programmato qualcosa per le vacanze di Pasqua. Credevi che lei non avrebbe organizzato nulla? Nemmeno un viaggetto in California? Poverini i miei piccoli.

«Dov'è l'uncino del mio Capitan Uncino?», piagnucola Travis.

«Non ne ho idea», borbotto mentre svoltiamo nella nostra via.

«L'hai dato via in beneficienza?», domanda Lola.

«Il mio *uncino*! No benifisenza».

Cristo santo.

«Perché non possiamo andare in Cornovaglia?», vuole sapere Lola.

«Harvey può venire a cena da noi stasera?», domanda Jake.

«No!», sbraito, al che Sam e Harvey si affrettano a salutarci e a rifugiarsi in casa loro, quando invece volevo invitarli a fare quattro chiacchiere da noi; e magari a fermarsi a cena.

Ficco la chiave nella serratura.

«Quante uova di Pasqua riceveremo quest'anno?», domanda Jake mentre entriamo in casa.

Nei giorni successivi, spronata da immagini dei compagni di scuola dei ragazzi che sfrecciano sul Mediterraneo a cavallo di banane gonfiabili, mi impegno al massimo per riempire di momenti esaltanti e divertenti ogni secondo di queste vacanze. Andiamo al museo di storia naturale, dove Travis pattina allegro sui pavimenti di legno incerati, Jake ciondola con una faccia piatta quanto una lastra di marmo e calcoliamo che servirebbero 1697 Lola per fare una balenottera azzurra. Mangiamo i *dim sum* a Chinatown, poi guardiamo un film, andiammo a cena al *TGI Friday* e dopo a Hampstead Heath, dove Travis scivola su una cacca di cane... Chi ha bisogno di quella Sardegna di merda?

Nonostante il nostro ricco programma, però, mi accorgo che Sam mi manca tantissimo. Magari non Sam in sé, ma la compagnia di un adulto. Londra – o per lo meno la mia zona – si è quasi svuotata. Alla fine della prima settimana sono talmente provata dalla miriade di attività che mentre leggo la favola a Travis mi addormento, riaprendo gli occhi d'improvviso quando lui mi punzecchia la faccia.

Ci arriva una cartolina da parte di Martin, con sopra l'immagine di un mare azzurro fotografato attraverso un arco di pietra semi crollato.

Ciao ragazzi!

Ci divertiamo un sacco in Sardegna. Le spiagge sono incantevoli.

Abbiamo fatto immersioni con i boccagli, siamo andati all'anfiteatro e abbiamo mangiato del cibo straordinario (ti piacerebbe un sacco il pesce, Jake!). Buone vacanze di Pasqua!

xxx Bacioni, Papà

Guardo infastidita la sua minuscola calligrafia e la quantità esasperante di punti esclamativi e baci. Poi riduco la cartolina a pezzettini e la getto nella pattumiera, ricoprendola con la pasta avanzata dei miei figli.

Caro papà,

Devi per forza farlo notare, brutto faccia di merda? Potevi almeno portare anche i nostri figli, o avrebbe scombussolato la tua "cosa fra voi due"?

Neanche un bacio, la tua ex moglie

PS: per caso ci sono gli squali che mangiano gli uomini in Sardegna? Spero proprio di sì.

Prego anche che la sua pelle, incline alle scottature, si sia staccata formando un lenzuolo infiammato rosso come un'aragosta. Inacidita? *Moi*?

***

All'inizio della settimana numero due, la mancanza di Sam è diventata una sofferenza devastante. Passare davanti a casa sua mi dà fastidio e mi mette tristezza. Pensavo mi avrebbe mandato un messaggino, o dato un colpo di telefono, ma probabilmente è troppo indaffarato ad ammaliare le fanciulle del luogo che fanno surf, per pensare a noi.

Mi chiedo perché tutto questo mi faccia sentire un po' strana.

Vorrei che fosse qui a condividere con me cose tipo la balenottera azzurra e i *dim sum*; e perfino la cacca di cane al parco di Hampstead. Gli unici adulti a cui ho rivolto la parola sono stati mamma, vari ospiti della Mimosa House, e la ragazza del bar a Hampstead, che mi ha chiesto la bellezza di duecento sterline per un caffè e tre aranciate frizzanti (hai sentito bene, Martin? Aranciate frizzanti! Infilatele su per il boccaglio e vedi se riesci a respirare!).

Il mio mondo si è ristretto. In un momento di disperazione mi sorprendo a borbottare con un mattoncino delle costruzioni. Perlustro con attenzione trovacaseperlevacanze.com e orribili-tuguri-che-puzzano-di-merda.com alla ricerca di un'occasione *last minute*: un posto dove anche noi possiamo godere di spiagge meravigliose e cibo estasiante ("a te piacerebbe un sacco il pesce, Jake!". Che ti andasse un calamaro di traverso, coglione che non sei altro!). L'unica casetta disponibile che riesco a trovare è appena fuori Hull. C'è una foto dell'interno: sembra che il tappeto del soggiorno sia infestato da una colonia di funghi.

Ma ecco che accade qualcosa di meraviglioso.

Un messaggino da parte di Sam: «Domani riparto xché non ci incontr al campeggio vicino oxford per 1 notte è stupendo ci sono già stato ti chiam per dettagli s.».

Idea decisamente fantastica. Sì, è vero: io odio il campeggio. Più che altro non capisco che senso abbia sradicare la propria famiglia da una casa più che confortevole, con letti veri, e trapiantarla in un campo roccioso con dei puzzolenti bagni in comune. Ad ogni modo, dovendo riempire altri tre interminabili giorni e avendo in soffitta una tenda comprata da Martin in una fase di voglia matta di vita all'aria aperta, eccoci pronti a partire.

Vaffanculo te e la tua Sardegna, Martin Collins. Con un sorriso che mi attraversa il volto da parte a parte, rispondo al messaggino: «Fantastico! c.».

CAPITOLO TREDICI

Mentre siamo in macchina diretti a Oxford, mi sorprendo di quanto poco tempo io e Jake trascorriamo assieme, noi due e basta. Non c'è mai l'occasione. Forse è per questo che è così abbattuto ultimamente. Dato che è seduto di fianco a me, e Lola e Travis stanno schiacciando un pisolino nei posti dietro, decido di affrontare la questione di nuovo. Quella della pulizia, intendo; il fatto che spende una sterlina e venticinque centesimi dei suoi risparmi per prendere il Mr Sheen. Londra ce la siamo lasciata alle spalle da un bel po' e le vaste distese di erba mi hanno risollevato l'umore.

«Jake», azzardo, «se qualcosa ti stesse preoccupando, me lo diresti, vero?»

«Mm-mm». Occhi fissi davanti a sé.

«Insomma... Non mi sembri più tu. Il Jake di *prima*, intendo. Prima che, ecco, papà se ne andasse di casa. Sono solo preoccupata per te».

Alza le spalle.

«Una volta non pulivi e spolveravi e via dicendo».

Si rigira sul sedile.

«Perché lo fai?». Cerco di mantenere un tono rilassato e amichevole. «Non ce n'è bisogno, lo sai. Puoi tranquillamente tornare a essere super incasinato come prima. Va benissimo. Per me non è assolutamente un problema».

«Mmm-mmm». Non dice nient'altro.

«Anzi, in realtà mi *piacerebbe* proprio», insisto. «I bambini si comportano così, no? Ti preoccuperai di essere noioso e ordinato quando sarai grande».

Silenzio. «A papà non piacerebbe».

Gli lancio una rapida occhiata. «Vuoi dire che a papà non piacerebbe che tu fossi disordinato?»

«Già».

L'auto si riempie di tensione; quasi la sento ronzare nelle orecchie come una mosca. Il sole è andato a nascondersi dietro una nuvola. «Jake», gli domando dolcemente, «credi che il posto in cui vive papà sia davvero ordinato?»

«Sì».

«E pensi... che è per questo che papà stia là anziché con noi? Perché», tossisco per mandare via un rospo dalla gola, «perché non sono disordinati come noi?».

Jake annuisce. Gli si sono inumiditi gli occhi e si gira veloce dall'altra parte.

Mi si stringe la gola e gli poso una mano sul ginocchio. «Tesoro, non è questo il vero motivo. Ho già cercato di spiegarvi che se papà se n'è andato» – Jake guarda fisso i prati ondeggianti – «è perché non voleva più stare con me», aggiungo. «Era un cosa tra di noi: lui e me. Tu, Lola e Travis non c'entrate niente».

«Già», commenta, con la stessa convinzione che potrebbe avere se tentassi di riproporgli la storia della fatina dei denti.

«Per cui pensavi che se avessi fatto splendere la tua stanza, papà sarebbe tornato?».

Fa di sì con la testa.

«È questo quello che vuoi, che torniamo tutti quanti assieme?». Sento una fitta al petto e le lacrime mi punzecchiano dentro gli occhi.

«Sì», bisbiglia.

«Jake, amore, mi dispiace, davvero». È tutto ciò che riesco a dirgli.

In questo momento vorrei accostare e abbracciarlo, ma così facendo sveglierei gli altri, scatenando una serie di domande a raffica, del tipo "perché ci siamo fermati qui dato che non c'è niente da vedere?", o "perché ci stiamo abbracciando e piangendo?". Così accelero, sotto a una pioggerellina d'aprile e con un cielo grigio indifferente che incombe sopra di noi.

Per tutto questo tempo Jake ha passato il Mr Sheen nel tentativo di far tornare suo padre e io non me ne sono accorta.

Una stradina irregolare ricoperta di ghiaia ci conduce al Campeggio "Prati assolati". Parcheggio davanti all'ingresso e abbraccio Jake, certa che tenterà di divincolarsi, e invece non lo fa. Si sente piccolo, gracile e vulnerabile. Cerco di ricacciare dentro le lacrime bollenti, ma alcune finiscono sui capelli di Jake e mi asciugo svelta la faccia con la manica.

Un uomo ci passa di fianco con il cappuccio della giacca calato sul volto come un imbuto. Mentre Lola dietro si risveglia, poso le mie mani sulle spalle di Jake. «Tesoro», gli sussurro, «mi dispiace, ma io e papà non torneremo più insieme. A volte è peggio se le persone lo fanno – stare insieme quando non vanno d'accordo – perché poi litigano e urlano tutto il tempo. Non vorresti che fosse così, vero?».

Abbassa lo sguardo. «Direi di no».

Gli stringo la mano. «Dai. Andiamo alla reception e cerchiamo il nostro posto. Sam dice che qui è bellissimo».

Jake apre la portiera e dà un'occhiata in giro. «No, non è vero mamma. È orrendo».

«È *carino*», ribadisco scendendo dall'auto. «Il tempo fa abbastanza schifo, ma sono sicura che presto si schiarirà e…».

«No. Volevo dire, guarda lì. Finiremo tutti avvelenati». Punta il dito verso un avviso avvolto in una busta di plastica a fianco dei bagni del blocco A: "AVVISO IMPORTANTE: VIETATO USARE L'ACQUA A CAUSA DI UNA CONTAMINAZIONE".

«Be'», sbotto, «vorrà dire che non la berremo. Compreremo l'acqua in bottiglie al negozio». Sicuramente gli standard si saranno abbassati dall'ultima visita di Sam.

«E per le docce?», domanda Jake, socchiudendo gli occhi.

«Sono certa che per lavarsi va bene».

«E se invece non va? Potrebbe causarci dei problemi alla pelle».

«Jake, Cristo santo...». Vengo fermata di colpo da Lola e Travis, che escono barcollando dalla macchina e mi tempestano di domande.

«È lì che dormiremo? In quella casetta?»

«No, Lola, quelli sono i bagni».

«Dov'è Sam?»

«Arriverà più tardi».

«Ci avveleneremo? Ho sentito che Jake diceva...».

«No, certo che no. Secondo te lascerei che vi accadesse una cosa del genere?». Giro attorno alla macchina, sbattendo le portiere che tutti hanno lasciato spalancate. «Su, vediamo di scoprire dove dovremmo piantare la nostra tenda».

«Sotto la pioggia?», mugola Lola.

«Non è pioggia. È pioggerellina. Dai, cerchiamo di star su con il morale, d'accordo? Questa è la nostra *vacanza*. Sarà straordinaria».

Faccio un sorriso isterico, ma nessuno lo ricambia.

Il mio piano era di montare la tenda e avere la cena pronta per l'ora in cui Sam e Harvey sarebbero arrivati. In uno scatto d'entusiasmo ho messo nel frigo portatile costolette d'agnello, scalogni e una manciata di rosmarino. Da campeggiatori esperti quali siamo, non ci saremmo mai radunati attorno a tiepidi fagioli stufati e salsicce simili a lumache, *oh* no.

Sotto lo sguardo autoritario di Travis e Lola, io e Jake tiriamo fuori la tenda dal baule e la gettiamo sull'area di terreno bagnato che ci è stata assegnata. La nostra piazzola – se non sbaglio si dice così nel gergo del campeggio – è situata di fianco a una mega tenda con diverse appendici e ai bagni del blocco B, anche loro con il solito avviso a proposito dell'acqua.

Estraiamo la tenda dall'involucro di nylon. Diavolo, sembra davvero enorme, e ha un sacco di laccetti penzolanti. «Dove sono le istruzioni?», domando mentre ispeziono la borsa.

«Scommetto che non ci sono», commenta Jake, e sono sicura di aver percepito un pizzico di compiacimento.

Si suppone che al giorno d'oggi, dato che siamo nel Ventunesimo secolo, qualcuno dovrebbe aver già inventato una tenda che si monti da sola. Un modello per cui basti premere un pulsante, et voila, ecco che lei si apre.

«Ce la caveremo lo stesso», esclamo seccata. «Credo che si debbano infilare le aste in questi passanti».

Mi rendo conto che in realtà io non ho mai montato questo affare. Nell'unico viaggio in tenda che abbiamo fatto, a New Forest, fu Martin a preoccuparsi della questione. Pensavamo che Jake e Lola fossero troppo piccoli per dare una mano, mentre Travis era ancora rannicchiato nello spazio caldo e privo di tende del mio utero. Tornati dall'area con i giochi per bambini, il padre orgoglioso stava piantando con il martello l'ultimo picchetto.

Poi Martin ebbe un'intossicazione alimentare. Siccome ero stata io a cucinare, immagino fosse stata colpa mia. E siccome c'eravamo scordati la carta igienica – sempre colpa mia – trascorse la nottata barcollando avanti e indietro dai bagni con delle manciate di calzini per pulirsi il didietro.

«L'asta non va lì», mi rimprovera Jake, tirandomela via di mano e infilandola nel passante giusto.

In pochi minuti la struttura di base ha preso forma. A quanto pare, Jake ha miracolosamente ereditato da suo padre il gene del montare le tende. Tutto sembra procedere per il meglio quando un colpo di vento – abbastanza forte da scaraventare Travis a terra, il che lo diverte un sacco – spinge la tenda verso il cielo, facendola fluttuare come un enorme paio di mutande imbizzarrite.

«Merda!», urlo.

«Merda!», strilla Travis tutto esaltato e un uomo grassottello che sta montando una tenda color argento si gira verso di noi.

«Afferrala e fissa quell'angolo a terra con un picchetto», urlo disperata.

«Sei tu che hai il martello», protesta Jake.

«L'ho dato a te prima!».
«Non, non me l'hai...».
«Serve aiuto?». Un signore anziano è uscito dall'imponente tenda di nylon accanto a noi per godersi lo spettacolo.
«No, grazie», rispondo ansimando, afferrando un tirante impazzito.
L'uomo scuote la testa e ridacchia tra sé e sé.
«È inutile, mamma», sbotta Jake mentre riprendo il controllo della nostra casa temporanea.
«Ho fame», annuncia Lola.
«Anche io», borbotta Jake.
Li guardo in cagnesco. «Non possiamo cominciare a cucinare se la tenda non è montata. Dobbiamo stabilire delle priorità».
«Cosa significa "stabilire delle priorità"?», domanda Lola, a quanto pare per nulla preoccupata dal fatto di non avere una sistemazione.
La ignoro.
«Che ore sono?», insiste.
«Ora di cena», conferma Travis con un ghigno.
Chissà, forse il vento si calmerà. Dopo di che monteremo la tenda in quattro e quattr'otto e ci divertiremo proprio come chi si può permettere di andare in quella cazzo di Sardegna. Do un'occhiata in giro sperando che ci sia una tenda simile alla nostra, in modo da prendere spunto per montarla. Nemmeno una. Forse la nostra non è più in commercio. Tra l'altro è piena di chiazze e c'è anche un po' di muffa: probabilmente stando in soffitta avrà preso qualche malattia.
La pioggerellina è cessata e una giovane coppia di hippy è uscita per giocare a carte su un tavolino pieghevole. È come se attorno alla loro tenda il vento non soffiasse. A dire il vero non c'è vento da nessuna parte al di fuori della nostra piazzola, almeno fin dove arriva la mia vista. A quanto pare è dotata di un proprio microclima, e a questo punto non mi sorprende che fosse vuota.
Un uomo in pantaloni di pelle da motociclista sorseggia una bir-

ra fuori da un piccola tenda a igloo; alcune coppie di mezz'età preparano la cena ai propri fornelli e l'aria si riempie all'istante di profumini deliziosi. Gesù, qui tutto ha un profumo incredibile. I bambini cominciano a sembrare pallidi e scarni in volto e sono pronta a scommettere che Travis ha perso peso. Sono le sei del pomeriggio: anche se riuscissimo a drizzare la tenda, devo ancora collegare il fornello da campeggio alla bomboletta del gas arrugginita e sfogare la mia creatività con l'agnello e il rosmarino. A quest'ora dovrebbe già stare nella marinatura. Inoltre Sam e Harvey saranno qui da un momento all'altro. Il vicino della tenda mastodontica ci guarda comodamente seduto su una sedia pieghevole. Sua moglie, che avrà circa ottant'anni, tira fuori un materasso gonfiabile dal bagagliaio della loro Volvo e lo attacca a un marchingegno ronzante, che lo gonfia all'istante. Anche noi abbiamo dei materassini gonfiabili, ma nessun aggeggio per gonfiarli simile al loro: solo una minuscola pompa a piede che Martin, mi viene in mente adesso, spingeva con rabbia furibonda.

La signora trascina il materassino gonfio sull'erba bagnata. «Una serata bellissima», commenta.

«Già, vero?». Mi faccio forza con un sorriso.

Poi prosegue a scaricare i sacchi a pelo, un cestino di vimini, un fornelletto da campo, un vasto assortimento di pentole e padelle, e un piccolo cane bianco – quella razza di cane che continua a infilare il suo muso di topo tremante nella tua zona inguinale – e, incredibile a dirsi, una televisione. Quando Travis la vede gli si illuminano gli occhi. È davvero molto umiliante starsene seduta sulla borsa della tenda, circondata da bambini annoiati e nervosi, mentre una signora più vecchia di tua madre sta costruendo un'autentica casa di lusso. Piano piano, con l'aiuto di Jake, riesco a montare la tenda, anche se non è il massimo. Anche se non completamente dritta sull'attenti, è quasi dritta. Mentre i bambini vi si ammucchiano dentro, io stendo i materassini e comincio a pigiare quell'affare a piede fino a quando sento degli scricchiolii insoliti provenire dal mio ginocchio. Non sarò certo io a chiedere in prestito il compressore ai nostri vicini. Io sono Caitlin Brown, madre single di tre bambini, e sono perfettamente in grado di gestire ogni cosa da sola.

Nonostante stia pompando da venti minuti, il primo materassino è ancora sgonfio e inutilizzabile. Mi fa venire in mente una certa protuberanza di Martin quella volta che avevo comprato di tutto e di più nel reparto lingerie sexy – reggiseno a balconcino nero, mutandine in coordinato, collant e reggicalze, insomma l'intera collezione – nel tentativo di risvegliare la nostra vita sessuale (non essendomi ancora accorta che aveva rivolto le sue attenzioni altrove e che non c'era abbastanza eccitazione per tutte).

Pompo ancora più forte, la gamba mi va su e giù come un pistone impazzito. Mi sa che prima di poterci avventare sull'agnello aromatizzato al rosmarino passerà molto tempo. Cominciano a mancarmi Bethnal Green, la nostra casa schifosa e perfino le scimmie di mare.

«Quando sarà pronta la cena?», domanda Lola facendo capolino dalla tenda.

«Presto», mormoro. È incredibile, vero, come i giovani d'oggi si aspettino di vedere il cibo materializzarsi all'istante nonostante possano tranquillamente constatare che nessuno l'ha preparato?

«Ehi, bellezza!», urla il nostro vicino dalla sedia. «Posso darti una mano con quell'arnese?»

«Credo di aver praticamente finito», gli rispondo con falsa simpatia.

Gli scappano dei risolini soffocati di giubilo e prende un sorso dal bicchiere. Sta bevendo *vino*. Quando si dice girare il coltello nella piaga. Sento uno schiocco e scopro che il tubo di plastica si è staccato dalla pompa. Non ci rientrerà mai. Magari ho pompato troppo, finendo per causargli un esaurimento nervoso, proprio come quello che ho io in questo momento. Guardandolo da vicino, mi accorgo che ha un piccolo taglietto nella gomma. E adesso che cosa dovrei fare: gonfiare i materassini con la bocca? Gesù, finirò stesa su un lettino d'ospedale con i polmoni collassati.

La signora anziana mi guarda amorevolmente. Ora sta montando la tenda con la cucina. Hanno addirittura una tenda a parte per i fornelli; così come per il cane guaiolante: una specie di cuccia di nylon.

Comincio a sentirmi decisamente poco attrezzata. Mi vengono le lacrime agli occhi, ma le caccio via sbattendo le palpebre con rabbia. Io non *cederò* e non comincerò a piagnucolare come una ragazzina davanti a tutti questi campeggiatori esperti. Poi, proprio mentre sono sul punto di fare a brandelli la tenda, lanciare l'agnello al cane guaiolante e tornare a Londra, il mondo si illumina: l'auto di Sam entra nel campeggio; lui e Harvey balzano fuori e d'un tratto tutta quest'esperienza di "vita sotto un telo" diventa sostenibile.

«Ehi», fa Sam, «la vostra tenda è già in piedi! Sono stupito».

«È stata una passeggiata», mi vanto.

Poi si sofferma sui materassini sgonfi. «Aspetta, in macchina ho un macchinino per gonfiarli».

«Ah, Sam», commento ridendo, «dici sempre la cosa giusta al momento giusto».

«Eccoti qui, tesoro», esordisce l'anziana signora. «C'è avanzata molta cena e pensavamo che tu e i tuoi figli ne voleste un po'».

Di solito mi offenderei se una sconosciuta cercasse in tutti i modi di offrirci il suo cibo, ma il suo stufato ha un profumino fantastico e il nostro fornelletto è ancora dentro la scatola.

«Grazie mille davvero», le dico, grata per le zuppiere che mi allunga.

Ci abbuffiamo a più non posso; poi i bambini scorrazzano nei dintorni e alla fine crollano esausti dentro le tende.

Così rimaniamo noi – io e Sam – e una bottiglia di Sauvignon fresca che aveva pensato di prendere mentre venivano qui.

«Insomma», esordisco, «cos'hai fatto di bello in Cornovaglia?».

Sam si stende su un fianco sulla coperta scozzese. «Mah, le solite cose», risponde conciso.

Bevo un sorso di vino e cerco di leggergli negli occhi. Non è da lui essere evasivo. «Martin ci ha mandato una cartolina», butto lì, «per dirci quanto si diverte».

Sam sussulta. «È stato gentile da parte sua».

«Se devo essere sincera, preferisco stare qui piuttosto che in Sardegna». Lo penso davvero. Adesso non c'è un filo di vento e il cielo si è riempito di stelle grandi quanto una capocchia di spillo. Non me la ricordo nemmeno l'ultima volta che ho notato le stelle. Forse è questo ciò che intendono i collaboratori di «Bambino» quando ripetono continuamente di ritornare alla natura con i propri figli.

«Sono felice che tu sia venuta», mormora Sam. «Non pensavo fosse il tuo genere di cose...».

Ridacchio. «Nemmeno io».

Mi guarda negli occhi e noto un'aria diversa. Come se mi stesse guardando per davvero, quasi fossi una persona diversa e non la solita Cait con cui fa comodo trascorrere il tempo.

Si mette seduto e mi appoggia un braccio sulle spalle. Il mio corpo si irrigidisce e ho un brivido involontario.

«Sei gelida», sussurra. «Meglio se vai in tenda sotto le coperte».

«Sì, forse hai ragione». Mi rialzo in piedi, anche se non sono per niente stanca, nonostante il corpo a corpo con la tenda.

Facendo il meno rumore possibile, apro la cerniera della tenda e mi infilo dentro. Non voglio che Sam mi mandi a letto: voglio stare seduta accanto a lui, parlare, sentire il calore del suo braccio attorno alle mie spalle dopo mesi di carestia di contatto fisico.

Poi me ne rendo conto e resto sorpresa: voglio che Sam mi tocchi. Voglio *lui*. Scivolo dentro il sacco a pelo umidiccio e tiro su la cerniera fino al collo, come se così facendo potessi mettere a tacere i miei pensieri. Provo a sistemarmi, cercando di trovare una posizione comoda, quando il mio piede sbatte contro qualcosa di duro sul fondo del mio sacco a pelo. L'uncino di Travis. Lo ripesco seccata e lo getto da qualche parte.

Jake apre gli occhi, bisbigliando delle parole.

«Ti ho svegliato?», sussurro.

Risposta incomprensibile.

«Hai freddo?»

«No, sto bene». Per Jake questo rappresenta il massimo dell'entusiasmo.

Si gira dall'altra parte e alla fine il suo leggero russare risuona in tutta la tenda. Lola mormora nel sonno e Travis, avvertendo la mia presenza, mi si rannicchia accanto, alitandomi lo stufato in faccia. Qualcuno in lontananza scoppia a ridere e una brezza leggera increspa la tenda.

Mi chiedo cosa stia facendo Sam adesso, se è ancora seduto lì fuori e perché non vedeva l'ora che me ne andassi a letto. Resto distesa così, in attesa che il desiderio di avere Sam si plachi.

Non si placa.

Stringo gli occhi forte forte e cerco di pensare ad altre cose, come Martin che viene pizzicato ripetutamente da una medusa in Sardegna, ma non funziona.

Poi sento qualcuno aprire la cerniera di una tenda e un rumore di passi leggeri sull'erba. «Cait?», bisbiglia.

È Sam. Forse anche lui se ne stava disteso con la testa piena di pensieri simili ai miei. Forse ha deciso che trovarsi incastrato fra una tenda per cani e i bagni del gruppo B poteva essere tutto sommato molto romantico se insieme alla persona giusta. Ho le mani umide, e non è solo perché sono intrappolata dentro del nylon da quattro soldi.

«Che c'è?», gli chiedo.

«Vieni fuori, voglio farti vedere una cosa».

Guardo un attimo i miei bambini – tre volti sereni e beati in mezzo a un mucchio di sacchi a pelo e di coperte – poi li scavalco con molta cautela. Mentre apro la tenda sento un rumore stridulo. Lola sussulta, ma non si sveglia. Striscio fuori e Sam è in piedi che mi aspetta. È bellissimo: ha i capelli arruffati e indossa un maglione slabbrato e un paio di jeans sgualciti.

«Ehm… C'è qualcosa che non va?», domando.

«Direi proprio il contrario». Sorride, indicando la sua coperta stesa sull'erba umida.

Oddio.

«Vieni, stendiamoci lì. Voglio farti vedere una cosa».

Mi gira la testa, ma ci vado lo stesso e mi metto a qualche centimetro da lui, così non c'è nessun contatto; nel frattempo mi domando quale deve essere la prossima mossa.

«Guarda il cielo lassù», dice.

Lo guardo e capisco tutto: ci sono le stelle cadenti. Minuscole esplosioni che screziano il cielo nero come l'inchiostro.

È incredibile; come se qualcuno le avesse messe apposta per noi. Non ci tocchiamo e non parliamo nemmeno. Fissiamo solo quei lampi di luce.

Rimango stesa lì sulla coperta di Sam, a guardare le stelle che crepitano e poi esplodono, riflesso dei crepitii e delle piccole esplosioni nel mio cuore.

CAPITOLO QUATTORDICI

Tornata a Londra, quella sensazione continua a ronzarmi in testa. Una notte con le stelle cadenti; ritrovarmi stesa accanto a Sam sulla coperta umida; noi due a guardare il cielo mentre esplodeva. Non dico niente a nessuno, sicura che Millie la trasformerebbe in una "questione importante" e mi tormenterebbe senza pietà spingendomi a "far succedere qualcosa". Anche Rachel mi punzecchierebbe pur di "far prendere il via" alla cosa – non che ci sia niente da *prendere*, intendiamoci. Non è successo niente. Non ci siamo presi per mano, non c'è stato nessun contatto, tanto meno un bacio. Abbiamo guardato le stelle, dato una sbirciatina alla coppia di anziani che si sbaciucchiava di fianco alla tenda del cane. E tutto ciò significa che mi sto illudendo da morire e che lui non mi considera – e mai mi considererà – più di un'amica.

Sta influenzando il mio modo di comportarmi quando sono con lui e ho il terrore che se ne sia accorto: temendo di apparire innaturale, comincio ad agitarmi e così alla fine risulto innaturale per davvero: continuo a balbettare dalla timidezza, incapace di sostenere una normale conversazione. Mi sento a disagio, più o meno come Jake quando è stato costretto a fare uno dei tre Re Magi nel presepe vivente organizzato dalla scuola e ha borbottato: «Ti porto in dono Frankenstein».

Vorrei dire a Sam quello che provo e confidargli, al diavolo, che quella notte è scattato qualcosa, che mi sono sentita di nuovo viva; ma so che mi scoppierebbe a ridere in faccia. Oppure potrebbe scappare spaventato e andare in bagno a vomitare. Altrimenti, ipotesi ancora più umiliante, potrebbe farmi un discorsino affettuoso, qualcosa tipo: «Cait, sei un'amica meravigliosa, e mi dispiace molto dovertelo dire, ma non provo lo stesso per te. Mi dispiace». Dopo di che sarei costretta a fare l'hara-kiri con il coltello per tagliare il pane.

Per tenermi la mente occupata, lavoro alla mia rubrica di notte, rispondendo personalmente alle lettere, nonostante Millie mi abbia avvertito di non farlo. Ho provato a sbarazzarmene e sono perfino riuscita a gettarne qualcuna nel cestino; ma poi alla fine le ho recuperate e le ho passate un attimo sotto l'acqua.

Studio con attenzione una calligrafia slavata, a volte pasticciata:

Cara Harriet,

Ti prego, aiutami. Io e il mio ragazzo ci siamo mollati un anno fa. Abbiamo due bambini piccoli che non l'hanno presa per niente bene. Ora il mio ex ammette che sarebbe meglio se tornassimo insieme. Prima mi dice che ci siamo allontanati a vicenda e che nonostante mi volesse bene non mi amava più; adesso mi viene a raccontare che si era sbagliato. Vuole tornare indietro. Dovrei dargli una seconda possibilità?

Seguo la tua rubrica con molto interesse e mi è dispiaciuto quando ho letto che questa è la tua ultima settimana e che poi mancherai per un po' di tempo. Spero che la tua sostituta dia consigli saggi come i tuoi. Sarà difficile trovarne una uguale a te.

Confusa da Kidderminster

Comincio a digitare:

Cara Confusa,

Mi parli dei tuoi bambini, del tuo ex, e non fai nemmeno un accenno a te. Tu che cosa pensi di lui? Credi che *tu* possa avere un futuro assieme a lui?

Lascio perdere. Insomma, che cosa dovrebbe fare? Guardo lo schermo, gli occhi mi bruciano, ma non mi viene in mente neanche un linea d'azione adeguata. Di certo non dovrebbe lasciarlo tornare. Ma se anche lei è ancora innamorata? Chi sono per ordinarle quello che deve fare? Credevo di aver chiuso con questo problema e pensavo che avrei snocciolato le risposte, dozzine di risposte personali, senza tante difficoltà. Ora invece mi sono bloccata, la mia fiducia è a pezzi e ho la testa piena di pensieri ridicoli su Sam.

Metto la lettera da parte e ne scelgo una sulle intromissioni da parte dei nonni.

Arriva il mattino dopo, lunedì. La spessa busta formato A4 sembra così innocua infilata in mezzo a un assortimento strazia-anima di réclame, bollette e un opuscolo decorato da una scritta sconcertante: LAVA-TAPPETI LAVA-FACILE. «NON RIESCO A CREDERE A QUANTO SPORCO FOSSE IL MIO TAPPETO. L'ACQUA ERA NERA!». *Brenda, Welwin Garden City.*

Prendo la busta marrone e la stringo al petto. In questo momento dovrei essere dai bambini a cercare di convincerli con le buone a prepararsi per andare a scuola, ma devo assolutamente vedere quello che c'è dentro, porre fine all'orrore una volta per tutte. La strappo, tiro fuori la rivista e corro alla mia pagina.

Come previsto, la foto è orribile. E anche gigantesca, cazzo. Per motivi noti solo a loro, Millie o qualche faccia da culo della grafica deve aver ritenuto opportuno darle il massimo spazio. La Pike, nella sua fresca camicia bianca, occupava all'incirca tre centimetri quadrati. La mia foto è il quadruplo, con una cornice rosa che sembra urlare: "Guarda qui! Dà un'occhiata a questa idiota! Chi si crede d'essere?". Ma la cosa ancora peggiore è che sembro imbronciata, come se mi credessi davvero una di quelle modelle nelle pubblicità di Lancôme o Max Factor. Potrei mettermi a piangere. Non c'è neanche un gene imbronciato nel mio corpo. Ho perfino cercato di emettere suoni confortanti e di rassicurare Travis che quell'essere non era un transessuale poco convincente, bensì *io*: colei che l'ha nutrito nel suo grembo e sfoggiava un reggiseno per l'allattamento Belle Maman, con coppa predisposta per un'apertura agevole, taglia ottava.

Scendendo di corsa in cucina, considero in fretta e furia le varie possibilità. Per limitare i danni potrei anche abbandonare la rubrica. Sono anche tentata di sottoporre il mio viso a un drastico intervento chirurgico, così non mi riconoscerà nessuno. Se non sbaglio oggi esistono anche i trapianti di faccia: farebbero proprio al caso mio.

«Siamo in ritardo?», domanda Lola balzando in cucina con addosso ancora il pigiamino di Pluto.

«Oddio, sì; meglio se ci diamo una mossa». Mi riprendo dal trauma e chiamo Travis e Jake, al piano di sopra, chiedendomi se sembrerei una matta se indossassi un passamontagna in una mattina calda di aprile.

Jake arriva già vestito, ma senza le scarpe. «Tanto a te che t'importa?», dice arrabbiato.

Lo squadro con gli occhi. Avrà in qualche modo scoperto la rivista, rendendosi conto che verrà preso in giro senza pietà per via della sua mamma uomo? No, è impossibile.

«Dove sono le tue scarpe?», gli chiedo.

«Che t'importa a te?», insiste.

Ah. Il Jake migliorato, rivelatosi preziosissimo durante il nostro campeggio, è ritornato a essere il Jake che mi dà la colpa per tutto ciò che non va nella sua vita. Anche se poi è suo padre quello che tromba alla grande, mentre io non intravedo un uomo nudo dall'epoca di re Edoardo.

«Cosa significa», chiedo con voce calma, «che non me ne importa?».

Travis compare al suo fianco e dà una sbirciatina alle gambe di suo fratello.

«Delle mie verruche», risponde Jake.

Quasi mi metto a ridere. «Credevo fossero sparite».

«E invece no».

«Perché non me l'hai detto? Non posso stare sempre a controllare i piedi di tutti, Jake. Ci sono ben sei piedi in questa casa...».

«Otto», afferma Lola compiaciuta. «Quando c'era anche papà erano dieci».

«Esatto, grazie Lola...».

«Le altre mamme i piedi li controllano», insiste Jake. «Alle altre mamme *importano*».

«Ma davvero? Quale mamma ha il tempo di fare ispezioni dei piedi giornaliere?». Il tono della mia voce è stridulo e orribile.

«Tutte!», grida Jake furioso.

«Già, proprio come tutti vanno a Disneyland Paris per Pasqua. Se ti sono tornate le verruche me lo dici e ci rimettiamo sopra il liquido apposta».

«E che cosa sto facendo? Te lo sto dicendo».

«Quante ne hai?», chiedo, cercando di mantenere un tono di voce normale. Una madre calma, imperturbabile.

«Più o meno quarantacinque», ribatte.

«Quarantacinque? Cristo santo! Ma stai scherzando? Tirati via i calzini!».

«Te le faccio vedere più tardi», replica tranquillo; come per dire: se non ti sei preoccupata del dolore e del disagio che ho dovuto sopportare nelle scorse settimane, qualche ora in più non fa alcuna differenza.

Mi abbasso e allungo le mani verso i calzini. «No!», urla, allontanando i piedi dalla mia presa.

«Non fare lo stupido! È questione di un attimo…».

«Cos'è una verruca?», domanda Lola.

«È una piccola protuberanza con una specie di radice».

«Una radice?», esclama. «Come? Come un albero? Puah!».

«Jake», gli dico seccata, «smettila di muovere quei piedi. Devo vederli».

Tenendo il piede imprigionato sotto un braccio, gli strappo via il calzino, ma continua a scalciare come un forsennato, finendo per cadere all'indietro e andando sbattere la testa contro lo stipite della porta.

«Oddio! Stai bene?».

Lo tiro su e lo abbraccio, rovistando fra i suoi capelli in cerca di una terrificante voragine. Non ce n'è nemmeno una; non c'è proprio sangue, nonostante si stia formando un bernoccolo spettacolare. Piagnucola con la faccia premuta contro il mio petto. Una lacrima mi scivola sulle guance.

«Mi hai fatto male», dice singhiozzando. «Mi hai fatto male alla testa».

«Tesoro, mi dispiace moltissimo». La sua faccia è appiccicosa e bollente.

«Deve andare all'ospedale?», domanda Lola tutta eccitata.

«Ambulanza!», interviene Travis, sbattendo la sua tazza di latte sul tavolo.

«No, non credo ci sia bisogno di andare all'ospedale. Jake, amore mio, come ti senti?»

«Sto bene». Adesso è come il vecchio Jake, il *mio* Jake, che si lascia abbracciare e coccolare. Posso perfino sentire il battito accelerato del suo cuore. «Riesci a vederci bene?», mormoro. «O vedi tutto sfocato?».

Annuisce. Questo significa che ci vede bene? O che ha la vista indebolita?

«Stavo solo cercando di sfilarti il calzino, ma poi ti sei dimenato in quel modo». Cerco di abbracciarlo di nuovo, ma si irrigidisce e si allontana. È come cercare di essere affettuosi con un congelatore. «Ti fa male la testa?», gli chiedo esasperata, «stai bene? Ti fa male da qualche parte?»

«Ho detto che sto bene!», esclama respingendomi. Poi si alza in piedi e si butta sulla sedia.

«Jake ha quarantacinque verruche con radici», canticchia Lola.

«Le voglio io le verrute», tuona Travis, battendo di nuovo la tazza sul tavolo.

Eccomi qui, bloccata nella mia cucina senza sapere che cosa fare. Ci sono tre bambini, un adulto, e l'adulto sono io. Spetta agli adulti prendere le decisioni, sapere che cosa fare in qualsiasi occasione. È questo il motivo per cui siamo qui. Ma io non valgo niente come adulto. Non so nemmeno gonfiare uno stramaledetto materassino.

Se mando Jake a scuola – che comincia esattamente fra quattro minuti – potrebbe perdere i sensi mentre è in bagno e soffocare nel suo stesso vomito. Se lo tengo a casa – ma dovrò comunque portarlo fuori per accompagnare a scuola Lola – passerà tutto il resto della giornata a trasmettere odio.

Jake bisbiglia qualcosa che assomiglia a «Voglio papà».

Deglutisco. «Pensi di poter andare a scuola?». Grande idea: passare la palla.

«Sì», borbotta.

«Dai, allora. Lavatevi i giubbini e mettetevi i denti».

Di solito questa frase risolleva il morale della casa. Oggi, però, non ride nessuno.

Ci precipitiamo a scuola e io trascino Travis come se fosse uno di quei giocattoli da trainare. Accidenti, non sono meglio di una picchia-bambini. A questo punto, il minimo che posso fare è portare i miei figli a scuola in orario.

«Mi metteranno una nota per il ritardo», si lamenta Jake soddisfatto, aggiungendo a bassa voce: «Ed è tutta colpa tua».

Arriviamo, ansimanti, al cancello, che attraverso mentre Jake protesta ad alta voce dietro di me. «Che stai facendo? Non puoi entrare a scuola! I genitori non sono ammessi!».

«E invece posso, Jake. Voglio parlare con la signorina Race per farti dare uno di quegli adesivi con scritto sopra "Oggi ho sbattuto la testa". Così tutto il personale sa che dovrà tenerti d'occhio».

«Un adesivo?», mi inveisce contro. «Ho dieci anni! Non voglio degli adesivi. Quelli sono per i bambini!».

Senza dargli corda, apro la porta di ingresso, mentre i bambini battibeccano tra loro alle mia spalle.

«Ah, ciao Jake». La signorina Race è spuntata dall'ufficio. Lei preferisce i vestiti nelle tonalità del verde oliva/senape (da quando ho incontrato Carmen, non faccio che ragionare per tonalità). Credo che abbia avuto una seduta con un consulente per il colore un po' sadico.

«Jake ha sbattuto la testa stamani», le spiego. «Non è che potreste assicurarvi che stia bene?».

Jake si stringe fra le braccia e si guarda i piedi, come se volesse comprimersi fino a scomparire.

«Oh, poverino», commenta la signorina Race tutta preoccupata. «Accidenti, è vero, guarda qui che brutto bernoccolo. Cos'è successo?»

«Ha, ehm, sbattuto contro lo stipite della porta», balbetto, consapevole dell'aria di colpevolezza che sta lentamente tingendo il mio volto.

«Non è stato lui!», urla Travis. «L'ha spinto mamma».

La signorina Race si volta verso di me. «Oddio».

«È stato un incidente», mi giustifico, lasciandomi sfuggire una risata da perfetta cretina.

«Mmm». Stringe le labbra. «Bene, vorrà dire che se c'è qualcosa che non va o ti senti poco bene me lo verrai a dire, vero Jake?».

Annuisce, mentre con gli occhi dice: «Mia madre ha cercato di menomarmi».

Lo sguardo della direttrice, invece, sembra dire: «Le persone come te le conosciamo, faremo un appunto nella tua scheda».

Fingendo allegria, saluto Lola e Jake con un bacio – lui quasi si mette a vomitare – e porto Travis fuori, nel cortile deserto. «Dai», gli propongo, «facciamo qualcosa per tirarci su di morale».

«Cosa?», domanda facendo un saltino per l'emozione.

«Andiamo a comprare una lozione per le verruche».

CAPITOLO QUINDICI

Tenendo Travis per mano, entro in farmacia, grata per i suoi profumi rilassanti dopo un inizio di giornata problematico.

Una donna con i capelli pieni di mèches gira attorno all'espositore dei rimedi omeopatici. «Caitlin Brown!», strilla Bev. «L'ho appena vista; parlo di quella tua buffa foto su "Bambino". Non sei mica tu quel personaggio misterioso?».

Il mio volto si irrigidisce mentre mi si avvicina ballonzolando. La raggiungono anche Marcia, che accorre dall'angolo degli spazzolini da denti, e Charlene, un'altra madre dell'Associazione genitori e insegnanti, che sta estraendo una ricetta da una busta di carta.

«È solo un incarico, come dire, temporaneo», sbotto, «per sostituire la vera curatrice della posta del cuore, che al momento è ammalata».

«Sembri *diversa* nella foto, o sbaglio?», gracchia Marcia.

«Molto seducente», aggiunge Charlene, con un sorrisino beffardo.

«Ehm, grazie». Provo a sorridere, ma la mia faccia è come una lastra di ghiaccio. Sembra che stia sopraggiungendo il rigor mortis.

Travis è intento a rigirare tutti i bagnoschiuma, in modo che siano esposti al contrario. Porca miseria, sapevo che «Bambino» era famoso – leader nel settore e via dicendo – ma non credevo che sarei stata scoperta già dopo pochi minuti dall'uscita nelle edicole.

«Hai dovuto seguire qualche corso speciale?», s'interessa Marcia inarcando un sopracciglio.

«No, non proprio...».

«Ma allora anche il primo che passa strada potrebbe dare consigli. È così che funziona?», scoppia in una risata sarcastica.

«Sì, credo di sì». La mia bocca ha un piccolo spasmo mentre allontano Travis dagli spazzolini musicali. Un coro confuso di voci inizia a cantare la stessa canzoncina:

Canta canta assieme a me
Questa filastrocca
Lava lava i tuoi dentin
E risciacqua ben la bocca.

«Stavo sfogliando la rivista», prosegue Charlene, «e mi aspettavo di vedere quella donna sensibilissima, Harriet Vattelapesca, con i capelli ben curati. E invece ci sei tu, la nostra Caitlin in persona».

Adesso sono "la nostra Caitlin in persona", come se fossi un numero all'interno del saggio di fine anno.

«... a dispensare consigli come una vera esperta!», salta su Bev, e poi prorompe in una grossa risata, buttando la testa all'indietro e lasciando di sasso una cliente anziana che si aggirava attorno agli olii per massaggi.

«In realtà è uguale a qualsiasi altro lavoro che ha a che fare con la scrittura», commento con tono deciso.

«A parte il fatto che stai influenzando le vite delle persone», ribatte Bev con aria drammatica.

Marcia aggrotta le sopracciglia. «Spero che tu non ti offenda, Caitlin, ma io non avrei detto lo stesso. Hai presente la lettera della donna il cui marito si addormenta sul divano...».

«Già», la interrompe Charlene, «credo che tu sia stata troppo dura. Nei confronti dell'uomo, intendo. Lui lavora tutto il giorno, o sbaglio? E poi deve ritornare in una casa da buttare via...».

«Cosa crede, lei, che dopo una giornata di lavoro in ufficio torni a casa e sia Mister Intrattenimento?», squittisce Marcia.

«Ho scritto quello che ritenevo fosse giusto», ribatto. «Ed è stata la donna a mandare la lettera, tenetelo a mente. È lei che vuole avere un consiglio».

«D'accordo, ma non dovresti dare un parere equilibrato?». Gli occhi di Marcia hanno un guizzo maligno.

Con mio grande sollievo, entra nel negozio Rachel. Le sue doti di madre impeccabile mi faranno anche vergognare, ma almeno sta dalla mia parte.

«Ho visto la tua prima pagina!», annuncia sorridendo. «È fantastica, Cait. Non è stata brava? Non dà l'idea di essere una persona amichevole, una con cui ti confideresti volentieri?». Guarda le altre del gruppo.

«Ehm, sì», conferma Marcia. «A dire il vero, Caitlin, io stessa ho un problema…».

Anche io: come uscire da questo inferno e andarmene via.

«Voglio lo spazzolino!», canticchia Travis.

«Non ne hai bisogno…».

«Sì che ne ho bisogno», insiste. «È tutto smangiucchiato».

Marcia ha impostato il suo sorriso. «Potrei scriverti a proposito di Genevieve?», domanda.

«Puoi scrivermi per qualsiasi cosa tu voglia», le rispondo con dolcezza.

«È a proposito della scuola. Non la stimola. Risponderesti a una lettera in cui ti si chiede come comportarsi con una figlia prodigio? Come incoraggiarla a raggiungere il massimo delle sue potenzialità?»

«Credi davvero che sia una bambina prodigio?», sibila Bev. «L'hai fatta vedere da uno psichiatra?»

«Da uno psicologo», la corregge Marcia, e grazie al conseguente dibattito psichiatra-psicologo posso staccarmi dal gruppo e sgattaiolare verso il bancone.

Alla faccia di Harriet Pike, compro a Travis lo spazzolino da denti musicale ("se cedi ogni volta che si lamenta, non fai altro che accrescere la sua smania di regali"). Ma nel momento in cui metto il piede fuori dalla porta, lasciando le altre a chiacchierare allegramente vicino ai prodotti al mughetto, mi rendo conto di aver dimenticato l'unica cosa per cui ero entrata.

Alla fine io e Travis compriamo la lozione contro le verruche in un'altra farmacia in Bethnal Green Road.

La risata sgorga in qualche zona remota della pancia di Sam e risale spumeggiando, fino a costringerlo ad asciugarsi le lacrime. Ci aveva invitato a passare da casa sua dopo essere stati a prendere Jake e Lola a scuola.

«Oddio, Cait», riesce a dire tra le risate, «hai ragione. Devo cominciare a chiamarti Brian?».

Sono mortificata e momentaneamente senza parole.

«Scusa», aggiunge, con la voce ancora tremante per le risate, «ma è talmente, talmente... esagerata. Sei una persona così carina e semplice che non hai bisogno di tutta quella, quella... roba sulla tua faccia».

«E va bene», taglio corto.

Si siede più vicino sul divano malandato e mi mette una mano sulla spalla. «Non è che ti sei offesa, vero?».

Al diavolo la notte delle stelle cadenti: non sono altro che una riserva di risate.

«Certo che no», rispondo veloce. «È solo che sono piuttosto sensibile sulla questione, tutto qui».

Sposta lo sguardo sulla rivista aperta sul tavolino. «Magari potevano metterti un po' meno rossetto...».

«Eh già».

«E tutto quel nero attorno agli occhi...»; le spalle di Sam cominciano a sussultare di nuovo.

Per lui non c'è problema, del resto può continuare a mandare avanti la sua fiorente attività di designer grafico senza che ciò interferisca con il suo essere padre. *Lui* non deve cogliere al volo il primo incarico che attraversa la sua strada per caso. Harvey, poi, è un bambino allegro, cresciuto bene e che, per quanto ne sappia io, non ha mai brandito un flacone di Mr Sheen. Inoltre Sam è rimasto in buoni rapporti con Amelia, la sua ex (si mandano ancora i regali di compleanno, non so se mi spiego). E pensare che, mentre guardavamo le stelle, ho perfino osato sperare che potesse provare qualcosa per me.

«Credevo fosse un passo in avanti rispetto all'aggeggio per spazzolare la lingua», borbotto. «Ti ricordi cos'è successo durante gli ultimi colloqui? Quando sono entrata nella sua classe per vedere i suoi lavoretti e sul muro era appeso un disegno di me davanti al computer? Sotto c'era scritto…».

«"Mia mamma scrive di creme per il sedere"», farfuglia Sam.

«Per cui credevo che questo lavoro», continuo innervosita, «sarebbe stato meglio».

Sam butta un'occhio alla mia foto. «Be', magari diventerai il punto di riferimento per un sacco di seguaci».

Afferro la rivista, la arrotolo e la caccio nella borsa. C'è solo una soluzione possibile: devo licenziarmi. La mia breve carriera di curatrice della posta del cuore è finita ancora prima di iniziare. Sam sta ancora starnazzando come un bambino isterico cercando di sfilare la rivista dalla mia borsa.

«Scordatelo», gli urlo infuriata.

«Ehi, stavo solo…».

«Già», borbotto. «Bene». Ora sono diventata una diciassettenne petulante. Grandioso. Non c'è niente di meglio che mostrare il proprio lato migliore.

Si mette in piedi, alza le spalle ed esce dalla cucina, lasciandomi a ribollire di rabbia e umiliazione. Lo odio. Odio tutti gli uomini. Rimarrò celibe per tutto il resto della mia vita. Quando i ragazzi se ne andranno di casa, mi trasferirò in un attico sudicio e che puzza di pipì assieme a gatti rognosi.

A me nemmeno piacciono i gatti.

Il mercoledì successivo Millie mi chiama per assicurarsi che abbia ricevuto la mia copia di «Bambino» contenente la mia sbobba rifilata.

«Sì, grazie», rispondo secca.

«Sei per caso arrabbiata?»

«No, è solo che gli ormoni per farmi cambiare di sesso oggi mi danno un po' alla testa».

Sbuffa sulla cornetta. «Oh, piccola mia, ma la tua rubrica è fantastica. Abbiamo avuto una grande risposta dai lettori e c'è già un plico di lettere indirizzate a te».

Posta per me, non per la Pike. È una responsabilità mia. Le persone si aspettano una risposta da *me*. Merda.

«Millie», dico esitante, «mi dispiace, ma non credo di poter continuare».

«Ma di che stai parlando? Sei cento volte meglio di Harriet. Molto più sensibile ed empatica. E comunque, cosa faresti adesso che il sito delle creme per il culo ha chiuso?»

«Potrei, ehm... Scrivere diversi articoli per pubblicazioni di valore».

«Ma va a cagare», dice ridacchiando.

«Onestamente, Millie, non credo di essere... io».

«Ovvio che non sei tu», continua. «La foto è orribile. Quell'idiota della truccatrice ti ha distrutta completamente e Adrian non ha fatto nulla per impedirlo. Non ci posso credere. Non potevi dirle qualcosa, ordinarle di tirarne via un po' e di farlo più naturale?»

«Io... Io credevo che fosse la norma. Pensavo di dovere essere infarcita di trucco per via delle luci o cose del genere».

«No, tesoro», sottolinea con una calma esagerata, «io voglio che tu assomigli a quello che sei. Devi risultare accessibile, in modo tale che le persone si sentano tranquille a confidarsi con te».

«Giusto».

«Ad ogni modo», prosegue, «secondo noi sarebbe meglio se nella foto ci fossero anche i tuoi bambini. Ti darebbe più autorevolezza, più prestigio. Mi segui?»

«Ma c'è già scritto che ho tre figli».

«Non è come vederli», insiste.

«Millie, non so se vorranno collaborare. Travis non è ancora in grado di stare fermo per più di un minuto, mentre Jake... ». Già me lo immagino mentre guarda l'obiettivo con uno sguardo torvo, ammesso innanzitutto che accetti di venire nello studio.

«Eddài, sono così carini e poi gli piacerà stare al centro dell'attenzione. Possiamo rifare la foto la settimana prossima? Purtroppo non c'è molto tempo».

«Lola e Jake sono a scuola», le ricordo, «per cui o si fa nel tardo pomeriggio oppure nel fine settimana».

«Non possono stare a casa per un giorno?»

«Per fare una foto?», sbotto. «Certo che no».

Millie sospira. «Sarebbe un'esperienza *educativa*. Imparerebbero qualcosa su, ehm, sul processo fotografico: l'illuminazione, l'inquadratura e via dicendo. A scuola sarebbero sulla bocca di tutti!».

Di sicuro la signorina Race ne sarebbe entusiasta: dopo aver aggredito il figlio più grande, la madre interrompe l'educazione dei suoi tre bambini al solo scopo di favorire la sua schifosa carriera. Millie proprio non capisce che all'età di Jake i ragazzini qualsiasi cosa vorrebbero fuorché essere sulla bocca di tutti a scuola.

«Mi dispiace, ma non chiederò nessun permesso», ribadisco. «Glielo domanderò e se accetteranno, potremmo organizzare qualcosa per domenica».

«Non si può: il fotografo chiede doppia paga la domenica».

Grandioso. «Bambino» può permettersi di mandare il gruppo moda in Kenya e di noleggiare degli elefanti come "attrezzatura di scena", ma lei si dimostra ancora riluttante a sganciare al suo fotografo qualche spicciolo extra.

«Il sabato costa un po' di meno», aggiunge.

«Questo sabato è il compleanno di mia madre...».

«Ma lei sta in un ospizio», mi ricorda.

«A volte li fanno uscire, cerca di capirmi. Le ho promesso che sarei andata a prenderla per uno speciale pranzo di compleanno».

Millie sta un attimo in silenzio. «Sì, come dire... Si *ricorderà* che è il suo compleanno? Insomma, sbaglio o soffre di demenza senile? Non è ancora convinta che ci stiano bombardando i tedeschi?»

«A volte sì; però...».
«Quindi potresti fingere che il suo compleanno è il sabato *successivo...*».
«Non posso mentire a mia madre su questo! Non cambierò la data del suo compleanno, Millie. Certo non per un servizio fotografico».
«Perché no?», mi chiede con tono calmo.
«Perché... Nel giorno del suo vero compleanno gli assistenti le daranno un biglietto d'auguri, le canteranno la canzoncina e mangeranno la torta».
Riesco quasi a sentire il rumore del suo cervello mentre pensa, simile a quello del motorino dentro la locomotiva giocattolo di Travis.
«Potrebbero posticipare il momento della canzoncina e della torta», suggerisce.
Fantastico! Devo aggiungere "costringe la squadra di assistenti a cambiare il giorno del compleanno dell'anziana madre confusa" alla mia lista sempre più lunga di infrazioni commesse.
«No, Millie. Dobbiamo farlo in un altro giorno».
«Ti prego. Bisogna uscire da questo pasticcio il più presto possibile. Voglio sostituire la tua foto in versione transessuale quanto prima».
«Anche io», rispondo secca.
«D'accordo, ecco cosa faremo: sabato pomeriggio veniamo da te; tua madre può stare seduta in un angolo a guardare. Uno scatto e via; dieci minuti al massimo. Sicuramente sarà più interessante questo per lei di tutte quelle canzoncine e quei lavori all'uncinetto».
«E va bene», borbotto.
«Andrà tutto bene, Cait». La sua voce si fa più dolce. «Non sarà certo una vecchietta seduta in un angolo a ostruire il passaggio».

Quando torniamo da scuola si presenta Martin. Non rientra nelle "visite ufficiali di papà", ma ultimamente ogni tanto lo fa: infila rimpatri infrasettimanali extra. Di fatto, si comporta così da quando è tornato dalla Sardegna; ma chi sono io per dire che sono mossi dal senso di colpa?

Questa volta l'angelo devoto è addirittura uscito prima dal lavoro pur di stare assieme ai suoi piccoli. Ha prenotato i biglietti per una proiezione delle sei e ciò significa che Travis andrà a letto troppo tardi. Ha portato anche dei regali. Quella di elargire dei regalini ogni volta che viene è una trovata nuova e non la approvo affatto.

«Grazie papà!». Jake stringe la maglietta di Tintin al petto, tutto contento.

Lola prende la spazzola con specchietto incorporato, dando qualche colpetto nel vuoto con fare teatrale.

«Una palla gonfiata!», urla Travis.

«Be'», interviene Martin, ora radioso, «mi hanno detto che mamma ha bucato quell'altro che avevi in giardino».

«Già, l'ha fatto di proposito».

Sto per reclamare, ma poi chiudo il becco: i bambini sono contenti di vederlo e io non devo comportarmi da guastafeste. Il *genitore buono* fa i regali; il *genitore cattivo* trascura le verruche del figlio, finendo per fargli del male alla testa, e permette che delle costolette d'agnello vadano a male durante un campeggio. Brutta mamma sprecona!

Mi fa ancora strano vedere Martin che gironzola per casa con i bambini che gli saltellano attorno in estasi (perfino Jake; *soprattutto* Jake). È come se la Vacca dei Refrigeratori, e la conseguente disintegrazione della nostra famiglia, non fosse mai esistita.

«Papà», racconta d'un tratto Jake, «lunedì mi sono fatto male alla testa e a scuola mi hanno appiccicato uno stupido adesivo».

Oh, no: lo scandalo delle verruche. Speravo non venisse tirato in ballo.

«Davvero?», commenta Martin. «Cos'è successo?»

«Mamma stava litigando con me e mi ha fatto sbattere la testa contro la porta...».

«Jake», ribatto, «lo sai che non è andata così».

Martin mi guarda schifato, poi controlla in mezzo ai capelli di Jake. «Questo bernoccolo è pazzesco e preoccupante», mormora. «È uscito del sangue?»

«Sì», borbotta il Traditore.

«Non è vero», urlo.

«Anche se non è uscito sangue», cerca di calmarlo, «immagino ti abbia fatto molto male. E spero che almeno tu sia rimasto a casa da scuola».

«No. Mamma mi ci ha fatto restare per tutta la giornata».

Martin si volta verso di me.

«Io... Stavo cercando di controllare le sue verruche», ribatto, «ma Jake non voleva che gli togliessi i calzini...».

«Verruche?», ripete. «Non se ne sono ancora andate?».

A quanto pare no, cazzo.

«Gli sto dando una lozione», concludo secca.

Lola smette di spazzolare e mi osserva con occhi spalancati pieni di paura.

«È stato dal medico?», domanda Martin.

La rabbia mi ribolle nello stomaco. "L'hai per caso portato dal dottore ultimamente?", vorrei urlare. "O dal dentista? Sei per caso stato a un incontro con i genitori a scuola o hai cercato di montare una tenda in mezzo a uno stramaledetto vento fortissimo?".

«Non credo ci sia bisogno del medico», rispondo con una voce strozzata.

«Be'», scoppia a ridere, «tra le verruche e il bernoccolo sulla testa, non mi sembri al top della salute, vero Jake?».

Jake sorride a testa bassa. Per evitare di perdere completamente la pazienza, prendo il barattolino con il cibo per le scimmie di mare e ne verso un po' nell'acquario. Troppo, mi sa. Una quantità di cibo esagerata è la principale causa di morte di questi animali.

«Ti va di prendere un tè, papà?», chiede Lola timidamente.

«Ehm, se per mamma va bene, prenderei un caffè veloce e poi mi avvierei verso il cinema».

«Ne è rimasto un po' nella brocca», mormoro. A quest'ora sarà tiepidino e avrà tutto il fondo depositato. Perfetto.

Martin se ne versa una tazza piena. «Ti ho vista in quella rubrica della posta del cuore», azzarda.

Aggrotto le sopracciglia. «Non credevo che "Bambino" fosse il tuo genere di rivista».

«Daisy a volte lo compra. A dire il vero credo che sia molto valido: è pieno di proposte interessanti da realizzare assieme ai propri figli». Bambine immacolate che se la spassano con indosso vestitini firmati? Sì, direi che è proprio il genere di Daisy.

«Devono rifarmi la foto», aggiungo.

«Buona cosa». Mi fa un sorriso a cui rispondo con una smorfia.

«Questa volta vogliono che ci siano anche i bambini».

«Davvero? Come mai?»

«Per dimostrare che so di cosa parlo». Mi scappa una risata cupa.

Martin increspa la fronte. «E tu pensi... Che vada bene, no?»

«Non vedo motivi per non farlo».

«Posso esserci anch'io nella foto?», domanda Lola, facendo oscillare i suoi capelli freschi di spazzola.

«Ma certo che puoi, tesoro. Ehm... Per te è un problema, Martin?».

Alza le spalle. «Penso solo sia qualcosa su cui dovremmo... stare attenti. Metterli in mostra come se fossero...».

«Non li sto mettendo in *mostra*! Sarà semplicemente... Come una foto ricordo».

Gli scappa una risatina. «È un po' diverso dalle foto ricordo, Cait. Stiamo parlando di una rivista nazionale. Ma immagino che la decisione spetti a te».

Poi ci penserai tu, vorrebbe dire in realtà, *quando andranno fuori di sé e finiranno in terapia, razza di picchia-bambini che non sei altro.*

Per evitare altre chiacchiere, comincio a rompere le uova per la cena dei bambini.

Jake scruta la terrina di vetro. «Che cosa si mangia stasera?»

«Omelette».

«Non mi piacciono. Non posso mangiare le uova».

«Nemmeno io», interviene Lola, mettendo il broncio. «Sono allergica».

«Lola, non sei allergica! Tu le uova le adori. Che mi dici delle frittelle? Anche quelle hanno le uova...».

«Però non sanno di uova», s'intromette Jake.

«Sapete cosa vi dico», interviene Martin, «perché non ce ne andiamo al Pizza Express dato che non hai molto in casa? C'è ancora tempo prima del film».

«Evvai!», esulta Lola. «Può venire anche mamma?»

«Ehm, ti va di venire, Cait?». L'espressione di Martin si fa più dolce, mi viene un nodo alla gola. Non ce la farei a sopportare tutto questo: non posso sedere al solito tavolo rotondo accanto alla finestra. All'epoca sembrava la normalità: Jake sceglieva sempre la pizza con sopra le uova (vedi che gli piacciono le uova), Lola tutte le volte chiedeva perché Venezia fosse in pericolo, e io e Travis ci dividevamo quella al salame; lui prima pelava quei dischetti unti, poi se li infilava in bocca come se fossero monete. Riesco quasi a sentire l'aroma di origano e il profumo della birra Peroni.

«No, grazie», rispondo serena. «Ai bambini farà bene stare un po' da soli con te». *Senza la Vacca e Principessa Rosa*, intendo dire.

«Sicura?»

«E poi ho del lavoro da portare avanti». Mi sforzo di fare un bel sorriso.

Si incamminano fuori tutti assieme, chiacchierando uno con l'altro, senza nemmeno ricordarsi di salutarmi. A parte Lola, che sorride al settimo cielo. «Ti porterò un po' di pizza se me lo permetteranno», dice.

«Grazie, tesoro, ma non preoccuparti per me. Si raffredderà. Gustatela per bene e mangiala tutta».

Annuisce. Jake si sta già lamentando del fatto che un cartone animato adatto anche a Travis è troppo infantile per lui.

«Ehi», Martin si gira e incrocia il mio sguardo. «Senti, non pensare che ti ritenga responsabile per il bernoccolo di Travis…».

«Tranquillo», mormoro stando sulla porta. «Immagino sia stata colpa mia, anche se in maniera indiretta».

Entrano in macchina e Martin aggancia le cinture di sicurezza a ciascuno, sebbene Jake sia in grado di farlo da solo. Sta per salire al posto di guida quando si ferma di nuovo e mi guarda. «Mi dispiace, Cait», aggiunge.

Per che cosa? Per aver insinuato che non sono adatta a fare la madre, o magari per aver sconvolto le nostre vite? Fingo di sorridere, ma solo perché Lola mi sta fissando. «Non c'è niente di cui essere dispiaciuti», dico con tono tranquillo.

Alza le spalle e sale in macchina. Mentre si allontana, ricordo a me stessa che sono figli miei tanto quanto di Martin, e che loro gli vogliono un sacco di bene. Dovrei cercare di essere abbastanza matura da tenerlo a mente.

Però resta sempre un bastardo pieno di sé con la passione per la biancheria intima.

CAPITOLO SEDICI

Seduta nel salone in mezzo agli altri ospiti, mamma sembra avere dimensioni normali. Qui, sul sedile del lato passeggero della mia auto, ha acquistato quelle di un uccellino spaventato.

«Non so nemmeno dove mi vuoi portare», borbotta. «Mi stavo divertendo a mangiare la torta assieme a quei vecchietti; poi sei arrivata tu e hai rovinato tutto».

«Oggi sei a pranzo da me, mamma», rispondo innervosita. «Credevo non ti dispiacesse trascorrere un po' di tempo con i bambini nel giorno del tuo compleanno».

Mi penetra con i suoi occhi lattiginosi. «Quali bambini?»

«I tuoi nipoti: Jake, Lola e Travis. Guarda quanto sono contenti di vederti». Butto un occhio nello specchietto retrovisore: dal sedile posteriore si affacciano tre volti rattristati e assenti.

«C'è anche quel dottore?», domanda mia madre.

«No, mamma, nessun dottore. Però ci sarà un fotografo: si chiama Adrian ed è un uomo davvero carino. Verrà a farci una foto dopo pranzo per una rivista. Ti ho parlato di lui, ricordi?»

«Non voglio fare nessuna foto». Si passa una mano fra i capelli permanentati. «I miei capelli, da quando li ho, non sono mai stati a posto».

Faccio un bel respiro profondo. *Inspira*, *espira*. «La foto la facciamo solo io e i bambini, mamma. Tu puoi stare seduta a guardare. Sarà questione di un attimo. Vedrai, sarà divertente».

Fa un cenno con il capo, accettando l'idea, mentre con la macchina parcheggio davanti a casa nostra. La aiuto a scendere, sostenendola per un braccio. A quanto pare oggi per mamma sarà un giorno di fiacca: non scavalcherà nessuna recinzione per andare a giocare a poker.

«Dove mi stai portando?», sbraita mentre scendiamo assieme le scale.

«In cucina, mamma, per il pranzo. Tranquilla, ci sono io a badare a te».

Mi guarda sorpresa, come se la mia presenza fosse tutt'altro che rassicurante. Ultimamente non mi sento più molto tranquilla a portare mia madre fuori dalla casa di riposo. Qui non c'è nessuna infermiera preparata, nessuna Helena con la tunica azzurro pastello e sempre pronta a tranquillizzarmi. Ci sono troppe cose che potrebbero andare storte e io ne sarei pienamente responsabile. Potrebbe cadere, o avere un attacco di rabbia ingiustificata (proprio questa mattina, a colazione, ha cercato di colpire un altro ospite con un cucchiaino). E se poi ha bisogno di una mano per andare al gabinetto? Meglio non pensarci nemmeno. Non ho mai visto mia madre nuda e adesso non mi sembra proprio il momento migliore per sentirsi tutto a un tratto libere e a proprio agio l'una con l'altra.

Il pranzo è davvero estenuante. Ho cucinato il piatto più semplice e tipico della seconda guerra mondiale che mi sia venuto in mente, gnocchetti di pasta e spezzatino, ma non viene accolto con molto entusiasmo.

«Cos'è questo?», domanda Jake.

«È una bistecca».

«Di che animale?»

«Mucca». *Una mucca molto cara*, vorrei aggiungere.

«Non sembra una mucca», cinguetta Lola. Mia madre guarda il suo piatto quasi la pensasse come Lola e credesse che li stia avvelenando con qualche animale trovato morto per strada e poi brasato.

«È perché è stufata», le spiego. «L'ho cucinata in una specie di salsa».

«Come mai è così spessa?»

«Per via della farina. Fai un piccolo impasto con... Oh, insomma: mangiala e basta, va bene?».

Le sopracciglia di mamma improvvisamente si inarcano. Gesù, quand'è che usciremo da questa fase in cui devi spiegare ogni ingrediente e ogni preparazione fino a diventare scema? Ogni volta che ci sediamo a tavola sembra di essere a uno stramaledetto esame di cucina.

«Perché le crocchette sono in mezzo alla salsa?», domanda Lola.

«Non sono crocchette, ma gnocchetti di pasta». La mia pazienza sta per raggiungere il limite massimo e potrei scattare da un momento all'altro.

«Non mi piacciono», continua.

«Ma se non li hai nemmeno assaggiati. Provali, sono ottimi!».

Guardandola dritta negli occhi con aria di sfida prendo uno gnocco con la forchetta e me lo ficco in bocca, riempiendola completamente. Sembra di mangiare l'imbottitura degli orsacchiotti. Mamma li ha scansati e poi ha mollato le posate sulla tavola. Ma che cosa credevo di fare portandola qui? Lei non ci voleva venire. Non ha toccato praticamente nulla; non le piace la mia cucina, o adesso bisogna anche aiutarla a mangiare? Forse dovevo tagliarle la carne in pezzettini più piccoli? Non potrei mai fare il lavoro di Helena. Quella donna è una santa.

Con una certa difficoltà riesco a mandare giù lo gnocco; posso perfino sentirlo mentre si fa strada verso lo stomaco.

«Bene», annuncia mamma, «meglio se vado a prendere l'autobus». Spinge indietro la sedia facendola stridere.

«Mamma, non c'è nessun autobus. Ti riporterò a casa quando abbiamo finito con il fotografo. Se sicura di non volere nemmeno un po' di stufato...?».

Mi guarda con aria supplichevole. «Voglio andare a casa. Non voglio nessuna foto». Si alza con fatica dalla sedia e attraversa la cucina barcollando, sotto gli occhi inebetiti dei bambini.

«Ciao!», urla Travis, agitando il cucchiaino.

«Cos'ha nonna che non va?», grida Lola.

Mi precipito verso di lei, appoggiandole un braccio attorno alle spalle, ma lei mi caccia via con rabbia.

«Che ne hai fatto del mio cappello?», domanda.

«Mamma, non avevi nessun cappello».

«Qualcuno mi ha preso i guanti!». Ha gli occhi sgranati e le stanno tremando le mani ossute. Ha paura di me, di sua figlia. Se solo il suo Adam fosse qui: Adam il ragazzo di successo, Adam il mago dei computer, le cui scoregge sollevano applausi fragorosi. Lui non ha mai costretto nessuno a mangiare gli gnocchetti di pasta.

Qualcuno bussa alla porta d'ingresso e tutti quanti sobbalziamo. Merda, deve essere il fotografo. Il pranzo è stato una tale agonia che ho perso la cognizione del tempo. Dopo aver aiutato mia madre a salire le scale, apro la porta e mi ritrovo davanti Adrian carico di diverse valigette color argento e un cavalletto. Tutta questa roba solo per uno scatto veloce?

«Ciao Adrian, lei è mia madre».

«Oh!», le si illumina il volto, «è il tuo amico».

«Piacere di conoscerla, signora…», la voce si affievolisce, già pensa ad altro.

«Jeannie. Jeannie Brown». Mamma gli mostra appena i denti e si stringe il collo del cardigan marrone. A quanto pare l'autobus è un lontano ricordo.

Ci spostiamo in salotto. I bambini sono saliti dalla cucina e ci stanno alle calcagna.

«Direi che questa è la camera migliore», spiego, «essendo luminosa, ben aerata e spaziosa».

«Mmm». Adrian la scruta attentamente. Seguendo i suoi occhi, mi soffermo su quel dipinto color pistacchio scelto da Martin che oscura la stanza, poi sulle poltrone un po' malandate e infine su tutti i lavoretti fatti dai bambini – bigliettini d'auguri, collage, gufi di argilla, vasetti di marmellata ricoperti di pennellate tremolanti – sull'orlo della mensola del caminetto. Non riesco mai a buttare via nessuna delle loro creazioni. A un certo punto la nostra collezione raggiungerà una quantità critica e si riverserà in strada in un'esplosione di pezzi di vetro e di becchi di gufo.

«Andrà bene, immagino», taglia corto Adrian. Si volta in direzione di mia madre. «L'ultimo scatto non andava molto bene, Signora, ehm, Jeannie. Non era l'immagine che volevano». Lo dice come se fosse stata colpa mia; quasi fossi stata io a pretendere otto strati di rossetto e degli occhi sfumati con un ombretto iridescente.

«Ah», commenta mamma, chiaramente perplessa.

«Magari, Caitlin, mentre io sistemo le luci», aggiunge, «tu potresti prepararti».

«Ma io sono già pronta». Gli sorrido, pronta per cominciare. In tutta la mia stracazzo di vita non mi sono mai sentita più pronta di adesso, forte anche del sostegno dei miei gnocchetti di pasta *irresistibili*, che ora mi comprimono lo stomaco come dei mattoni.

Aggrotta le sopracciglia, mentre con lo sguardo esamina attentamente il vestito a fiori e il cardigan scelti dopo ore di meditazione; un accostamento che spero suggerisca simpatia, gentilezza ed empatia. Di certo con un vestito a fiori non spaventerò nessuno. «Ah», commenta perplesso, «quindi stiamo puntando a un'aria casual».

Casual? Ma se sono anche riuscita a farmi la piega ai capelli, a lucidare le scarpe e a truccarmi un po', nonostante avessi quel maledetto stufato che ribolliva sul fornello. Forse preferisce la scuola di cosmesi di Carmen? Magari una leggera cotonatura? Strisce violente di fard?

«Posso andarmi a cambiare, se preferisci», gli dico, ma a Adrian non interessa più, e adesso sta passando in rassegna tutto il perimetro del battiscopa alla ricerca di prese.

«Non voglio essere fotografato». Jake infila le mani nelle tasche dei suoi jeans.

«Oh, eddài», insisto. «Non è nulla di che».

«E invece sì. È per quello stupido giornale per donne».

«Non è una rivista per vecchiette. È per i genitori, per aiutarli a crescere i loro figli in maniera corretta».

«Tse», commenta con amarezza, sfiorando il suo bernoccolo. «Be', io non ci sarò, me ne vado di sopra».

«No, Jake», sussurro.

«Sì, mamma».

Lo guardo dritto negli occhi, cercando sia di supplicarlo sia di infondere un po' di paura nel suo cuore. Dopo tutte le cose stramaledette che ho fatto per lui, tutti gli anni trascorsi ad aiutarlo a costruire il meccano (sono anche una frana totale in fatto di costruzioni), tutti i pantaloni sporchi che gli ho lavato e le scarpe da calcio che gli ho strofinato, adesso lui non vuole fare una banalissima foto per aiutare me?

«Te lo chiedo per favore, Jake», dico con un filo di voce.

«No».

«Brutto guastafeste!», esclama Lola dandogli una gomitata sul petto. «Dobbiamo aiutare mamma».

«Ahia! Non toccarmi, maiale!».

Il suo ruggito ci spaventa tutti e anche mamma sobbalza sulla sedia nell'angolo. Probabilmente le verrà un infarto e sarà tutta colpa mia. Travis agita l'uncino di Capitan Uncino tutto contento. Il labbro superiore di Lola comincia a tremolare e gli occhi le si gonfiano di lacrime.

«Ehi, bambini», interviene Adrian, quasi fosse uno zio allegro, «sono sicuro che, se collaborate, poi alla fine mamma vi ricompenserà con un enorme, meraviglioso regalo. Vero, mamma?».

Non sono tua mamma, mi piacerebbe ricordargli. «Sì, ecco... Certo che lo farò». Faccio un sorriso enorme.

«Cosa?», domanda Lola. «Che cosa ci darai?»

«Posso avere il Gameboy Advance?», chiede Jake.

Cristo santo.

«O un Xbox? Ce l'hanno tutti l'Xbox. Jamie Torrance c'ha l'Xbox e anche la Playstation 3». Incrocia le braccia al petto trionfante.

Adrian mi guarda e sorride. Quel sorrisino da "come mi dispiace" di chi non ha figli.

«Puoi scegliere un libro», mormoro.

«Un libro?», ribatte contrariato. «Ma non è una cosa enorme e meravigliosa». In questo momento gli frantumerei volentieri il suo bel piedino, che sia pieno di verruche o meno.

Mamma sta guardando con ammirazione Adrian, la testa china-ta su un lato. «Sono contento che tu sia tornato», dice. «Questa donna non era più la stessa da quando te ne sei andato via con quell'altra. Non sapeva più dove sbattere la testa. Guarda in che stato sono questi poveri bambini».

Ridacchio in modo idiota, chiedendomi se sia possibile svanire a forza di mortificarsi.

«A me sembra che stiano bene, Jeannie». Adrian ci sistema sul divano, quasi fossimo incapaci di muoverci autonomamente. Incredibile a dirsi, ma Jake, visualizzando forse l'Xbox, lascia che gli vengano incrociate le gambe all'altezza delle caviglie.

«Bisogna stargli dietro al matrimonio», continua a dire mia madre. «Oggi i giovani si aspettano la pappa pronta».

«Credo proprio che lei abbia ragione», mormora Adrian, mentre l'occhio sinistro appare preso da un tic.

«Sei sposato?», gli domanda a bruciapelo.

Si volta verso di lei: un attimo prima viene riaccolto nella nostra famiglia, subito dopo si ritrova interrogato sul proprio stato coniugale. Dimenticavo che non tutti sono abituati ai pensieri contorti di mamma. «Ehm, ecco, vivo con…».

«Come si chiama la ragazza?», domanda mia madre.

Adrian sorride impassibile. «Ehm, Lewis».

Corruga la fronte.

«Ma è un nome da maschio», ribatte Lola.

«Eh già», le confermo, sperando, mentre Adrian comincia a scattare, che il mio sorriso non mi faccia sembrare fuori di testa.

«È il minimo che potessi fare», salta su mamma.

«In che senso, Jeannie?», le domanda Adrian.

«Farla diventare una donna onesta».

Adrian sorride, lanciandomi un'occhiata da sopra la macchina fotografica. Jake è seduto accanto a me, tutto irrigidito. Mi domando se nella foto trasparirà l'aurea di rancore soffocato che lo circonda, magari sottoforma di contorno incandescente. E mentre Lola è un modello di obbedienza, Travis – in braccio a me – non ne vuole sapere di togliersi l'uncino.

«Quell'affare a forma di uncino lo fa sembrare un po', ehm... deforme», mormora Adrian.

Nessuno ha voglia di tirarglielo via. Per quel che mi riguarda, potrebbe anche sfoggiare una finta gamba di legno.

Finito. Adrian sta rimettendo a posto la sua attrezzature, buttando i costosi arnesi nelle valigette senza troppa cura e mostrando il chiaro desiderio di scappare via.

«Voglio andare a casa», urla mamma appena se n'è andato. «Dov'è il mio autobus?».

Con mio grande sollievo, quando la metto a dormire Lola sembra essersi dimenticata dell'enorme regalo meraviglioso. Si accuccia vicino a me nel suo letto, diffondendo il profumo dolce di gomma da masticare del bagnoschiuma.

Comincio a leggere la storia. Sento qualcosa strisciare dietro la sua porta semi aperta. «Jake», dico a bassa voce, «sei tu?».

Entra lentamente, con addosso il pigiama a quadretti tutto spiegazzato, e rimane imbarazzato sulla porta.

«Va tutto bene?», gli chiedo dolcemente.

Fa di sì con la testa.

«Vuoi venire qui con noi? Stiamo leggendo *I bambini acquatici*. La leggevo anche a te quando eri piccolino, ricordi?».

Mi sento stupida ad averglielo chiesto: ai bambini di dieci anni questa favola non interessa.

«Sì», sorride. «Mi ricordo».

Quando poi si muove verso di noi e ci raggiunge sul letto, rimango sorpresa e gliene sono pateticamente grata.

«Spostati», sollecito Lola. «Fa un po' di spazio a tuo fratello».

Lola si scansa controvoglia di mezzo centimetro; Jake si infila accanto a me e riprendo a leggere. Siamo al punto in cui Tom cade nel fiume, ma non è il vero Tom: solo l'involucro che si è lasciato alle spalle mentre entra nel mondo dei bambini acquatici.

«Mamma», domanda Lola, «Tom è morto?»

«Sì, ma era infelice e adesso vivrà una vita migliore».

«Come può vivere una vita migliore se è morto?»

«È... Una specie di vita dopo la morte», le racconto.

«Si reincarna», le spiega Jake, che non è quello che intendevo io, ma non lo correggo. Mi riporta ai tempi ormai andati, quando mi si accoccolava accanto, prima che tutto si disfacesse.

«Anche tu morirai?», mi chiede Lola.

«Tutti moriamo prima o poi, tesoro; ma spero che accada quando sarò molto vecchia».

Si morde il labbro. «Diventerai come nonna quando sarai vecchia?».

Rido e le accarezzo i capelli. «Non lo so».

«Mamma», mormora Jake, al che mi preparo ad altre domande sulla vita e sulla morte, «in realtà non voglio che mi compri un Gameboy Advance».

Tutta quella tensione che mi ha attanagliato durante la giornata si allenta un po'. «Bravo. Sono molto contenta che tu oggi mi abbia aiutata. Lo so che non volevi essere nelle foto, però l'hai fatto lo stesso».

Annuisce pensieroso. «In realtà lo voglio il Gameboy, però so che non abbiamo molti soldi e che non ce lo possiamo permettere».

«Be', è vero».

Sorride, emanando un profumo di menta. «Così ho deciso che lo chiederò a papà».

La casa è avvolta da un silenzio beato e io scendo a passo lento le scale per andare a controllare le e-mail. Ho aperto la mia pagina personale sul sito di «Bambino» e sto caricando la posta: lettere vere da lettori veri di «Bambino» i quali, nonostante la mia orribile faccia mascolina, sembrano essersi illusi che io li possa aiutare.

Nella prima lettera leggo:

Cara Caitlin,
È così sbagliato se ogni tanto fantastico di lasciare il mio piccoletto ben assicurato nel passeggino e di darmela a gambe verso la stazione per prendere un treno diretto, che ne so, a Parigi, con l'intenzione di non tornare mai più? Ieri ho fatto le fototessere...

In quella dopo:

Questa mattina, mentre cercavo di convincere i bambini che stavano bisticciando a scendere dall'auto, ho avvertito l'impellente bisogno di sbattermi sulla testa la portiera del bagagliaio. Sono normale?
Madre Pazza Furiosa da Wakefield.

E in un'altra ancora:

Quando sette anni fa è nato nostro figlio, mio marito, da uomo tutto sommato bello e appassionato giocatore di squash quale era, si è trasformato in un grasso fannullone a prova di igiene, e ormai non si lava più i denti da parecchi mesi. Credi che dovrei farmi un amante?
Suzanne, da Bucks.

Mi sento ridicolmente arcifelice di essere stata la prescelta fra le dozzine di persone che curano la posta del cuore delle altre riviste. Tiro fuori un blocchetto dal cassetto della scrivania e comincio a prendere appunti.

Ecco che arriva un'altra e-mail:

Cara Caitlin,
Sono contento di vedere che quell'orribile Pike è stata sostituita, e speravo che tu, in quanto nuova curatrice della rubrica, potessi dare ai genitori dei consigli più equilibrati e comprensivi (sono un padre single). E invece no, vuoi dare l'impressione di essere serissima, facendo il possibile per convincerci che tu sai quello che passano i genitori comuni.

Con tutto quel trucco addosso e i capelli gonfiati in quel modo, mi sa proprio che tu nemmeno ce l'hai un bambino. E se per caso ne hai, sarai circondata di babysitter fino al collo. Com'è possibile che tu sappia come funzioni il mondo reale quando non fai altro che pavoneggiarti tutto il giorno nel tuo ufficio incantevole?

Con molto rancore,
R

Fisso lo schermo. Come osa questo essere spregevole insultarmi senza sapere assolutamente niente del motivo per cui ho accettato questo lavoro? È Millie che mi ha pregato di farlo. Io ho accettato solo in quanto non ho il coraggio di chiedere altri soldi a Martin.

Come cazzo osa?

«Non rispondere mai alle e-mail di persona», mi aveva avvertito Millie, «non farai altro che incoraggiare persone lunatiche piene di tempo da buttare via». Ha ragione: perché dovrei preoccuparmi di rispondere a questo cretino quando ho appena il tempo di comunicare con i miei bambini?

Ma non resisto. Con il cuore che mi batte rabbioso, gli spedisco una risposta.

Che diavolo ne sai tu della mia vita?

CAPITOLO DICIASSETTE

È un radioso pomeriggio di sole di fine aprile, e io e Sam decidiamo di portare i bambini al parco per lasciarli scatenare con le loro pistole ad acqua. Dai suoi pantaloncini larghi spuntano due gambe slanciate e muscolose, già abbronzate. Il suo petto ha un leggero accenno di peluria che ti fa proprio venire voglia di accarezzarlo. Anche i suoi piedi sono seducenti, per essere quelli di un uomo: niente unghie incarnite, niente peli sulle dita (Martin sarà anche stato bello da far girare la testa con quell'aria piacevole da modello dei divani DFS, ma i suoi strambi piedi ossuti gli facevano perdere un sacco di punti. Tiè).

Mi sorprendo a esaminare il corpo di Sam, così distolgo immediatamente lo sguardo. «Ti stai bruciando», lo avverto. «Meglio se ti metti un po' di crema solare».

«Non la uso mai», ribatte.

Rido e prendo il tubetto arancio catarifrangente dalla mia borsa. «Cos'è che non va tra gli uomini e le creme solari? Anche Martin era così. Guarda: le tue spalle sono già leggermente arrossate».

«Non mi sono mai scottato in vita mia», protesta.

«Oddio», borbotto, «è proprio tipico degli uomini: essere immuni alle scottature; rifiutarsi di chiedere indicazioni quando si perdono».

Sogghigna. «E va bene, capo. Mettimene un po'». E si piazza davanti a me sbattendomi in faccia la sua bellissima schiena nuda.

Mi fermo un istante. Accidenti, per essere un designer grafico che trascorre lunghi periodi rintanato davanti a un computer è decisamente ben scolpito. Se devo spalmargli la crema dovrò anche toccare la sua *pelle completamente nuda*. Aiuto. Lo faccio nel modo meno sensuale possibile, passando la mano velocemente, come se dovessi tirar via una macchia. «Ecco fatto», commento con voce neutra.

«Grazie», risponde tutto soddisfatto. «È stato davvero... sensuale».

«Ma smettila», mormoro, maledicendo mentalmente le mie guance.

Stiamo seduti in silenzio per qualche minuto a guardare i bambini mentre si buttano a capofitto sulla piscinetta gonfiabile. A un certo punto la bellezza fatta a persona con indosso dei pantaloncini corti minuscoli – sono più piccoli della maggior parte delle mie mutande – ci passa accanto sui pattini. Cerco di capire se ha fatto colpo su Sam. Lui la guarda un istante e poi torna con gli occhi su di me.

«Cait... C'è una cosa che ti devo dire».

Mi si accorcia il respiro. Lola si sta lamentando ad alta voce perché Jake gli ha spruzzato l'acqua sulla nuca, ma non le presto attenzione. «Che c'è?», domando.

Passa una mano sull'erba. «Io, ecco...».

Oddio, ci siamo: la notte delle stelle cadenti. Anche lui ha provato lo stesso. Anche lui, come me, ha cercato di mettere da parte i suoi sentimenti per la stessa ragione: i nostri figli sono amici, *noi* siamo amici, ed è tutto così intricato e imbarazzante...

«Io, ehm... Riguarda Amelia», mormora Sam.

No, non era questo quello che volevo sentire. «Ah, sì».

«Siamo stati a letto assieme», dice senza tanto entusiasmo.

Apro la bocca, però non mi esce nemmeno una parola. Qualche birbantello mi spruzza dell'acqua sul collo, ma faccio finta di niente; così l'acqua fredda scivola giù per la schiena, sotto la maglietta. «Davvero?», gli chiedo alla fine.

«Sinceramente non so perché lo sto dicendo a te», aggiunge.

Nemmeno io, penso amareggiata. Devo dedurre che stanno per

rimettersi insieme? Non oserei mai domandarglielo. «Quando… Quando è successo?», riesco a chiedere.

Lola e Jake stanno litigando per decidere a chi tocca usare il super liquidator al posto della normalissima pistoletta scadente.

«In Cornovaglia, durante le vacanze di Pasqua».

«Subito prima che andassimo in campeggio?»

«Ah-ha».

Perché non me l'hai detto?, mi piacerebbe tanto sapere. *Perché ti sei steso accanto a me sulla coperta e mi hai lasciato credere che stesse succedendo qualcosa di speciale?* Mi maledico per essere ridicola fino a questo punto: Sam non mi ha fatto credere nulla. Sono stata io; è il mio cervello ridicolmente bacato che si è inventato tutto quanto. Caitlin Idiota Brown.

«Pensavo… Pensavo che fossi alloggiato all'hotel di tua sorella».

Sam annuisce. «Amelia è venuta per passare una notte. Aveva litigato con il fidanzato e mi ha chiamato per lamentarsi di lui».

Ma che cosa intima. Davvero da persona adulta e matura. Il parco, che fino a un attimo fa sembrava verde e vivace, adesso mi appare piatto e fiacco. Voglio andarmene a casa.

«Lo sai com'è», prosegue Sam, «quando conosci una persona da secoli; e anche se è ovvio che non potrà mai funzionare, c'è ancora quel legame, quel… brivido».

Non conosco questa sensazione. Un cane rognoso annusa la cesta con le provviste per il pic nic e lo mando via. Mi ringhia contro e poi orina sull'erba.

«Ad ogni modo», conclude Sam con una breve risata, «la confessione termina qui».

E adesso come dovrei comportarmi? Congratularmi con lui? Chiedergli come si *sente*? «Immagino che cose del genere capitino a tutti», mormoro.

Aggrotta le ciglia. «Credi che potrebbe accadere con Martin?»

«No, non credo che Martin verrebbe a letto con te».

Puah. Che battuta patetica. «Voglio dire», continua, «hai mai desiderato…».

«Sam, piuttosto mi ficcherei degli aghi negli occhi».

Mentre ridacchiamo, Lola mi piomba in braccio, bagnandomi tutta. «Che c'è da ridere, mamma?»

«Niente; una battuta stupida».

«Dilla anche a me».

«No, tesor...».

«Perché no?», si volta verso di me arrabbiata.

Perché in realtà non c'è niente da ridere. «Vieni qui, lascia che ti asciughi i capelli prima che tu prenda freddo».

«Ho già freddo», si lamenta Lola.

Mentre la aiuto ad asciugarsi non riesco a guardare Sam. D'ora in avanti cambierà tutto, ne sono certa. Trascorrere il tempo in questo modo; il fatto che non mi sgridi mai per le mie scadenti capacità di genitore; l'esserci in qualsiasi momento io abbia bisogno di lui; non mettermi mai in imbarazzo non solo per il fatto che possieda la macchina per fare la pasta, ma che la usi anche.

Tornerà assieme ad Amelia. Saranno di nuovo una coppia, una famiglia simmetrica, dove ogni cosa è al suo posto. Se fossi anche lontanamente una persona decente, sarei felice per lui; ma dentro di me sono a pezzi.

Il mio non è un patetico tentativo di dimostragli che so fare meglio di lui. Non è un: "Stammi a sentire, caro il mio Sam Blackwell dalle mutande volanti: tu non sei l'unico ad avere un po' di movimento con l'altro sesso. Sai cosa ti dico? Anche io ne ho. O lo avrò. Aspetta e vedrai. No, non mi abbasserei mai a questo livello".

Be', forse un po' lo è, ma appena appena.

C'è un ragazzo obiettivamente carino che sta aspettando una mia chiamata. D'accordo, dal nostro appuntamento sono passate settimane, ma *inconsciamente* lui sta aspettando. Potrebbe aver smarrito il mio numero, e comunque non ho nulla da perdere; ormai, dopo la confessione di Sam al parco non mi è rimasto più niente.

Mentre i bambini sono piazzati davanti alla televisione, cerco il numero di telefono del negozio di Darren su paginegialle.com e poi mi avvicino lentamente al telefono. Tutto il coraggio che avevo svanisce non appena compongo il numero ed è come se al posto della lingua avessi un pezzo di carta vetrata. C'è la segreteria telefonica; ascolto il messaggio preregistrato e il bip.

«Ciao, Darren?», esordisco timidamente. «Sono Caitlin. Caitlin Brown, quella della, ehm, madre scomparsa...».

Si sente un clic. «Ciao Cait», risponde Darren, a quanto pare contento. «Sono felice di risentirti. Scusa se non ti ho chiamato: fra tua madre e tutto il resto, pensavo che forse la tua vita era già abbastanza complicata anche senza che mi intromettessi io...».

«Ma no», mi lascio sfuggire, con troppo entusiasmo, «la mia vita... è tranquillissima».

Breve attimo di silenzio.

«Tua madre stava bene? Sembravi molto preoccupata...».

È un po' tardi per preoccuparsi, mi verrebbe da dirgli, ma non voglio risultare acida. Sembra talmente allegro, così libero da ex-coniugi e genitori anziani. «L'ho trovata che stava giocando a poker in una delle barche sul canale. Credo l'abbia scambiato per il Clyde».

«Come?»

«Il fiume...».

«Ah, certo». Si mette a ridere: una risata calda, tranquilla, tanto che rilasso le spalle. «È facile commettere sbagli di questo genere», aggiunge.

Lola piomba in cucina con indosso la sua vestaglia in velours di Scooby Doo, con tanto di orecchie, coda e guanti a forma di zampa abbinate. «Mamma...».

«Sst!», le dico con un sibilo.

«Che c'è?»

«Niente, è solo mia figlia. Aspetta un momento... Lola, cosa vuoi? Hai per caso sete? Come vedi sono al telefono...». Oh no, sto commettendo un errore madornale: ho rivolto la parola a mia figlia mentre cerco di sostenere una normale conversazione tra adulti.

«No», riprende Darren, «intendevo quel sibilo che ho sentito. Sembra che il tuo telefono abbia qualche problema».

«Posso parlare con papà?», urla Lola, cercando di afferrare la cornetta con la sua zampa.

«Non è papà», le mimo con la bocca.

«Chi è?»

«Di sopra, fila!». Quando mai avrò un minimo di privacy? Quando?

«Hai impegni per domani sera?», domanda Darren.

«Bau», urla Lola, «bau, bau, bau!».

«No, ehm, domani sera dovrei essere libera». Mi sfrego le sopracciglia furiosamente. Lola corre per la cucina, abbaiando e facendo sbattere la coda di cane ovunque.

«Hai un cane?», domanda Darren.

«No, no... Lola, *ssst*».

«Potremmo uscire a cena, andare a provare quel posto che hanno aperto dove c'era lo Spice Garden».

Lola china la testa come un cane bastonato.

«Un'idea bellissima», commento, tagliandola fuori dal mio campo visivo e sperando che Holly sia libera per fare la babysitter. Dovrebbe essere il turno di Martin, ma è di nuovo sorto un problema.

Questa volta devono andare a teatro. La Vacca, da brava sciocchina, ha prenotato solo tre biglietti.

«Alle otto?», propone Darren.

«Perfetto. A domani».

Sbatto giù il telefono.

«Cosa?», domanda Lola.

«*Che cosa* cosa?», sento che le cellule del mio cervello si stanno disintegrando.

«Cos'è perfetto? Usciamo?».

Non posso fare a meno di sorridere. «Domani sera mi vedo con un amico, tutto qui. Devo chiedere se Holly ha tempo di badare a voi».

«Ah». China la testa, delusa.

«Che c'è che non va, tesoro? Pensavo ti piacesse Holly e poi non esco praticamente mai».

Annuisce e le orecchie di velours vanno su e giù con aria triste. «Esci con un uomo?».

Rimango zitta un istante. «Non è nessuno di quelli che conosci».

Mi prende la mano con la sua zampa. «Non voglio un papà nuovo».

Mi chino e la abbraccio, inalando il suo profumo di gomma da masticare. «Lola, ti prometto che su questo non c'è nulla di cui preoccuparsi. Non ci sarà mai un nuovo papà».

La sua espressione si fa più tranquilla e mi permette di accompagnarla al piano di sopra. No, Darren non è di certo un candidato per fare il nuovo papà. Ce la caviamo benissimo anche senza, almeno nella maggior parte dei casi. Non sto cercando nient'altro che un po' di divertimento; voglio sentirmi di nuovo Caitlin anziché il Comandante in capo dei cestini per la merenda.

E poi il fatto che Darren mi abbia distolto la mente dal pensiero di Sam e Amelia che scopano per, ooh, trenta secondi tondi tondi, è un altro punto a suo favore.

CAPITOLO DICIOTTO

Parlami della tua vita, allora.
Un bacio. R

Mi sfilo i sandali con i piedi e li calcio via. I loro laccetti mi hanno graffiato le caviglie per tutta la serata. Li ho comprati apposta per quest'occasione, dato che l'altro paio è andato a puttane a forza di zoccolare lungo l'alzaia fangosa alla ricerca di mamma. Quarantacinque sterline spese bene, più la solita procedura per smettere di essere madri e i soldi della babysitter. Ricordatemi di non assecondare mai più queste frivolezze.

Mi concentro su «Un bacio. R». Un bacio! Com'è amichevole. Che razza di impertinente. La voce di Millie rimbomba nella mia testa: "Non rispondere mai alle e-mail di persona. Là fuori sono tutti pazzi".

E va bene, R con un bacio, che ne dici di questo:

Prima mi insulti e adesso vorresti sapere un po' della mia vita? Allora cominciamo da ieri, ti va? Io e il mio amico Sam portiamo i bambini al parco, dove lui mi confessa di essere andato a letto con l'ex. Il che è lecito, giusto? Sono entrambi adulti eppure, non so come, si sono lasciati nonostante si piacessero ancora. Un comportamento decisamente salutare e ammirevole.

Io invece no. Oh, no. Torno a essere di nuovo un'adolescente, che diventa pazza di gelosia; perché, ecco, volevo essere io. Ad andare a letto con Sam, intendo. Ultimamente trascorro quantità infinite di tempo a fantasticare su come sarebbe e immaginando... Vabbe', meglio non addentrarsi nei particolari. Basta dire che sono enormemente delusa.

È tutto molto triste e patetico.

Mi segui ancora, R? Perfetto. Alimentata da sentimenti malsani, telefono a Darren, un tipo carinissimo che ha circa un decimo della mia età. Sam e Amelia mi hanno rotto talmente tanto che non mi importa se è evidente che a lui non interesso. Non molto a quanto pare. Altrimenti avrebbe telefonato dopo il nostro primo appuntamento, giusto?

Ma comunque. Per un qualche motivo – pietà probabilmente – mi propone di uscire a cena: un ristorante marocchino dove preparano carne con la frutta, di cui Darren non si fida molto, ma alla fine la serata risulta comunque piacevole. Il vino scorre a fiumi e durante la cena allunga le mani di continuo. A un certo punto le sue dita mi sfiorano la gamba e sento che in basso qualcosa comincia a muoversi. È tutto moine ed elogi, e queste cose contano quando non fai sesso dall'epoca di Enrico VIII. "Questa notte accadrà", penso a un certo punto.

Non dico tutto. Dopo essere stata scaricata da mio marito senza tante cerimonie, non sono ancora pronta per spingermi fino a tanto. Però qualcosa tipo baciarsi e abbracciarsi sarebbe proprio perfetto. Caitlin Brown, madre di tre bambini nonché ex androide priva di sesso, è sull'orlo di sentirsi di nuovo viva. Sono così eccitata che riesco a malapena a mandare giù il mio agnello.

Siamo a buon punto del secondo quando nel ristorante entra una coppia. Non so chi sia l'uomo, ma la donna la conosco: è Bev Hartnett, tesoriera dell'Associazione genitori e insegnanti, senza la quale la struttura della nostra comunità si polverizzerebbe.

Continuo a digitare, senza risparmiarmi nulla, pigiando con forza sulla tastiera tutta la mia vita.

«Caitlin!», esordisce, dando a Darren una rapida occhiata. Toh, che gioia: sono seduti proprio accanto al nostro tavolo. Bev spinge la sedia quasi contro la mia, ignorando il suo povero marito bastardo perché ha delle questioni molto più importanti da trattare; per esempio: avevo sentito che il sesto viaggio annuale in Provenza rischiava di essere annullato per mancanza di fondi? Che cosa ne penso di quella supplente, quella con la gonna corta e una bella scollatura? Mi interesserebbe occuparmi della bancarella di "Indovina quand'è il compleanno del coniglietto impagliato" per la fiera d'estate? Se no, mi offrirei come volontaria per salire alla gogna ed essere mitragliata da torte? È per una buona causa.

«No, grazie», le rispondo, visualizzando perfettamente dove potrebbe finire quel coniglio impagliato.

«E tu lo faresti l'uomo alla gogna per noi?», domanda a Darren.

Ha allineato tutte le albicocche su un lato del piatto, come un bambino. Assomigliano a delle lumache.

«Non è che rientri nel mio genere di cose», borbotta, guardandosi intorno alla ricerca disperata di una via di fuga. Riesco quasi a sentirlo mentre escogita di andare in bagno per poi tentare di uscire dalla finestra. E io potrei certo biasimarlo.

«Eddài», insiste Bev. «Non fare il guastafeste! Saranno solo dei bambini che ti tirano delle torte in faccia, che poi non sono delle torte vere, ma piatti di plastica ricoperti di schiuma da barba. È divertentissimo!».

«Ah», dice con un filo di voce.

«E poi un ragazzo bellissimo e robusto come te! Attirerai un sacco di persone». Si passa la lingua sul labbro in maniera schifosamente provocante, come se quel gesto bastasse per concludere l'affare.

Ha proprio l'aria di una di mezz'età disperata e io mi sento lo stesso. Al confronto, Darren sembra ancora più giovane. Mi lancia uno sguardo che implora aiuto, come se stesse male.

«Ti ci vedrei proprio alla gogna», aggiunge Bev. «Vai in palestra? Scommetto di sì. Del resto non si ottiene un corpo del genere se resti disteso sul divano a mangiarti scatolotti di pollo fritto del Kentucky ah, ah, ah».

Lui è visibilmente imbarazzato, mentre è ormai evidente che lei è completamente sbronza. Mi dà l'idea di una di quelle persone che si ubriacano con un bicchiere di vino.

«È una raccolta fondi per la scuola», continua, chinandosi in avanti e scoprendo il suo seno perennemente abbronzato. «Pensa all'educazione dei tuoi bambini».

«Io non ho bambini», borbotta Darren e vedo tutta la sua vita passargli davanti.

«Be', magari un giorno li avrai! Comunque, da quanto tempo state insieme?». Adesso si è proprio seduta al nostro tavolo e suo marito finge di consultare la lista dei vini per la milionesima volta.

«Noi, ecco, non, ehm...», balbetta Darren.

«Non stiamo insieme», rispondo secca.

«Stiamo solo, ehm, insomma...», farfuglia, asciugandosi il sudore sul labbro superiore.

«Bev», sibila suo marito, picchiettando insistentemente con un dito sulla sua schiena così da farla voltare verso il loro tavolo, «credo che vogliano essere lasciati in pace».

Al che lei fa una di quelle facce tipo «Ops!» da cartoni animati e si fionda con la sedia di nuovo al suo tavolo. Ma ormai è troppo tardi: è saltato tutto.

Abbiamo smesso di parlare. Lo sguardo di Darren è un po' meno suadente. Lo vedo che lancia delle occhiate furtive alla porta di vetro, quasi stesse meditando di scappare passandoci attraverso, lasciando un buco a forma di Darren.

Mentre paghiamo il conto, Bev parla ad alta voce della perimenopausa. «Non può essere che quella, Barry», tuona, «considerato che la mia faccia si sta ricoprendo di peli e sto ingrassando in vita».

Io e Darren ci dirigiamo alla porta e una volta all'angolo di Bethnal Green Road ci salutiamo.

Nessun bacio. Ormai con lui non ci sarà più alcuna possibilità di diventare intimi, a qualsiasi livello. Credo che piuttosto preferirebbe dividere il letto con dei furetti.

Ed eccomi di nuovo a casa, con delle ferite doloranti sulle caviglie a causa dei sandali, davanti alla lettera che mi hai mandato.

Insomma, R, hai avuto un assaggio della mia vita. Ti è bastato?

Resto immobile di fronte alle mie parole. Vedersi la serata trascorsa scritta davanti agli occhi mi butta ancora più a terra. Proprio un bel casino. E pensare che me l'ero immaginata come un punto di svolta, uno di quei momenti cruciali di cui parlano le riviste.

Non ho intenzione di spedire la e-mail e sono quasi sul punto di premere il tasto "cancella" quando Lola piomba in cucina e si fionda verso di me; ha la faccia bollente e umida di lacrime.

«Tesoro», dico ad alta voce, «che è successo?»

«Ho fatto un incubo!». Mi sale in braccio. La stringo fra le braccia e le accarezzo le guance infuocate.

«Shh, tesoro, va tutto bene. È stato solo un brutto sogno. Ora salgo e ti rimetto sotto le coperte».

«Grazie mamma», bisbiglia.

Il fatto che abbia così tanto bisogno di me mi rende inevitabilmente grata; lei è un ottimo antidoto contro Jake. Mentre i suoi singhiozzi si calmano, do un'occhiata allo schermo: "La tua e-mail è stata spedita a rp68@yahoo.co.uk".

Devo aver inavvertitamente schiacciato il tasto "invia".

«Cazzo».

Lola guarda in su, i suoi occhi brillano ancora per le lacrime. «Mamma», sospira, «hai detto una parolaccia».

SECONDA PARTE

Noi di «Bambino» riteniamo che l'infanzia vada tenuta in grande considerazione. I nostri bambini non appartengono a noi, ma ci vengono affidati solo temporaneamente. Per cui dovremmo fare tesoro di ogni momento trascorso con loro.

Millie Dawson, *editoriale* di «Bambino», 7 maggio

CAPITOLO DICIANNOVE

Caitlin,

Lasciamelo dire: ti capisco perfettamente. E sta parlando quello scemo che, durante l'allegra festa di San Silvestro organizzata dalla sua ex moglie (sì, ho davvero accettato di partecipare a un evento del genere), ha ritenuto opportuno bere fino a perdere il senno per poi insultare il suo "compagno", che indossava una maglia da golf, e tentare di sbaciucchiarla in cucina.

Nonostante il fatto che da quando mi ha lasciato è diventata una santarellina e ha cominciato a indossare colletti merlettati. Si chiamano così, giusto? Quelli alti attorno al collo, pieghettati.

Per cui, non ho nemmeno questa grande importanza nell'economia del rapporto. Mi dispiace per la storia di Sam e Darren, e anche per il tono scortese della mia prima e-mail: era stato un brutto giorno e mi sono sfogato sulla rivista «Bambino», insopportabilmente pomposa, a cui mia moglie si era abbonata e che continua ad arrivarmi per posta ogni stramaledetta settimana, nonostante abbia cancellato il servizio di domiciliazione e telefoni loro tutte le volte assumendo un tono che spero risulti autoritario.

Ho provato a spiegargli che adesso mia moglie non vive più con me, bensì con un coglione che parla in linguaggio commerciale – "questa è la nostra mission..." – e si tinge i capelli per nascondere quelli grigi, cazzo. È come se ogni giovedì a cadere con un tonfo nella cassetta delle lettere fosse una piccola parte di lei, per continuare a ridermi in faccia di quella volta che ho mandato da lei Billy (nostro figlio di sei anni) con indosso i pantaloni di quando aveva tre/quattro anni. Ma visto che gli andavano ancora bene, che problema c'era?

Ah, e poi il giorno in cui ti ho inviato la e-mail eravamo stati dal farmacista per una lozione contro i pidocchi e Billy aveva svitato un flacone di bagnoschiuma creando un piccola pozzanghera rosa sul pavimento su cui poi è scivolato.

Tanti saluti.

Un bacio R

È davvero strano.

Anch'io detesto la parola "compagno" e i colletti merlettati, che in alcune occasioni particolari andrebbero presi e bruciati. Rispondo così:

Caro R,
Preferirei baciare una fetta di merluzzo vecchio di tre settimane trovato in un cestino del parco piuttosto che mio marito. Ma anche io ti capisco.
C

Con mia grande sorpresa, mi invia subito una risposta.

Ciao Caitlin,
Dove stai tu le persone di solito buttano i merluzzi nei cestini dei parchi? Sembra una minaccia per l'ambiente. Dovresti renderlo noto al consiglio comunale. Ah, spero di non risultare sgarbato, ma... porti sempre tutto quel trucco come nella foto? Non è per criticare... Penso solo che il tuo volto non ne abbia bisogno.
Mi sembrava giusto dirtelo.
Un bacio R
PS: il merluzzo lo vendono a filetti, non a fette.

È l'1,27 del mattino e non sono per niente stanca. C'è qualcosa nel tono di R che mi piace. Mi fa sorridere. E poi mi sta anche facendo la cortesia di togliermi dalla testa Bev Hartnett e la sua bancarella del coniglietto impagliato.

Ciao R,
Sono sicura che quelli dell'Associazione genitori e insegnanti della zona si metteranno direttamente in contatto con il consiglio comunale. Per quanto riguarda i tuoi commenti gentili, sappi che di solito preferisco un trucco più naturale. Nel caso della foto, sono stata presa in ostaggio da una maniaca armata di spugnetta e poi mi hanno ammanettata alla sedia mentre facevano gli scatti.
Un bacio, C
PS: certo che vai a letto tardi.

Ciao Caitlin,
Domani è il compleanno di Billy, quindi sto cercando di preparare tutto. C'è qualcosa di più triste dei postumi di una festa di compleanno per bambini, con i palloncini semi-sgonfi attaccati con lo scotch alla porta della cucina e dei pezzi di torta spiaccicati sul tappeto? Quest'anno ho deciso di portare lui e gli amici al parco con un vagone di palloncini, giochi e porcherie da mangiare. Niente puli-

zie; sono un genio, non credi? Spero che i resti vengano mangiati dai piccioni e dai topi.

Un bacio, R

Digito:

Temo solo che la torta si riveli inadatta alla vita all'aria aperta, soprattutto se ha la glassa alla crema di burro. Comunque, 10 e lode al fatto di permettere a tuo figlio di festeggiare il suo compleanno in mezzo alla natura piuttosto che dentro uno quegli orribili posti attrezzati con i giochi per bambini. Spero che tu distribuirai anche frittelle di more fatte in casa addolcite da succo di mele biologiche.

Buona fortuna e buona notte.

Un bacio, Caitlin.

Lui risponde così:

Ovviamente! Grazie, Cait, e buona notte.

Un bacio, R

Cait; come se fosse un amico. Solo Martin, Sam e gli amici che conosco da anni – come Millie e Rachel – mi chiamano così. Per quelli dell'Associazione genitori e insegnanti sono sempre Caitlin (o, più precisamente, *povera* Caitlin).

Spengo il computer e mi dirigo di sopra, accorgendomi per la prima volta del rimasuglio avvizzito di un palloncino intrappolato da un pezzetto di nastro adesivo giallo risalente al compleanno di Lola a gennaio.

Vederlo lì mi fa sentire un po' meno sola.

CAPITOLO VENTI

«Che cosa ti avevo detto?», mi chiede Millie al telefono inferocita.

«Di non rispondere a nessuno personalmente».

«So bene di cosa parlo», riprende innervosita. «Harriet era costantemente molestata da sconosciuti che morivano dalla voglia di diventare suoi amici. Ti ho mai raccontato degli oggetti strani che riceveva per posta?».

«No», rispondo timorosa.

«Be', per lei arrivavano ogni sorta di stramberie. Cose tipo piccoli pacchetti di pellicola trasparente contenenti peli pubici».

«Peli pubici?», ripeto inorridita.

«Esatto. Del resto, tu sai come si comportano le persone con la responsabile della posta del cuore».

«No», commento, spostandomi preoccupata verso il bordo della scrivania. «Non mi avevi detto nulla di ciò quando mi hai chiesto di occuparmi della rubrica. Come si comportano le persone?».

Sospira. «Alcuni ti vedono come una specie di… sfogo. Una persona con cui parlare, anche se non hanno nessun problema particolare. Vogliono confidarsi con te per il solo fatto che tu *ci sei*. Ti considerano come, non saprei… Una specie di essere onnisciente».

«Mi stai prendendo in giro», mormoro.

«In fondo è comprensibile. Quando la tua foto appare su una rivista e parli di questioni personali, possono diventare un attimino…», si schiarisce la gola, «ossessionati», conclude.

«Perfetto. Quindi vorresti dirmi che mi sono spacciata per una che vuole essere molestata?»

«No, non sto dicendo questo», si affretta a rispondere. «Solo che... Devi stare attenta; drizzare le antenne. Non scendere in dettagli personali con nessuno, d'accordo?»

«D'accordo», borbotto.

Ride. «Perdonami, non volevo metterti in agitazione. Stai facendo un lavoro strepitoso, Cait. È esattamente quello che volevo. Lo sapevi che gli interventi di Harriet andavano riscritti tutte le volte? I tuoi ci arrivano e noi li tocchiamo appena...».

«Quand'è che torna Harriet?», la interrompo.

«Ehm...», esita. «Lei, ecco... Lei non tornerà più. Le ho detto che d'ora in avanti voglio che sia tu a occuparti della rubrica».

«Davvero?», esclamo. «Senza nemmeno prima chiedermelo? E lei cos'ha detto?»

«Lei... Lei era piuttosto arrabbiata, se devo essere sincera. Ha detto che non poteva credere che mi rivolgessi a una persona qualsiasi per occuparsi della sua rubrica. Le ho spiegato che tu hai anni di esperienza alle spalle e che scrivevi di creme per le emorroidi e quant'altro per quel sito di articoli sanitari». Sospira. «E comunque, lei era una free lance, non aveva nessun contratto, quindi non ci può fare nulla».

Sono allibita. «Avrei preferito che prima ne parlassimo».

«Eddài, Cait, cos'altro hai da fare?»

«Niente, però...».

«Stai ricevendo il doppio di e-mail rispetto a lei. Potrebbe essere l'inizio di una nuova carriera per te. Senti», aggiunge, «fra un minuto ho una riunione, per cui devo proprio scappare... Accetti?».

Una nuova carriera? Non so nemmeno se ne voglio una, ma almeno è qualcosa di *nuovo*, il che può essere solo positivo. «D'accordo», rispondo incerta, «accetto».

«Fantastico. A proposito, la tua nuova foto è strepitosa. Temevo che quella vecchia avesse messo in fuga i lettori, facendo diminuire le vendite».

«Grazie».

«Figurati. Promettimi che non scriverai più a quel tizio strano delle e-mail».

Imita lo stridio dei violini che si sentono nella scena della doccia di *Psycho*. Concludo la telefonata decisa a non dare al misterioso R una sola parola d'incoraggiamento in più.

Quella sera mantengo la promessa, aggirandomi attorno al computer quasi fosse un animale addormentato che, se risvegliato, potrebbe azzannarmi con i suoi denti poderosi. Il giorno dopo mi concedo di accedere alla casella di posta, sollevata nel vedere che R non mi ha più cercata. Mi piacerebbe spedirgli un messaggino rapido, giusto per chiedergli com'è andata poi con il compleanno al parco (grande idea; dovrò ricordarmene quando Lola mi chiederà di riempire la casa con diciotto compagni di classe alimentati da cibi approvati dall'Unione Europea), ma riesco a trattenermi. Ogni volta che il bisogno di scrivergli si fa pressante, ripenso all'immagine dei peli pubici avvolti dalla pellicola trasparente e il gioco è fatto.

La posta di «Bambino» è davvero perfetta per tenermi la mente occupata: i problemi sono affascinanti – come origliare conversazioni private sull'autobus – e fanno sembrare un po' meglio la mia vita da schifo. Quando sei completamente presa dalle tue preoccupazioni, è facile dimenticare che ci sono moltissime altre persone ricoperte da tonnellate di merda. Forse Millie aveva ragione: questo lavoro mi calza a pennello. Lo ammetto, ho sempre covato un interesse malsano per la vita privata delle altre persone. Quando ero un'adolescente ficcanaso, non c'era niente di più divertente per me che frugare nell'armadio dei miei genitori. Una volta scovai un manuale sul sesso pieno di foto che illustravano le varie posizioni, al che fui sopraffatta dal piacere e passai più di una notte a divertirmi sfogliandone le pagine.

Nella mia foto preferita, la donna faceva la candela sul letto, sostenendosi i fianchi con le mani, mentre l'uomo la penetrava standole praticamente sopra. Non riuscivo proprio a capire come facessero, così provai a ripeterla (ovviamente solo la parte della donna) sul pavimento della mia stanza da letto. D'un tratto entrò mia madre, la quale commentò: «Sono davvero contenta che tu faccia un po' di ginnastica: ne hai proprio bisogno. Ultimamente hai messo su qualche chilo di troppo». Nonostante mi avesse ferito, ero contenta che non si fosse accorta che in realtà stavo imitando la posizione della donna di pagina settantotto.

A forza di leggere lettere mi si è annebbiata la vista, così porto i panni puliti di Jake nella sua stanza, lasciando una scia di calzini lungo il tragitto. Lo trovo seduto a carponi a sfregare come un forsennato qualcosa sul tappeto utilizzando un panno appallottolato.

«Che fai di bello, tesoro?», gli domando. «Sono quasi le nove. Stavo giusto per chiederti di spegnere la luce».

«Sto cercando di tirare via questa cosa dal tappeto», borbotta senza nemmeno guardarmi.

«Che cosa? Tirare via che cosa?»

«*Questo*».

Mollo i panni sul letto e mi chino per vedere di che si tratta. «Ah, ma è solo una macchia di caffè. Devo averne rovesciato un po' mentre rimettevo in ordine».

«Cosa ci facevi in camera mia?».

Lo guardo. «Te l'ho detto: stavo rimettendo in ordine. È quello che fanno le mamme, o sbaglio? Mi stai dicendo che non posso entrare in camera tua, Jake? È questo che vuoi dire?».

L'assurdità di un bambino di dieci anni che pulisce il tappeto diventa insignificante: a quanto pare, adesso mi è proibito entrare in alcune zone della casa. La *mia* casa, sulla quale sto ancora pagando il mutuo, o almeno la metà. Jake farfuglia qualcosa tipo: «Mmmrah».

«Parla bene, per cortesia», commento seccata. «Cosa significa "mmmrah"? È una parola che non conosco».

Mi guarda attraverso le sue folte ciglia nere. I suoi occhi socchiusi emanano disprezzo. «Ho detto di no».

«Vuoi dire che non mi è permesso entrare qui per nessun motivo? Nemmeno per rifarti il letto?».

Jake alza le spalle. «Il letto lo rifaccio io. So come si mette una trapunta e anche come si infila il cuscino nella federa».

Credi di essere furbo, vero? «Nemmeno per passare l'aspirapolvere?», gli domando.

«Non lo fai quasi mai. Non riesco neanche a ricordarmi quand'è stata l'ultima volta che l'hai fatto. C'è così tanta polvere qui dentro che mi potrebbe venire l'asma o qualche altra infezione».

«Santo iddio, io ce la metto tutta! Sei per caso un ispettore sanitario? Pensavo ne avessimo già parlato di questa storia delle pulizie, Jake. Non ti fa bene. Non è *giusto*».

Stringe le labbra; un gesto che lo fa immediatamente sembrare più duro. Ed è a quel punto che lo sento: un fremito al mento, come quello di un bambino; come quando ti cade il gelato dal cono e si spiaccica a terra. Comincio a vedere tutto sfocato. Jake mi guarda con aria leggermente trionfante. Che cosa ho fatto per meritarmi questo? Lo so che vivere senza un padre non è la condizione ottimale; ma chi è che si è scopato un'altra? Sarò anche stata troppo banale per Martin, magari a letto sono una frana, dato che non ho mai proposto cose come la posizione con la donna a candela, ma non posso accettare l'idea che sia stata tutta colpa mia.

«Perché ti comporti così?», gli domando con voce tremante. «Non è da te. Non è dal Jake che conosco. Qualcosa non va a scuola? Non è che c'è qualche bulletto che ti tormenta, vero?».

Ha uno sguardo che potrebbe far inacidire il latte. «No».

«È per via di me e papà?».

Si allontana da me e riprende a pulire la macchia, bisbigliando qualche parola dentro la maglia del pigiama.

«Come scusa?», gli dico, con un tono troppo alto.

«Ho detto… Quello stupido giornale. L'hanno visto tutti. Lola l'ha trovato in cucina e se l'è infilato nello zaino e adesso tutta la scuola mi ride dietro».

«Ma Jake, figurati se ti ridono dietro».

«E invece sì. E quando uscirà quello nuovo, con la foto in cui ci sono anche io, sarà ancora peggio». Gli tremola la voce.

«Tesoro, mi dispiace tantissimo. Ma è il mio lavoro. Insomma, i soldi mi servono».

«Quand'è che finirai?», mi domanda. «Quand'è che tornerà la zietta del cuore di prima?»

«Jake...», passo la mano sulla macchia umida sul tappeto, «ho intenzione di continuare. Almeno per il momento. "Bambino" è la mia fonte di reddito principale. Riesci a capirlo?»

«E va bene», commenta come un adulto amareggiato. «Solo non capisco perché non puoi tornare a scrivere di creme per i brufoli e via dicendo».

«Perché la ditta è fallita, tesoro. Senti, nessuno baderà a una fotografia su uno stupido giornale. Si sono fatti la loro bella risata, ma poi si dimenticheranno tutto. Scommetto che nessuno tornerà a parlarne».

Mi lancia uno sguardo caustico, come se gli avessi detto per l'ennesima volta che i suoi regali di Natale sono stati fabbricati dagli elfi in un laboratorio. Cristo santo, e pensare che ero salita solo per mettere a posto i suoi panni. Ho la testa che mi scoppia e lo stomaco serrato da una morsa. Magari mi verrà una crisi, lui rimarrà orfano da parte di madre e dovrà andare a vivere con Martin, la Vacca e Principessa Rosa in quel maledetto superattico.

Colta da un attimo di panico, mi rendo conto che probabilmente Jake non desidererebbe di meglio.

«Mi spiace che ti senta così», mormoro.

«Lasciami in pace».

«Vuoi dire... Davvero non mi vuoi nella tua stanza? Mai più?»

«No».

«Nemmeno per pulirla?».

Jake scuote la testa. «Adesso la pulisco io; non te ne sei accorta?».

Perfetto. Grandioso. Mi tiro su, do una spintarella alla pila di panni, così da sparpagliarli su tutto il letto, e mi dirigo a passo spedito fuori dalla stanza, scivolando su un calzino. «Fa come credi, signor perfettino dei miei stivali», borbotto, scendendo le scale nervosa.

«Ti ho sentito», mi urla dietro.

Mi butto sulla sedia traballante accanto alla mia scrivania, furibonda. Diciassette e-mail, di cui una di R:

Ciao Cait,

Spero non ti dispiaccia se mi intrometto nel tuo venerdì sera.

Sono sicuro – o almeno lo spero – che il tuo si sta rivelando molto più piacevole del mio. Io e Billy abbiamo appena avuto una specie di discussione animata durante la quale mi ha reso noto che l'ho messo in imbarazzo durante la festa, perché mi sono unito ai giochi e ho cantato "come uno stupido". È meglio quindi fare il papà poco presente, che si nasconde tutto il giorno dietro a un giornale? Chi è che userebbe il «Telegraph» come uno scudo? È proprio una merda, vero, essere genitori?

Un bacio, R

«Hai proprio ragione, cazzo», gli rispondo, respirando a fatica e in modo irregolare.

Sto per cliccare su «invia», ma mi fermo un attimo; poi aggiungo velocemente qualche altro dettaglio: il figlio che mi disprezza, il divieto di entrare in una delle stanze della mia casa; eppure una volta passavamo ore a ciondolare sul suo letto raccontandoci le scene più divertenti del film appena visto. Una volta Jake mi voleva bene e non mi considerava una macchia imbarazzante.

Continuo a digitare senza sosta e a forza di sputare fuori tutte le sofferenze delle ultime settimane la mia rabbia diminuisce. In una rivista che avevo trovato sull'autobus, uno di quei guru dei rapporti umani suggeriva proprio di mettere per iscritto le emozioni difficili – su un diario, magari, oppure in una lettera che poi non spedisci a nessuno. Forse aveva ragione. Aiuta veramente: alla fine il mio cuore torna a battere a un ritmo normale. Non sono mai stata così sincera con qualcuno prima d'ora: né con Sam, non potendo sopportare che mi consideri Miss Lacrima

Facile; né con Rachel, perché tanto non capirebbe; né con Millie, perché... Be', lei non capirebbe *mai e poi mai*. Inoltre, essendo R una persona irreale, non mi preoccupo nemmeno di correggermi o di trattenermi, perché tanto non mi conosce e non mi giudicherà.

In fondo lui è soltanto un insieme di parole sullo schermo.

CAPITOLO VENTUNO

«Da quanto tempo va avanti questa storia?», mi domanda Sam mentre ceniamo sul suo terrazzo. È una sera di maggio calda e da uno dei giardini vicini arriva un gradevole profumo di grigliata.

«All'incirca tre settimane», gli rispondo.

«Fa un po' venire i brividi uno che ti contatta di punto in bianco in questo modo. Perché non ti dovrebbe dire il nome?»

«Non gliel'ho mai chiesto e sinceramente non lo voglio nemmeno sapere. Se avesse un nome diventerebbe più reale e quindi...».

«Preferisci che rimanga una cosa anonima?»

«Sì», confermo a bocca piena. Perché il ragù alla bolognese di Sam è ricco e saporito, mentre il mio ha sempre l'aria anemica e malaticcia?

«Ma non è anonimo, o sbaglio?», insiste. «Per lo meno non dal suo punto di vista: sa il tuo nome, quello dei tuoi bambini e che lavoro fai... Non gli hai detto dove vivi, vero?»

«No, certo che no!», rispondo sulla difensiva. «Io so che sta nella zona nord di Londra, ma non conosco l'indirizzo preciso». Sam mi guarda con due occhi enormi e sembra talmente preoccupato che scoppio a ridere. «Sono solo una manciata di e-mail», aggiungo, «con una persona anonima; come in una chat o cose simili. Che male c'è?»

«Non mi sento tranquillo, tutto qui. Il fatto che ti dica esattamente le cose giuste per farti sentire meglio; o che ti accada qualcosa e, per una qualche sinistra coincidenza, a lui capiti un fatto analogo».

Lo guardo. Un'ombra di imbarazzo gli vela il volto, quasi fosse *geloso*. «Secondo te mi sta spiando?», gli domando.

«Forse sì. In questo momento potrebbe essere qui fuori, a guardare attraverso quella fessura nello steccato...».

«O magari sta rovistando nel mio bidone, in cerca di vecchie mutandine...».

Sam sorride e l'imbarazzo scompare. «Scommetto che acquista un sacco di copie di "Bambino" per ritagliare la tua foto e rivestire le pareti del gabinetto nel sottoscala... Come hai detto che si firma?»

«R. Una R e basta».

«R di rincoglionito». Sam ridacchia mentre raccogliamo i piatti e li portiamo dentro. Adesso mi sento una stupida: non gli ho detto che ho cominciato ad attendere con ansia le e-mail di R, alzandomi addirittura più presto per controllare la casella di posta prima che i ragazzi comincino a reclamare i cereali. E poi Sam si sbaglia: so molte cose del mio nuovo amico, ovvero ciò per cui lo considero. So che mi spedisce le e-mail in fretta e furia mentre Billy si fa il bagnetto, e poi a notte fonda, fino all'una o alle due di mattina; so che adora far volare l'aquilone assieme a suo figlio, detesta i centri attrezzati con giochi per bambini e il McDonald's, e che sta cercando, anche se con scarsi risultati, di imparare a suonare la chitarra da autodidatta. Mi ha raccontato quanto fosse a pezzi quando la sua ex gli rivelò di non essere più innamorata di lui e che andava a letto con un collega di lavoro; come avesse soffocato tutta la sua rabbia e fosse tornato alla seminormalità solo perché si era buttato a capofitto nella cura del figlio.

Non gli racconto nemmeno che R riesce sempre a sminuire certi incidenti imbarazzanti – come Travis che in farmacia tira fuori dalla loro scatola quaranta assorbenti interni. Qualunque sia il fattaccio, so che mi invierà una risposta per farmi sorridere.

«È come quando le persone mi raccontano i loro problemi», gli spiego mentre carichiamo la lavastoviglie. «Loro non mi conoscono, per cui c'è una sorta di distacco, e così è molto più sicuro condividere le proprie esperienze».

«È il tuo zietto del cuore personale», commenta Sam, con un sorriso sarcastico.

«Sì, immagino di sì».

Si gira per preparare il caffè. Sembra che faccia apposta a evitare il mio sguardo. «Hai più sentito Amelia?», gli domando, per rompere il silenzio.

«Sì; a dire il vero l'ho incontrata».

«E com'è andata?», chiedo cautamente.

«È... Venuta qui un paio di giorni fa. Era a Londra per un colloquio e si è fermata a dormire. Be', dicendo che s'è fermata a dormire intendevo che è ripartita prima che Harvey si svegliasse». Gli scappa una risata cupa. «Sono proprio un cretino a nascondere che ho dormito con la madre di mio figlio, vero?»

«Be', immagino tu non voglia fargli credere che vi state rimettendo insieme per non deluderlo».

«Mmm».

Cala il silenzio. «Sta pensando di ritornare a Londra?», gli domando con un tono di voce fin troppo brioso. Gesù, che fatica fingere che non me ne importi niente.

«Be', ha perso il lavoro in Cornovaglia, per cui sì, potrebbe essere una possibilità».

Gli guardo la nuca e aggrotto le sopracciglia. «Sam, tu come credi che andrà a finire? Torneresti assieme a lei?».

Si volta e mi porge una tazza, ma ancora non riesco a capire le sue intenzioni. «Se devo essere sincero, Cait, non lo so. È indecisa se mollare o meno il suo compagno».

«Non te l'ho mai chiesto finora, ma... Perché avete rotto? So che è stata lei ad andarsene, però...».

«Guarda cos'ho in mano papà!».

Harvey piomba in cucina dal giardino reggendo una manciata di vermi che si contorcono tutti, seguito da Jake, che sembra essersi dimenticato di avermi giudicata la persona più spregevole sulla faccia della terra.

«Guarda cos'ho io», grida, aprendo la mano e mostrando un maggiolino dal dorso iridescente.

«Bellissimo, Jake... Cos'hai intenzione di farne?»

«Posso portarlo a casa?»

«Ma sì, certo che puoi». Sono una madre davvero terribile se gli permetto di portare in casa degli scarafaggi vivi? A dire il vero, mi sento sollevata. Scarafaggi = sporco = bambino normale, con le unghie delle mani sudicie, e non il Mister Sheen ossessivo-compulsivo.

«Ci sono dei barattoli da marmellata sotto il lavello», gli dice Sam. «Ricorda di fare qualche buco nel tappo e di riempirli con foglie e terra».

Mi suona il cellulare e lo ripesco dalla borsa per leggere il messaggio: «Mi trovo con amici in columbia road h. 20 mi piacerebbe se venissi bacio darren».

Un sorriso s'insinua sul mio volto. «Bella notizia?», domanda Sam mentre i ragazzi si precipitano fuori a raccogliere qualche altra strana creatura strisciante.

«Ti ricordi di Darren, quello che ripara le televisioni?»

«Lo vedi di nuovo? Nonostante il fiasco al ristorante causato da Bev?»

«Esatto, questa sera: mi ha appena invitata a bere qualcosa. Martin verrà a prendere i bambini, quindi non mi devo nemmeno preoccupare della babysitter».

«Sembra fantastico». Accenna un sorriso.

«Ed è molto meglio che trascorrere un venerdì sera assieme all'acquario con le scimmie di mare». Mi dirigo verso la porta sul retro per richiamare i ragazzi dal fondo del giardino. «A proposito», gli domando, guardandolo negli occhi, «tu cosa fai stasera?».

Facciamo sempre un giochetto, io e Sam, per ironizzare sulla nostra vita sociale pietosa: rispondiamo a queste domande con un atteggiamento snob. Ad esempio: "Mah, pensavo di fare un salto al centro di arte contemporanea per un'anteprima; poi danno una festa all'atelier di Tracey Emin che andrà avanti a oltranza. Ma a parte questo, niente di che".

«Be', ecco... Sta per arrivare lei», risponde Sam un po' esitante. «Amelia dovrebbe essere qui fra un'ora circa».

È come se il mio corpo si stesse sgonfiando. «Ma è magnifico!», commento, cercando di fare un bel sorriso, finto; è un tale sforzo che quasi mi si spezza la faccia.

Una volta a casa, mi metto subito al lavoro per preparare le valigie dei ragazzi. Lola mi sta alle calcagna e mi aiuta a prendere i calzini dal suo cassetto e Jake, impaziente per l'arrivo di Re papà, continua a chiedere perché non è ancora qui. Travis è in giardino che sta cercando di scovare altri esemplari per la collezione di insetti. Smetterò di essere madre quando loro se ne saranno andati. È molto meno stressante fare così, piuttosto di sentirli bussare alla porta del bagno o di farmi soprendere da Travis mentre sceggio nuda sul pianerottolo e sentire il suo "Iiih" schifato.

È in ritardo. Martin non è *mai* in ritardo. Quando finalmente spunta, alle sette e quarantacinque, ha gli occhi gonfi e stanchi, come se non dormisse da parecchio tempo. Sembra inoltre che qualcuno si sia seduto sui suoi capelli solitamente immacolati. «Scusate il ritardo», mormora, dandomi un bacio inaspettato sulla guancia che mi sconvolge; come se per strada uno sconosciuto mi si fosse avvicinato e mi avesse dato un bacetto.

«Hai un aspetto terribile», gli faccio notare, dopo aver mandato i bambini a recuperare i loro giochi preferiti (per quanto possiamo essere pronti, c'è sempre la corsa dell'ultimo minuto per i "beni essenziali").

«Grazie». Fa un piccolo sorriso e si abbandona sul bracciolo del divano.

Lo scruto. Nonostante tutto il disprezzo che provo per lui, mi preoccupa vederlo così spossato. Dopotutto, dovrà occuparsi dei nostri bambini per le prossime quarantotto ore. In questo momento, non sembra molto in grado di potercela fare.

«Brutta giornata al lavoro?», insisto.

«Io, ecco...». Punta lo sguardo in basso, sulle mie scarpe, e poi lo rialza verso di me. «Oggi non sono andato a lavorare. Io e Daisy abbiamo avuto qualche... problemino».

«Accidenti». Mi piange il cuore.

«Immagino tu le definiresti "questioni"». Risatina amara. «È a proposito dei bambini...».

«Cos'hanno i bambini?».

Ci siamo: «Mi dispiace, ma nonostante sia felice di fare un salto durante la settimana portando qualche regalo, purtroppo però non posso più venire nei week end. Sai com'è. Questione di spazi, bla bla bla. E poi saremo impegnati un sacco nella costruzione di una stanza annessa con bagno incorporato per Principessa Rosa...».

«Lei... Daisy è preoccupata per gli effetti che hanno su Poppy. A scuola si isola molto e ha difficoltà a farsi degli amici e...».

«E secondo te è colpa dei nostri figli? Cristo, Martin, ma se ce li hai solo un fine settimana sì e uno no. Sempre, poi, che tu non debba andare a teatro o in *Sardegna*...».

«Lo so, infatti io non sto dicendo questo. Lei, Daisy...».

«E poi in che modo influenzerebbero Principessa, ehm, Poppy esattamente?»

«Be'... Semplicemente con la loro presenza. È piuttosto complicato. Lola difficilmente rivolge la parola a Poppy».

«Che cazzo ti devo dire», lo interrompo, «mi dispiace un sacco. Ma tu cosa ti aspettavi? Che l'accogliesse a braccia aperte come sorellastra?».

I nostri sguardi si incrociano e lui sembra terribilmente triste. La palpebra dell'occhio destro mi si è socchiusa, come se ci fosse atterrato sopra un insetto.

«Mamma!», urla Travis dalle scale, «dov'è il mio uncino?».

Distolgo lo sguardo da Martin e cerco di assumere un tono di voce normale. «Probabilmente in camera tua, tesoro. Fra un minuto vengo a cercarlo anch'io».

«Cait», sibila Martin alle mie spalle, «non farò niente. Voglio che i bambini continuino a stare con me e non cambierò certo le cose. Loro rimangono la mia priorità, quindi troverò una soluzione».

«Sì», brontolo sottovoce, «certo che la troverai».

Intraprendo così l'operazione Caccia all'Uncino assieme a Travis, che prova a cercare invano fra le mutande e i calzini, e tento di non dare corda al timore che la Vacca stia progettando di guastare il rapporto tra i bambini e il loro padre. Qualunque siano i miei sentimenti nei suoi confronti, loro lo adorano e hanno bisogno di trascorrere del tempo con lui. Quando ci sono di mezzo gli uomini, i bambini sono molto comprensivi. I miei a quanto pare gli hanno perdonato il fatto di avermi rimpiazzato con la Vacca senza divorziare. Basta che Martin racconti una storiellina banale che si mettono tutti e tre a ridere, quasi riuscisse a sostenere da solo un intero spettacolo di cabaret. Quanto a me, anche se fossi capace di costruire delle creature preistoriche a grandezza naturale utilizzando la pasta di sale, avrei comunque una risposta tiepida.

Martin ha un ruolo ben preciso: gestire il divertimento e dispensare regali a sorpresa. Io, invece, devo, guardare attorno alle tubature polverose dietro il water in cerca di giocattoli perduti. Credo proprio che l'equazione mamma-papà sia terribilmente sbilanciata.

Alla fine se ne vanno e Travis mi guarda arrabbiato dal finestrino posteriore della macchina di Martin, quasi fosse colpa mia se il suo uncino è sparito.

«Lei è Caitlin, la famosa scrittrice». Darren mi dà un bacio sulla guancia bollente e mi fa cenno di sedermi assieme ai suoi amici nel tavolo all'angolo dell'animato pub. Rido, e poi mi presenta a turno a ciascuna delle facce presenti: ragazzi (non uomini: *ragazzi*) dall'aria fresca e ragazze che sicuramente leggeranno «Elle» e «Glamour» e che non toccherebbero «Bambino» nemmeno se lo trovassero abbandonato su un treno. Scommetto che nessuna di loro ha problemi di smagliature o di capillari fragili.

È qui che voglio stare; e non intrappolata con Bev Hartnett e la sua perimenopausa.

Si beve a un ritmo impressionante. Nel giro di pochi minuti svanisce ogni rimasuglio di timidezza, e svanisce l'ansia per la Vacca che si lamenta della presenza dei nostri figli, per Jake che mi considera così insopportabile, per Sam che probabilmente a quest'ora starà ficcando la lingua in gola ad Amelia. Non me ne importa niente. Mi sento Cait; la stessa Cait di quando non ero ancora madre.

Una ragazza dai capelli castani decorati da mèches dorate sta raccontando tutta esaltata del suo nuovo impiego di assistente personale nella City. Il suo primo lavoro; la sua vita è appena cominciata. Provo un pizzico di invidia. Un'altra sta lasciando la casa dei suoi per andare a vivere con il ragazzo. «Stavamo pensando di optare per uno stile vintage», dice, «prendendo una di quelle fichissime lampade ad arco anni Sessanta e magari una tenda di perline».

Mi piace tutta questa frivolezza. Lampade e tende di perline. Niente pattumiere o scarichi intasati: gli amici di Darren parlano di film, musica e discoteche, e non mi interessa di far credere loro che conosco una vasta gamma di droghe per sballarmi o che voglia farmi dei piercing esotici. Ci bevo sopra, godendomi per un po' un mondo senza bastoncini di pesce. Nessuno si scambia le ricette, o parla della bancarella di "indovina quand'è il compleanno del coniglietto impagliato". Dato che Martin è arrivato così tardi, non ho avuto il tempo di mettermi in ghingheri, ma è stato meglio così: indossano tutte dei top aderenti e jeans a vita bassa. Forse bisogna vestirsi per bene solo quando il corpo comincia a cedere; quando ci sono dei "difetti" (come dicono le riviste) da "nascondere". Comunque, con miei jeans scoloriti e il maglioncino in lana celeste mi sento perfettamente a mio agio.

Il Crown è affollato e ha una piacevole aria rétro. È il tipo di locale gradevole e modesto che io e Martin frequentavamo nei primi anni del nostro fidanzamento, quando avevamo abbandonato il college e ogni tanto ci davamo per malati al lavoro per passare un po' più di tempo assieme. Mi sento sprofondare in una leggera ebbrezza, proprio come in quei pomeriggi che continuavano ad allungarsi.

«È incredibile che tu abbia tre bambini, Cait», commenta l'assistente personale. «Pensavo avessi la nostra stessa età».

«Sono le luci di questo posto», replico ridendo, noncurante del fatto che dietro quei denti di perla in realtà sta mentendo.

Mentre usciamo dal pub qualcuno urla: «A presto, Caitlin!». Mi sento ridicolmente felice, come se tutte le mie preoccupazioni fossero rimaste sul tavolo di quercia smangiucchiato del Crown.

«Insomma?», domanda Darren impaziente, «dove si va adesso?».

È proprio bello. Voglio dire, l'idea di non dovere scappare a casa prima di trasformarmi in una zucca.

«Potresti venire a bere un caffè da me», azzardo (la vecchia battuta del "caffè"! Martin mi prendeva sempre in giro, ricordandomi che la prima volta che era venuto nel mio appartamento, quella calda bevanda promessa non si era mai materializzata).

Darren sorride e le sue dita si stringono attorno alle mie. I suoi amici se ne sono andati; siamo rimasti solo noi due, in una notte tranquilla e tiepida di maggio. «Mi sembra una buona idea», commenta.

Non parliamo molto mentre passeggiamo verso casa. Ogni tanto lo guardo di nascosto: le sue labbra sono carnose, sensuali e meravigliosamente curvate; proprio da baciare. Il cuore comincia a palpitare: mi viene in mente che indosso un reggiseno a pois bianco e nero, un paio di mutandine rosa di un altro completo e non mi sono depilata le gambe.

E vabbè: le relazioni non nascono o muoiono per degli stinchi pelosi.

Sulla porta di casa ripesco le chiavi e mi rendo conto che sto leggermente tremando. Avrò la forza per andare fino in fondo? Di certo il sesso rientra fra quelle cose che basta poco per ricordarsi come funzionano; come andare in bicicletta: all'inizio sei un po' titubante, e magari cadi e ti graffi; ma appena capisci il funzionamento di base – quale parte usare e dove metterla – sono piuttosto sicura che mi tornerà tutto in mente di nuovo. Un po' come quando aiuto Jake a fare le divisioni.

No, non proprio: in fatto di divisioni sono proprio una frana.

Sto cercando di infilare la chiave nella serratura quando Darren mi sfiora il volto, scostando un ciuffo di capelli vagabondo. Poi mi bacia. Un bacio languido, che mi fa rabbrividire dalla testa ai piedi; le chiavi mi cadono a terra con un sonoro rumore metallico. Mi immagino la signora Catchpole che si affaccia alla finestra e ritira le labbra: una madre di tre bambini di cui quello più giovane scorrazza spesso nudo per il giardino; e guardatela adesso, mentre dà spettacolo con un uomo sotto gli occhi di tutti! Da quando quel simpatico Martin se n'è andato, la famiglia è andata a rotoli.

Mentre recupero le chiavi, mi viene un pensiero fastidioso: lui ha venticinque anni, e ciò significa che *è nato negli anni Ottanta*. Oh mamma. Entriamo in casa e accendo la luce dell'ingresso.

«Puah!», dice rabbrividendo.

Dannazione, ecco giunto il momento in cui crolla tutto. Nell'angolo poco illuminato del pub sembravo bella, ma adesso, vedendomi da vicino di fronte a lui sotto la lampadina incandescente, si sente male.

«E questi cosa sono?», domanda, puntando con lo sguardo verso i barattoli pieni di insetti che i bambini hanno messo in fila sulla mensola.

«Ah, quelli». Rido, colta da un profondo sollievo. «Quelli sono i nostri animaletti domestici».

Poi accade tutto velocemente. Poche chiacchiere e nessun caffè. Anzi, in realtà non entra in scena nemmeno il bollitore. Ci baciamo sul divano come due adolescenti, e ci baciamo e ribaciamo ancora con una passione che non provavo dai primi tempi in cui stavo con Martin.

Ci svestiamo a vicenda e adesso non mi preoccupo più se il mio intimo non è intonato, se ho i peli sulle gambe e se non ho avuto la possibilità di ricoprirmi di estratto di papaya, o di fare tutto quello che si dovrebbe fare prima di un tale evento. Il corpo di Darren è snello, leggermente muscoloso, ed è coperto solo da una paio di slip bianco candido.

«Saliamo di sopra», mormora.

«D'accordo», acconsente la diciottenne che sono tornata a essere. Mentre mi alzo barcollando dal divano, facendo cadere a terra l'aeroporto Playmobil di Travis appoggiato sul tavolino, sento il desiderio ardente rigirarsi nello stomaco. Arriviamo nell'ingresso, tenendoci per mano, ridacchiando e rabbrividendo leggermente.

«Ehi, bellezza», dice, tirandomi a sé. La sua bocca è sulla mia, e ha un sapore di birra con qualche sentore di sigaretta stranamente piacevole. «Tu», mormora, «sei così sexy...».

«Dai», bisbiglio, tirandogli la mano, «saliamo di sopra...».

Driiiiiiin!

Porca misera, quello stramaledetto campanello. Ci stacchiamo immediatamente.

«Chi sarà?», sussurro, fissando intensamente prima la porta e poi Darren, come se lui potesse avere una vaga idea.

Driiiiiin! *Driiiiiiiiiiiiiiiiin!*

Merda. Che palle. Gli faccio cenno di stare zitto, premendo un dito sulle mie labbra. Ho gli occhi fuori dalle orbite e sono in procinto di scoppiare.

Se ce ne stiamo lì, in un silenzio di tomba, chiunque sia se ne andrà.

«Chi...?», mima Darren con la bocca, sfregandosi le braccia ricoperte di pelle d'oca.

Gli rispondo con un chiaro: «E io che diavolo ne so?»; poi cerco di coprirmi quante più parti del corpo possibili con braccia e mani. Intrappolata nel mio ingresso di casa, con indosso un reggiseno e un paio di mutandine non in coordinato. Da sotto la porta penetra una folata d'aria. C'è qualcuno lì fuori, che adesso non sta più premendo il campanello, ma si è messo ad aspettare.

Qualcuno che sta barcollando verso casa ubriaco dopo essere stato al pub e ha suonato al campanello sbagliato. Oppure un ladro che sta perlustrando la zona, come hanno detto alla televisione. O magari la persona che invia i peli pubici a quelle che si occupano della posta del cuore.

O un pazzo con una mannaia.

Darren ha stretto le labbra e il suo sguardo è velato dall'esasperazione. L'agitazione che si stava sollevando nelle sue mutande bianco candido sembra essersi ridotta a un nulla. Sono congelata e mi sento fastidiosamente svestita. In uno dei barattoli, il maggiolino dal dorso iridescente di Jake sta strisciando sopra una foglia.

Lancio un'occhiata piena di terrore a Darren e mi avvicino silenziosamente alla porta, cercando di zittire il mio respiro mentre guardo dallo spioncino.

È terribile l'immagine che vedo lì fuori, distorta da una lente a occhio di pesce: lui è in piedi, ha la bocca triste e le sopracciglia rivolte verso il basso, in segno di frustrazione. Una folata d'aria mi solletica le dita nude dei piedi.

Martin.

CAPITOLO VENTIDUE

È successo qualcosa di grave. Deve essere uno dei bambini. Se fosse stato meno urgente, o si fosse trattato di un banale malore, mi avrebbe telefonato, oppure ci avrebbe pensato lui direttamente. Martin non spunterebbe mai così all'improvviso.

«Vai di sopra», sibilo a Darren, scacciandolo via come si fa con le vespe. «La mia stanza è la prima sulla destra. Vai e stai *buono*».

Apre la bocca quasi volesse protestare, poi alza le spalle e sale lentamente le scale. Resto a guardargli il sedere rivestito dalle mutande bianche fino a quando scompare dentro la mia stanza.

Piano piano, apro la porta di qualche centimetro e avvicino la faccia. «Cos'è successo?», gli chiedo.

«Tranquilla, nulla di grave», risponde Martin in modo distratto. Fa un passo in avanti, come se volesse entrare, ma blocco la porta con il mio piede nudo.

«E allora che ci fai qui? È quasi mezzanotte…».

«Non mi fai entrare?». Lo sa, ne sono certa, che addosso ho solo le mie vecchie mutande rosa con l'elastico indebolito e il reggiseno a pois con le coppe sgualcite. Sento i suoi occhi perforare la porta spessa sette centimetri e mezzo e prendermi in giro.

«Adesso… In questo momento sono un po' occupata», replico arrabbiata. «Se non è niente di così urgente…».

«È solo che… Travis è molto triste. Non riesce ad andare a dormire senza il suo uncino».

«Il suo *uncino*? Hai fatto tutta questa strada solo per questo?»

«Sì», risponde con un tono piatto e leggermente accusatorio.

In fondo, sono io quella che ha perso l'uncino. Brutta, brutta mamma.

«Sei venuto fin qui per un giocattolo? Cristo, Martin! Alla fine si sarebbe addormentato comunque. Potevi dargli qualcos'altro; Poppy non ha dei giocattoli? Oppure potevi stenderti assieme a lui finché...». Smetto di parlare, sopraffatta da un'immagine particolarmente sgradevole: la Vacca che culla Travis e gli dice, «Su, dai, tesoro: la mamma è stata una sciocca, ma non ti preoccupare, sistemeremo ogni cosa... Dai Martin, vai, se c'è un uncino, vedi se quell'idiota della tua ex riesce a trovarlo».

Potrei vomitare qui, sulla soglia di casa.

«Lui non andrà a dormire», insiste Martin. «È fuori di sé. Ha perfino bagnato il letto».

«Non aveva il pannolino per la notte?»

«Era troppo sconvolto per farsi mettere il pannolino!».

«Troppo sconvolto per il pannolino!», grida un ragazzo dal marciapiede opposto, e la risata della sua ragazza echeggia per tutta la strada.

«D'accordo», dico con tono seccato. «Vado a vedere se riesco a trovarlo».

«Mi fai entrare, porca miseria? Sta piovendo».

Diverse goccioline stanno picchiettando le spalle del suo giacchetto di pelle scamosciata.

«Un minuto», borbotto, tastando l'attaccapanni stracarico in cerca di qualcosa con cui coprirmi. Il poncho a strisce di Lola cade per terra. Afferro la giacca a sacco di Jake che lui detesta tanto – un indumento impermeabile che Bev ha voluto a tutti i costi regalarci assieme ad altri abiti smessi con cui ha riempito una sporta della spesa, "perché immagino che non siano tempi facili per te, Caitlin, e suppongo sarai a corto di soldi". Lo infilo dalla testa e lo tiro giù con qualche difficoltà. Del resto è per un bambino di nove/dieci anni. Mi copre appena l'orlo delle mutande. Mentre trasmetto con il pensiero una supplica disperata a Darren (ti prego, ti scongiuro, resta di sopra fino a quando Sfilamutande non se ne sarà andato), lo faccio entrare.

La sua bocca sorride involontariamente mentre esamina il giubbino di nylon che mi ricopre. «Giacca interessante, Cait. Stai andando in qualche posto particolare?»

«Piove», borbotto.

«Sì, ma non dentro casa: qui è molto asciutto. Volevi farti una doccia ma non avevi voglia di bagnarti? Gli scappa una risata fragorosa mentre mi segue in soggiorno. Non sarebbe assolutamente un problema voltarmi e dargli una sberla. Poi inorridisco, consapevole di avere le chiappe che spuntano da sotto la giacca.

Martin si piazza sul divano e gli si illuminano gli occhi mentre osserva il caos di vestiti sparpagliati sul pavimento. I calzini di Darren sono appallottolati, segno evidente che se li è tolti di fretta. Sono larghi, dalla pianta morbida: senza dubbio calzini da uomo. Buttati sul tavolo ci sono la maglietta, i suoi jeans e la sua giacca. Perché dovrei dargli delle spiegazioni? Per quale motivo?

«Aspettami qui», gli dico con voce severa; «vado a dare un'occhiata fra i giocattoli in cucina».

Scendo le scale, rovescio la cesta – «Perché i tuoi bambini non li tengono in stanza i giocattoli?», mi chiese Bev una volta, quando piombò in casa mia chiedendomi un caffè – e rovisto nel mucchio di cianfrusaglie. Nessun uncino. C'è un ragazzo bellissimo e sexy che mi aspetta di sopra e nessun merdoso uncino.

Pensa. Pensa. Quand'è stata l'ultima volta che Travis l'ha usato? Ti prego, fa che non sia rimasto da Sam. No, ce l'aveva addosso mentre tornavamo a casa: gli avevo fatto notare che se continuava a farlo passare sui muri l'avrebbe graffiato tutto e rovinato, e poi gli è caduto e a momenti ci passa sopra una macchina; e l'ha anche usato per colpire il sedere di Lola mentre entravamo in casa. Dopo di che, ho preparato le borse dei ragazzi per il fine settimana, e loro stavano bisticciando in cucina, a parte... Travis, che era uscito in giardino. Trovato: lo stava usando per scavare la terra in cerca di vermi. Merda, questo significa che devo uscire al buio, sotto la pioggia – non abbiamo la luce sul retro – e che inciamperò sui bordi delle aiuole.

Controllo se in cucina c'è qualcosa di adatto da mettermi ai piedi, ma trovo solo i sandalini in tessuto di Lola con le margherite di plastica sul davanti, taglia 21.

A piedi nudi, apro la porta sul retro e sgattaiolo fuori cercando di vedere nel buio. La mia leggera ebbrezza è sparita e l'eccitazione se l'è data a gambe in cerca di un'altra donna a cui attaccarsi – una vera donna matura che merita di essere soddisfatta a letto. Poso il piede su qualcosa di duro e appuntito e mi scappa un gridolino. È la zanna di un piccolo elefante di plastica. I capelli mi si sono afflosciati attorno al volto e sentire la giacca umida a contatto con la mia pelle nuda non è certo una bella sensazione.

«Caitlin? Sei tu?». Da sopra la staccionata arriva una voce acuta e incerta.

«Oh, salve signora Catchpole. Stavo solo, ehm…».

«Non è un po' tardi per darsi al giardinaggio?»

«Sì, ah ah. Io, ehm, mi sa che ho dimenticato qualcosa qui fuori».

«Che cosa?», domanda.

«Un… Un uncino».

«Un maglioncino? Di che tipo?».

Mi sento i suoi occhi vinaccia addosso e la immagino dire: "Cristo santo, signorina, dove sono i tuoi pantaloni? Vuoi dare spettacolo? Comportamenti come il tuo fanno crollare i prezzi delle case. Questa una volta era un zona rispettabile; e adesso, guardati intorno. Non ti sei mai pavoneggiata così finché c'era tuo marito – quel ragazzo affascinante che una volta mi avvitò le gambe del tavolo componibile".

Il suo volto spunta da sopra la staccionata come un burattino. «Perché non lo cerchi domattina?», suggerisce.

Perché non te ne torni in casa?, penso io disperata.

«È che mi serve proprio adesso».

«Deve essere un maglioncino importante», insiste. «È tuo o di uno dei bambini?»

«Mio». Le lancio un sorriso a labbra serrate, mentre la mia testa è sopraffatta dall'immagine di Darren che, stanco di aspettare disteso sul letto, si avventura giù dalle scale con addosso solo le mutande bianco candido, ritrovandosi faccia a faccia con Martin in soggiorno. All'inizio sarebbero imbarazzati, poi troverebbero subito quell'intesa tipica degli uomini quando si tratta di donne e alla fine Martin andrebbe in cucina per prendere un paio di birre.

Darren: «Quindi eri sposato con Caitlin?»

Martin: «Lo sono ancora, almeno legalmente, ahah... Pensavi fosse la tua serata fortunata, vero?»

Darren: «Già, ci crederesti? Hai visto come le sta quell'impermeabile?».

Un sacco di risate, il rumore di altre birre che vengono stappate.

Detesto gli uomini. Tutti, compreso Sam, che se ne ritorna da Amelia come una barca disancorata.

Cercando di eliminare la signora Catchpole dalla mia vista (indossa una vestaglia in ciniglia; sta per caso cercando di farsi venire una polmonite? Io non so), frugo disperata fra lupini incolti e parti di un'autorimessa giocattolo rotta, maledicendomi per aver trascurato il giardino. Quando c'era Martin, lui lo teneva sempre potato e in ordine. Passava ore a tagliuzzare e a ritoccare, e aveva anche accennato a comprare un capanno per gli attrezzi. Strappo via una veronica infestata dalle erbacce, sperando che quel maledetto arnese salti fuori alla svelta. Chissà se a quest'ora il negozio di giocattoli Toys 'R' Us è aperto. Magari Martin potrebbe pensare a una deviazione di emergenza.

Ma ecco che lo trovo: un luccichio argenteo dietro al rododendro nano che mamma mi regalò molti anni fa, e che non hai mai fatto nemmeno un fiore, nonostante nel suo giardino ne fosse *ricoperto*, per cui devo essere stata io che non l'ho curato a dovere. Afferro l'uncino e cerco di pulirlo passandolo sul davanti del mio giacchetto – adesso è diventato mio – e lo agito in aria tutta contenta per mostrarlo alla signora Catchpole prima di precipitarmi di nuovo in casa.

Martin è in piedi in mezzo al soggiorno, rigido, con le mani giunte dietro la schiena. «Tieni». Gli pianto addosso l'uncino.

«Grazie». Lo sguardo gli cade sui miei piedi nudi e sporchi di fango.

«Ora te ne puoi andare», aggiungo.

Si sforza talmente tanto di non fare ulteriori commenti che viene colto da uno spasmo. Cammino decisa verso l'ingresso, incurante del mio aspetto, e gli apro la porta.

«Caitlin!», tuona una voce maschile impaziente. «Vieni a letto? Se n'è andato?».

Guardo in su. Lo stesso fa Martin. Rimaniamo entrambi di stucco a guardare Darren – che si accorge ora che abbiamo ancora compagnia – congelato, nudo, in cima alle scale.

«Ah», commenta Martin.

«Cristo». Darren si copre immediatamente i genitali.

«Vattene... Vattene e basta, Martin», mormoro, sopraffatta dalla nausea.

Esce nella notte, stringendo forte l'uncino e camminando a un passo rabbioso. Si congeda con un'ultima battuta: «Un po' giovane per te, non credi?».

Mi lascio cadere sul gradino più in basso, ma per quanto continui a sfregarmi gli occhi con le nocche, non riuscirò mai a cancellare la terribile scena. L'impermeabile mi sta facendo sudare parecchio, e le mie caviglie sono insudiciate dal fango.

«Deduco che quello fosse il tuo ex», esordisce Darren con un tono dolce, venendosi a sedere accanto a me. Grazie al cielo ha preso un asciugamano appoggiato sul termosifone e se lo è avvolto in vita.

«Sì, quello era Martin». La mia voce è atona. Mi piacerebbe potermi trafiggere il cuore con la sciabola da pirata di Travis; ma purtroppo anche quella è andata persa.

«Dai, non pensare a lui, andiamo di sopra». Darren mi stringe la spalla in modo amichevole e mi bacia sulla guancia.

«D'accordo», gli dico con voce stanca, nonostante in questo momento farei qualsiasi cosa tranne che una valanga di sesso sfrenato. Ci trasciniamo di sopra e mi vado a sedere sul bordo del letto, cercando di recuperare un pizzico di quell'ebbrezza perfetta che mi ha reso così raggiante mentre tornavamo a casa. Niente da fare: sono completamente sobria. Anzi, sono più che sobria. Il copriletto scolorito, le mie gambe pallide: sembra tutto così tetro, come se fossimo all'interno di un qualche *reality* televisivo deprimente. Qualsiasi barlume di desiderio è stato spazzato via in un altro continente nell'istante in cui Martin ha premuto il campanello. Trovarmi di fronte la sua faccia deformata dall'occhio di pesce dello spioncino è stato come ingoiare una di quelle pillole moderne per far passare la sbornia.

«Forse è meglio se ti lavi i piedi», mi fa notare Darren con una risatina.

«Oddio, è vero. Ci metto meno di un minuto». Mi dirigo verso il bagno per ripulirmi dal fango e cercare di pensare a cose piccanti. Metto i piedi sotto il rubinetto e l'acqua gelida mi fa sobbalzare. Nessuno pensiero piccante. Niente di niente. Ho la testa talmente sopraffatta dalla vergogna da non aver più nessuno spazio per qualcosa di sensuale o divertente. Provo a mettere Sam al posto di Darren, ma riesco a visualizzare solo un'immagine: lui che si fa la sua ex nuda; il che mi rende ancora più disperata. È come se un burlone avesse abbassato una leva gigantesca – tipo quelle che si trovano nelle cantine cosparse di ragnatele – privandomi del sesso, condannandomi a morire sola, circondata da pile di giornali ingialliti.

Non è sempre stato così. Nei primi anni con Martin, era sufficiente infilarmi nel letto con lui perché il mio pigiama si volatilizzasse. «Meglio se prendi dei pigiami più resistenti», diceva per scherzo, e io gli assicuravo che avevo perlustrato tutta Londra alla ricerca del pigiama più resistente conosciuto al genere femminile – fatto di ghisa, intriso di buona volontà – ma niente riusciva a impedirmi di desiderarlo. «Bene», concludeva a quel punto, ricoprendomi di baci.

Quando torno nella stanza, Darren è steso sul letto, senza l'asciugamano. «Vieni qui», bisbiglia, picchiettando con la mano di fianco a sé.

«Aspetta che mi tolgo questo affare», mormoro, cominciando a sfilarmi la giacca dalla testa.

«No, no. Tienila». Fa un sorrisino.

«Come?». Quasi mi metto a ridere.

«Tienila addosso. Ti rende molto… sensuale».

«Mi prendi in giro? Dentro è madido di sudore e…».

«Perfetto», commenta eccitato, mentre mi invita ad avvicinarmi. Mi siedo accanto a lui, un po' a disagio, e una mano si insinua sul davanti della giacca. Cominciamo a baciarci e provo a rilassarmi, ma sento solo il fruscio amplificato dell'impermeabile, così la testa mi si riempie di pensieri legati alla giacca a sacco: il campeggio, i tentativi per montare la tenda e gonfiare i materassini, la rottura della pompa a piede. Mi stacco e gli volto le spalle.

«Ehi», dice con dolcezza.

«Mi spiace, Darren, ma non credo sia giusto farlo».

Fa scorrere un dito sul collo. «Rilassati, Caitlin. Sai, sei bellissima. Mi sono sempre piaciute…», si schiarisce la gola, «le donne mature».

Donne mature? Mi volto di scatto per guardarlo negli occhi. Vuole venire a letto con me perché sono una donna *matura*? «Cosa intendi esattamente?», gli domando con un filo di voce.

«Donne mature. Mi piacciono le donne mature, tutto qui». Cerca di nuovo di accarezzarmi il collo, ma mi scosto.

Cristo santo. Forse dovrei sentirmi lusingata, ma non mi sembra giusto; è come se ti trovassero attraente perché porti la trentotto, o perché sei nana e via dicendo. Mi sembra piuttosto *bizzarro*. Di solito quando gli uomini parlano eccitati di donne "mature" si riferiscono a Joanna Lumley o a Susan Sarandon, ma io in questa categoria ci rientro a malapena.

Io sono Caitlin Brown, appicicaticcia a causa della giacca impermeabile e con le cosce incollate l'una all'altra.

«Le donne mature come te», prosegue Darren, con uno sguardo

pericolosamente perso, «mi eccitano proprio. Avete esperienza, siete disponibili, sapete il fatto vostro».

Che qualcuno mi salvi.

«Voi sì che sapete come va la vita...».

Una folata di alito caldo mi entra nell'orecchio, mentre un braccio mi cinge la vita.

«Darren», gli dico, alzandomi dal letto, «credo sia meglio se te ne torni a casa».

CAPITOLO VENTITRÉ

Non appena se n'è andato, mi strappo di dosso la giacca a sacco, l'appallottolo per bene e la lancio via. La parte superiore del mio corpo è tutta rosata e umidiccia; inoltre la cerniera ha lasciato un segno violaceo sul mio décolleté.

Mi precipito verso il bagno. Di solito quando faccio la doccia lascio scorrere l'acqua per un po', entrando nella cabina solo quando è diventata bollente e fumante. Ma questa notte, come punizione per la mia incredibile idiozia, mi butto sotto il getto senza aspettare, restando a tremare mentre l'acqua ghiacciata mi cade addosso. Sono proprio un'idiota se credevo di poter avere una vita sociale normale – una vita sessuale, porca puttana – più o meno come chiunque altro sulla faccia della terra. Rimango sotto la doccia per un'eternità, cercando di sciacquare via la rabbia e la mortificazione; ma non funziona. Nemmeno il mio bagnoschiuma al profumo di lillà mi risolleva l'animo, perché purtroppo non è in grado di ripulirmi la testa.

Mi immagino i venerdì sera spassosi delle persone normali: Sam e Amelia, accoccolati sul divano in velluto, a raccontarsi i loro primi tempi, quando erano ancora felici, ancora una famiglia, e si domandano se è davvero troppo tardi per recuperare tutto; Martin ritorna a casa sua con l'uncino di Travis (Ave a te, superpapà!) e racconta a Daisy della mia giacca a sacco, facendola ridere fino a farle bagnare le mutandine fantasia; Millie e un pubblicitario conosciuto la settimana scorsa in un bar stanno passeggiando per Soho, godendosi Londra, godendosi la *vita*;

Darren si mette d'accordo con gli amici per incontrarsi in un locale e racconta loro, tra le risate generali, che alla fine con la donna matura della televisione preistorica è andato tutto a puttane; perfino Rachel si diverte, accanto al suo Guy rossiccio, dopo una giornata calda e afosa; perfino mia *madre*, a dirla tutta, ignara del mondo al di fuori della Mimosa House, si diverte, gironzolando per i corridoi, fermandosi a chiacchierare con le ragazze del turno di notte; tutta Londra si gode il venerdì sera. A parte me, consumata e strapazzata come una maglietta dopo molti lavaggi.

Mi metto la vestaglia, scendo in cucina a preparare una bella tazza di tè carico e poi resto a fissarne il fondo. È l'una e un quarto di notte. Dall'esterno proviene la ridarella collettiva di un gruppo di ragazzi che tornano a casa – o, peggio ancora, che si stanno preparando per uscire. Troppo depressa per provare a dormire, mi domando che cosa voglio farne di me. Dopotutto, questo è il mio fine settimana senza bambini, il che dovrebbe garantire un divertimento potenzialmente illimitato. Che cosa desidererei fare più di ogni altra cosa in questo momento? Mi immagino distesa assieme a Sam su una coperta umida a guardare le stelle cadenti, ma respingo subito questa fantasia.

Una volta Rachel mi ha confidato che quando non riesce a prendere sonno, si alza e prepara da mangiare per un'intera settimana. Potrei farlo anche io. Improvvisare un sugo per la pasta o cucinare una valanga di tortini di tonno, quando tutto il resto della città è in giro a ubriacarsi, a ballare o a flirtare con qualcuno. Potrei preparare una stramaledetta marinata e magari tagliarmi la mia testa umiliata e condircela.

Potrei anche, se davvero lo volessi, frugare nella credenza degli alcolici e organizzarmi la mia festa. Chi è che ha bisogno degli altri per divertirsi? Spalanco lo sportello della credenza e do un'occhiata dentro. Con mia grande delusione trovo solo liquori strani, quelli che nessuno beve mai, come la Kahlua e il Noilly Prat, che Martin ha voluto a tutti i costi comprare in un negozio duty free per fare i cocktail durante feste mai date. E comunque, mandare giù degli intrugli simili porterebbe di sicuro a una situazione del tipo vomito/svenimento/lavanda gastrica – un livello a cui nemmeno io, nonostante le pessime condizioni in cui verso, vorrei arrivare.

Qualunque cosa farò, all'una e ventisette non mi metterò mai e poi mai china sul computer come una di quelle persone tristi senza amici. Non controllerò la casella di posta con sguardo disperato: NIENTE e-mail; NIENTE computer. Io ho trentacinque anni e sono madre di tre figli; sono una persona forte e responsabile del mio destino.

Digito la password. Niente. Nemmeno una cazzo di letterina. Perfino R è convinto che io sia ridicola, e lui non è nemmeno una persona reale.

Niente neppure dai lettori. Avranno pensato che sono una ciarlatana e si saranno rivolti a Dorothy Hindman della rivista *La tua piccola creatura*.

Forse non mi va la connessione, o c'è qualche ostruzione nel cavo; come quella volta in cui Lola si è ripulita il sedere con l'asciugamano degli ospiti e poi abbiamo dovuto chiamare il tipo della Dyno-Rod per sturare lo scarico.

Din! È arrivata una e-mail. Ci clicco sopra impaziente.

Timoroso di non avere erezione? ANCHE se non hai problemi di erezione, compra CIALIS e recupera i momenti romantici persi in passati. CIALIS! Rendi le tue perstazioni sesuali incerdibili oggi. Le donne ti ringrazieranno! Visita il nostri sito e prendi 70% sconto!

Guardo lo schermo arrabbiata. Che diavolo è questa roba? Una sottospecie di estratto naturale, o una di quelle pompe che in teoria possono aumentare la lunghezza e la circonferenza del pene? Io mi occupo della posta del cuore: dovrei conoscere questo genere di prodotti. Ad ogni modo, di qualsiasi cosa si tratti, sembra incidere negativamente sulla parte del cervello che si occupa della corretta ortografia.

Scrivo «cialis» in Google e scopro che di fatto è una pillola a forma di mandorla contro i problemi di erezione e che posso riceverne rapidamente trenta a casa mia "in una confezione discreta" per soli 395 dollari.

Perché sto leggendo queste cavolate? Io neanche ce l'ho un pene, né tanto meno uno malfunzionante. Almeno di questo problema non mi devo preoccupare. È arrivata un'altra e-mail:

Stanco di un pene flosho?
Vuoi sesso per tutta la notte?
Le ragazze non ti amano più?
Nessun bisogno di dotori, dimentica ogni tuo problema! Ti spediamo viagra diretamente a casa!!!!!

Viva il sesso! Te lo ritrovi ovunque guardi. Non puoi uscire di casa senza imbatterti in una coppia che si sbaciucchia, come se lo avesse appena fatto o stesse correndo a casa per spogliarsi nel più breve tempo possibile per un essere umano. È incredibile che tutti riescano a portare a termine il lavoro. Perfino Sam ne sta facendo un po', evento che mi spingerebbe a bermi un po' di Noilly Prat se non fosse che arriva un'altra e-mail:

Ciao Cait,
Be', sono quasi le due del mattino, ed eccomi qui, seduto davanti al computer dopo un appuntamento piuttosto disastroso. Spero non ti dispiaccia se ne parlo con te.

Fallo, ti prego. Ho proprio bisogno che qualcuno mi parli ancora di sesso.

Ha organizzato tutto un mio amico, a quanto pare convinto che abbia bisogno di "aggiustare le cose"; come se fossi un tetto che fa acqua. Così sono uscito per incontrare questa ragazza – chiamiamola S – che è davvero bella da morire. Capelli lunghi, biondi…

Quindi a R piacciono le bionde. Zzz.

Comunque, le cose cominciano abbastanza bene: facciamo due chiacchiere, parliamo un po' di noi; insomma, hai presente, no?

In realtà no. Agli appuntamenti mi diverto a saltellare con addosso un impermeabile da bambino di nove/dieci anni che mi lascia scoperto il culo.

E così, dopo un paio di ore le domando se vuole un caffè.

Due ore? Un lavoro rapido, capo.

Che lei accetta. Tutto procede bene quando a un certo punto comincia a girare per la cucina che, come puoi immaginare, è abbastanza in disordine; e mi dice: «Non avrei optato per i toni freddi qui, dato che la finestra è orientata a nord. Avrei scelto piuttosto una tinta sul miele, per dare un po' di calore all'ambiente».

Non mi ero mai accorto di aver usato colori freddi, né tanto meno di avere una finestra orientata a nord. Poi tasta le tende che, a quanto pare, sono troppo pesanti e opache; avrei dovuto comprarle di un colore più chiaro e meno fitte. E mentre le esamina aggiunge anche: «Vedo che ti manca spazio per conservare le cose», spostando lo sguardo sul cumulo torreggiante di videocassette e DVD di Billy. Così comincio ad avere un solo pensiero: vattene a casa, ti prego. Adesso. Non mi va di parlare di toni freddi, non voglio che tocchi le tende arricciando il tuo bel nasino. Non voglio nemmeno andare a letto con te.

Comincio a sentirmi vecchio, Cait. Credo di essere vecchio, di non avere più l'età. Ci siamo dati un piccolo bacio, ma non porterà a nulla. È un disastro totale. Mi sento impacciato e rigido, e non in senso positivo. Prova a dire cos'ho fatto a quel punto.

Ti prego, non raccontarmi tutte le belle cose che avete fatto a letto. Non potrei sopportarlo.

Ho finto di avere il mal di testa. Jacqui, la mia ex, ne era soggetta, per cui so come funziona: un dolore accecante, bisogno di tranquillità e di buio. «Mi spiace», le dico, «ma sono costretto a chiamarti un taxi».

«I gelati sono ottimi contro l'emicrania», suggerisce, attraversando la cucina e andando a rovistare nel congelatore. Niente gelati. «Non è molto in ordine, o sbaglio?», commenta ad alta voce quella pazza con cui sono uscito. «Ci sono salsicce fuori dalla loro confezione, piselli sparsi ovunque… Oh, guarda, c'è un rotolo gelato alla crema. Immagino sia meglio di nulla». Lo tira fuori, elimina lo strato di pan di spagna e mi costringe a mangiare la crema gelato all'interno.

Nonostante il mio mal di testa accecante – che alla fine mi è venuto per davvero – riesco a chiamare un taxi e a mettercela sopra. Fine della storia. Grazie per avermi ascoltato, Cait. Mi basta sapere che ci sei per sentirmi meglio.

Un bacio, R

Sorrido, colta da un'ondata di calore. A dire il vero mi sento di nuovo bene. Quasi *normale*. Sorseggiando il tè tiepido, scrivo una versione condensata della sconfitta che ho subito. La sua risposta è quasi immediata:

Oddio, Cait, non ho mai pensato che gli articoli che si trovano nei negozi di attrezzature da campeggio potessero avere una carica erotica. Io non sono proprio il tipo da vita all'aria aperta; ho provato il campeggio una volta, assieme a Billy, e mi sono risvegliato con i piedi in mezzo a quello che potrei definire solamente come un laghetto (e l'unica volta che sono stato a Glastonbury, ho pernottato in un B&B). Comunque, spero che tu sia più fortunata la prossima volta! Te lo meriti. Mi dispiace, ma Darren è proprio una testa di cazzo.

Un bacio, R

PS: Ti va di prendere un caffè assieme una volta o l'altra?

Resto con gli occhi fissi sull'ultima riga. Caffè? Nulla di così drammatico. Per lo meno in confronto alla sfilata in impermeabile color mandarino davanti alla signora Catchpole che guardava con disapprovazione il mio sedere scoperto.

Un caffè e nient'altro, giusto? Solo del liquido marrone e bollente. Niente che faccia andare fuori di testa. Non è un "facciamo finta che si tratti di bevande calde, quando in realtà stiamo per andare a letto insieme".

Poi mi tornano in mente gli avvertimenti di Millie, i peli pubici avvolti nella pellicola trasparente e il fatto che non devo entrare in nessun dettaglio personale. Scrivo:

Mi dispiace, ma al momento la mia vita è piuttosto movimentata e non credo sia una buona idea incontrarci. Se sei d'accordo, però, potremmo continuare a scambiarci e-mail.

Un bacio, C

Il cursore esita prima di finire sul tasto "invia". Prendo un bel respiro e lo sposto con decisione. Oh, là: una volta tanto ho scelto l'opzione più sensata. Bisogna andarne orgogliosi; come quando ti fai scrivere i nomi di tutti sulle scarpe da ginnastica con il pennarello indelebile, o ripulisci i cassetti del frigo destinati alla verdura. Essere matura, adulta: una cosa a cui ho sempre aspirato. Proprio come Rachel, con la sua bambina modello e le tagliatelle fatte in casa.

Dovrei essere orgogliosa di me stessa. Ma allora perché vorrei tanto riprendere quella e-mail e urlare: «Sì»?

CAPITOLO VENTIQUATTRO

È un mattino di bufera, con un vento che ti scompiglia i capelli, e la maestra di Jake mi viene incontro attraversando il cortile agitata.

«Speravo proprio di incontrarti», dice la signorina Race senza fiato. «Potresti fare un salto dentro per fare due chiacchiere? Niente di grave». La sua fronte si corruga in modo sinistro.

«Certo», rispondo, consapevole che "niente di grave" in realtà significa "è gravissimo". È anche peggio che sentirsi dire: «Ho i pantaloni bagnati» o «Credo di avere i pidocchi».

La maggior parte dei bambini sono dentro. I ritardatari si avvicinano con passo lento verso il portone principale, a quanto pare senza timore di ricevere una nota. La Race attraversa il cortile con una camminata sgraziata, i capelli neri austeramente pettinati all'indietro e assicurati con una pinza nera lucida. Il suo cognome, che evoca l'immagine di un cavallo purosangue lucente, non le si addice affatto. La seguo, strascicando i piedi e tenendo Travis per mano, e prego che non tiri fuori di nuovo la storia della botta alla testa di Jake e che non suggerisca di segnarci su una specie di registro. Le sue verruche sono scomparse. Da soli, abbiamo triplicato le vendite di lozioni contro le verruche. Potrei andare a prelevarlo nella sua classe, tirargli via i calzini e dimostrarlo.

Ci invita ad accomodarci nel suo ufficio, dove un assistente dell'insegnante – la faccia color merluzzo, avrà all'incirca nove anni – è impegnato con una fotocopiatrice gorgogliante.

«È a proposito di, ehm, Jake», comincia la Race un po' esitante.

«Benissimo», commento con troppo entusiasmo; come se potesse trattarsi di qualcos'altro. Fantastico: una discussione per smuovere il cervello a proposito delle difficoltà comportamentali di mio figlio con questo bambino dalla faccia biancastra in ascolto.

«So che in casa le cose… non vanno molto bene», prosegue, «e che sta attraversando un periodo traumatizzante».

Detesto quando parlano della mia separazione utilizzando espressioni come: "le cose in casa" o "periodo traumatizzante". Dire che un bambino ha degli "scatti d'ira", quando in realtà non è altro che una mezzacalzetta aggressiva, non migliora certo le cose.

«È successo… qualcosa?», domando.

Mi fa un sorriso benevolo. «Di solito è un ragazzo buonissimo e molto disponibile».

Ti prego, arriva al punto e basta. Travis ficca una mano nel barattolo di graffette colorate sul tavolo.

La signorina Race si schiarisce la gola. «Ultimamente si è rivelato piuttosto scontroso. Ieri è capitato un incidente».

Annuisco, cercando di allontanare lo sguardo dalla vena bluastra che ha sul collo. È quel tipo di persona che mia madre definirebbe "tarchiata", e oggi indossa una camicia verde muschio e un paio di pantaloni color daino con la piega. Non credevo che confezionassero ancora pantaloni di questo tipo.

«In classe abbiamo una lavagna magnetica», continua, «e delle lettere che utilizziamo per formare parole».

Cristo santo, ma non dovrebbero aver smesso di svolgere queste attività elementari al suo anno? La Race lo sta facendo regredire, ne sono certa. L'argomento dell'ultimo semestre sembrava focalizzarsi sull'importanza di lavarsi le mani prima di toccare il cibo e continuava a portare a casa dei libri facilissimi da leggere. Se fosse stato in una qualsiasi altra classe, a quest'ora saprebbe già parlare fluentemente il russo.

«Jake è tornato in aula di sua spontanea volontà durante la ricreazione», continua ininterrottamente, «e ha composto… una parola *inappropriata*».

L'assistente raccoglie tutti i fogli in modo rumoroso ed esce velocemente dalla stanza. Travis ribalta il contenitore delle graffette sparpagliandole per tutta la scrivania.

«Quale parola?», domando, cercando di raccoglierle.

«Una… ehm… Una parolaccia».

«Sì, ma quale?». Ora sto per perdere la pazienza.

Travis allontana la mano e rimette le graffette nel barattolo facendo molta attenzione. Che bravo. Almeno uno dei miei bambini non è uscito dai binari.

«Quella» – lancia un'occhiata alla porta dell'ufficio, caso mai ci fosse un bambino in ascolto che potesse cadere a terra sconvolto – «quella peggiore», bisbiglia. «Quella che qui… non diciamo mai».

«Per che lettera comincia?». Adesso mi sento davvero ridicola.

Farfuglia qualcosa e diventa tutta rossa.

«Come scusi?»

«Ehm… "c"».

«Uh?».

«La parolaccia che inizia per "c". C-A-Z-Z-O».

Sento crescere dentro di me un'enorme risata. Ti prego, Dio, aiutami a trattenerla. Fa che non cominci a sbuffare in modo isterico, come se fosse stata una mossa grandiosa, intelligente. Provo a concentrarmi su delle cose brutte, come mamma che scappa dalla casa di riposo e i bambini dei paesi poveri che non hanno acqua potabile da bere.

«Tutto qui?», domando. «Solo… Solo la parolaccia che inizia per "c"?».

Si limita ad annuire.

«Gli parlerò», concludo, allontanando Travis dai tasti della fotocopiatrice.

«Gliene sarei molto grata. Jake potrà anche usare quel linguaggio in casa, ma qui a scuola è proibito».

«Non si preoccupi, nemmeno a casa parla così», commento seccata. «Non glielo permetto».

«Be', da qualche parte l'avrà pur sentita dire». Mi lancia uno sguardo d'intesa.

«I bambini possono sentire un linguaggio volgare ovunque: per strada, alla televisione...», ma smettila, razza di stupida che non sei altro, di metterti subito sulla difensiva.

«Ma fino al passaggio all'adolescenza non le dicono». Assume un'aria molto seria. «E infatti Jake mi ha detto che è stata lei a pronunciarla. Gli ho domandato dove l'aveva imparata e lui ha risposto "mamma"».

«Ha detto che gli ho insegnato a dire le parolacce? Ci crede davvero?». Travis mi guarda imbambolato: osservare mamma mentre viene sconfitta nella presidenza di una scuola è molto più divertente di qualsiasi fotocopiatrice.

«Bene», commenta con un sorrisino da presa in giro, «non credo sia stato un gesto esagerato. E, come le ho già detto, non è nulla di grave. Cerchiamo solo di mantenere viva la comunicazione. Pensavo volesse esserne messa al corrente».

«Sì, infatti sì. Gliene sono davvero grata. Grazie mille». Afferro la mano di Travis e mi congedo dalla signorina Race, stringendo i denti. Come addio Travis dà un colpetto alla fotocopiatrice, mettendola in funzione: si accende la luce e le sue viscere borbottano, quasi ridesse della vergogna della mia famiglia.

La mia giornata cambia improvvisamente in meglio quando Sam e Harvey ci vengono a trovare dopo scuola. «Ciao Sam».

«Cait, vorrei presentarti Amelia». Sam sorride e piano piano metto a fuoco la sua ex dietro di lui. Noto con sorpresa che il suo braccio è casualmente abbandonato sulle spalle di Harvey. Accidenti, perché dovrebbe essere diversamente? In fondo è sua madre.

«Ciao. Entra pure. È un piacere conoscerti», esordisco con voce tesa.

«Ho sentito parlare tantissimo di te», dice affettuosamente Amelia. Ha un sorriso largo e raggiante e ha delle mèches color del grano. Dire bella è poco.

«Anche io», mi sforzo di aggiungere.

Le faccio strada verso il soggiorno, cercando, una volta raggiunto, di non calpestare i binari del trenino che Travis ha messo sul pavimento. Ormai me ne sono fatta una ragione: lei e Sam stanno per rimettersi insieme. Mi sono immaginata alla celebrazione del loro secondo matrimonio, mentre sfoggio un abito scuro e un sorriso coraggioso.

«I tuoi bambini sono davvero un amore, proprio come me li aveva descritti Sam», aggiunge.

Jake si gira, lasciando perdere la televisione, e aggrotta le sopracciglia. Lola sorride tutta contenta.

«Ci chiedevamo», interviene Sam un po' esitante, «se volevate uscire con noi a cena. In uno di quei ristoranti indiani economici».

«Dai, mamma, ti prego!», implora Lola, pensando subito al riso bollito pieno di colori sgargianti che tanto adora. Vogliono che stia seduta in un ristorante assieme alla ex moglie di Sam, bellissima e con i fianchi stretti, e che presto non sarà più ex.

Non credo di poter andare lì e comportarmi normalmente. «Ehm, in realtà stavo pensando di cucinare salsicce e purè di patate...».

«Uffa, noi non ci andiamo *mai* all'indiano», aggiunge Jake Parolaccia Facile; come se a tutti gli altri bambini del pianeta proponessero di andare in un lussuoso ristorante indiano ogni giorno.

«Ci siamo stati per il tuo compleanno», gli ricordo.

«Sì, ma era a novembre». Alza gli occhi al cielo con aria drammatica.

«È stata una mia idea», spiega Amelia. «Dato che Harvey e Jake sono molto amici, volevo incontrarvi di persona. Offriamo noi».

Perfetto. Quindi adesso sono tornati a essere una coppia. «D'accordo», rispondo raggiante. «Ci divertiremo di sicuro». Cenare solo con Sam e i ragazzi sarebbe stato più divertente, ma respingo immediatamente questo pensiero. E comunque dopo l'incontro con la signorina Race (questione che non ho ancora affrontato assieme al diretto interessato), potrei anche fare a meno di cucinare.

Con un colpo di fortuna, scegliamo un ristorante in cui i bambini vengono accolti molto calorosamente e a Travis portano un cuscino per portarlo all'altezza del tavolo. Io mi siedo di fronte a Sam e Amelia e mi sento come se prendessi parte a un interrogatorio. Devo ammettere che assieme fanno davvero faville e mi si stringe un po' lo stomaco.

«Ti ricordi mia mamma», domanda Amelia, rompendo un pezzetto di *papadum*, «e la lite che ebbe con papà a causa del *naan*, il pane indiano?»

«Quando lui lo appoggiò sul bracciolo del divano?», domanda Sam.

«Lei aveva preparato un piatto a base di curry e lui continuava a chiedere che carne avesse usato...».

«E tua madre gli disse: "è carne di *carne*"», conclude Sam, ridendo.

Amelia smette di guardare Sam e si volta verso di me. «Scusaci, Caitlin. È molto scortese parlare di tutti questi ricordi».

«No, figurati», mi affretto a rassicurarla. Mi è caduto il tovagliolo per terra, ma non oso raccoglierlo: non vorrei sorprendere Sam mentre le fa piedino o Amelia mentre risale con la mano lungo la coscia di lui.

«Mamma», urla Jake, «non mi ascolti».

«Perdonami, tesoro. Cosa stavi dicendo?».

Sam le tira via una briciola di *papadum* dal mento.

«Ho detto, perché la signorina Race voleva vederti stamattina?».

Lo guardo socchiudendo gli occhi. «Come fai a saperlo?»

«Josh Jaines è passato davanti all'ufficio. Ti ha visto dentro assieme a Travis e sembravi molto arrabbiata».

Maledizione, maledizione. Per un motivo a me sconosciuto, Amelia sembra avermi preso in simpatia. Preferirei che non venisse ancora a conoscenza delle mie scarse capacità in fatto di crescere i figli. «Ne riparliamo dopo», mormoro.

«Mamma, lei è la *mia* maestra. Devo sapere cos'è successo».

«E va bene», gli dico, conscia del fatto che Amelia mi sta guardando. «Mi ha raccontato che hai formato una parolaccia con le lettere della lavagna magnetica».

Sbuffa, sputacchiando qualche chicco di riso. «Non sono stato io».

«Mi sembrava molto sicura, Jake. Mi ha detto che durante la ricreazione ti sei intrufolato...».

«Non sono stato io», grida. «Dà sempre la colpa a me. È stata lei, l'ha fatto apposta».

«Smettila di raccontare bugie», sibilo.

«Non sono stato io, cazzo!».

«*Jake*!».

«Ehi», s'intromette abilmente Amelia, «questo è niente in confronto al pasticcio in cui mi ero cacciata io quando andavo a scuola. Vuoi sapere cos'ho combinato?»

«D'accordo», borbotta, sgranocchiando con rabbia un pezzo di *papadum*.

Sorride e sulle sue guance compaiono due graziose fossette.

«Dietro alla palestra avevo inaugurato l'accademia delle parolacce».

«Cos'è l'*acamedia* delle parolacce?», domanda Lola incuriosita.

«Accademia», la corregge Jake. «E cosa facevi?».

Amelia ride. «Lo ammetto, è stata una cosa molto stupida, e guai a voi se la ripetete; per punizione mi hanno fatto saltare la gita a York». Si china in avanti e i bambini le si avvicinano, attirati dal suo sorrisetto furbo. «Era una scuola per imparare le brutte parole».

«Bello», commenta Jake.

«Eravamo in un gruppetto e ci riunivamo durante la ricreazione», prosegue Amelia. «Distribuivo liste di parolacce e ci esercitavamo pronunciandole in combinazioni diverse».

«Mamma!», ridacchia Harvey.

«Ecco quand'è che hai incominciato a parlare come uno scaricatore di porto», dice Sam per prenderla in giro.

«E a causa di ciò», conclude, «non ho mai potuto ricalcare i bassorilievi dei resti romani, o qualunque cosa fossero andati a vedere».

Tutti ridacchiano e l'atmosfera si rilassa. Mi ha davvero sorpreso il modo in cui è riuscita a placare la tensione. A parte le smancerie da ragazzina di cui ricopre Sam, in realtà mi piace: non solo per l'accademia di parolacce, ma anche per il suo incredibile appetito. L'unica persona con cui sono andata a cena ultimamente è Millie. La sua abitudine di parlare del tasso di colesterolo di ogni piatto, o di qualche dieta particolare a base esclusivamente di acqua con una spruzzata di cannella, tende a ridurre il mio appetito a zero. Amelia, invece, ha divorato un *naan* grosso come un guanto da forno e adesso, finito il suo agnello *jalfrezi*, è passata agli avanzi di *balti* di Sam. Piluccare dal piatto del proprio innamorato: proprio una bella situazione intima. Mi si forma un nodo alla gola che mando giù all'istante.

Cerco di costringere Amelia a recarsi al bagno, inviandole dei messaggi extrasensoriali che le facciano venire il bisogno urgente di andarci. Ma lei resta seduta, ridendo e pizzicando pezzetti di *papadum* dal piatto di Sam. Ho bisogno di stare da sola con lui giusto un paio di minuti, per chiarire esattamente quello che sta succedendo; anche se sarebbe impossibile parlare circondati dalle orecchie ben aperte dei ragazzi. Amelia è di una bellezza stupefacente; perché Sam non mi ha mai parlato di questo piccolo dettaglio? Avevo visto alcune sue foto – quando mi sottopose al tour approfondito della sua vita precedente attraverso uno spesso album di fotografie – ma lì sembrava smunta e insipida. Adesso invece è radiosa, con quel suo top di cotone ricamato e i capelli sciolti che le cadono attorno al volto. L'unico abbellimento è un grazioso pendente turchese. Scommetto che non ha bisogno delle dieci fasi per smettere di essere madre, o di brancolare nel giardino con le mutande in vista.

«Insomma, Caitlin», esordisce Amelia, «Sam mi ha detto che sei una scrittrice».

«Be', solo un insignificante part-time».

«Niente su cui farsi le ossa, vero?», dice ridendo.

Alzo le spalle. «Non mi dà l'idea di un lavoro serio. L'unico impiego regolare che ho è la rubrica della posta del cuore di "Bambino", una rivista rivolta ai genitori; ma probabilmente non l'hai mai sentita nominare».

«Quella con i bambini che vestono abiti di cashmere?»

«Proprio quella».

Noto che Sam la guarda totalmente rapito.

«È una bella responsabilità», commenta Amelia. «Nel senso, se poi dai il consiglio sbagliato, rischi di incasinare la vita di qualcun altro...».

«Sì, a volte mi spaventa; eppure sono pronta a scommettere che c'è chi pensa che io scriva le risposte mentre preparo la cena ai bambini o riempio la vasca per fargli il bagno».

«Cosa succede alle lettere che ricevi? Suppongono tu non riesca a stamparle tutte».

«Oddio, no, ne arrivano a centinaia. Quelle che rimangono» – cambio posizione, un po' imbarazzata – «le, ecco, metto in una credenza nell'ingresso, e sto cercando... Sì, insomma, cerco di rispondere a più lettere possibili».

Sam scoppia a ridere. «Non mi hai mai detto che facevi una cosa del genere».

«Cos'altro dovrei fare? Buttarle via come se fossero spazzatura?».

Amelia alza le spalle. «A me sembra del tutto ragionevole. Tu lo sai, Sam, che non butto via mai niente. Non sopporto l'idea di dovermi sbarazzare di qualcosa». Gli lancia uno sguardo molto eloquente.

«Ah, già». Rotea gli occhi, ridendoci sopra. «Solo che mi sembra un po' eccessivo, Cait; al di là dei tuoi compiti. Insomma, non ti pagano per farlo, giusto? Dove lo trovi il tempo?»

«Non mi ruba molto tempo», ribatto.

Bugiarda, sembra dire lo sguardo di Sam. Si passa la mano tra i capelli scompigliati e incrocia i miei occhi.

«Be'», confessa Amelia, «credo che sia ammirevole da parte tua, Caitlin. Si vede che ci tieni a queste persone».

Purtroppo non ha ragione al cento per cento. Ho anche degli altri motivi, più egoistici: stare così tanto sulle e-mail di «Bambino» mi impedisce di pensare troppo a Martin e alla Vacca, a Sam e Amelia. Non c'è niente di meglio che mucchi di lettere per farti sentire, be', *desiderata*. Anche se non ti possono coccolare o fare un massaggio ai piedi.

Alla fine ci separiamo in fondo alla mia via: la mia famiglia e quella di Sam, d'un tratto divise. «Bene, Caitlin», annuncia Amelia, «mi ha fatto molto piacere conoscerti».

«Anche a me».

«Spero di rivederti spesso, sia te che i tuoi bambini. Ti fanno davvero onore». Mi sorride affettuosamente e per la prima volta in tutta la serata avverto una nota di disagio. È quasi fin troppo amichevole, come se avesse seguito un corso di gentilezza.

«Grazie», le faccio.

Poi afferra la mano di Sam, quasi a delimitare il territorio, e si allontanano. E mentre camminano verso la via di Sam mi viene la forte tentazione di sbirciare se si tengono ancora per mano, o se Harvey si è messo in mezzo, formando una catena di tre elementi.

Chiamando a raccolta tutta la forza di volontà che ho in corpo, vado dritto verso casa assieme alla mia banda, senza voltarmi.

CAPITOLO VENTICINQUE

Per impedire alla mia mente di avventurarsi in zona "Sam e Amelia", cerco di sbrigare alla svelta l'ora X – bagno, favola, letto – lasciando come ultima tappa la stanza di Jake, nonostante la mia recente messa al bando.

«Jake», esordisco un po' esitante, rimanendo sulla porta, «non voglio farne un caso internazionale...».

È appoggiato sul letto con in mano un romanzo fantasy e da sotto il piumino sbuca una gamba ricoperta dal pigiama. «A proposito di cosa?», domanda, alzando lo sguardo verso di me.

Faccio un respiro profondo. «La storia delle lettere magnetiche. Hai presente, no: quelle che hai in classe. Vorrei solo sapere cos'è che ti ha spinto... Perché hai pensato che potesse essere una buona idea?»

«È stato uno scherzo», commenta adagio.

«Be', non è molto divertente».

«Uffa», commenta esasperato, come se questo mio informarmi in maniera cortese sui fatti equivalesse a un interrogatorio infinito con tanto di luce accecante e di arnese per schiacciare i pollici. «A me non sembra tutta questa tragedia», aggiunge con tono provocatorio.

«Infatti non ho detto questo. Ma è chiaro che la signorina Race lo ha considerato un fatto grave, visto che mi ha convocata nel suo ufficio, o sbaglio?»

«Questo è un problema suo», commenta seccato.

«E invece no. È un problema nostro, Jake, e dobbiamo parlarne».

«Mamma!». La voce di Lola attraversa il pianerottolo. «Perché urli?».

Accidenti, non me ero nemmeno accorta. Un'uscita serale perfetta, con tanto di piatto a base di curry e via dicendo, rovinata dalla mia collera. Amelia non lo farebbe mai.

«Vorrei vivere in un'altra famiglia», borbotta Jake rivolto al suo libro.

«Come scusa?»

«Ho detto che vorrei vivere in un'altra famiglia, in cui non ci sia sempre da litigare».

Lo guardo con aria severa. «Che cosa intendi esattamente? Hai in mente una famiglia in particolare?»

«Sì: Sam, Amelia e Harvey».

Non riesco a credere alle sue parole. Ovviamente si è dimenticato che Amelia non vive con suo figlio; per lo meno non al momento. Ma forse, quando diventi abbastanza tosta da istituire un'accademia delle parolacce, certi dettagli secondari non contano.

«Lo sai che Sam e Amelia sono divorziati, vero?», gli domando seccata. «Si sono separati anni fa, prima che Harvey cominciasse ad andare a scuola, per cui non mi pare che la loro situazione sia migliore...».

Mi interrompe, «Sì, però...».

«Non sono perfetti», rincaro la dose. «Nessuno lo è. Magari li vedi e pensi: "hanno una vita stupenda", o "sorridono sempre, sono felici e la madre in passato ha anche diretto un'accademia delle parolacce"; ma il fatto è che non puoi sapere se è davvero così». Merda, ma che dico. Sto parlando dei genitori del suo migliore amico. Prenotatemi un trapianto al cervello.

«E invece la situazione sta migliorando», replica infuriato. «È così per forza, perché si stanno per risposare».

Scruto Jake nella penombra: quella sua aria spavalda mi fa credere che sappia come mi sento, che riesca a decifrare i miei pensieri inopportuni a proposito di Sam. «E tu...come fai a saperlo?», gli domando, cercando di tenere ferma la mia voce.

«Me l'ha detto Harvey».

«Ne sei sicuro?»

«Sì». Sorride fiero. «Faranno una grande festa, proprio come quei due attori di un tempo che si sono risposati otto volte».

Sorrido, nonostante preferirei lanciarmi fuori dalla finestra della camera di Jake e finire spiaccicata al suolo in un cumulo di ossa rotte.

«Vuoi dire Richard Burton e Elizabeth Taylor? E comunque si sono risposati solo due volte».

Alza le spalle. «E chi se ne frega».

Un respiro profondo. Trattienilo. Non manifestare nessuna emozione o che. «Be'», cinguetto, «è una bellissima notizia, non credi? Harvey ne sarà felice. Quando sarà il giorno delle nozze?»

«Molto presto». Scommetto che ci gode.

«Fantastico! Io adoro i matrimoni. Ti ricordi quando zio Adam diede quella festa sotto un tendone enorme? Non era divertente?»

«Sì, a parte il fatto che papà arrivò tardi e tu gli facesti una scenata davanti a tutti e poi ti mettesti a piangere».

«Ah, già...».

«E comunque lo zio Adam e la zia Pinca Pallina...».

«Cathy».

«Hanno divorziato. Perché divorziano tutti?»

«Non tutti», rispondo prontamente. «Ci sono moltissimi matrimoni felici. Per esempio quello di, ehm...» Il mio cervello si svuota di qualsiasi pensiero logico. «Quello di... Rachel e Guy. Bev e non ricordo chi. Sono *moltissimi*. Posso spegnere la luce, adesso? O vuoi leggere un altro po'».

«Leggo», borbotta. Mi lancia uno sguardo strano, tanto che indietreggio e scendo rapida le scale. Non è così che dovrebbe andare. Sono io l'adulto qui: dovrei comandare io. Eppure a volte Jake mi ricorda tanto quei cagnolini che continuano a guaire e ti mordicchiano le caviglie e le gambe.

Cara Caitlin,

Ecco la mia prima lettera del turno di notte:

È normale che i bambini dicano le parolacce? Mia figlia, di sei anni, sembra averne fatta un'abitudine; non le dice sempre, ma abbastanza spesso da far preoccupare me e mio marito e da sollevare commenti fra i genitori dei suoi amici (di recente a un compleanno ha commentato che la gelatina era "una merda").

Sorrido, sollevata dal fatto che non sono l'unica madre con un figlio dalla bocca sfacciata. Fermi tutti un momento: qui sono io che devo risollevare i lettori. Eppure mi pare che stia accadendo l'opposto.

Vado avanti a leggere:

Sono preoccupata. Magari siamo noi che ci comportiamo in modo sbagliato, però non siamo abituati ad arricchire le nostre conversazioni quotidiane con delle imprecazioni; anche se a volte qualche parolaccia scappa. Ti sarei grata se mi potessi dare un suggerimento.

Mamma Imbarazzata, Bristol.

Cara Imbarazzata,

Devi sapere che le orecchie di tuo figlio sono ricettive quanto un'antenna parabolica, mentre il cervello è un archivio enorme, capace di conservare qualsiasi parolaccia. Non tormentarti se ti scappano in continuazione, tanto il bambino le può sentire anche al parco giochi o per strada.

Certo ci sono anche persone che la prendono molto sul serio. Mi hanno raccontato di una famiglia che ha bandito la storia a fumetti *Babbo Natale* di Raymond Brigg dalla propria casa, a causa dell'eccessivo impiego della parola "stramaledetto" (come per esempio nella frase "un altro stramaledetto Natale"). Forse è un po' esagerato. Comunque apprezzo il fatto che te ne preoccupi. In fondo, nessuno vorrebbe che il proprio figlio entrasse in biblioteca e domandasse come mai non si trova nemmeno un cazzo di libro di *Rico la peste*. Inoltre, quando provengono dalla bocca di un bambino le parolacce assumono sempre una connotazione peggiore.

Davanti a me compare l'immagine spettrale della signorina Race, con indosso la sua camicetta color muschio.

Prova a far capire a tua figlia che gli adulti restano spesso infastiditi da queste parole, e che se le dice rischia di non venire più invitata alle feste o a giocare con gli amici. Evita, però, di trasformarlo in un caso internazionale. Lo sappiamo tutti quanto è attraente il frutto proibito.

Questo dovrebbe bastare per stanotte. Forse Sam ha ragione: passare ore e ore sulle angosce altrui va oltre i miei compiti. È solo un modo per riempire le ore piccole da parte di una che è stata piantata. Ne leggerò un'altra e basta, e solo perché l'oggetto è «TI PREGO, TI SCONGIURO, LEGGILA».

Cara Caitlin,

Ti scrivo questa e-mail perché non ho nessun altro a cui rivolgermi. Le cose ultimamente non mi stanno andando bene. So che è in gran parte colpa mia, dato che non sempre sono stata favorevole al fatto che i bambini venissero qui nei fine settimana. Avendo una figlia che da sola a volte mi spinge al limite della sopportazione, ho paura che le mie capacità di madre stiano vistosamente peggiorando e a volte non ce la faccio proprio.

Credevo che le cose sarebbero migliorate trasferendoci nel nuovo appartamento con una camera in più, ma invece sono peggiorate. Lo so che Martin…

Martin. Riuscirò mai a non rabbrividire ogni volta che leggo questo nome? Continuo a leggere.

Lo so che Martin si sente tremendamente in colpa per la situazione in cui ha cacciato te e i bambini. Sembra proprio che non se lo riesca a perdonare. Lui vuole che stiano bene a casa nostra ed è convinto che io non lo aiuti, anche se faccio del mio meglio.

Apro e chiudo gli occhi sbalordita davanti allo schermo, restando immobile sulla sedia. Il frigo borbotta con aria minacciosa.

Sarai rimasta scioccata nel vedere una e-mail da parte mia così di punto in bianco, quando abbiamo parlato sì e no un paio di volte. Ma la verità è che non so cos'altro fare: non ho molti amici a cui rivolgermi, la maggior parte di loro erano contrari alla mia relazione con Martin, e poi da quando ci siamo messi assieme abbiamo causato solo grandi dolori. Ti ammiro, Caitlin. Sembri così equilibrata e organizzata e non hai perso la dignità.

Potrei sferrare un pugno allo schermo. Questo sì che sarebbe un comportamento dignitoso. Potrei scaraventare l'acquario con le scimmie di mare contro il muro, se non comportasse un omicidio di massa.

Daisy continua a scrivere:

So cosa penserai di me. Il padre di Poppy non ha mai fatto parte della sua vita. Anche lui era un uomo sposato, per cui so quanto sia difficile crescere un bambino da sola e la pressione che dobbiamo affrontare noi madri single.

Un altro uomo sposato! Ah, ma allora è una costante. Sento una vena pulsarmi sul collo. Per cui lei sa, o sbaglio, come ci si sente a non poter entrare nella camera del proprio figlio? Come ci si sente a essere sorpresi dal proprio ex compiaciuto con indosso una giacca impermeabile da bambino? Forse dovrei provare compassione per lei: deve essere stradifficile cercare di mandare avanti il proprio lavoro, e ricordare ai clienti di cambiare il boccione dell'acqua, quando i tuoi vestiti hanno l'abitudine di volatilizzarsi e casualmente ti ritrovi a fare sesso.

Ad ogni modo, pensavo che magari potevi scambiare due parole con Martin e fargli sapere che, per come l'hai capita tu, io sono assolutamente felice che i vostri bambini vengano a trovarci, e che se sembro tesa è perché temo di non essere all'altezza. A volte in casi come questo è molto utile avere un mediatore, non credi? E tu fai un lavoro davvero notevole con «Bambino».

Grazie mille per aver letto la e-mail, Caitlin. Mi piacerebbe risolvere la faccenda e vedere Martin più felice prima che Jake si trasferisca da noi definitivamente.

Saluti,
Daisy

***

Definitivamente? È per caso uno scherzo di cattivo gusto? È davvero convinta che Jake voglia vivere nel loro nido d'amore? Il cuore mi batte all'impazzata. Come osa architettare queste stronzate su mio figlio? Se la signorina Race sentisse le parolacce che mi frullano per la mente in questo istante, la testa le volerebbe via come un frisbee. Jake che va ad abitare con la Vacca; il mio adorato figlio tenuto a distanza dalla sedia di Poppy e costretto a condividere il sottotetto con ottomila *My Little Pony*. Preferirei cavarmi gli occhi piuttosto che permettere una cosa simile.

Provvedo a formulare una risposta ponderata.

Cara Daisy,

Grazie mille per la tua e-mail. Mi dispiace che tra te e Martin le cose non filino per il verso giusto e ti assicuro che ti comprendo perfettamente. Gli sono per caso tornate le emorroidi? Perché tendono a renderlo piuttosto irritabile, come successe durante una vacanza in Scozia che ricordo ancora benissimo. Se vuoi vado a ripescare qualche informazione su alcune creme dai miei file per vitalworld.com e te le passo. Nel frattempo, chiedigli di raccontarti di quella volta che il dottore gli illuminò l'interno del culo con una torcia e poi disse: "Ha proprio un bell'esemplare lassù, signor Collins".

Per quanto riguarda il trasloco di Jake da voi…

Le mie dita si fermano di colpo. Rileggo infastidita la sua e-mail. Mi balzano agli occhi frasi da pelle d'oca, tipo "solo grandi dolori". Io sì che potrei farle vedere che cos'è un grande dolore.

«Mamma», urla Travis dalla sua stanza, ma non riesco a staccarmi dalla sedia, non posso andare da lui.

La Vacca. Quanto la odio.

«Mamma!». Travis scende in cucina di corsa facendo un gran baccano. «Sono caduto dal letto!», urla arrabbiato.

Apro le braccia e lo avvicino a me. Ha le guance umide e calde per le lacrime. «Oh, tesoro. Stai bene adesso? Hai preso una botta?»

«Sì. No. Sono rotolato sotto il letto e non riuscivo a uscire. Era buio».

Lo prendo sulle ginocchia e gli accarezzo i capelli bagnati; il mio bambino, che andrebbe in capo al mondo in autostop pur di stare assieme da me. Ed è così che dovrebbe essere; è così che i bambini dovrebbero considerare le proprie madri, anziché nutrire un disperato bisogno per i migliori confort dell'appartamento del padre.

«Vuoi venire nel lettone con me stanotte?», gli chiedo gentilmente.

«Sì», mormora. I suoi bellissimi capelli hanno un profumo dolciastro, come quello dei biscotti alla vaniglia.

«Aspetta un attimo. Finisco qui e poi andiamo di sopra». Cancello la mia sfuriata infantile e spengo il computer.

Prendo in braccio Travis su un fianco e saliamo le scale, anche se ormai comincia a essere troppo pesante per portarlo così. Lo sistemo dal lato di Martin, poi mi metto il pigiama e mi infilo accanto a lui.

Travis riesce a far sparire la mia rabbia semplicemente con la sua presenza, con il suo respiro sulla mia faccia. Il terzo figlio, la cui gravidanza non era stata programmata e sui cui Martin si era dichiarato totalmente contrario, ma che è venuto al mondo con un'esuberanza tale da stringermi il cuore.

Ogni tanto mi chiedo se Martin avrebbe comunque ceduto al fascino della Vacca se ci fossimo fermati a due bambini. Ma se li metto sul piatto della bilancia – Travis e l'enorme maschio adulto scoreggione – non c'è paragone che tenga. Resto sveglia per un po' a guardarlo mentre dorme, pensando che la vita non può andare così male quando qualcuno ha così tanto bisogno di te. E comincio quasi a sentirmi fortunata. Figli a parte, ho una casa decente e un lavoro che con mia grande sorpresa mi sta piacendo, come una pianta d'appartamento ereditata. Io non sono la ragazza squilibrata che si occupa della manutenzione dei refrigeratori d'acqua. Forse il mio seno non è così prosperoso, ma almeno ho un cervello, o quasi.

E per quanto riguarda l'ipotesi del trasferimento di Jake suggerita dalla Vacca, ho optato per una risposta più concisa, che dovrei inviarle subito.

Dovrai passare sul mio cadavere.

Il giorno dopo, Martin entra nel caffè fumoso con passo ampio. È di una bellezza affascinante, ovviamente se siete attratte dai giganti ben piantati, con gli occhi marrone scuro e un'abbronzatura color caramello. La ragazza al banco, che sta versando dei *marshmallow* in tazze alte colme di cioccolata calda, sorride entusiasta. Lo saluto con un cenno infastidito del capo mentre lui mi raggiunge passando lungo lo stretto corridoio fra i tavolini.

«Cait, cos'è successo? Cosa c'è di così importante?». Si butta sulla sedia di fronte.

«Vuoi un caffè, qualcos'altro?», gli domando.

«Mi alzo e te lo ordino subito». Ma non c'è bisogno: la ragazza è volata accanto a lui, nonostante ci sia un cartello con scritto: SI PREGA DI ORDINARE AL BANCO, GRAZIE.

«Desiderate qualcosa?», chiede.

«Un latte macchiato, grazie».

«Vuole che le porti anche dei biscotti o un muffin?».

Vuole che mi arrampichi su per i suoi pantaloni e appiccichi le mie labbra sulla sua faccia?

«No, solo il latte macchiato, grazie». Fa un sorriso annoiato e poi si volta verso di me. «È una cosa lunga? Perché devo proprio tornare al lavoro: fra mezz'ora c'è la presentazione di un cliente…».

«Credo faresti bene a leggere questa». Gli allungo la stampa della e-mail.

I suoi occhi si fanno preoccupati mentre la esamina. «Oh cazzo. Non posso credere che te l'abbia spedita. Mi dispiace veramente, Cait: tu non avresti dovuto essere coinvolta».

Quasi non si accorge che la cameriera gli ha messo il latte macchiato davanti. Bevo un sorso del mio, che ormai è diventato tiepido. Nel calore zuccherino del bar, e con i ragazzi depositati a scuola e all'asilo nido, sono il ritratto della calma. Mi merito il premio per il Miglior Autocontrollo, un attestato di bravura per non aver perso le staffe; proprio come i riconoscimenti in campo architettonico appesi alle pareti grigio chiaro dell'ufficio di Martin.

Continua a leggere e muove la testa sconsolato. «Mi sa che ti ha scambiato veramente per quella della posta del cuore».

«Leggi l'ultima parte. Quando dice che Jake vuole…», mi si strozza la voce.

Martin alza gli occhi verso di me, poi controlla le ultime righe della lettera. «Oddio, Cait…».

«È vero? Vuole davvero questo?», mi cola il naso e lo pulisco senza pensarci con un tovagliolo di carta.

Lui appoggia il foglio sul tavolino maculato e allunga la sua mano verso la mia. Non la tiro indietro né la sposto, ma lascio che la stringa. Mi guarda come faceva il vecchio Martin, prima che l'esasperazione e l'orgoglio contaminassero ogni cosa. «Così… Così ha detto. All'inizio ho pensato si trattasse di un capriccio e che lo dicesse solo per fare un po' di baccano… Ma non ha intenzione di mollare. Non sapevo come dirtelo».

«Ma come può funzionare se per la Vacc.., se per Daisy è talmente difficile avere intorno i nostri bambini? Non può vivere in un posto in cui non è accettato».

«Sarebbe accettato. Te lo garantisco».

Marcia e Charlene, due delle madri più spaventose dell'Associazione genitori e insegnanti, entrano nel bar e si mettono a discutere sulle torte esposte nel frigo. Ritiro svelta la mano dalla stretta di Martin.

«Non può averlo detto seriamente», insisto. «L'avrà fatto per… per provocare. Perché secondo lui è colpa mia se abbiamo rotto». Una lacrima tremola come mercurio sulle mie ciglia inferiori. Lui cerca di nuovo di prendermi la mano, ma la appoggio in grembo, dove non può arrivare.

«Lo sai che non è vero», dice a bassa voce. «È mia la colpa. Solo mia».

«Vuoi dire…», richiudo immediatamente la bocca.

«Ciao Caitlin!».

«Ciao Marcia», mormoro.

E mentre appoggiano il loro vassoio carico si scambiano un'occhiata che sa di "guarda chi c'è". Questo è l'inconveniente di abitare in un quartiere destinato alle sole famiglie: un'infinità di spie nascoste dietro al cancello della scuola pronte a notare ogni tua singola mossa. Prima di avere i bambini, potevo fare qualsiasi cosa volessi che nessuno se ne sarebbe accorto o si sarebbe interessato. Fortunatamente, una volta tanto non interrompono la loro conversazione.

«Ti… Ti sei pentito?», mormoro, quando non ci possono più sentire.

«Sì, Cait. Sì».

Con la coda dell'occhio scorgo Marcia mentre addenta il suo bigné in maniera abominevole.

«Quando?», la mia voce è diventata fredda.

Martin mi fissa con uno sguardo serio. «Da quando… ti ho lasciata. Ma in particolar modo…». Abbassa gli occhi e vengo sopraffatta dal bisogno di abbracciarlo; il premio per il Miglior Autocontrollo mi scivola di mano.

«In particolar modo… Quando?».

Accenna un sorriso. «La notte dell'uncino. Ricordi? Quando ti sei portata a casa quel tizio ed eri in piedi davanti a me con addosso quella specie di impermeabile di Jake e…», ridacchia imbarazzato.

«Ho capito. Quando sembravo una perfetta idiota».

Il bigné di Marcia volteggia a mezz'aria.

«No, Cait: eri semplicemente te stessa. Come la ragazza che avevo conosciuto all'inizio: dolcissima e spontanea. Vederti così – mentre andavi da una parte all'altra, senza sapere dove stare – mi ha ricordato di quanto sei divertente, e come nessuno mai…», si ferma.

La cameriera prende la mia tazza e sorride a Martin, ma lui nemmeno la nota.

«Martin», mormoro, «ormai è troppo tardi».

«Sì, lo so».

Ingoio un boccone amaro. «Ora devo proprio andare. Ho delle faccende da sbrigare a casa».

Ci alziamo entrambi e Marcia si volta rapidamente mentre Martin mi stringe a sé. L'abbraccio non mi fa sentire meglio, né venir voglia di tornare a essere sua amica o la sua compagna, ma suggerisce soltanto che siamo entrambi coinvolti nella faccenda di Jake.

«Lo sai, non funzionerebbe», aggiungo. «Jake abiterebbe a chilometri di distanza da Harvey e dagli altri suoi amici. Andare e tornare da scuola sarebbe un incubo e trasferirlo in una nuova... Vogliamo davvero fargli passare anche questo dopo tutti gli sconvolgimenti che ha già subito?»

«Certo che no», concorda Martin, «però...».

«E poi come la mettiamo con gli allenamenti di calcio?», incalzo.

«Cait...».

«Non potrà mai funzionare, Martin. Lui crede di volere così, ma poi se ne pentirà».

«Ehi», interviene Martin, prendendomi entrambe le mani, «non dovrà cambiare nessuna scuola. Ci passerò quando vado e torno dal lavoro, e potrà anche continuare con il calcio».

«Ma tu lavori fino a tardi. Tu lavori *sempre*».

«C'è il doposcuola».

«Lo odia», ribatto con veemenza. «E poi tu e Daisy non andate nemmeno d'accordo». Ora mi sto attaccando davvero a qualsiasi pretesto.

«Qualunque cosa accada», prosegue Martin con fermezza, «sono ancora suo padre e mi occuperò di lui. Dobbiamo rispettare le sue necessità».

Mi tiro indietro, cercando di eliminare Marcia e Charlene dalla mia visuale. In qualunque posizione mi metta, sento ancora i loro occhi penetrarmi nel cervello. «È ovvio che sei suo padre», mormoro. «Non hai mai smesso di esserlo».

Martin sorride e in un attimo i segni dell'età e della tensione sembrano svanirgli dalla faccia: non è più l'architetto infedele con il nome seguito da un sacco di titoli, ma il mio ragazzo di una volta; l'uomo che amavo. Potrei abbracciarlo e baciarlo seduta stante. A Marcia di sicuro andrebbe il bigné di traverso.

«Penso che dovremmo lasciar decidere a Jake», mi dice a bassa voce. «Non credi?»

«D'accordo, facciamo così». Mi sforzo di sorridere, certa di sapere quale sarà la decisione di Jake.

Dopotutto, io sono sua madre.

CAPITOLO VENTISEI

Sabato mattina. Io e Sam abbiamo portato i bambini al cinema. Mi ha lasciato dei messaggi ultimamente per ricordarmi che sta per terminare la programmazione del nuovo film culto per bambini, e che vederlo è fondamentale per la sopravvivenza di Harvey e Jake.

«Stai cercando di evitarmi?», sussurra Sam nella penombra della sala. Stanno proiettando i trailer delle prossime uscite; spero che il film entusiasmi Travis e Lola tanto quanto i due più grandi. Devo ancora affrontare la questione del trasferimento da papà con Jake. Non che stia cercando di evitare l'argomento, solo che ho avuto il raffreddore, sono stato sommersa da una valanga di e-mail di «Bambino» e non è ancora capitata l'occasione.

«Certo che no», gli rispondo.

«È solo che… Ultimamente sei piuttosto sfuggente». Fa una breve pausa e gli brillano gli occhi. «Mi sei mancata», aggiunge.

«Ho avuto una settimana pesante, Sam». Tengo gli occhi fissi sullo schermo. Titoli di apertura; un dragone spunta da un cielo color indaco; sbuffo furibondo; crepitio fragoroso di un fulmine. Travis si siede più vicino a me, per sentirsi più tranquillo. Lola, che detesta far vedere che ha paura, fissa lo schermo spudoratamente. Sento che Sam mi sta guardando, nel tentativo di carpire i miei pensieri. Lo sa che non sono mai troppo impegnata per vederlo.

Adesso, ogni volta che penso a Sam me lo immagino con indosso un vestito elegante e con i capelli tagliati, anziché scompigliati come sempre; e al posto delle scarpe da ginnastica rovinate o di quelle da baseball che porta di solito, ai piedi ha un paio di scarpe ben lucidate. Un anello scintilla attorno all'anulare. Mi chiedo se l'ha conservato dalla prima volta.

Amelia indosserà... Vediamo. Niente velo, vero? Ci saranno discorsi, brindisi e confetti lillà in sacchettini di tulle. Oddio: comincio a sentirmi leggermente male. Forse è difterite, o magari una grave allergia alle nozze. "Mi dispiace davvero, Sam e Amelia, trovarmi nella stessa stanza con una torta a più piani mi fa venire delle orrende bollicine e non vorrei certo rovinare le vostre foto".

Dopo il cinema andiamo in una tavola calda con tavolini in fòrmica rossa e musica a tutto volume proveniente da un jukebox cromato. Mi sembra di mandare giù una spugna anziché un hamburger. Tutti parlano del film e Lola disegna dei dragoni sul suo tovagliolo di carta unto. Travis fa delle bolle rumorose soffiando nella limonata, nonostante gli abbia detto di smettere. Il locale è pieno di bambini e adolescenti. Matite colorate gratis, libri da colorare e camerieri tollerantissimi lo rendono il luogo preferito dalle famiglie per fare una sosta.

Rosicchio coraggiosamente il mio panino. Farei di tutto pur di bisbigliare a Sam che Jake vuole andare a vivere con suo padre e che non so dove sbattere la testa, ma con i bambini stipati attorno al tavolo è impossibile. Se non fosse stato per il matrimonio imminente, l'avrei chiamato subito. E adesso non posso. Ha altre cose, più importanti, a cui pensare: dove far sedere gli invitati, il vestito. Mi vien da ridere se penso a Sam con un completo; è ridicolo tanto quanto immaginarselo indosso a Travis.

L'aria è impregnata dall'aroma delle patatine fritte. Non ho nemmeno la forza di sorseggiare la mia coca cola. Non sarà più né il mio amico né il mio Sam né il mio qualsiasi altra cosa: ormai l'ho perso.

«Ehi», mi dice mentre usciamo, «sei incredibilmente silenziosa oggi. Non dirmi che quelle lettere piene di problemi ti stanno rattristando».

«No», lo rassicuro, sforzandomi di fargli un sorriso. «Niente ti tira più su delle angosce esistenziali altrui».

«Il film ti ha fatto paura, mamma?», domanda Lola, prendendomi la mano.

«Ehm, sì, tesoro», le rispondo.

«Che sciocchina». Ridacchia. «Gli adulti non dovrebbero aver paura di niente».

Sono le 21,25 e mi trovo sulla soglia della camera di Jake. «Tesoro, non leggere fino a tardi. Lo so che hai la torcia accesa sotto le coperte».

La tira fuori e mi spara la sua luce bluastra sul volto.

«Ti è piaciuto il film?»

«Sì», risponde, «è stato bellissimo».

Mi avvicino incerta verso la torcia. «Jake», dico esitante, «posso entrare? Devo parlarti».

«Di cosa?», domanda tranquillo.

«Sembri così... così arrabbiato con me ultimamente».

Spegne la torcia con un clic, ma negli occhi mi resta ancora un riflesso del suo bagliore. «Non mantieni le promesse», brontola.

«A cosa ti riferisci?»

«Il fotografo. Le foto imbarazzanti per quella rivista. Avevi detto che ci avresti fatto un regalo enorme e bellissimo».

«A dire il vero», lo correggo, «è stato il fotografo a dirlo. Però, è vero, se non sbaglio ero d'accordo. Andremo a scegliere qualcosa... Potresti accendere un attimo l'abat-jour? Non riesco a parlare bene al buio».

«Perché?»

«Perché voglio vederti in faccia».

Sospira e schiacchia l'interruttore. Ci fissiamo l'un l'altra come se fossimo due sconosciuti. «Jake», mormoro, «hai detto a papà che vuoi andare a vivere con lui?».

Deglutisce e fa sì con il capo. Intuisco un briciolo di vergogna.

«Lo sai che non sarebbe come i fine settimana: non ti porterebbe ogni giorno in posti esaltanti come il museo di scienze naturali o lo zoo. Sarebbe... normale. Anche lì dovresti fare i compiti e spegnere la luce quando lui te lo dice».

«Sì, lo so». Giocherella con l'orlo del piumino. Il disegno dell'astronauta sembra stupido, ormai, troppo infantile per lui. Avrei dovuto comprargliene uno nuovo secoli fa.

«Hai pensato a Poppy?», gli domando. «A come potrebbe essere avere attorno una ragazzina che ti tormenta e non è nemmeno tua sorella? Che vuole avere i tuoi libri e i tuoi giocattoli».

«Ah-ha».

Sto cercando qualcosa, qualsiasi cosa, che possa fargli cambiare idea: frittelle in qualunque stramaledetto giorno della settimana; zucchero a volontà.

«A te... piace Daisy?», gli domando con una certa apprensione.

«Come?»

«Davvero preferiresti vivere con lei anziché con noi?». Nel pronunciare "noi" la mia voce emette un gridolino.

«Lei è a posto. Lei non c'entra niente».

«Allora qual è il problema? Perché vuoi trasferirti?». Mi scivola una lacrima sulla guancia e la caccio via con rabbia. Maledetti i miei incontenibili condotti lacrimali; quanto vorrei che vitalworld.com vendesse una specie di aggeggio per impedirti di piagnucolare.

La bocca di Jake si piega in una smorfia e poi si allunga con le braccia fuori dalle coperte, sorprendendomi. Gli corro incontro e mi stringe talmente forte che vorrei rimanere così per sempre.

«Cos'è che non va, tesoro?», sussurro.

«È solo», confessa con voce rauca sul mio collo, «che mi manca papà».

00,07

Oh, Cait, mi dispiace per quello che ti è successo con Jake. Deve essere terribile. Anch'io e Billy abbiamo attraversato un momento simile. L'estate scorsa ha passato un breve periodo con sua madre, convinto che stando da lei avrebbe trascorso giornate piene di sole e di cioccolata, anziché rimanere intrappolato qui con il padre scontroso che lo tormenta sempre per fargli mangiare la verdura.

Sfortunatamente, anche il suo nuovo compagno si era appena trasferito da lei.

Da quello che avevo potuto cogliere, doveva essere una specie di Harriet Pike al maschile: un tipo severo, sempre serio, di quelli che vuol far capire ai bambini chi è che comanda (anche se lui non ha figli, ovviamente!).

Per noi, e spero che sia così anche per voi, è stata una separazione di prova. Credo che Billy volesse dimostrarmi di che pasta è fatto e mettersi contro di me. Tre settimane nel nido d'amore si sono rivelate più che sufficienti. Credimi, il fatto che Jake voglia andare a vivere con suo padre non significa che non ti vuole più bene come prima. Hai coraggio a lasciarlo andare e sono sicuro che col tempo lui lo apprezzerà. Magari nel lungo periodo vi renderà anche più uniti, e probabilmente si accorgerà che gli manchi più di quanto credeva.

Ma io che ne so, accidenti! Sei tu che devi risolvere i problemi alla gente!

Con amicizia,

Un bacio, R

Sto per scrivergli che ho cambiato idea, che in fin dei conti non mi dispiacerebbe se ci incontrassimo. Solo un caffè. Non significa nulla. Sono semplicemente curiosa, tutto qui. Devo capire come riesca a dire sempre la cosa giusta.

Nessuno riesce a farmi stare meglio di lui. Millie non ci arriva, Sam adesso è un territorio proibito, e non me la sento di parlare dell'imminente partenza di Jake con Rachel. Del resto lei ha ammesso di non aver "mai avuto dei problemi con Eve". Come potrebbe dunque capirmi?

R sa com'è e voglio farlo diventare reale.

Mi tornano in mente le parole di Millie: "Harriet era costantemente molestata da sconosciuti che morivano dalla voglia di diventare suoi amici. Ti ho mai raccontato degli oggetti strani che riceveva per posta? Lettere oscene; peli pubici avvolti nella pellicola trasparente". R non è il tipo; non può esserlo; a quest'ora me ne sarei già accorta, no?

L'indice mi tremola mentre uno dei bambini – Lola, mi pare – emette un piccolo grido nel sonno. Scrivo solo:

Grazie R. Sapevo che mi avresti capita.

Un bacio, C

CAPITOLO VENTISETTE

Mi sono immaginata talmente tante volte la scena dei nostri figli che uno a uno lasciano la famiglia. Jake era il primo. Mettevamo tutte le sue cose dentro a delle scatole e io radunavo ogni sorta di beni essenziali: lenzuola, padelle, stoviglie, uno di quei libri di cucina per studenti in cui vengono elencate le proprietà importanti delle vitamine e dei minerali e che contengono "venticinque modi di fare le patate al forno"; come se tutto questo lo rendesse immune al rachitismo e allo scorbuto. Poi lo accompagnavo alla sua nuova casa e lì incontravo i suoi compagni di stanza: ragazzi che sembravano pronti a divertirsi un sacco, ma non così tanto da distogliere Jake dai suoi studi o da obbligarlo a prendere droghe di prima scelta. A quel punto avremmo fatto un breve discorso sulle varie sostanze: qualche canna poteva andare, ma tutte le altre sostanze erano pericolosissime; e lui avrebbe roteato gli occhi come per dire «Sì, mamma».

Infine me ne tornavo a casa triste – probabilmente versando qualche lacrima, in maniera pittoresca – confortata, però, dal fatto che il mio primogenito era diventato un ragazzo brillante e indipendente.

Ecco come sarebbe dovuta andare. Non così. Innanzitutto, sta accadendo pressappoco con otto anni di anticipo.

«Cait, ci sei?». La voce di Sam è smorzata dalla segreteria telefonica. «Non ti vedo dall'inizio della settimana. Spero tu stia bene... Sono un po' preoccupato... Senti, Amelia viene qui questo fine settimana. Pensava – pensavamo – che potremmo organizzare qualcosa tutti assieme, se non hai già impegni; magari un pic nic al parco oppure, se il tempo regge, fare un giro in macchina per la brughiera... Insomma, chiamami».

Piego la divisa di Jake appena lavata e la metto in uno degli scatoloni che ho scroccato al negozio all'angolo. Nonostante abbia insistito sul fatto che gli servisse, è fin troppo evidente che a lui lo sport non piace. Quelle volte che sono andata a vederlo giocare, non faceva altro che ciondolare a bordo campo, mettendosi a guardare le nuvole o mangiucchiando la pelle secca attorno alle unghie. Eppure quando ho provato a dirgli che non era obbligato ad andarci, che poteva smettere in qualunque momento, non mi ha nemmeno ascoltato.

Il telefono squilla di nuovo.

«Cait, tesoro, sono io. Ci sei?».

Questa volta alzo la cornetta. «Millie, ciao».

«Sembri turbata, tesorino. Tutto a posto?».

Sono circondata da scatole contenenti le cose preziose di Jake. Nella sua stanza ne sono rimaste una montagna. Dice che le guarderà un'altra volta, il che mi lascia un briciolo di speranza.

«Lo sai che Jake ha deciso di andare a vivere da Martin?», le racconto. «Be', sto inscatolando la sua roba. È davvero strano, Millie».

«Oh, Cait». Sospira, concedendosi un lungo silenzio, come se avessi annunciato la morte di un cane o di un gatto. «Guarda il lato positivo, almeno non è lontano».

«In realtà non è questo il problema».

«E poi potrai vederlo nei fine settimana, no?, come fa Martin adesso. Vi invertirete i ruoli».

Lei sì che mi capisce. E come saranno questi fine settimana? R mi ha suggerito di non fare delle cose esagerate, di non riempire ogni attimo di attività divertenti. «Io detestavo l'idea di essere uno di quei papà che vede il figlio solo nel fine settimana», mi ha detto, «e lo sballotta da una partita di calcio a un parco a tema senza però tenersi il tempo per cose più normali, come dividere uno sfilatino al parco. Così abbiamo preso l'abitudine di fare delle attività semplici, insomma, essere un padre e un figlio normali, e credo che questo ci abbia aiutato a riavvicinarci».

«Millie», le dico, «purtroppo devo finire questo lavoro...».

«Sarò breve», annuncia. «Volevo solo dirti che sono davvero molto soddisfatta della tua rubrica e pensavo che magari potresti occuparti anche di altre cose».

«Certo, d'accordo, magari ne parliamo un altro...».

«Vorrei *sfruttarti*, ecco».

«Come?».

Ride e ha l'accortezza di sembrare imbarazzata. «Non con cattiveria; non in senso negativo. Intendevo dire di trarre il massimo dalle tue doti... A essere sincera, sei esattamente quello che ci serviva: una scrittrice che ha dei bambini e sa cosa significa».

Ma buongiorno!

«Cosa mi volete far fare?», le domando mentre Lola entra in cucina, mette il suo vecchio orsacchiotto in una delle scatole di Jake, si butta su una delle poltrone e dondola le gambe tanto per passare il tempo.

«Solo qualche piccola massima», mi spiega Millie. «Dei consigli saggi che possano essere disseminati nella rivista incorniciati da una linea tratteggiata con il simbolino delle forbici».

Linee tratteggiate e simbolini delle forbici. A Millie vengono dati soldi a palate per uscirsene con queste trovate innovative.

«Vuoi dire che poi i lettori possono ritagliarli e conservarli?»

«Esatto! Proprio questo. E attaccarli al frigo o dove pare a loro. Potremmo chiamarli qualcosa tipo, tipo... "Le perle di Caitlin". E in qualsiasi momento gli capiti una situazione stressante con i loro bambini, per esempio un capriccio, possono dare un'occhiata alle tue massime e così si sentiranno subito meglio. Ti piace come idea?»

«"Le perle di Caitlin"», ripeto senza entusiasmo.

«Il titolo è provvisorio. In realtà "perle" non va bene. La parola ideale dovrebbe incominciare per "c", così da scivolare sulla lingua senza difficoltà: "I consigli di Caitlin" o qualcosa del genere... Non ti viene in mente nessuna parola che cominci per "c"?»

Nessuna che possa pronunciare davanti a mia figlia. «Ceppi?», provo a suggerire, nella speranza che riattacchi.

«"I ceppi di Caitlin"... Naaa, non funziona. Che ne dici di "blocchi"?»

«"I *blocchi* di Caitlin"? Oddio, Millie, sembra una malattia».

«Mmm. A me "perle" piaceva un sacco. Peccato che il tuo nome non cominci per "p"».

«Lo cambierò, va bene?»

«Ehi tesoro, stavo scherzando», ribatte Millie offesa.

«Scusami. È che in questo momento non sono per niente ispirata. Posso pensarci quando avrò finito di aiutare Jake a finire le valigie e se ne sarà andato e via dicendo?»

«Oh. Sì certo. Ho chiamato proprio in un brutto momento. Avevo intenzione di raccontarti di quel pubblicitario con cui sono uscita, ma magari possiamo trovarci uno di questi giorni».

«Sì, buona idea».

Lola mi squadra mentre riaggancio la cornetta. «Sei malata?», domanda.

Finita la cena, porto Jake nella sua nuova e sontuosa dimora.

«Io riesco a fare la ruota», esordisce Lola dal sedile posteriore. «Vuoi che ti faccia vedere, Jake?»

«Dove, in macchina?», commenta con un ghigno.

«Volevo dire quando arriviamo da papà», si corregge imbarazzata.

Nessuna risposta.

«Jake?», riprova. «Vuoi vedermi fare ginnastica?»

«Potresti risponderle, Jake?», brontolo. Sospira con aria drammatica. È seduto accanto a me, sul sedile del passeggero, col sguardo fisso puntato fuori dal finestrino.

«Jake!», grida Lola esasperata.

Povera Lola: a quanto pare nemmeno lei, come me, sopporta l'idea di lasciarlo andare. Quando aveva l'età di Lola, Jake era sempre al centro dell'attenzione. Io e Martin controllavamo ogni singola pagina del suo quaderno degli esercizi e ridevamo fragorosamente alle sue battute. Se fosse stato capace di fare la ruote, probabilmente lo avremmo ripreso e poi avremmo invitato i nostri amici per una proiezione speciale.

«Puoi farla vedere a me», mormoro, «quando domenica sera ritornerai a casa».

Lola lascia perdere. «Perché sei tu a portarci da papà? Di solito è lui che ci viene a prendere».

«È solo che...», comincio a spiegare, rendendomi conto che non posso dirle che in realtà sono io ad aver bisogno di vedere l'appartamento di Martin – la nuova casa di Jake: devo poterlo collocare al suo interno e immaginarmelo lì quando me ne andrò. «Abbiamo pensato che così era più comodo», dico a voce bassa.

E non è nemmeno sontuoso: Martin e *famille* risiedono al terzo piano di una complesso residenziale dall'aria poco solida, costruito con mattoni giallognoli (oggi non si usa più il termine "proprietà", bensì "complesso"). Ha un aspetto economico e squallido ed è chiamato "La corte di Garfield", il che mi fa venire in mente il gatto arancione rimpinzato di cibo. Non avrei mai creduto che Martin, architetto supremo, avrebbe scelto di andare a vivere in un posto del genere.

Suono al citofono e lui scende di corsa ad aprirci. «Ciao ragazzi», dice, con un sorriso distorto, quasi si trattasse di un venerdì sera come un altro. Prende lo scatolone di Jake più pesante e ci fa strada verso il piano di sopra, commentando:

«Mi dispiace, l'ascensore è guasto». Ma non è troppo nuovo per essere già rotto? Lungo le scale c'è odore di intonaco fresco e le pareti sono bianco candido, quella tonalità che ti acceca gli occhi.

«Ciao a tutti! Entrate». Daisy mi rivolge un sorriso teso che ricambio. Resta ferma un attimo nell'ingresso, con in mano un piatto di pane tostato, come se avesse dimenticato che cosa volesse farci. Nonostante sia truccata di tutto punto, e forse abbia esagerato un po' con il fard color corallo, le sue labbra sono pallide e ha gli occhi leggermente iniettati di sangue, quasi fossimo arrivati dopo una lite.

«Ciao», dico bruscamente e mi tengo occupata assicurandomi che tutti si tolgano le scarpe.

«Oh, non ti preoccupare», insiste; ma mi sembra di percepire che questo è uno di quegli appartamenti in cui si entra senza scarpe. L'ultima cosa che voglio in questo momento è che si lamenti con Martin della nostra mancanza di buone maniere. La seguiamo in soggiorno, dove l'unico elemento decorativo è costituito da un enorme specchio appeso alla parete giallo crema, che deve essere proprio utile alla Vacca, dato che continua a pavoneggiarsi. Divano, tende, un tappetino soffice: tutti di un pallido giallo crema. Ai giocattoli di Poppy sarà probabilmente proibito scivolare fuori dalla camera da letto e inquinare il resto della casa.

«Vuoi che portiamo i bagagli in camera tua, Jake?», domanda Daisy tutta eccitata.

«Sì, d'accordo». Sembra a suo agio qui, e ha già buttato il suo giacchetto (che non è color crema) sullo schienale del divano, rovinando così lo schema dei colori tenui. Bravo.

Poppy si affaccia timidamente dalla porta della sua stanza e poi sgattaiola dentro alla svelta.

«È molto, ehm, compatta», sottolineo, mentre Daisy ci mostra la nuova camera da letto di Jake.

«Be', abbiamo cercato di renderla più carina possibile. Letto nuovo e cassettone, anche se purtroppo non siamo riusciti a mettere delle mensole, Jake; so che sei un divoratore di libri». Ridacchia senza motivo. «Magari possiamo cercare delle scatole da infilare sotto il letto».

«D'accordo», mormora. La coperta trapuntata è a strisce grigie e porpora, un colore tipico da maschio, ed è leggermente rigida al tatto, indice che è appena stata comprata. Anche la stanza odora di nuovo e sa un po' di chimico. È talmente anonima, e palesemente arredata di corsa, che non riesco a trovare nemmeno un elemento positivo che deponga a suo favore. Questo è il luogo in cui vuole stare Jake: lontano dal disordine, dalle cianfrusaglie, dalle scimmie di mare e, probabilmente, da me. Lo stomaco mi sembra come una sacca vuota.

«È questo il libro che stai leggendo adesso?», domanda Martin senza motivo, entrando alle nostre spalle e sgraffignando uno dei romanzi che Jake ha appoggiato sul letto.

«Sì, papà», dice a bassa voce, lanciandomi uno sguardo carico d'ansia a cui rispondo cercando di fargli un sorriso rassicurante. Poi irrompe nella stanza la sigla dei *Simpson* e lui sembra dimenticarsi dell'enorme importanza di quello che sta accadendo; si lancia verso il salotto, lontano da tutti questi adulti impacciati.

Martin sgattaiola via e io e Daisy ci guardiamo. Indossa un paio di jeans aderenti e un top grigio infeltrito che ricade sul suo corpo giovanile. Grazie al cielo non ha il seno in bella vista.

«Caitlin...», esordisce arrossendo.

Non dire che ti dispiace, o che avrai cura di mio figlio, altrimenti il mio condotto lacrimale comincerà a sputare lacrime proprio qui, in questo merdoso appartamento di cartone.

«La e-mail che ti ho mandato...», continua, abbassando lo sguardo verso il tappeto color biscotto.

«Mi ha sorpreso», commento con tono distaccato. «Nel senso, non ci siamo mai parlate veramente, o sbaglio? Non in maniera seria». Per favore, non cominciare con i tuoi problemi di coppia. Non con me, non adesso – mai.

Daisy accenna un sorriso. «Volevo che sapessi come stanno le cose tra noi. Credevo fosse importante, visto che Jake stava per venire ad abitare qui».

Zitta, zitta, zitta. Se potessi farla franca, mi tapperei le orecchie con un dito e comincerei a cantare a voce alta, come fa Lola a volte quando le chiedo di raccogliere le sue mutande dal pavimento.

«The siiiiimpson…». Poppy sta ridendo di gusto in soggiorno. Una risata nuova, una specie di gorgoglio.

«A te… piacciono i *Simpson?*», domanda Lola timidamente.

«Sì», risponde Poppy entusiasta.

Ora stanno tutti sghignazzando come matti e perfino Jake è piegato in due dalle risate. Forse, per quanto riguarda i bambini, non importa da che famiglia provieni.

«Daisy», provo a dire, «è vero che mi occupo dei problemi della gente, ma quelli fra te e Martin sono personali… Mi coinvolgono troppo da vicino perché possa trattarli con totale serenità».

Ride imbarazzata. «Già, hai proprio ragione. Mi dispiace. È che nella rivista sembri così… *sensibile*».

La guardo. «Be', in realtà non è così. Anzi, sono proprio l'opposto. È solo un lavoro, va bene? È quello che faccio. Come te con gli aggeggi per refrigerare l'acqua». La durezza del mio tono mi sorprende e Daisy indietreggia di qualche passo.

«Martin è andato su tutte le furie quando ha scoperto che ti avevo scritto», aggiunge.

Alzo le spalle.

«È molto leale nei tuoi confronti, Caitlin. Ha molto rispetto di te in quanto, in quanto… madre».

Ti prego, risparmiami.

«Ad ogni modo», aggiunge, «sono stata una vera stupida a parlarti dei miei problemi personali. Scommetto che i tuoi amici lo fanno di continuo».

«Non proprio», borbotto.

«Solo...», fa un sorrisino storto, «… Se tu non fossi, ehm, collegata alla mia famiglia, ti scriverei per chiederti consigli su Poppy. Si lamenta di continuo, vuole sempre dei giochi diversi: in pratica uno per ogni nuova pubblicità che vede; solo che da quando abbiamo preso questo appartamento non ce li possiamo permettere».

Ho le mascelle serrate, tanto che cominciano a farmi male. È completamente fuori di testa. «Daisy», le dico, «credo che ne dovresti parlare con Martin».

«È questo… il tuo suggerimento?».

A dire il vero sembra delusa che non le offra una seduta individuale di supporto.

«Sì», rispondo decisa, poi esco rapidamente dalla stanza.

Mentre Martin prepara il divano letto per Travis e Lola, i bambini si sistemano su dei cuscini per terra. Sono tutti e quattro ipnotizzati dalla televisione. Mi sento di troppo e completamente persa.

«Be'», annuncio senza entusiasmo, «credo sia meglio che me ne vada. Ci vediamo domenica, d'accordo?»

«Ragazzi», li incalza Daisy, «vostra mamma se ne sta andando. Non la salutate?»

«Ciao mamma», canticchia Lola. Mi accorgo con orrore che lei e Poppy sono sedute sullo stesso cuscino.

Jake non si è nemmeno voltato.

«Sst!», borbotta Travis, «sto guardando la televisione».

Che cosa dovrebbe fare un genitore abbandonato quanto ritorna a Casa Deprimente Casa? Cercare la compagnia di un adulto. Nonostante il timore di interrompere qualche riunione per pianificare la lista degli invitati, telefono a Sam. Amelia non c'è. «Cambio di programma», dice a bassa voce. «Perché non fai un salto da me?»

«Sei sicuro? È piuttosto tardi…».

Fa una risata cupa. «A essere sincero, non mi dispiacerebbe un po' di compagnia».

Esco di casa con una bottiglia di vino e la testa piena di lamentele a proposito del figlio che se n'è andato e della sua nuova casa di cartone; ma quando arrivo da Sam, i cattivi pensieri sono già svaniti.

«Ritornerà», mi rassicura, avvicinandosi allo scaffale dei CD in cerca di qualche "canzone per far tornare il sorriso a Cait".

«No, non tornerà. È questa la realtà, Sam».

«La sua roba l'ha portata via tutta? Del tipo: la sua stanza è vuota?»

«Be'... No. Ha lasciato lo skateboard in giardino, ma credo se lo sia semplicemente dimenticato. Poi ci sono ancora un sacco di libri nella sua stanza, tra cui alcuni dei suoi preferiti, e la sua collezione di carte da gioco Top Trumps».

«Vedi?», commenta Sam a bassa voce. «Sta solo cercando di valutare la situazione. Scommetto che entro la fine della prossima settimana sarà già di ritorno».

Dopo qualche minuto mi arriva un messaggio di Martin: «Jake kiede se puoi portare skateboard, cd, disegni, top trumps e resto libri qnd vieni dom. ciao m.».

Separazione di prova? Sembra più un rifiuto permanente.

«Guarda qui, Sam». Gli faccio leggere il messaggio e poi lui alza lo sguardo verso di me. Stasera è particolarmente bello, leggermente ambrato dopo una giornata passata a lavorare in giardino.

«È solo una fase», ribadisce sicuro di sé.

Scuoto la testa. «Ti dirò, è anche peggio di quando se n'è andato Martin. Almeno in quel caso ho potuto rivolgere tutta la mia rabbia contro di lui e la Vacca; ma questa volta...». Mi bruciano gli occhi. «Non posso prendermela con nessuno, Sam. Non so proprio che diavolo fare».

Sorride e mi abbraccia. Il mio cuore batte all'impazzata. «Adesso in quale fase dovrebbe essere la rabbia?», mi chiede con dolcezza.

«Ehm, tre, se non sbaglio. Me lo sono dimenticata. Credo di aver scombussolato l'ordine molto tempo fa».

Sam ride e mi tira più vicino a sé sul divano. Ce ne stiamo seduti così, con la mia testa appoggiata al suo petto, nonostante Harvey potrebbe svegliarsi, scendere le scale e rimanere *molto* confuso, viste le nozze imminenti e tutto il resto. Mi dà qualche bacetto sulla testa, poi si alza per versare un po' di vino e mettere su un CD.

Non gli chiedo nulla di Amelia. Al contrario, mi convinco che in realtà non c'è nessun matrimonio. Lui ha cambiato idea. Anche lei ha cambiato idea: è tornata da quel suo compagno della Cornovaglia. Stavano entrambi cercando scioccamente di far tornare indietro le lancette del tempo.

Fingo che sia veramente così, ed è come se fossimo tornati a essere quelli di una volta. Anzi, se non fosse che domenica andrò a prendere solo Lola e Travis, la mia vita sarebbe maledettamente perfetta.

CAPITOLO VENTOTTO

Per tutta la settimana mi sforzo di non sentire la mancanza di Jake, il che non è un'impresa facile, visto che passo davanti alla sua stanza almeno otto miliardi di volte al giorno, ho trovato nella lavatrice il suo pigiama semi ammuffito da lavare e nel frigo ci sono i suoi yogurt alla pesca preferiti. Sono sicura che gli yogurt mi hanno fatto un sorrisino compiaciuto. Né Lola né Travis li mangeranno, io non ce la posso fare, per cui finiranno dritti nel cestino delle immondizie. Per quanto riguarda il pigiama, lo rilavo e lo stiro con una cura e una dedizione mai visti prima in questa casa.

Inoltre, lo incrocio ogni mattina a scuola. Martin lo lascia mentre va al lavoro. Questo fa sì che arrivi tardi in ufficio; ma, ehi, Superpapà è pronto a fare piccoli sacrifici per il bene del nostro primogenito.

Fino a oggi, tutte le mattine mentre percorriamo la strada verso scuola ho tenuto i denti serrati e non sono nemmeno stata in grado di seguire adeguatamente le infinite chiacchierate di Lola e Travis a proposito di com'è intelligente che le arance siano di fatto arancioni, e di come i cani parlino tra loro nel linguaggio dei cani, che però noi non possiamo capire. Il mondo della scuola sta gracchiando attorno a me, come se qualcuno avesse manomesso il mio sintonizzatore interno.

«Mamma, tu non mi ascolti!», mi rimprovera Lola. È venerdì mattina.

«Scusami tesoro. È meglio se ci affrettiamo o faremo tardi».

«Ho detto che Bethany Holden è caduta in cortile e gli occhi le sono diventati strani e pieni di stelline».

«Questo succede solo nei cartoni animati, Lola. Gli occhi veri non possono avere dentro le stelline».

«E invece sì! Le ho viste». Lascia cadere lo zaino dalla spalla e lo trascina sul marciapiede, mancando per un pelo una piccola montagnola di cacca di cane.

«Rimettiti lo zaino in spalla, Lola. Così si sporca».

«Dov'è Jake?», tuona Travis. «Voglio mio fratello Jake!».

Ogni mattina è sempre lo stesso e temo che prima o poi la mia testa finirà per scoppiare, schizzando la folla davanti al cancello della scuola con cellule cerebrali pulsanti. Vorrei che smettesse, che tornasse tutto normale e che non dovessi sopportare i nostri due gruppi incompatibili (il mio e quello di Martin) mentre incappano per errore l'uno nell'altro per un breve scambio vicino alla ringhiera.

«Lo incontrerai al cancello della scuola», ma quando glielo dico, Travis già non ci pensa più, ed è più interessato a spezzare un rametto di legno.

Oggi sono io a scorgere Martin per prima. Indossa un abito antracite e un paio di scarpe ben lucidate, e non sembra ancora essersi abituato alla novità di passare dal cancello della scuola. Jake è nascosto accanto a lui e ha i capelli combinati in modo osceno: c'è un tentativo di riga e forse gli è stato messo qualche prodotto; ci avrà sicuramente pensato lei. Martin non si avvicinerebbe mai a, a... Ma che cazzo è? Gel, o quella specie di siero che assomiglia a bava di lumaca? Era meglio che la Vacca non toccasse nemmeno un follicolo della testa del mio amato figlio.

Ci scambiamo due parole su un argomento senza senso – il tempo; ringrazio Dio per averci donato le condizioni meteorologiche britanniche su cui parlare – mentre Bev e Marcia stanno tranquillamente al cancello a guardarci. Vorrei stringere Jake a me – averlo tutto per me, anche se solo per una manciata di secondi e chiedergli: «E allora? Cos'hai guardato ieri sera alla televisione? Hai dormito bene sotto quella trapunta terribilmente rigida? I compiti li hai fatti? Qualcuno te li ha controllati? Cos'hai mangiato a colazione? Ti hanno comprato i Cheerios o ti sei dovuto accontentare di quegli schifosi affarini quadrati che mangia Poppy?».

Ah, e poi: «Ti manco?».

Ma non c'è possibilità di farlo. «Ciao mamma», dice Jake senza entusiasmo, sistemandosi rapidamente i suoi capelli strani.

«Ciao tesoro, come va?»

«Bene». Tutto qui. Si allontana, e Lola fila via veloce con lo zaino sporco sul fondo, mentre Travis si è messo a piangere come una fontana perché papà è scappato di corsa verso la macchina, quasi senza salutarlo. Ecco quanto dura il nostro incontro delle nove del mattino. Non è esattamente quello che le riviste definiscono "quality time", ovvero quel tempo che dovresti trascorrere con i tuoi familiari per migliorare i rapporti.

Immagino dovrei esserne anche grata, dato che quando sono a casa non lo vedo mai. In alternativa potrei trascinare uno di quei cassonetti con le ruote sotto alla finestra più lontana, salirci sopra e sbirciare nella classe che utilizzano per il doposcuola. Ma non credo che il custode lo vedrebbe di buon occhio.

Quando stava a casa sua – la sua *vera* casa – Jake si rifiutava categoricamente di andare al doposcuola. Chiunque avrebbe detto che era gestito dai membri di una setta inquietante che sacrificano i micini e obbligano i bambini a mangiare i sassi. Ora, a quanto pare, è una festa continua, visto che ci va tutti i giorni, apparentemente senza lamentarsi. A volte è Daisy che lo viene a prendere, anche se nella maggior parte dei casi ci pensa Martin. Un paio di giorni fa li ho pedinati, il che mi deprime e mi fa sentire patetica, ma non ho potuto farne a meno. Quel giorno mi sono aggiudicata anche il premio per il Peggiore Autocontrollo.

Travis era a giocare a casa del suo amico Eddie e avevo appena lasciato Lola alla sua lezione di ginnastica. Pensavo di trascorrere quell'ora di tempo andando a fare un po' di spesa quando, mentre passavo davanti alla scuola, mi ero resa conto che era giusto il momento in cui finiva il doposcuola. Allora ero rimasta a bighellonare un po' dietro al camioncino del fiorista, facendo finta di ammirare i fiordalisi in vetrina. Continuavo ad affacciarmi da dietro il mezzo e a un certo punto i ragazzi con i genitori avevano cominciato a uscire da scuola. Dapprima vidi Marcia con sua figlia, Genevieve, che ridacchiavano e facevano dondolare le braccia come in quei duetti madre e figlia che si vedono in certi allegri programmi televisivi, in cui per esempio entrano nei grandi magazzini e si provano assieme dei cappelli stravaganti. Alla fine uscirono anche Martin e Jake. Sembravano tranquilli e felici; in una parola, normali. Jake non mi pareva certo angosciato e deperito.

Anziché dirigersi verso la strada dove immaginavo che Martin avesse parcheggiato, presero improvvisamente lo stretto viottolo che porta ai campi da gioco. Dal modo in cui lo fecero, senza fermarsi per decidere, capii che dovevano averlo già fatto un sacco di altre volte. Il sole del tardo pomeriggio ricopriva tutto di una patina ambrata e Jake stava facendo una specie di divertito passo saltellato. Martin reggeva un pallone da calcio sotto il braccio.

Che quadretto meraviglioso; che padre premuroso. Due tiri nel parco in un pomeriggio estivo prima di ritornare in quell'appartamento di Lego che potrebbe crollare se solo ci scoreggiassi dentro. Volevo seguirli al parco giochi e mi sarebbe piaciuto avere con me qualche travestimento – un passamontagna, per esempio, o il costume da Scooby Doo di Lola. Le loro voci si affievolirono e mi aggirai con aria furtiva tra i negozi, poi passai a prendere Lola alla palestra. Tentai di chiacchierare di cose allegre mentre tornavamo a casa, ma non riuscivo a togliermi il pensiero di Jake dalla testa. Sarebbe tornato indietro se avessi imparato a giocare a calcio? Saremmo potuti andare ai campetti tutti i giorni. Calcio, frittelle: qualsiasi cosa.

Per cui ho smesso di comprare yogurt alla pesca e cerco di non sentirne la mancanza. Anziché telefonare in continuazione, dato che gli darebbe molto fastidio, mi sfogo con R, che non ha problemi ad ascoltarmi.

A volte, anche se non sempre, aiuta.

«Prova a indovinare!», esordisce Millie, come una bambina. «Abbiamo ricevuto i risultati dei sondaggi, dai quali è emerso che la tua rubrica è in testa alle preferenze. Molto di più di quanto lo sia mai stata con Harriet. Per cui dovrai alzarti e fare un breve discorso».

«Come dici scusa?», le domando. «Dov'è che devo alzarmi in piedi?»

«A un incontro con i lettori che stiamo programmando. Niente di cui preoccuparsi. Risponderai ai loro problemi, proprio come fai per la rivista, per cui in realtà non c'è alcuna differenza».

Il mio cuore perde colpi. È lunedì mattina. Dato che si è rifiutato di fare colazione prima di portare Lola a scuola, adesso Travis sta spezzettando le gallette *Shredded Wheat* con talmente tanto entusiasmo che il latte trabocca dal bordo del piatto.

«E invece sì, Millie, che c'è differenza», ribatto. «Quando lavoro non vedo nessuno io: in cucina ci siamo solo io e il computer. Non c'è nessuno che… mi guardi».

«Sì, be'…».

«E poi non riuscirei a rispondere al volo, ho bisogno di tempo per rifletterci sopra. Ci impiego secoli per scrivere questa rubrica, lo sapevi?».

La risatina di Millie risuona dalla cornetta. Reggo il telefono con la spalla mentre lotto con Travis per cercare di tirargli via il cucchiaio. Come piccolo segno di ammutinamento, immerge un pugno nella sbobba: un atteggiamento infantile che avrebbe già dovuto abbandonare un anno fa. "Salve a tutti, cari lettori, io sono Caitlin Brown, colei che da qualche mese a questa parte si occupa della posta del cuore di «Bambino». Voi siete convinti che io possa risolvere i vostri problemi, ma mi sembra abbastanza evidente che non ci capisco una mazza. Mio figlio di tre anni cerca ancora di mangiare gli *Shredded Wheat* con le mani, mentre mia figlia non si scolla dal costume di Scooby Doo che possiede da quando aveva quattro anni. E per quanto riguarda l'altro mio figlio... Be', non sopporta nemmeno di stare con me, quindi, come vedete, abbiamo diverse *questioni* in sospeso".

«Sei certa di non poter prevedere su cosa ti faranno le domande?», insiste Millie. «I loro problemi non seguono dei filoni?»

«Be', sì», ammetto.

«E quali sono?»

«Per la maggior parte si tratta di problemi di coppia: le cose non sono più le stesse da quando è arrivato il bambino; sono esausti, aggressivi, scontrosi; si incolpano a vicenda per non aiutarsi l'un l'altro abbastanza; niente sesso; niente di cui parlare a parte il bambino; farsi delle paranoie sulla fedeltà del proprio compagno e poi essergli infedele. Ah, e poi i problemi comportamentali dei bambini; di questi ce ne sono un sacco: capricci, disturbi del sonno, difficoltà nel mangiare, pessime maniere». Travis mi fa la linguaccia; gli è rimasto attaccato un grumo di *Shredded Wheat*.

«Lo vedi», esulta Millie, «che sai quello che fai. Eddài, si parla solo di un duecento lettori».

Duecento? Da qualunque punto li guardi, caspita, sono sempre parecchi. Non è una raccolta fondi per l'Associazione genitori e insegnanti. A quei duecento lettori basterà un colpo d'occhio per accorgersi che ci impiego ore a scrivere le loro risposte, che ci rimugino sopra mentre torno a casa da scuola, in bagno, a letto – in qualunque momento abbia un attimo di pausa. Non è così immediato. Ho troppa paura di sbagliare, di incasinare la vita di un'altra persona. Alcune volte ho perfino chiesto aiuto a R, il che probabilmente non è stato un comportamento molto corretto – per via della riservatezza e tutto il resto – però, dai, a mali estremi estremi rimedi.

«Sarà perfetto per il tuo profilo», aggiunge Millie con un tono più delicato.

«Non lo voglio un profilo su di me!».

Sospira con aria drammatica. «Ho già detto ai pezzi grossi che ci sarai anche tu, d'accordo? Per favore, Cait. Sarà indolore».

Faccio un'espressione sconfortata mentre Travis solleva la ciotola e trangugia tutto il pastrocchio. «Non sarà una di quelle cose super-fastose, vero?».

Le scappa una risata gutturale. «Tranquilla, sarà un incontro intimo, molto discreto, lo dimenticherai in un batter d'occhio».

Poso il telefono, mentre l'enorme balla che ha sparato Millie è ancora sospesa nell'aria.

Ciao Cait,

Stavo pensando a te e mi chiedevo come procede la seconda settimana post trasferimento di Jake da suo padre. L'hai visto nel fine settimana? Spero sia andato tutto bene.

Ti voglio bene, un bacio R.

Caro R,

Grazie per avermelo chiesto. A dire il vero non è stato così male, anche se temevo il peggio, pensando che fosse ritornato a essere il vecchio, adorabile Jake (nel qual caso il problema sarei io) o, peggio ancora, che mi avrebbe trattato con distacco. In realtà era piuttosto... indefinibile. Normale, immagino.

Li ho portati tutti e tre a nuotare in quel posto nuovo con gli scivoli. A essere sincera, non ero nemmeno certa che Jake volesse venirci. E invece l'idea gli è piaciuta, e io gliene sono stata ridicolmente grata – non è triste? Mi ha mostrato la virata che gli ha insegnato a fare Martin. Lui è sempre stato meglio di me in questo genere di cose. Per me è già un gran risultato farli cambiare e raggiungere l'acqua senza perdere niente per strada.

Mentre era in coda per lo scivolo, mi sono resa conto che Jake sta cambiando; in senso fisico, intendo: non ha più i tratti di un bambino; mi è parso più alto, e ha due gambe lunghe e robuste, come quelle di suo padre. Mi sono chiesta se mi ero persa dell'altro. Un genitore dovrebbe sempre sapere cosa sta accadendo al proprio figlio, o mi sbaglio? Per farla breve: ho provato vergogna, R. Come se mi fosse sfuggito di mano senza che me ne accorgessi.

Ad ogni modo, ci siamo divertiti. Io e Jake abbiamo fatto una gara di nuoto dove mi ha battuto con molta facilità. Siamo stati anche al parco e abbiamo buttato il pane vecchio alle anatre, cosa che temevo lui trovasse noiosa, ma a quanto pare gli è piaciuto. Ha perfino ricordato a Travis di sbriciolare il pane per gli altri uccellini. Mi è venuto un nodo alla gola a vederli spezzettare il pane assieme, con Jake nel ruolo del fratello maggiore gentile.

Avrei voluto fargli un mucchio di domande, chiedergli come se la passa e sapere che diavolo è quella sostanza oleosa che si mette sui capelli; ma poi mi sono ricordata di quello che mi avevi detto e sono riuscita a trattenermi.

Come volevasi dimostrare, l'ho avuto a disposizione solo per il giorno. Jake ha messo bene in chiaro che non avrebbe passato la notte da noi, nonostante avessi pulito la sua maledetta stanza fino a farla puzzare di Mr Sheen fragranza Limone e a procurarmi diversi stiramenti dal tanto sfregare. Comunque, il tuo consiglio si è rivelato davvero prezioso e credo che abbia contribuito a rendere il nostro rapporto più tranquillo e naturale. Per cui, grazie mille davvero.

Ti voglio bene, un bacio, Cait.

Ed è vero: gliene sono grata. I regolari interventi di R stanno formando una specie di libretto di istruzioni utile per rapportarsi a un ragazzo di dieci anni. Non importa se Millie crede che sia una pazza per essermi affezionata a lui, o che dovrei essere io quella aggiornata in materia.

R c'è sempre per me, in qualsiasi momento del giorno o della notte, ed è come se si preoccupasse veramente. E comunque, al momento è tutto ciò che ho.

CAPITOLO VENTINOVE

«Verrò a quel tuo incontro organizzato da "Bambino"», mi confida Rachel. «E ci saranno anche Bev, Marcia, Charlene... Insomma, tutte. Tutte quelle dell'Associazione genitori e insegnanti e della squadra di ginnastica. Anche Paula ha cercato di prendere un biglietto, ma era già tutto esaurito».

Il *mio* incontro organizzato da «Bambino»? «Fantastico», commento senza alcuno slancio mentre facciamo un giro da Leoni, una gastronomia-mini-supermercato caro da far paura, dove un'insalata con formaggio di capra costa all'incirca cinquemila sterline.

«Lo so che a volte sono un po' stronzette», azzarda Rachel, «ma sono tutte dalla tua parte, Cait. Faranni il tifo per te».

«Eccome se lo faranno», borbotto con tono sinistro.

«Per loro è una cosa eccitante», prosegue, «e anche per me. Non abbiamo mai conosciuto nessuno di famoso». Ridacchia e mi sforzo di farle un sorriso mentre passa in esame una confezione di pollo e cous cous. Ovviamente non è un pollo normale; probabilmente sarà stato fatto marinare nel succo di spina santa di barberia e rosolato nelle ceneri di una rara corteccia peruviana.

«Spero solo di non deludere nessuno», le confesso. «Nel senso, non sono abituata... ecco... a *parlare in pubblico.* Credo rimarrò in piedi a tremare tutta, con la faccia paonazza, e probabilmente me la farò anche addosso».

«Oh, tesoro, andrà tutto bene», insiste, dandomi una stretta rassicurante al braccio. Travis e Lola stanno scorrazzando per le corsie, come al solito. Eve, invece, cammina silenziosa accanto a sua madre, come un cane ben ammaestrato. Devo chiedere a Rachel come ha fatto a programmarla in maniera tale che si comporti così educatamente. È tutta colpa mia se siamo finiti in questo negozio assurdo: secondo i miei piani dovevamo mangiare qualcosa al sacco ai campi da gioco vicini al palazzetto dello sport prima del saggio di ginnastica di Eve e Lola; ma il mio pomeriggio è stato inghiottito dalla numerose telefonate di Nadia, la segretaria di Millie, per organizzare una marea di dettagli a proposito dell'incontro con i lettori.

«Come hai intenzione di vestirti?», ha voluto sapere. Credeva davvero che io pianificassi la mia tenuta con una settimana d'anticipo? Le ho risposto alquanto alterata che stavo "considerando alcune possibilità".

«Non è che potresti mandarmi via e-mail il testo di quello che dirai?», mi ha domandato, al che quasi mi metto a vomitare dal panico.

Per cui eccomi qui, da Leoni, mentre cerco di individuare qualcosa da mangiare che possa essere considerato accettabile dai miei figli. Eve, al contrario, conquisterà la celebrità della medaglia d'oro grazie al lievito fatto in casa di Rachel, che impiega ben tre giorni per "fermentare".

«Posso prendere questo?», domanda Lola afferrando una bottiglia di infuso di fiori di sambuco (a giudicare dal costo, questi fiori di sambuco devono essere stati concimati con gli escrementi di qualche raro yak e sminuzzati dai monaci tibetani).

«D'accordo, ma devi scegliere anche qualcosa da mangiare, altrimenti non avrai energie per fare ginnastica».

«Non mi piace niente». Lola sbircia nel banco frigo come se ci fossero dentro dei topi morti.

Una donna dal naso appuntito con indosso un abito di seta spiegazzata color indaco ci passa accanto con un fruscio. Leoni è frequentato dai volti più belli e dai fisici più slanciati della città: donne che hanno talmente tante intolleranze alimentari che sarebbe meglio per loro se si limitassero a bere acqua.

«Non voglio il tramessino», cinguetta Travis.

Con un sospiro, do un'occhiata alle ghiottonerie in offerta. Una volta qui si potevano comprare cose normali, come semplici tramezzini senza bacche di ginepro al loro interno. Stare da Leoni mi fa sentire come una zoticona impoverita. Non so chi sia questo Leoni, ma mi sa tanto che per passare il tempo affitti gli elicotteri e compri isole caraibiche.

«Voglio biscotto», sussurra Travis, buttandosi verso uno scaffale di biscotti grezzi.

«E va bene, ne puoi scegliere uno, ma solo se prendi un tramezzino».

«Ma i tramezzini li mangiamo sempre», mi rimprovera Lola, e colgo lo sguardo comprensivo di Rachel.

«No, non è vero...».

«Ce li metti nel cestino del pranzo», commenta trionfante, «ogni singolo giorno della nostra vita».

«Per forza», ribatto stizzita, «non mangiate quello che vi danno a scuola; nonostante, tra l'altro, abbiano creato un programma per migliorare la qualità e adesso non servano che carciofi al forno, filetto di cervo e via dicendo».

«Il cibo della scuola puzza». Alza le spalle.

«Dobbiamo affrettarci», interviene Rachel, «se vogliamo avere il tempo per fare il picnic... Non sarebbe magnifico, bambine, un picnic nel parco mentre il sole splende ancora?».

Il mio duetto guarda gli scaffali con aria depressa.

«E possiamo anche giocare tutti assieme», continua a chiacchierare Rachel, «poi andremo in palestra e...».

Ho smesso di ascoltarla: qualcuno ci sta guardando. Stava studiando i barattoli delle olive, ma adesso si è leggermente voltato per osservarci meglio. Una stanga, fisico snello e slanciato, con indosso una maglietta bianca un po' spiegazzata e un paio di jeans scoloriti. Un ragazzino di sei o sette anni cammina verso di lui e gli strattona la mano. «Papà», dice, «andiamo, ho fame».

L'uomo guarda il bambino, mormora qualcosa e poi torna a

guardarmi. Ho come l'impressione di conoscerlo. I capelli sottili attorno al collo mi si rizzano tutti. Le labbra dell'uomo vengono attraversate da un piccolo sorriso, dopo di che torna a guardare i barattoli, scegliendone uno e leggendo la relativa etichetta.

Riesco ancora ad avvertire il baccano nel negozio e Travis che continua a dire "bleah" davanti alle insalate greche, ma è come se fosse tutto ovattato. Il modo in cui quell'uomo mi ha guardata: sembrava che mi conoscesse.

R. Faccio immediatamente un respiro profondo. Potrebbe essere lui. Avverto un pizzicorio alla pelle.

«Posso prendere le patatine?», gli domanda il figlio.

Di' Billy, esorto allo sconosciuto. Di' Billy, così sarò certa che sei tu.

«Puoi prendere una confezione piccola», dice, «ma solo se non le mangerai prima di cena».

Sta patteggiando, come fanno tutti i genitori. Mi lancia un'occhiata e suoi occhi scintillano in modo ammaliante. Ricambio il sorriso, ma la mia bocca non si sente a suo agio, come se fosse troppo grande e ingombrante per la mia faccia. I miei muscoli per flirtare si sono inceppati a causa del mancato utilizzo.

«Che c'è per cena?», domanda il bambino.

L'uomo guarda il figlio e poi me: uno sguardo del tipo "Ah, questi bambini".

«Cervello di gatto», risponde, «e poi rospi su pane tostato».

Il bambino ridacchia. «E poi?»

«Occhio di tritone e ali di pipistrello». Mi lancia un'altra occhiata.

Sono così disabituata alle tecniche per flirtare in un negozio, che ora ho le guance di un rosso fiammante (ovviamente non ho contato Darren al negozio di televisori: avete visto com'è andata a finire. Ho dovuto perfino buttare via la giacca a sacco di Jake date le orribili immagini che rievocava). Travis sta punzecchiando una confezione di Hummus; Eve e Lola, invece, si sono spostate al banco della frutta, evitando con cura quella per niente attraente, come mele e pere, per concentrarsi sui cestini di mirtilli e di chicchi di melograno. «Guarda mamma», esclama Lola. «Che carini! Sembrano perle minuscole».

«Certo tesoro», rispondo distratta. L'uomo e il bambino adesso si stanno allontanando da noi e mi piacerebbe dire ad alta voce "Billy!", solo per vedere se il bambino si gira. Ma se poi non è lui e suo padre mi lanciasse uno sguardo del tipo: "Ma che diavolo stai facendo? Volevi urlare contro mio figlio?". E anche gridare "R!" sarebbe piuttosto bizzarro.

L'uomo prende la mano del bambino e svoltano in fondo alla corsia, uscendo dalla mia visuale. Il cuore mi batte contro le costole. Vorrei correre da loro e gridare: "Sei tu, vero?", ma Rachel si è già preoccupata per il mio stato fisico. «Cait?», mi dice, «stai bene?»

«Sì... Sì, sto bene». Faccio un sorriso sforzato.

«L'incontro di "Bambino" ti preoccupa?»

«Mi sa di sì».

Socchiude gli occhi mentre prendo i tramezzini con brie e uva; dal mio punto di vista è la farcitura che più si avvicina ai gusti dei bambini. «Hai visto quel tizio?», aggiunge. «Quello con la maglietta bianca? Ti stava guardando... Fissando, direi. Un po' strano, no? Lo conosci per caso?».

Guardo se nella corsia ci sono orecchie in ascolto. «C'è un tipo», sibilo, «che mi manda delle e-mail, ha avuto il mio indirizzo tramite la rivista. È nata... una specie di amicizia, anche se non ci siamo mai incontrati. Ora, potrà sembrare stupido, ma ho avuto la strana sensazione...».

«Che tipo di amicizia?», mi domanda Rachel sottovoce.

«Be', con lui mi confido. Gli racconto di Martin, dei bambini; insomma: questioni abbastanza personali».

Sgrana gli occhi. «E perché mai lo fai?»

«È... È successo. E mi sono sentita... protetta».

«E tu pensi che quello fosse lui? Il tizio che ti fissava?».

Faccio di sì con la testa. «T'ho detto, probabilmente sono solo una sciocca».

Corruga la fronte, poi si volta e incontra lo sguardo di un ragazzino ossuto a cui si gela il sangue. Lui fila via, temendo che lei lo possa accusare ingiustamente di essersi riempito le tasche di olive farcite al limone.

«Cait», si volta verso di me, «cosa sai di quest'uomo?»

«Che ha un bambino, è single, e abita a circa tre chilometri da qui».

«Tutto qui?»

«Sì».

«Come si chiama?»

«Ehm, R».

Mi guarda con aria disperata, come se avessi appena tuffato la mia mano sporca nel banco dell'insalata self-service.

«Potrebbe essere chiunque, Cait».

«Sì, lo so».

Ho un tonfo al cuore. Non ho le forze per dire di no a Lola mentre posa un cestino di chicchi di melograno nel carrello; o al biscotto gigantesco che ha preso Travis. Tante affinità, tanti consigli, tanti incoraggiamenti; ma io in realtà che cosa so di lui? Potrebbe anche non essere padre. Magari ha architettato la storia di Billy per attirare la mia attenzione. R potrebbe essere un ottantasettenne con tanto di fedina penale sporca. Oppure un esibizionista pervertito, un molestatore, o un Hannibal Lecter intenzionato a farsi una borsetta con la mia pelle. Ho cominciato a credere che sia lì pronto ad aiutarmi, e non appena ho messo i bambini a letto mi fiondo in cucina per vedere se mi ha mandato una e-mail; e la e-mail c'è sempre. È talmente patetico che potrei darmi uno schiaffo.

Caitlin Brown, comincia a vivere sul serio.

Mentre siamo in coda per la cassa, mi sento fiacca. Le altre donne – a parte Rachel, che sfoggia un cardigan smollato e un paio di jeans logori in coordinato – sono vestite di tutto punto con abiti firmati Hobbs o Jigsaw, e tutte, nessuna esclusa, portano i tacchi. Guardandole si direbbe che l'ultimo appuntamento dalla parrucchiera l'hanno avuto molto meno di nove mesi fa. I loro profumi si fondono in maniera piacevole.

Scorgo la mia immagine riflessa nelle piastrelle. L'intera parete è uno specchio; che cos'è che ha spinto il signor Leoni a credere che fosse una buona idea? I miei capelli hanno una crisi di arricciatura e sotto gli occhi ho delle ombre violacee. Eccomi lì, convinta di essere superiore a Rachel, con addosso un vecchio cardigan smollato, quando per lo meno lei è riuscita a organizzarsi per improvvisare un picnic. E anche a rimanere sposata, sebbene con uomo viscido e stupido.

Pago il dovuto e il cassiere – collana di perline di legno, taglio di capelli stile surfista – non mi guarda nemmeno.

Nessuna traccia dell'uomo del reparto olive, o del suo bambino.

«Puah», urla Travis, buttando uno dei tramezzini sul nastro trasportatore.

«È solo formaggio», mormoro. «Formaggio con dentro l'uva».

«Non è formaggio».

«È brie».

«Non voglio il rii! Voglio il salame».

Faccio finta di non sentirlo.

«Non mi piace», dice furioso, dando un pugno all'involucro di cellophane.

Gli lancio un'occhiata, provando a spaventarlo con lo sguardo da mamma inferocita. «Zitto, Travis. Smettila immediatamente di lagnarti».

«In Africa i bambini lo mangerebbero subito quel tramezzino», mormora Rachel.

«Voglio il SALAME!». Il suo grido rimbomba in tutto il negozio, tanto che i clienti afferrano i loro mazzetti di dragoncello in preda al terrore.

«Piantala!», gli urlo indietro. I suoi occhi si gonfiano e si getta a terra a piagnucolare. «Travis!», sibilo. «Qui non ce l'hanno il salame».

«Sì invece!». Non riesce a smettere di mugugnare.

«Qui. Non. Vendono. Il. Salame».

«Oh cielo», mormora Rachel. Ovviamente lei non ha mai avuto problemi con Eve. Come ho potuto pensare che sarebbe stata una buona idea venire da Leoni e obbligare i miei figli a mangiare del cibo da checche, che probabilmente Lola vomiterà sul pavimento del palazzetto?

Qualcosa da fuori attira la mia vista. È di nuovo quell'uomo, che si rialza in piedi dopo aver allacciato la scarpa al figlio. I miei occhi incrociano i suoi oltre la vetrina e un brivido mi corre lungo il corpo.

«Ciao», mima con la bocca. Alza le sopracciglia e fa un piccolo sorriso.

Travis si rimette in piedi e guarda la vetrina per vedere che cos'è che ha catturato la mia attenzione. «Chi è quello lì?»

«Non lo so». Smetto di guardare la vetrina.

«Non è papà», brontola, e tende in fuori il labbro superiore, rosa e lucido.

«No, tesoro, non lo è».

Mi guarda e batte le palpebre, con gli occhi umidi. «Il salame c'è. Guarda».

Seguo il suo dito puntato verso il banco dei piatti a base di carne. Sopra c'è appeso un salame gigantesco, avvolto in una retina, punteggiato da macchie di grasso color crema, lungo abbastanza da poterlo usare come ponte per attraversare un fiumiciattolo.

«Mi sa», mormoro, «che è un po' troppo grande per il nostro picnic».

Mentre usciamo, con un visibile sospiro di sollievo da parte degli altri clienti, Rachel si volta verso di me. «Era lui, quello che ti fissava da oltre la vetrina?»

«Non ho visto niente», mormoro.

Rachel scuote la testa, e colgo un velo di compassione nei suoi occhi. «Ah, Cait», dice, «dobbiamo trovarti un uomo».

CAPITOLO TRENTA

Nonostante il saggio di ginnastica non comincerà prima di venti minuti, il palazzetto dello sport pullula già di genitori impazziti che brandiscono telecamere e chiacchierano sulle panche di legno più in basso. Bev e Marcia cercano di coinvolgermi nella loro conversazione, ma sono ancora scossa dal possibile avvistamento di R da Leoni, e quindi non in vena di pettegolezzi.

Come un cane obbediente, cammino dietro a Rachel mentre cerchiamo un posto dove sederci. Dato che sulle panche non c'è spazio, ci accaparriamo un angolino di pavimento, e prima di sistemarci allontano con un calcio un cerotto idrorepellente accartocciato e una crosticina lasciati per terra.

Mentre aiutavamo Eve e Lola a infilarsi il loro body, Travis ha ispezionato ogni armadietto dello spogliatoio in cerca di monete dimenticate. Spero non debba mai ricorrere a un'elemosina così sfacciata.

«Ho sentito dire le cose più incredibili», riflette Rachel, «a proposito dei tizi strambi che si conoscono in chat».

Oh no: è rimasta ancora al mio corrispondente pervertito con il coltello a serramanico e il sacco nero dell'immondizia per mettermici dentro. Dimentica che sono un po' avanti con gli anni per essere abbordata da un pedofilo.

«Non è una chat», la correggo, ma non c'è verso. Non farà mai entrare un computer in casa sua, terrorizzata com'è che possa infettare il cervello di Eve, nonostante le abbia detto più volte che si possono scaricare anche le ricette delle tartine di Nigella Lawson e qualsiasi altro tipo di roba sana. Insomma, non ci sono solo stronzate.

Passo in rassegna le file di genitori seduti scomodamente sulle panche. Ci sono diversi papà soli; alcuni hanno dei figli più o meno dell'età di Billy. Questo, però, va al di là del patetico. È il grande momento di Lola, la sua esibizione annuale alla sbarra, al cavallo e su altri strumenti di tortura di cui, per qualche scherzo della genetica, sembra follemente innamorata. Lei ha passato mesi in soggiorno ad esercitarsi nel fare le capriole in avanti, e io me ne sto qui a esaminare la sala cercando di intravedere ancora l'uomo che ho visto da Leoni.

«Spero che tu non sia agitata per l'incontro con i lettori», mi ha scritto R stamattina. «Cos'è che ti renderebbe meno pronta ad affrontarlo rispetto all'orribile Harriet? Sono certo che sarai straordinaria e io farò il tifo per te».

Il pensiero di R che tifa per me mi evoca una sensazione di affetto, di sdolcinatezza, brutalmente spazzata via dalla terribile presa di coscienza che l'evento avrà luogo fra – rapido calcolo – ventisei ore: giovedì sera, ore sette, presso l'hotel Jacob's Court, a Bloomsbury; presentazione e sessione di domande e risposte aperte con la nostra curatrice della posta del cuore, Caitlin Brown.

Caitlin Brown, il cui figlio più giovane sta tirando fuori tutti i chicchi d'uva dal tramezzino per poi spiaccicarli sul pavimento con i piedi. «Smettila», sibilo, rovistando nella borsetta in cerca di un fazzolettino per ripulire il macello che ha combinato. L'unica cosa che riesco a trovare è il tovagliolo di carta stropicciato di un ristorante, con sopra i dragoni disegnati da Lola.

Lei sta saltellando qua e là nell'ingresso dal nervoso, muovendo in modo convulso le braccia. L'allenatrice del suo gruppo, un'amazzone con i capelli raccolti all'indietro in un'austera coda di cavallo, sembra che le stia facendo un discorso d'incoraggiamento che però non riesco a sentire. Lola si guarda intorno per cercarmi e io agito il braccio per incitarla.

Ventisei ore. Potrebbe accadermi di tutto in ventisei ore. Potrei cadere preda di un terribile virus ed essere costretta a stare in quarantena; Martin passerebbe a prendere i bambini e farebbe con loro delle cose naturali e divertenti; poi andrebbero a casa tutti felici, e ad aspettarli ci sarebbero Daisy e un arrosto succulento preparato da lei stessa (a dire il vero non potrebbe cucinarlo: Lola si è lasciata scappare che il cibo di Daisy "non sa di nulla", il che mi ha regalato un breve, patetico, momento di pura gioia).

Oppure potrei fare un incidente: investita e mutilata da un autista ubriaco. A quel punto non dovrei più stare in piedi di fronte a duecento lettori. Però sai che rottura poi per muovermi e per fare qualunque cosa.

Potrei morire. Entro le prossime ventisei ore potrei cadere a terra stecchita, così mi risparmierei l'umiliazione di rito. Travis e Lola andrebbero a stare dal padre – no, non c'è abbastanza spazio nel suo appartamento di lego. Si trasferirebbero tutti a casa nostra. Il solo pensiero della Vacca che utilizza i miei cosmetici mi provoca un sussulto di succhi gastrici. Ma se tutto va bene le farebbero venire un'inguardabile eruzione cutanea, così lascerebbe perdere. Dopo qualche settimana di nostalgia, durante la quale ogni tanto qualcuno si chiederebbe dove sono finita, la mia famiglia continuerebbe a vivere felice e contenta, senza nessuno che li costringa a mangiare del brie. Chissà se qualcuno si ricorderebbe di dare il mangime alle scimmie di mare?

«Guarda, Cait, non sono deliziose?», mormora Rachel.

Il gruppo di Eve e Lola si sta disponendo in fila per cominciare il loro numero. Eh sì, sono proprio deliziose, traboccanti di entusiasmo e senza quel cinismo che s'insinua nelle ragazze con il passare degli anni. Cominciano con esercizi semplici – camminano incerte sull'asse d'equilibrio – e la concentrazione di Lola è talmente forte che riesco quasi a sentirne il sapore. Seguono delle agili capriole in avanti e dei salti sul cavallo. Mi lancia un sorriso enorme. Ricambio e la saluto, colta da un'ondata di amore nei suoi confronti. È proprio una bambina tranquilla: lei non si è mai buttata a terra dentro un negozio reclamando del salame; e anche se va da Martin senza nemmeno fiatare, so che è sempre contenta di ritornare da me. Lola non mi considera mai con aria di rimprovero.

Per quanto riguarda Travis, adesso ha cominciato a tirare via dal tramezzino anche il brie, per poi impiastricciare tutto il pavimento, così che poi io possa pulirlo con il tovagliolo putrido. Bisticci per il salame a parte, di solito è molto solare, e poi ha ancora bisogno di me, cosa di cui sono pateticamente grata. E Jake? Lui e io siamo legati da un amore feroce, aggressivo, che mi fa arrabbiare e sudare talmente tanto che vorrei allontanarmi di corsa da lui, per poi corrergli di nuovo incontro, passargli il naso fra i capelli e vedere con piacere che è contento. È tutto così confuso con lui. Nessuno mi aveva avvertito che fare il genitore sarebbe stato un compito così complicato.

Il gruppo finisce e le bambine si mettono in fila. Schiena dritta, mento in fuori, corpi rivestiti di lycra rosa e azzurro. Lola è così felice che vorrei correrle incontro e abbracciarla. A questo punto cominciano il loro numero quelle della classe successiva e di quella successiva ancora, e a me sembra di essere intrappolata in quest'angolo da settimane. Però non sta bene andarsene, nonostante il tuo fondoschiena stia pulsando in modo inquietante e tu tema che non tornerà mai più a funzionare come prima.

Finalmente arriviamo alle premiazioni. Le bambine sono sedute sul pavimento una accanto all'altra con le teste protese in avanti in attesa. Una signora anziana con una massa riccia di capelli argentei brandisce un trofeo. Nell'ingresso qualcuno cattura la mia attenzione: vestito grigio dall'aria costosa, camicia bianca aperta sul collo, capelli neri tagliati corti. È Martin. Vederlo mi ha talmente scosso che il cuore comincia a battere forte, proprio come una volta, quando bastava sentire la sua voce al telefono che in me si accendeva un leggero desiderio.

Rapido controllo: è solo. Niente Vacca, niente Principessa Rosa, niente Jake. Mi vede, mi saluta alzando le sopracciglia, e ricambio il saluto. Poi sorride imbarazzato, seduto goffamente sulla panca con le ginocchia che gli arrivano quasi al mento. Saggi di ginnastica e recite scolastiche – in pratica tutti gli eventi per genitori coscienziosi, a eccezione delle serate dei genitori – sono sempre stati di mia competenza, dato che la vita lavorativa di Martin gli impediva di prendersi un pomeriggio libero di quando in quando.

«Non è Martin?», bisbiglia Rachel.

«Sì».

«Che ci fa qui? Lo sapevi che sarebbe venuto?».

Alzo le spalle. «Non ne avevo idea».

Vederlo lì, un po' smarrito fra le coppie e le telecamere, mi fa tenerezza. Travis, che non si è ancora accorto di suo padre, sbadiglia a bocca aperta e si tira via le scarpe. Rachel prende il suo cardigan e lo piega trasformandolo in bel cuscinetto.

Distolgo lo sguardo da Martin e mi concentro sulla signora dai capelli grigi, che annuncia (non ci posso credere): «Il primo premio della sezione junior va alla nostra talentuosa... Lola Collins!».

Si alza in piedi di scatto e va a ritirare il trofeo. Mi alzo in piedi, batto le mani e urlo tutta contenta; anche lui fa lo stesso; i nostri sguardi s'incrociano e sorride. Lola sparisce negli spogliatoi; ora Martin viene verso di me, in maniera del tutto naturale, proprio come prima che i refrigeratori d'acqua rovinassero ogni cosa, causando questo enorme garbuglio che non siamo ancora riusciti a districare.

«Non è incredibile?», esordisce mettendosi accanto a me.

«È meraviglioso», commento, e mi abbraccia in modo quasi *vero*. «Si è allenata davvero duramente. Sarà strafelice».

Il sorriso gli illumina il volto, e non c'è alcuna traccia di quello sguardo distaccato, cattivo, a cui ero abituata.

«Papà!», urla Travis, saltando su in piedi senza scarpe e buttandosi contro le gambe di Martin.

«Ehi piccoletto», dice arruffandogli i capelli prima di rivolgersi a me. «Dov'è Lola? Dobbiamo andarla a prendere noi?»

«Si sta cambiando. Sarà pronta fra un minuto». Tra noi cade il silenzio. Lo sguardo di Rachel mi perfora la nuca. «Sarà contentissima di vederti», aggiungo.

Martin mi prende il braccio. «Perché non portiamo i bambini fuori a cena», propone, «per festeggiare?».

Ci penso un attimo. «E Jake non si sentirà escluso? A proposito, dov'è?»

«È da un amico. Si è fatto un paio di nuovi amici nel condominio...». Si interrompe da solo, come se si rendesse conto di come mi fa sentire. Il fatto che Jake abbia dei nuovi amici; che adesso il suo posto è a casa di Martin.

Si accorge di Rachel e le fa un sorriso imbarazzato. «Ehm, Rachel, volete venire anche tu e Eve? Andiamo solo a prendere una pizza».

«No, grazie», risponde bruscamente, «devo tornare a casa». Cerca di mandarmi un'occhiata ma è troppo complicato ricambiarla. «Allora ci vediamo domani all'evento organizzato da "Bambino"», conclude.

«Sì, certo».

«Quale evento di "Bambino"?», domanda Martin.

«Ah, solo un incontro con i lettori. Hai presente la rubrica di cui mi occupo per Millie?».

Sorride. «È carina. I ragazzi sono proprio un amore in quella foto, non credi? Tra l'altro è un passo in avanti rispetto ai quegli spremi-brufoli o aggeggi vari di cui ti occupavi prima».

Faccio un risolino. I suoi occhi mi prendono in giro, ma non lo sta dicendo con cattiveria. «A quanto pare Millie è molto soddisfatta. Comunque, vuole che parli in pubblico. Ad essere sincera, sono pietrificata dalla paura. L'altra notte mi sono svegliata in preda al panico: ero convinta di trovarmi in piedi sul palco con addosso solo il reggiseno e le mutande...».

Ride e sono certa che gli è tornata in mente la notte della giacca a sacco. «Potrebbe succedere anche di peggio. Per esempio rimanere nuda. E comunque sono certo che farai un figurone».

Andiamo da Pizza Express i cui aromi familiari mi colpiscono non appena entriamo: il caldo, corposo, il profumo di quelle domeniche in cui non volevamo disturbarci a cucinare. Lola e Travis, avendo rifiutato il cibo di Leoni, hanno una fame da lupi.

«Perché Venezia è in pericolo, papà?», domanda Lola, e scoppiamo tutti a ridere.

Martin sembra diverso, anche se non riesco a capire il perché. Ha ancora indosso i suoi seriosi abiti da lavoro, ma il volto è più rilassato. «Martin», provo a dire, «cos'è che ti ha spinto a venire in palestra oggi?»

«Mah, avevo un po' di tempo libero».

«Che contaballe che sei!», dico ridendo. «A te non capita mai di avere del tempo libero».

Scruta il menù, ma scommetto che non lo sta affatto leggendo. «Volevo vedere la tua esibizione, vero Lola?»

«Certo papà». I suoi occhi sono raggianti; poi il suo volto si rattrista. «Come mai Jake non è venuto?»

«Lui, ehm, non ce l'ha fatta». Martin mi lancia un'occhiata. «Non è colpa tua, ecco, se Jake è venuto a stare da me. Non voglio che tu ti senta in qualche modo responsabile».

Mi volto verso Lola, contraria a parlare di questo davanti ai nostri figli, caso mai dovessi essere io a perdere.

«Va d'accordo con Daisy?». Accidenti, mi è scappato davanti ai bambini; Harriet Pike non approverebbe di certo.

«Sono gentili l'uno con l'altra», mormora. «Gentili ma un po' sulle loro, puoi immaginare».

«No, non immagino», ribatto.

«Lola e Poppy sembrano andare sempre più d'accordo. Poppy le fa addirittura usare i suoi My little pony; o per lo meno quello rotto con la criniera sporca. Non è vero, Lola? Siete piuttosto amiche, o sbaglio?»

«Sì», conferma, sempre pronta a compiacere gli altri. Cerco di fare un sorriso, ma non mi viene.

Martin giocherella con il bicchiere, bagnandone il bordo con i polpastrelli. «Le cose… sono un po' complicate al momento», mormora.

«Davvero? E come mai?», gli chiedo.

Mi lancia un'occhiata del tipo «non qui davanti ai bambini», che però Lola coglie al volo. «Cos'è che è difficile, papà?»

«Eh, scegliere quale pizza prendere: ce ne sono così tante al giorno d'oggi. Ne aggiungono sempre di più, il che non fa altro che confondere le idee. Tu cosa prendi, tesoro?»

«Quella con le uova che piace a Jake». Fa un sorrisino.

«Salame!», sentenzia Travis.

«Anche per me», dico, pensando "è bello essere tutti insieme". Se ci fosse anche Jake, sarebbe come essere di nuovo una famiglia.

Al tavolo rotondo vicino alla finestra è seduto un gruppo di persone: mamma e papà, che sembrano sollevati di non aver dovuto cucinare, e due bambini piccoli che stanno disegnando sui loro tovaglioli di carta. Anche noi eravamo così e pensavamo fosse una situazione normalissima.

Ecco le nostre pizze. Come sempre Travis brontola perché gli taglio la sua, anche se da solo non ci riuscirebbe. Sorprendo Martin a guardarmi, e nel suo sguardo c'è affetto, lo giuro. Non voglio rovinare tutto.

Mangio lentamente, cercando di far durare questa cena più del previsto, e pensando già al dolce. La mia crisi di astinenza da Martin è così inaspettatamente forte che sono costretta a tenere la bocca chiusa se non voglio farmi sfuggire altre uscite imbarazzanti. Ci porta a casa, mentre Lola continua a parlottare della sua trionfante esibizione, e ferma la macchina alla fine della nostra via. Devo assolutamente chiedergli, «Cosa volevi dire con "le cose sono un po' complicate"? Cosa sta succedendo?»; ma riesco a trattenermi.

«Be'», gli dico mentre i ragazzi saltano giù, «mi ha fatto piacere che tu sia venuto oggi».

Sorride. «Anche a me. E buona fortuna per domani».

«Grazie».

Mi volto per scendere e Martin mi prende il braccio, dandomi un bacio rapidissimo sulla guancia. È successo talmente all'improvviso che a momenti scoppio a ridere. Mentre i bambini entrano in casa, riesco ancora a sentirlo, e il cuore comincia ad accelerare il ritmo, proprio come succedeva quando mi baciava dieci anni fa.

CAPITOLO TRENTUNO

Non voglio mascherare il mio look da mamma a tal punto da far pensare ai lettori di «Bambino» che di fatto non sono assolutamente una mamma e che, in realtà, i bambini della foto sono stati presi in prestito da un'agenzia di modelli per conferirmi un'aria di maggior credibilità. E non vorrei nemmeno che pensassero che sono circondata da babysitter e che ogni lampo di genio su come crescere i bambini sia stato messo per iscritto nella mia breve scappata a casa fra la lezione in palestra e l'appuntamento per farmi esfoliare le chiappe.

D'altra parte – e adesso sono in bagno per esaminarmi attentamente davanti allo specchio, ricoperto da schizzi di dentifricio sputato – non voglio certo andarci così come sono. Breve resoconto:

Capelli: non supplicano più di essere tagliati, ma singhiozzano sconsolati come un bambino sottoposto alla tecnica del pianto controllato (ovvero, lascia piagnucolare il tuo bambino fino a quando si addormenta. Sembra semplicissimo. La prima notte che l'abbiamo sperimentata con Jake, io ho morso il cuscino fino a bucarlo, mentre Martin dormiva beatamente. Stronzo).

Collo: i segni degli anni che avanzano sono ben evidenti. Avvizzimento prematuro della pelle, direttamente imputabile all'attività di genitore. La pelle del collo di Millie, invece, assomiglia a quella di una pescanoce matura, e lo stesso vale per i suoi colleghi privi di bambini. A quanto pare il suo entusiasmante volume di appuntamenti non intacca il suo aspetto nemmeno di una virgola.

Faccia: Gesù, che disperazione.

Seno: sta scivolando lentamente verso il pavimento, ma grazie al cielo è nascosto dal maglione grigio chiaro di Martin firmato French Connection, che ha dimenticato di portar via da casa nostra e a cui sono particolarmente affezionata. Non perché conservi ancora tracce del suo profumo o cose del genere. Figuriamoci.

Pancia, fianchi, didietro: sebbene non siano gargantueschi, hanno sicuramente bisogno di un aiuto industriale.

Dopo una decisione molto sudata, opto per il vestito nero lungo fino al ginocchio, che cade bene sulla vita (tenendo sempre la pancia in dentro) e mostra più o meno la giusta porzione di scollatura e gambe. Mentre porto i bambini da Sam mi rendo conto di essere guardata in modo diverso dagli sconosciuti; di essere notata.

«Uaoh, sei bellissima», esclama Sam, invitandoci a entrare.

«Sicuro?». Guardo in basso, verso quella che adesso mi sembra una tenuta da funerale.

«Sì, davvero. A malapena ti ho riconosciuta».

Lo prendo come un complimento. «Non è troppo spento?»

«Tu», dice ridendo, «non sei per niente spenta. Accidenti, quelle scarpe sono davvero sensuali. Perché non te le metti più spesso?»

«Quando, per esempio: al parco? In palestra?», gli chiedo sogghignando.

«In qualsiasi posto», risponde, e lo stomaco comincia ad agitarsi in anticipo per l'ansia.

Lola e Travis sono già fuggiti di sopra nella camera di Harvey. Per essere un bambino di dieci anni, è insolitamente tollerante nei confronti dei marmocchi più giovani; scoppi improvvisi di risate echeggiano per la casa. Poi la vedo: una sciarpa di seta color porpora con le frange, senza alcun dubbio una sciarpa da donna, appoggiata sullo schienale di una sedia. Faccio un grosso respiro, che Sam scambia per agitazione pre-evento. «Sarai meravigliosa, piccola», dice con tono gentile.

Ha detto "piccola"? In preda all'agitazione, prendo giacca e borsa e raggiungo i bambini di sopra per dar loro un bacio sulla guancia. «Grazie per tenere i bambini qui a dormire. Grazie di tutto, Sam».

Fa una risatina. «Risparmia il discorso per l'incontro. E adesso vai. Non avevi chiamato un taxi che ti venisse a prendere qui? È lui quello che sta aspettando lì in strada?»

«Sembra di sì». Do un'occhiata fuori dalla finestra. Non ce la facevo a guidare, contando che peraltro avrei dovuto anche trovare un parcheggio. Resto un attimo in silenzio, consapevole che Sam mi sta fissando. Non so proprio come farei se lui non mi sostenesse sempre in ogni situazione. A volte penso che io non faccio niente per lui. Apro la bocca, intenzionata a ringraziarlo non solo per badare ai bambini questa sera, ma anche per un mucchio di altre cose. Il tassista suona il clacson con impazienza.

«Non puoi fare tardi al tuo spettacolo», osserva Sam ironicamente.

Voltando le spalle alla sciarpa, chiamo a raccolta tutte le mie forze per fare un sorriso che dia una parvenza di autoconvinzione. Dopo di che esco di casa con una camminata sicura, e perfino i miei capelli di madre sembrano meno opachi; come se anche quelli fossero stati "Samizzati".

Nonostante il mio «copione» non sia stato approvato da Millie, continuo a ripeterlo all'infinito nel taxi.

«Ciao, il mio nome è Caitlin Brown e sono colei che si occupa della posta del cuore di "Bambino". Ricevo ogni settimana...».

L'autista sbuffa. Faccio una smorfia dietro la sua testa nera e lucida come il petrolio. Diamine, stavo per caso parlando a voce alta?

Continuo bisbigliando. «Ciao e grazie per essere venuti. Il mio nome è...».

Scorgo nello specchietto retrovisore lo sguardo beffardo del tassista.

«Ciao! Benvenuto all'incontro con i lettori organizzato da "Bambino"! Ogni settimana...».

«Ti hanno dato la serata libera?», domanda, come se fossi una carcerata.

«Ehm, sì. Un incontro tra amici, niente di che».

Mi chiamo Caitlin Brown e sono un'idiota.

All'improvviso mi viene in mente una e-mail che ho ricevuto ieri:

Cara Caitlin,

La tua rubrica mi piace moltissimo e i tuoi saggi consigli mi fanno sentire sempre più contenta di essere madre. Però non ti scrivo per un problema di questo tipo, ma per chiederti qualche dritta generale su come tornare ad essere quella che ero: la donna sicura di sé, con il senso dell'umorismo e un pizzico di intelligenza, e che riusciva a leggere il «Guardian» senza distrarsi e poi sorprendersi a rileggere lo stesso paragrafo all'infinito.

Come posso essere di nuovo divertente? Voglio ritornare assolutamente quella che ero: assertiva e sicura di sé, come te.

Grazie mille.

Cervello in purè di patate, da Croydon

Ignorando ancora una volta la regola di Millie di non rispondere mai personalmente, le ho scritto:

Cara Cervello in purè di patate,

Ti sei imbattuta in una situazione attraversata praticamente da qualunque madre: la sensazione che una parte vitale di te sia andata persa; ma è del tutto naturale, avendo dedicato grandissima parte del tuo tempo alla cura di tuo figlio. Però arriva un punto in cui l'attenzione dovrebbe tornare a concentrarsi su di te. Che cos'è che ti esalta e ti rende felice? Io ti suggerisco di sottoporti a delle sfide. Non devono essere colossali, però un pochino ti devono spaventare.

Il taxi si ferma davanti all'hotel Jacob's Court. Segui i tuoi consigli, Caitlin Brown. Ho paura, e non poca.

"Tiferò per te". Dove sei, R, adesso che ho bisogno di te? Pago l'autista, scendo dalla macchina e mi dirigo decisa – mento in fuori, schiena dritta, come Lola durante il suo saggio – verso l'ingresso dell'hotel.

Scorgo di sfuggita la mia immagine riflessa nella porta a vetri: vedo una donna che sta fingendo in maniera accettabile di sapere dove sta andando e che diavolo dirà quando sarà lì.

CAPITOLO TRENTADUE

L'hotel Jacob's Court è in ristrutturazione, il che gli conferisce un'aria caotica. Nell'atrio ci sono paraventi in tela di iuta che chiudono l'area in cui gli addetti ai lavori stanno sabbiando e intonacando, ma sono talmente nascosti che potrebbero anche non esserci. C'è odore di polvere nell'aria e un senso tangibile di malcontento. Una donna delle dimensioni di uno spiedino alla griglia cammina avanti e indietro per l'atrio facendo risuonare i suoi tacchi a spillo e borbottando ordini urgenti ai lavoratori.

«Mi scusi», le dico, «sto cercando l'incontro con i lettori di "Bambino"».

Mi fa un sorriso distaccato. «Suite Davenport».

Come se sapessi dov'è. «Lungo quel corridoio, sulla sinistra», aggiunge. «Vada fino all'angolo e poi ultima porta a destra». Si tira indietro i capelli color caramella mou e torna sui lavoratori con occhi socchiusi.

M'incammino verso il corridoio. È ricoperto da un tappeto color rosso rubino, ai cui lati luccicano due strisce di parquet. C'è un non so che di spaventoso nell'attraversare uno spazio stretto e lungo. Fa molto passerella, fin troppo. "Scarpe sensuali", ha sottolineato Sam, e quando ero da lui stavano bene con i laccetti attorno alle caviglie ossute e i tacchi di un'altezza sostenibile. Per un attimo mi sono sentita come quelle madri stupende che fanno la spesa da Leoni.

Ma adesso, in questo corridoio lungo centomila chilometri, mi sembrano maledettamente alte e si divertono a torturarmi pizzicandomi di continuo i piedi. E poi, o sono diminuite di un numero da quando sono uscita dalla casa di Sam, oppure i miei piedi si sono gonfiati in maniera abnorme. Ma dove cazzo è questa ultima porta sulla destra? Esiste per davvero? Un'addetta ai piani esce da una camera con un carrello e mi lancia un'occhiata cordiale. Il corridoio gira un angolo e un altro ancora. Comincio a temere che mi stia facendo fare tutto il giro dell'hotel, come uno scherzo di cattivo gusto, e che alla fine sbucherò di nuovo alla reception.

Poi sento una voce provenire da dietro una porta finemente intagliata; una voce calda e rassicurante – quella di Millie. I suoi piedi sì che non sembrano mai dei pesci palla.

Entro. Millie attraversa la stanza e fa per venirmi incontro quando viene bloccata per un urgente faccia a faccia con una ragazza dall'aria stressata con in mano un plico di fogli. Manca ancora un'ora prima che arrivino i lettori (o, per usare il linguaggio di Millie, "le persone normali" – vale a dire chiunque non appartenga al mondo dei media; come se quelli che lavorano per le riviste rientrassero in una specie di esclusivo universo parallelo). Me ne sto a bighellonare davanti alla porta, battendo i tacchi in modo ritmico e domandandomi come potrei occupare il tempo. È in momenti come questo che vorrei non aver smesso di fumare. Con cosa potrei giocherellare adesso che è vietato fumare dentro i luoghi pubblici? Mi sarei tenuta impegnata accendendo e fumando sigarette, e non mi sarei sentita come una carpa imprigionata.

Ai lati della sala conferenze sono stati allestiti alcuni banchetti con esposti dei prodotti che conosco grazie alle pubblicità in «Bambino»: purè per bambini Au Naturelle, scarpe Piccoli Briganti, pannolini in pura spugna Bel Sederino. Poveri i miei pargoli tormentati, tirati su a base di pappine economiche dalla stessa consistenza del vomito, e con ai piedi le scarpine fallate fatte a maglia da mia madre (ai tempi in cui si ricordava ancora di essere nonna e sbatteva i ferri a oltranza). Ho provato a cucinare dei piatti per bambini, riducendo in poltiglia carote e patate, ma poi Jake le risputava disgustato. Così ho lasciato perdere.

«Ciao tesoro», esordisce Millie; è un po' a corto di fiato ma sta benissimo in quel suo vestito a portafoglio con stampata una fantasia vorticosa che aderisce al suo fisico da senza figli in maniera suadente.

«Ciao Millie». Resto impalata dalla timidezza. Il che è ridicolo perché la conosco da quindici anni. Cerco di sbloccare la mascella.

«Ehi». Mi appoggia un braccio esile sulle spalle. «Sei davvero stupenda, tesoruccio. Oddio, che scarpe fantastiche. Non ti vedevo con i tacchi da... Non lo ricordo nemmeno. Vuoi un caffè o qualcos'altro? O magari qualcosa di serio da bere?»

«No, grazie». La mia pancia è già allegramente scombussolata senza un'iniezione di caffeina.

«Va tutto bene? Sai dove ti trovi?»

«No», le rispondo con una risatina idiota.

«Ehi, stai tranquilla. È solo una cosina da niente, d'accordo? Niente di abominevole».

«Sì, ricordo: una cosa che "si dimentica in un batter d'occhio"». Mi esce un sorriso inconsistente.

Millie ride e poi sgattaiola via per occuparsi di una questione più urgente: dove sistemare le cameriere per distribuire le bevande di benvenuto.

Tanto per fare qualcosa – anziché stare in bagno a sudare e ad agitarmi, o a desiderare le sigarette – mi metto a perlustrare i vari banchetti e una ragazza molto entusiasta mi blocca davanti a quello di Bel Sederino. Nella sala comincia a entrare gente: c'è chi prende un bicchiere di vino o di spremuta d'arancia fresca dal carrello delle cameriere, e chi nell'attesa si guarda attorno. La maggior parte non rientra nelle caratteristiche di «Bambino». Ce ne sono di tutti i tipi – di ogni forma e grandezza – da quello completamente trasandato a quello tutto contenuto a, ogni tanto, quello spaventosamente elegante. Ma per fortuna i più sono *normali*.

«Tu sei Caitlin Brown, vero?», cinguetta la ragazza di Bel Sederino.

«Sì, esatto». È così strano essere riconosciuti. Alcune donne mi hanno già lanciato delle occhiate d'intesa. Sguardi del tipo "È lei, vero?", accompagnati da alzate di sopracciglia e bisbigli. Non sono nemmeno lontanamente paragonabile a Madonna, o a un concorrente sulla lista nera dei reality, eppure è così snervante; come se il retro del mio vestito fosse rimasto dentro le mutande, così da mostrare il mio sedere ricoperto dai collant dieci denari.

«Insomma, tu che ne pensi?», domanda la ragazza.

«Come?»

«Dei pannolini», mi incalza. «Meglio usa e getta o di spugna?»

Oh santo cielo, quelli proprio no. Io ho adoperato i pannolini usa e getta per tutti e tre – e tra l'altro avvolgono ancora il sederino di Travis durante la notte, qualificando la mia famiglia per il premio come maggior Inquinatore del Mondo. Quindi ammazzatemi pure. L'unico genitore che conosco che ha coraggiosamente adottato i pannolini di spugna è Rachel. «Be', ho provato a usare quelli di prugna...», comincio.

Pannolini di prugna? Ma che dico?

Ridiamo. «Non dovrei dirglielo», bisbiglia la ragazza sporgendosi in avanti, «ma oggi sono qui solo per sostituire un'amica. Io ho due gemelli. Di due anni. Solo loro sono responsabili per l'intasamento di metà delle discariche nel sud-est».

Le sono ridicolmente riconoscente e prendo lo stesso un campione di tessuto dei pannolini, giusto per essere cordiale; potrei sempre riutilizzarlo per lucidare le scarpe.

«Cait, ti presento Henry, il nostro amministratore delegato».

Mi volto per poter salutare Millie, raggiante di bellezza, e un uomo di mezz'età con le guance piene di capillari. «Henry», aggiunge, «lei è la famosa Caitlin Brown».

«Lieta di conoscerla». Porgo la mano quasi fossi un robot e cerco di fare un sorriso convinto. Oddio, potrei uccidere pur di poter bere un cocktail vero, ma è meglio andare avanti a base di acqua (liscia, non gassata, così c'è meno probabilità che capitino spiacevoli ruttini sul palco).

«Sei stata una grandissima novità per la rivista», commenta entusiasta. «Quella vecchia strega soffocante… Com'è che si chiamava, Millie?». Muove le sopracciglia in modo convulso. «Harriet», sibila. «E a dire il vero è qui».

«Davvero?». Sono inorridita, perché di fatto le ho soffiato il lavoro mentre era in malattia.

«Non riesco a capire perché sia venuta», bisbiglia Millie mentre Henry si sposta verso un gruppo di colletti bianchi. «Io non l'ho certo invitata. È sbucata così, con un biglietto in mano, come tutti gli altri».

«Credi che debba parlarle?».

Millie scuote la testa. «Non pensare a lei. Concentrati sulla tua esibizione, d'accordo?»

«Esibizione?», ripeto con voce cupa.

«Ehi Caitlin! Come ti senti?», esordisce Bev barcollando verso di me, con indosso un paio di jeans aderenti inopportuni e un top rosa marshmallow. Marcia appare da dietro, con un chemisier nero che le avvolge con eleganza le curve. Il mio vestito a confronto sembra una stecca di liquirizia.

«Bene», rispondo allegra.

«Non si direbbe», sottolinea Bev. «Sembri completamente impietrita. Nella borsetta ho un pacchetto da dieci di sigarette Silk Cut: ho pensato di concedermi un piccolo sfizio, dato che è un'occasione speciale. Ti va di andare fuori per fare due tiri e distendere i tuoi nervi?»

«No, grazie», rispondo, anche se ne avrei proprio voglia, eccome. In questo momento potrei fumarmi l'intero pacchetto.

Marcia dà un'occhiata al vestito. «Negozio di George al centro commerciale Asda?», domanda scoppiando a ridere.

«Credo di sì», rispondo, anche se a dire il vero ce l'ho da talmente tanto che non mi ricordo più dove l'ho preso.

«Sono sicurissima: la mia donna delle pulizie ne ha uno uguale».

Sorrido stizzita, stupita dal fatto che Marcia abbia anche solo sentito parlare di Asda, o che rivolga la parola ai suoi inservienti.

Rachel viene verso di me di corsa, davvero strana senza Eve appiccicata al suo fianco, e mi abbraccia affettuosamente. Hanno tutti un'aria allegra, come se fossero contenti di vedersi offerto del cibo non cucinato da loro. Prendono le tartine, analizzandole come se fossero marziani che non hanno mai visto prima del cibo terrestre. «Ooh, guarda lì!», esclama Bev, acchiappando un manata di quelli che sembrano frutti caramellati avvolti nel prosciutto. Mi stupisce che non afferri il carrello, apra il becco e ci metta dentro direttamente tutto il contenuto.

Mordicchio un blini spalmato di caviale. Sa talmente tanto di pesce che l'interno della mia bocca si ritira all'istante. Non mi sono mai sentita a mio agio con le tartine. Sono come gli autobus: arrivano veloci e affollati quando non ne hai bisogno; poi, quando hai lo stomaco vuoto e sei in preda a un calo di zuccheri, non trovi altro che un carrello vuoto con qualche macchia d'olio.

Due ore, mi ricordo mentre Bev tracanna il suo bicchiere di vino. Due ore e sarò fuori di qui, nella mia sicura e silenziosa casa. A quel punto potrò tornare a essere normale.

«Ehm, ciao, Caitlin».

Amelia. L'ex di Sam, che presto non sarà più ex; il ritratto della bellezza, con la pelle delicata come i petali di rosa e due occhi screziati d'ambra. «Ciao Amelia!», esordisco. «Che ci fai qui?», le domando cercando di non tramortirla con il mio alito di pesce.

«A volte anch'io leggo "Bambino"». Sorride. «Tieni presente che sono ancora una mamma».

«Oh, scusa, non volevo insinuare...». Sposto il mio peso, cercando di alleviare la pressione pulsante dei laccetti sulle caviglie.

«Tranquilla». Sorride con gentilezza. «Sam dice che sei straordinaria, che ti sei esercitata con lui a ripetere l'intero discorso».

Alzo le spalle, consapevole che sto arrossendo. È vero, durante la scorsa settimana abbiamo fatto un paio di prove, in cui Sam si spacciava per Lettore Disturbatore, Lettore Indignato, Lettore

Prontoacombattere – qualunque tipo di lettore ci venisse in mente – ma doveva proprio dirlo anche a lei? Di quali altre piccole perle l'ha messa al corrente?

«Mi è stato di grandissimo aiuto», mormoro. «Anzi, questa notte Travis e Lola rimangono a dormire da lui».

«Sì, lo so».

Certo che lo sa. Amelia non è più quella figura misteriosa che dalla Cornovaglia ogni tanto fa un'incursione a Londra; adesso è tornata a essere parte della sua vita. Tutte le volte che vado da Sam, salgo in bagno per vedere se ci sono prove di un passaggio femminile – creme, rasoi "da donna", una confezione di assorbenti interni. Ancora nulla, a parte la sciarpa porpora sulla sedia; ma è solo questione di tempo. Afferro da un vassoio di passaggio un crostaceo non meglio identificato avvolto da un involucro filamentoso e me lo ficco in bocca.

Millie prende posizione dietro al pulpito sistemato sul palco e i presenti smettono di chiacchierare, come se sulla stanza fosse calato un lenzuolo. «Ciao a tutti. Sono Millie Dawson, direttrice editoriale della rivista "Bambino". Benvenuti al nostro primo incontro con i lettori».

Lancio una rapida occhiata di traverso ad Amelia. I capelli ondulati biondi come il grano le contornano il viso in maniera graziosa. Devo chiederglielo, assolutamente.

«Come vanno le cose tra voi due?», sussurro.

Ecco, l'ho detto. Ho talmente i nervi in fermento e le mani sudate che mi sento come se non avessi niente da perdere. Ho dato un forte morso a un pezzetto di crostaceo impossibile da masticare e adesso mi sta trafiggendo l'interno della guancia.

«Dici tra me e Sam?», domanda Amelia.

Annuisco. «Nel senso... credi che tornerete di nuovo insieme? Harvey dice...». Accidenti, la mia sfacciataggine mi sorprende.

«A essere sincera, in parte sono qui per questo; per poter parlare con te un paio di minuti. Lo so, è stupido, dato che tu sarai impegnata con il tuo discorso e quant'altro».

«Interverrano una selezione di ospiti incredibile…», prosegue Millie. I suoi capelli luccicano e il suo décolleté sembra leggermente unto. Lei sì che è una donna stupenda. Io, invece, sono solo un bastoncino di liquerizia sudato.

«Di cosa vuoi parlare?», sibilo. Oddio, sta per saltare fuori tutto. Amelia sa quello che provo per Sam: ha guardato dentro la mia testa e ha sorpreso i pensieri osceni che ho fatto sul suo amato.

Sto per morire di vergogna. Ho bisogno di un alcolico, di una sigaretta, qualsiasi cosa.

Beve un sorso del suo cocktail color porpora. «So quello che prova per te», mormora, lanciandomi uno sguardo d'intesa.

Cristo santo; come se i miei nervi non fossero già abbastanza in subbuglio. «Davvero?», riesco a dirle. Per cui lui prova qualcosa, più di quanto avrei mai osato sperare.

«Sei stata proprio una buona amica per lui», prosegue Amelia, «gli sei stata di grande conforto, portandolo fuori e invitando Harvey a dormire da voi».

Amica. Conforto. Stronzate, stronzate, stronzate.

«E ho pensato che forse eri la persona in grado di dirmi se mi sto comportando come una perfetta idiota», ride nervosamente, e grande capo Henry la fulmina con lo sguardo.

«Non capisco», bisbiglio.

«Voglio dire… L'idea di tornare assieme a Sam. Secondo te lo vuole anche lui, o rovinerei tutto un'altra volta?»

«Io… Non ne sono sicura».

«È solo… Credevo che tu, più di chiunque altro, saresti stata in grado di dirmelo. Sono così terrorizzata, Caitlin. Ho paura di fraintendere i suoi atteggiamenti e di sbagliare tutto».

L'adrenalina che fino a un attimo fa scorreva nelle mie vene, sembra essere colata via e adesso sono sopraffatta da un senso di apatia. Potrei disintegrarmi seduta stante, avvolta dall'abito comprato da George.

«Sì», mormoro. «Credo che lo voglia anche lui. Pensavo che vi sareste risposati comunque. Harvey ha raccontato a Jake…».

Sorride e le brillano gli occhi. «Ovvio che Harvey lo dice: lui non vuole che questo, come la maggior parte dei bambini con genitori separati. Non è la stessa cosa, vero, essere genitori solo nel fine settimana? Credo che i maschi, in particolare, abbiano bisogno di stare con la loro madre, che dici?»

«Ehm, sì», cerco di rispondere, pensando a Jake intento a giocare con i suoi nuovi amici nelle torri di lego.

«Quindi non credi che sia una pazza a organizzare una specie di incontro con Sam per vedere se riusciamo a combinare qualcosa?»

«No, non credo che tu sia pazza». Mi torna su il caviale, questa volta con un gusto di pesce ancora più intenso.

Millie solleva il numero di questa settimana, accompagnato da un applauso.

«Sono così felice», mormora Amelia, «perché avevo questa stupida idea di portarlo a cena in un ristorantino francese a Camden. La Rose, si chiama. È alla vecchia maniera, per niente alla moda o di prestigio: le tovaglie sono a quadri e ci sono delle candele infilate in bottiglie di vino ricoperte da colate di cera – hai presente, no, il tipo di posto – ma per noi è speciale».

«Perché?», anche se in realtà non lo voglio proprio sapere.

Trattiene un sorriso. «È dove andammo il giorno in cui scoprii di essere incinta. Portai il test di gravidanza con me e glielo mostrai, e lui era del tutto sconvolto ed eccitato».

Cerco di dimenticare tutto: che trascorrevano la vita insieme, con il loro bambino, prima che la Cornovaglia se la portasse via. E adesso sta per piombare di nuovo qui.

«Sono sicuro che ne sarà entusiasta», le dico, emettendo però una specie di ringhio.

«Be', staremo a vedere se riuscirò a farmi coraggio».

«E la nostra prima ospite», annuncia Millie, «ha riscosso un grandissimo successo da quando alcuni mesi fa si è unita alla nostra rivista».

Amelia si mette una mano sulla bocca. «Oddio, sei stata qui ad ascoltarmi mentre chiacchieravo. Faresti meglio a salire lassù».

«Sì, forse è meglio. Buona fortuna con Sam».

Si allunga verso di me e mi abbraccia inaspettatamente. «Grazie. Sei una persona adorabile, Caitlin. Adesso capisco perché Sam ti è così affezionato. Non avrei saputo a chi altro rivolgermi per parlare di questa situazione».

Faccio per alzarmi, ma Amelia mi prende il braccio.

«Immaginali nudi», aggiunge con un sorrisino. «Immagina tutti quelli presenti nella sala come mamma li ha fatti, compreso quel ciccione con l'abito».

Mi scappa una risatina. «Lo farò», le assicuro.

"Farò il tifo per te", ha detto R, e sento che mi sta crescendo qualcosa dentro: la sensazione che ne uscirò viva.

CAPITOLO TRENTATRÉ

E così faccio. Vale a dire che me li immagino nudi; anche i grandi capi. Ci sono davvero tanti volti rivolti verso di me, in attesa che io dica qualcosa di divertente o di intelligente, o entrambe. Mi sembra che i tacchi siano raddoppiati in altezza e traballo instabile, come un ubriaco. Tutte le parole del copione svaniscono dal mio cervello.

«Quando Millie mi chiese di occuparmi della posta del cuore di "Bambino"», comincio, con voce tremolante, «non sapevo se sarei stata all'altezza dell'incarico».

Fanculo. Sii te stessa e basta. È normale sentirsi terrorizzati; non è quello che ho detto anche a Cervello in purè di patate?

«Mi sentivo strafalsa», proseguo, adesso con un po' più di coraggio, «sia come genitore, di certo, ma anche probabilmente come essere umano».

Qualche risatina qua e là. Porca miseria, ho dimenticato di dire "ciao a tutti è davvero un piacere incontrarvi". Ormai è troppo tardi.

«E sono sicura che molti di voi si ritroveranno in questa descrizione», concludo rapidamente. Bev continua a mettersi in bocca delle tartine; Amelia mi lancia un sorriso d'incoraggiamento.

«Per cui ho pensato», riprendo – anche se non ha nulla a che vedere con quello che avevo intenzione di dire – «se stiamo tutti fingendo, prendiamone atto e sosteniamoci l'un l'altro. Io non vi conosco, ma per me è stato un enorme sollievo scoprire che gli assistenti sociali non sono sul punto di irrompere in casa mia e di prendermi a manganellate per non aver dato da mangiare ai miei bambini melanzane biologiche e succo di mirtilli».

Ma di che accidenti vado blaterando? Tutta colpa dello stress causato dalla presenza di Amelia, dal fatto che mi stia fissando. Si sta impossessando del mio cervello. Eppure, facendo una carrellata sul pubblico mi accorgo che stanno tutti ridendo. L'atmosfera è palesemente più rilassata. Perfino le mie scarpe sembrano aver allentato la presa; deduco che i piedi si sono sgonfiati.

«Quindi anziché predicare il modo corretto in cui comportarsi», ondeggio in avanti, con la leggera sensazione di aver perso il controllo, anche se sto cominciando a divertirmi, come se fossi sulle montagne russe, «pensavo che potremmo dare voce ai consigli più cretini che abbiamo mai sentito».

C'è un attimo di silenzio; poi qualcuno urla: «I tuoi figli li dovresti "indossare". Dovresti attaccarteli addosso con ritagli di tessuto in stile etnico».

Un'ondata di approvazione e di applausi.

«Non più di tre ore di televisione alla settimana!».

«Niente televisione fino a quando compiono dieci anni».

«Niente babysitter – in nessun caso».

«Dovresti fare il pane in casa, anche se per riuscirci devi alzarti alle quattro del mattino».

«Macina la farina per il tuo pane con i denti!».

«E con i bambini legati al tuo corpo».

La stanza si riempie di risate e sono sempre di più le mani alzate.

«I genitori che danno ai loro figli i succhi di frutta dovrebbero essere arrestati».

Millie incrocia il mio sguardo e alza il pollice in maniera vistosa.

«I bambini dovrebbero dormire nel letto dei genitori», urla una donna sul fondo, «anche se poi tu sei costretta a finire sul pavimento».

«Insegnargli a usare il vasino dopo sei settimane».

«Sei *giorni*!».

«Dovrebbero utilizzare solo giocattoli di legno».

E continuano ad andare avanti, fino a farmi scordare che questa sarebbe dovuta essere una prova del fuoco.

«Quando sentite consigli del genere», riprendo a parlare con voce più sicura rispetto a prima, «sarete d'accordo nel confermarmi che rasentano la follia. Sentirsi falsi è naturale; fa parte del gioco. L'unica cosa che tutti noi possiamo fare per i nostri bambini è dargli il nostro tempo e ascoltarli».

«Ha assolutamente ragione», mormora qualcuno.

«Ma vi prego, smettiamola di sbattere la testa contro il muro, perché il genitore perfetto non esiste. Insomma, anch'io a volte faccio bere la fanta ai miei figli».

Altri applausi. Il cuore mi batte all'impazzata, ma in senso positivo – come se Sam potesse entrare in questo momento e Amelia scomparisse, andando a finire in un altro continente.

«È il momento delle domande», mi fa cenno Millie con la bocca dal lato del palco.

La parte che mi spaventa di più. Le mandibole mi si serrano all'istante e intravedo Rachel, che da sopra il bicchiere mi incita a tenere duro.

«Bene», mi sforzo di dire, e di nuovo la tremarella s'impossessa di me, «qualcuno vuole farmi delle domande? C'è qualche problema particolare, ehm… che volete condividere con tutti i presenti?».

Rachel sorride e mi fa l'occhiolino. Amelia allarga il suo sorriso, che comincia a diventare un po' inquietante. C'è qualcosa che non va. Perché cerca in qualsiasi modo di essermi amica? D'un tratto, tutto mi appare chiaro: sta cercando di far sì che lo lasci perdere. Raccontandomi i suoi programmi a proposito di Sam in realtà vuole dirmi: *non credere di poterti mettere in mezzo a noi due*.

C'è un attimo di silenzio imbarazzante. Poi una donna dal volto di gesso alza la mano e si lascia scappare: «Cosa posso fare per i litigi tra i miei figli? Cominciano non appena si svegliano; alcune mattine si prendono a sberle anche tre volte prima di andare a scuola». Ha l'aria di essere disperata ed esausta.

«C'è qualcun altro che ha problemi di guerra tra fratelli?», domando.

Molti annuiscono o fanno un cenno con la mano.

«Qualcuno ha trovato una strategia che funzioni per davvero?»

«Tabelle segna punti!», interviene Marcia.

«Elogiarli quando non litigano e ignorarli quando lo fanno», grida una donna dai capelli lucidi e con un vestito in tweed. «Ovviamente sempre che nessuno rischi di farsi male sul serio».

Risate.

Sono loro a rispondere alle domande, questo pubblico entusiasta, mentre io sto in piedi nel mio vestito liquirizia, riuscendo in qualche modo a improvvisare.

Millie viene a passo deciso verso di me – il suo abito a portafoglio si è aperto un po', lasciando intravedere appena un reggiseno di pizzo – e prende il microfono. «Un enorme grazie», dice, «alla nostra favolosa postina del cuore, Caitlin Brown».

E poi tutto finisce.

«Bravissima», mi sussurra nell'orecchio mentre le passo davanti tacchettando.

«Devo bere qualcosa», le rispondo, andando quasi a sbattere – che fortuna – contro la cameriera con il vino. Prendo un bicchiere e ne tracanno il contenuto avidamente. «Grazie», mormoro.

Mi giunge una voce all'orecchio:

«Io non bevo mai a eventi come questo». Mi giro e scopro che appartiene a Harriet Pike; il suo ghigno farebbe piangere i bambini più piccoli.

«Oh, Harriet, che piac…».

«Sì, sì, ho capito. sei Caitlin; la mia sostituta».

Mi tremano le labbra e sto cercando disperatamente qualcosa da dire quando Rachel si muove di corsa tra la folla per raggiungermi, reggendo la mia borsetta. «Ti sei dimenticata di spegnere il cellulare, idiota. Avrà suonato almeno cinque volte. Meglio se guardi chi è».

«Grazie Rachel». Rivolgo a Harriet un sorriso a labbra serrate.

«Tanto avevo deciso che me ne sarei andata comunque», si limita a dire.

«Va bene».

«Non puoi fare queste cose per molto tempo. Visto un problema li hai visti tutti». Ride amaramente.

«Sì, penso che certi temi siano più frequenti».

«Comunque», aggiunge, «oggi non potevo non fare un salto; vedere se avresti combinato un casino».

Mi si spalanca la bocca. La folla brulicante – compresa Rachel, che sta ancora tenendo la mia borsetta – sembra dissolversi.

Harriet socchiude gli occhi. «Sai da quant'era che lavoravo per la rivista?», sibila. «Dieci anni! Fin dal primo numero. Facevo parte del gruppo di lancio. Scommetto che non lo sapevi, vero?»

«No, io...», sento che sto arrossendo. Il rossetto bordeaux le si è ammassato nelle increspature delle labbra.

«Perfino il nome "Bambino" è stata una mia idea», continua imbestialita. «Dovevi sentire che razza di nomi osceni proponevano».

«Mi scusi», borbotto, «ma devo proprio andare». Rachel mi lancia un'occhiata del tipo "andiamocene via".

«Stai attenta», replica Harriet. «All'epoca avevamo un redattore che sapeva il fatto suo. Non c'era ancora Millie Dawson, che assume le sue amiche per rimpiazzarmi nella mia rubrica e non ha la più pallida idea di come si cresca un figlio».

«Tu, Harriet, ne hai di bambini?», le urlo contro, stupita dalla mia sicurezza.

Le si avvizziscono le labbra. «Non è obbligatoriamente detto che una madre sappia cos'è meglio per il suo bambino».

«Cristo santo», sbotta Rachel, «credi veramente di saperne di più di un genitore? A me piaceva la tua rubrica, Harriet, e la leggevo ogni settimana; ma non avevo capito che avessi un atteggiamento così...».

«Perché ti comporti in questo modo?», la interrompo. «Non ti ho fatta mandare via io. Non avevo nemmeno intenzione di occuparmi della rubrica in modo permanente».

Harriet si lascia scappare una risata sarcastica. «In un lavoro come questo, ogni tanto bisogna staccare. L'ho fatto per dieci anni, ogni settimana. Hai idea di come possa essere? Millie – amica tua – mi ha incoraggiato a prendermi una pausa, dicendomi che avevo bisogno di riposare – ovviamente progettando di sostituirmi con te».

«Mi dispiace che tu ti senta così», le confido con fermezza, «ma sono certa che non è andata come dici tu. E adesso, con il tuo permesso...».

Mi squilla il telefono, proprio al momento giusto. Mentre prelevo la borsetta dalle mani di Rachel, lo ripesco e mi dirigo a passo veloce verso il corridoio. Quando rispondo, smette di suonare. Non sono cinque le chiamate perse, bensì nove. Tutte di Martin. Che cosa sarà successo? Con le mani che mi tremano, lo chiamo, pregando che risponda.

Può esserci solo una ragione: è successo qualcosa a Jake.

CAPITOLO TRENTAQUATTRO

«Tranquilla, Cait, tranquilla. Si risolverà tutto».

«Cos'è successo?»

«È stato solo… Un incidente. Stento ancora a credere che non sia riuscito a intervenire».

«Insomma, dimmi cos'è successo!».

«Il braccio. Si è fatto qualcosa... è caduto sul braccio dopo essere stato colpito dalla macchina».

«L'ha colpito una macchina?»

«Cerca di restare calma, ti prego», insiste Martin. «È stato visitato al pronto soccorso e l'hanno tenuto dentro, ma solo per assicurarsi che sia tutto a posto».

«Dove? In quale ospedale?».

Qualcuno mi tocca il braccio e quando mi volto vedo Amelia. Martin mi racconta i dettagli e cerco di memorizzarli tutti. Le mani mi tremano talmente tanto che sbaglio perfino a premere il tasto per riattaccare.

«Caitlin», domanda con gentilezza Amelia, «cos'è successo?»

«Jake è all'ospedale. È stato investito o qualcosa del genere, non ho capito…».

«Ti accompagno io. Ho la macchina in strada, in un posteggio a pagamento».

«Posso andarci in taxi», replico, ma mi sta già portando verso il suo maggiolone giallo scassato, con il cofano ornato da un enorme girasole.

La macchina sferraglia e poi parte di scatto, e non ci vuole un genio per capire che Amelia e la guida londinese non vanno d'accordo. Impreca di continuo, tenendo il volante ben stretto, come se temesse che possa sfuggirle di mano.

Non sarebbe dovuto toccare a Jake. Non al prudente Jake, che non ha mai avuto un incidente nella sua vita. Travis è diverso: è stato al pronto soccorso talmente tante volte che saluta i giocattoli nella sala d'attesa come se fossero dei compagni che non vedeva da parecchio. Una volta, tre settimane dopo che Martin se n'era andato, si ferì il pisellino. Gli avevo comprato un piccolo seggiolino da sistemare sul water e non so come lui cadde in avanti e il pene gli rimase incastrato in un brutto punto. Cominciò a chiamarmi gridando. Io corsi in bagno pensando "E adesso cosa c'è? Cos'è che s'è rotto o si è rovesciato?". Ero ancora arrabbiata per averlo sorpreso mentre spruzzava l'ultimo sorso del mio gel da doccia L'Occitane (un regalo di Millie) giù per il water. Avevo tutti questi brutti pensieri per la testa quando lo trovai a urlare, con il sangue che colava sul pavimento.

Dov'era Martin quando ne avevo bisogno? È stato il momento in cui l'ho odiato di più. Ovviamente, non appena venne a sapere dell'incidente capitato a Travis, attraversò l'East London a qualcosa come mille chilometri orari per raggiungerci di corsa all'ospedale, dove ci dissero che l'appendice danneggiata come per miracolo sarebbe guarita da sola.

Amelia sta chiacchierando del più e del meno – mi piacerebbe che rimanesse concentrata sulla strada – ma non sono proprio in vena di fare conversazione. «Per cui col mio ragazzo ho chiuso definitivamente», dice, «perché comunque vada a finire con Sam, mi sono resa conto che non era onesto da parte mia tenerlo sulla corda e sgattaiolare a Londra non appena potevo per passare la notte con Sam».

«Forse è la cosa migliore», mormoro. Ti prego, non aspettarti che ti dia un consiglio. Non adesso.

Si ferma sobbalzando a un semaforo rosso. «Probabilmente

non te lo dovrei chiedere, e non sono assolutamente affari miei…».

«Amelia, credo che tu ti sia messa nella corsia sbagliata».

«Oddio, davvero?». Si infila piano piano sulla destra, scatenando dietro di noi una valanga di clacsonate furiose. «È solo che mi chiedevo», riprende, con la macchina a cavallo delle due corsie, «se c'è mai stato qualcosa fra te e Sam».

Mando giù un rospo. «Certo che no», mi limito a rispondere. «Cos'è che te lo ha fatto pensare?».

Mi lancia un'occhiata. Tutta la sua allegria è svanita e adesso il suo sguardo è molto severo. Mi rendo conto che deve aver fatto uno sforzo monumentale per cercare di essere pappa e ciccia con me. È lei che si merita il premio per il Miglior Autocontrollo.

«Solo che… Harvey mi dice che tu sei spesso da loro», continua con tranquillità, dimenticandosi a quanto pare che ho un figlio ferito all'ospedale, «e il tuo nome salta sempre fuori». Sbraita contro un camioncino arrugginito, con le nocche tese da quanto stringe il volante. «Per cui volevo sapere», aggiunge con un risolino, «per quale gara devo prepararmi».

Mantengo di proposito lo sguardo fuori dal finestrino, così non può vedere che sto arrossendo.

«Non c'è nessuna gara, Amelia», rispondo fredda.

«Perfetto. Scusami».

«Non mi sono legata a nessuno da quando Martin se n'è andato», aggiungo, eliminando saggiamente dalla mia testa la notte della giacca a sacco.

«Be', non capisco il perché», commenta, e la sua voce si rischiara. «Sei una donna bellissima, Caitlin. Hai mai pensato di iscriverti a uno di quei siti internet di appuntamenti?»

«No», sbotto. Oh, per favore. Prima mi suggerisce di stare lontano da Sam; adesso si è trasformata nella copia di mia madre. Non è ora che anche tu ti trovi un bell'uomo?

Grazie al cielo, l'ospedale è in vista. Amelia si ferma davanti a un gruppo di fumatori, le facce immerse in una foschia grigio chiaro. «Vuoi che venga dentro con te? Posso avvertire Sam che farò tardi».

«No, va bene così. Grazie per lo strappo».

«Andrà tutto bene, Caitlin. I bambini si rompono le ossa di continuo».

Mi stringe la mano, ma tutto il calore di prima se n'è andato da tempo.

Jake non si rompe di continuo le ossa, penso, mentre balzo giù dall'auto e mi dirigo a passo veloce verso l'ingresso.

Però ha ragione. Il receptionist mi indica di percorrere un corridoio e di salire al secondo piano al reparto fratture, e Jake sta bene. Ha il volto pallido e tirato, e il braccio destro è avvolto dal gesso, ma quando mi vede mi fa un largo sorriso.

«Ciao, mamma».

«Oh, tesoro». Lo abbraccio e gli do un bacio sulla fronte.

Profuma ancora di Jake: dolce come il miele. Mi accorgo a malapena di Martin, seduto sulla sedia di fianco al letto, che mi saluta e mi chiede dove sono Travis e Lola, come se potessi averli lasciati rinchiusi nella credenza sotto le scale mentre mi godevo i miei cinque minuti di celebrità. Si alza in piedi e tira la tendina bordeaux sbiadita attorno al letto.

«Sono da Sam», gli dico velocemente, «a dormire. Oh, Jake, ma com'è successo?».

Jake cambia posizione trasalendo. «Io e papà stavamo giocando a calcio...».

«Nell'area verde attorno all'edificio», interrompe Martin. «Gli ho passato la palla, ma è finita in mezzo alla strada. Jake gli è corso dietro e la macchina è spuntata dall'angolo... E niente: l'ha colpito, facendolo volare via e atterrare sul braccio. In realtà è stata colpa mia, vero figliolo?».

Jake scuote la testa ferocemente. «No, papà. Non è stata colpa di nessuno».

Assomiglia a un bambino piccolo, appoggiato ai cuscini bianchi e con la sua faccia da angioletto.

«Si è fratturato il gomito», aggiunge Martin. «Era incasinato per bene, vero Jake? Sembrava tutto attorcigliato».

«Era strano». Jake fa un sorrisino.

«Per quanto tempo deve stare dentro?», domando, mentre Martin prende una sedia per me.

«Un paio di giorni. Stiamo aspettando i risultati delle lastre. Vogliono controllare che si sia sistemato in maniera corretta e assicurarsi che non ci sia nessun danno ai nervi della mano».

«Credi…».

«Starà benone», insiste Martin. Lo guardo per un attimo. Essere qui tutti assieme mi ricorda gli innumerevoli colloqui a cui abbiamo partecipato insieme.

Di questi tempi ci vado da sola, poi faccio a Martin un riassunto sintetico.

«È meglio se uno di noi due resta qui stanotte», aggiungo.

«Rimango io. Tu dovresti andare a casa da Travis e Lola».

«Te l'ho detto, sono a dormire da Sam».

Martin aggrotta le ciglia e per un attimo s'intravede il suo vecchio sguardo da squalo.

«Va tutto bene, no? E domattina come fai con la scuola?»

«Ho pensato che li passerò a prendere subito. Per cui arriveremo tranquillamente in tempo. Non è che hai qualcosa in contrario, vero?». Per il bene di Jake, mantengo il tono della voce calmo. I suoi occhi neri mi trafiggono.

«È che…» Ma poi lascia perdere, passandosi una mano fra i capelli con aria assente. È chiaro che ha qualcosa da obiettare; solo che non vuole dirmelo.

«Sam mi è stato di grande aiuto», mormoro.

Martin mi lancia uno sguardo per dire "ci scommetto".

«Non parliamo di questo, adesso».

«Scusami», borbotta Martin, «ma è che mi sento talmente… responsabile di tutto ciò».

«Papà», interviene Jake, «ti dispiace se…», arrossisce.

«Che c'è figliolo?»

«Per via... del calcio. A me, ecco, non è che piaccia molto. Ci provo, ma sono una frana, e lo sanno tutti».

Martin sembra atterrito. «Perché non me l'hai detto?»

«Pensavo ti saresti arrabbiato», dice la sua voce di bambino.

«Davvero l'hai pensato?», gli occhi di Martin si inumidiscono all'istante.

«E anche che saresti rimasto deluso, o irritato», aggiunge Jake.

«Ma che padre pensi che io sia? A me non interessa il calcio, Jake. Pensavo che a te piacesse».

Jake alza le spalle.

«Ehi», gli tocco il braccio sano. «Vado a vedere se il negozio è aperto e chiedo se c'è un fumetto o un giornalino, poi prendo un paio di caffè... C'è qualcos'altro che vorresti?»

«No, mamma. Grazie».

Non ricordo nemmeno l'ultima volta che mi ha chiamato mamma, o mi ha guardato in quel modo – come se mi volesse davvero bene e non fossi semplicemente un'adulta a caso, guasta-divertimenti.

Mentre prendo il portafoglio mi sento gli occhi di Martin addosso. La mia borsetta è piena zeppa di foglietti di carta: gli appunti di salvataggio per l'incontro di «Bambino», a cui non ho dovuto fare ricorso. C'è anche un tovagliolo unto che mi ha dato la cameriera assieme al blini al pesce.

«Non te l'ho nemmeno chiesto», dice Martin, «com'è andata quella cosa di "Bambino"?»

«Bene. A dire il vero, mi sono divertita».

Sorride. «Lo sapevo». Un'ombra di tristezza gli attraversa il volto. Ha ancora un bel viso, con due splendidi zigomi; ha l'aria di un uomo che si prende cura di sé, nonostante il neon bianco e blu del reparto lo renda più spento. «Cait», si schiarisce la voce e guarda verso il basso. «Mi dispiace».

So che non è dispiaciuto solo per il braccio di Jake e per aver cercato di spingerlo a forza dentro i panni di un qualche giocatore di calcio di serie A. In realtà gli dispiace per i refrigeratori d'acqua, per aver scopato nei bagni dello studio Bink&Smithson, incasinando tutta la nostra vita.

Ormai è troppo tardi, ovvio; però sento che dentro di me qualcosa si sta allentando, come se mi stessi piano piano distendendo. Mi volto dall'altra parte prima che veda i miei occhi riempirsi di lacrime.

«Cait?», mi chiama Martin da dietro. «Nero senza zucchero, ricordi?».

Le mie labbra fanno un piccolo sorriso. «Certo che me lo ricordo», rispondo.

CAPITOLO TRENTACINQUE

Io e Travis passiamo il venerdì all'ospedale con Jake, esonerando Martin dal fare assistenza al malato così da permettergli di andare al lavoro, barcollante e con i capelli spettinati (va al *lavoro*, badate bene, dopo aver trascorso la notte su una poltrona letto. Del resto, il progetto di uno sciccoso complesso sportivo a Canary Wharf non aspetta nessuno). Travis è entusiasmato dal reparto e dalle varie attrezzature presenti. Chi è che ha bisogno di Thorpe Park quando c'è una tenda da poter tirare tutta attorno al letto e in cui avvolgersi come se fosse una mantellina?

Jake, che è ancora affettuoso nei miei confronti in maniera sconcertante – quasi inquietante – passa gran parte della giornata a fare finta di non guardare i programmi per bambini più piccoli (i *Tweenies*, i *Teletubbies*) trasmessi a rotazione dalla televisione nella stanza. Il pranzo arriva su un carrello cigolante: pesce, patate lesse, cavolfiore – tutti di un bianco sporco offuscato, a parte un piccolo mucchietto di mais dolce. Un'infermiera rude gli allunga un coltello e una forchetta di plastica rossa enormi, quasi avesse tre anni e fosse incapace di utilizzare le posate correttamente, e lui butta giù tutto in un boccone.

«Come stanno le scimmie di mare?», domanda a bocca piena.

«Stanno bene», rispondo mentendo (onestamente, è da settimane che non entrano nel raggio d'azione del mio radar).

«Mi mancano», aggiunge con aria malinconica, e mi domando se è il mio Jake che sta parlando, o se è un altro bambino che alla fine si toglierà la maschera come il cattivo di Scooby Doo.

«Davvero?», gli chiedo. «Non credevo ti piacessero. Ti ricordi quando il Natale scorso apristi il pacco e dicesti che non erano dei veri animali domestici?».

Fa una smorfia. «Dissi che facevano schifo, vero? Ero deluso perché non potevo insegnargli a fare niente».

Gli prendo la mano e la stringo. Dato che ai visitatori non è offerto il servizio di pranzo a domicilio, Travis sta divorando un tramezzino al prosciutto della mensa che ha l'aria di essere stato pressato da una piastra per capelli. «Immagino fossero un po' infantili per te», azzardo. «A volte mi dimentico di quanto sei cresciuto».

Alza le spalle. «Fa lo stesso. Anche se preferirei avere un cane».

«Stai scherzando?»

«No. Sì». Mi guarda con una finta aria arrabbiata che si trasforma in un sorriso da orecchio a orecchio mentre Harvey apre la tenda.

«Jake, hai il gesso!».

«Già», conferma, mostrandolo orgoglioso.

«E oggi non sei venuto a scuola. Che fortuna. Anch'io vorrei rompermi il polso».

«Come sta il paziente?», domanda Sam, spuntandogli da dietro mentre Lola cammina verso Jake. Sam il salvavita, che si è offerto di andarla a prendere a scuola e di portarla da me.

«Mi hanno fatto i raggi», racconta entusiasta. «Abbiamo visto le mie ossa».

«Fico», sospira Harvey, avvicinandosi ai piedi del letto e appollaiandosi sul bordo.

Torna anche Martin – ha accorciato la sua giornata lavorativa – carico di provviste. Non appena nota Sam il suo sorriso si trasforma in una smorfia. «Ciao», si sforza di dire, reggendo con difficoltà una grande busta di carta marrone.

Sam si alza in piedi di scatto. «Tieni, appoggiala su questa sedia». Anche lui ha l'aria di essere nervoso. «E comunque stavamo andando», aggiunge rapido. «Dai, Harvey. Andrai a trovare Jake non appena uscirà dall'ospedale».

E invece no, penso con un po' di tristezza. Tornerà da Martin e dalla Vacca, continuando a trattarmi con indifferenza e trascorrendo dei bellissimi momenti con i nuovi amici del palazzo e del doposcuola.

«Oh, quasi dimenticavo», mormora Sam rovistando in un sacchetto della spesa rovinato che aveva appoggiato in un angolo. «Ti abbiamo portato un po' di robe varie, Jake, per farti passare il tempo».

Gli allunga la sporta e Jake ne estrae diversi libri usati tra cui *The far side* di Gary Larson e *Calvin e Hobbes*.

«Wow, grazie!», esclama.

«Hai fatto fin troppo», protesto, mentre Lola salta sul letto, allungando il collo per dare un'occhiata alle pagine.

«Li ho presi a una bancarella di beneficenza». Sam lancia un'occhiata a Martin, come se lui disapprovasse che a suo figlio fossero dati degli oggetti di seconda mano. Il mio ex marito non è un uomo da negozi di beneficenza. E poi lo noto – quello sguardo negli occhi appena accennato che dice "quindi conosci anche i fumetti preferiti di Jake, vero? E stanotte hai ospitato i miei bambini da te. Ah, e poi m'hanno detto che sei stato di grande aiuto a Caitlin". Quasi avesse il diritto di mettersi sulle difensive per ogni cosa.

«Dai, andiamo», dice Sam, afferrando la mano di Harvey. Sembra sul punto di dare un bacio a me o a Jake, o a entrambi, ma poi cambia idea.

E se ne va.

Adesso c'è molta più calma, nonostante il reparto cominci a essere riempito dai visitatori del tardo pomeriggio. Travis vuole assolutamente andare al distributore automatico – con tutti quei bottoni da premere – che ha notato nell'ingresso. Jake posa uno dei fumetti sul mobiletto scheggiato accanto al letto e chiude gli occhi.

«Lola, Travis: perché non andate a guardare la televisione?», suggerisce Martin, e loro si precipitano all'istante.

Rimaniamo solo noi due e Jake, che sta facendo un pisolino. Non parliamo molto, ma non è per imbarazzo. È tornata piano piano l'intimità di una volta; il senso di condividere la stessa situazione che mi riporta a quando Jake era appena nato e io e Martin venivamo costantemente privati del sonno. A volte, dopo un pasto nel mezzo della notte, capitava che Jake non si calmasse e allora Martin lo prendeva in braccio, indicandogli gli alberi e i lampioni oltre la finestra della nostra stanza da letto. E alla fine, ci rannicchiavamo tutti insieme nel letto, con l'orologio biologico talmente sfasato che non riuscivamo più a riprendere sonno. Così cominciavamo a parlare, senza quasi accorgerci che stava albeggiando.

«Cait», mormora Martin. «Ti... Ti devo parlare di una cosa».

«Di che si tratta?»

«Riguarda te. E me».

«Eccoti qui!», squilla una voce nel reparto. Millie viene verso di noi a passo svelto. «Oddio, Cait, ho saputo solo adesso quello che è accaduto. Sta bene?».

Mi alzo per salutarla. «Sta bene, guarirà presto».

Si precipita di fianco a Jake e gli stampa un sonoro bacio sulla fronte. Poi passa una mano dove è rimasta la macchia di rossetto, come se un uccellino ci avesse lasciato un ricordino. «Non riuscivo a capire perché te ne fossi andata così di corsa», balbetta, «dato che il tuo intervento era stato una bomba. C'erano moltissime persone che morivano dalla voglia di parlarti».

Non posso fare a meno di ridere. «Millie, era un'emergenza».

Si butta sul bordo del letto di Jake. «Lo so, e mi è dispiaciuto moltissimo… Ho cercato di telefonarti, ero talmente preoccupata». Ride. «Credevo che ti fosse venuto un attacco d'ansia da palcoscenico a scoppio ritardato».

«Ho il telefono scarico», le spiego.

Sospira rumorosamente. «Neanche le tue amiche sono servite a qualcosa. Soprattutto quella con addosso un orribile top aderente rosa… Bev, vero? Alla fine era mezza ubriaca e stava cercando di agganciare Henry, che è "solo" l'amministratore delegato. Le tue amiche non escono molto, o sbaglio?».

Martin si schiarisce la gola in maniera fastidiosa.

«Scusa, Martin», si autocritica Millie; «ascoltarmi mentre continuo a chiacchierare quando il povero Jake è qui nel letto che sta male. Però, Cait, non è stato grandioso? Dobbiamo fare diventare questi incontri un appuntamento regolare. Due volte all'anno, magari. Prima di Natale sarebbe perfetto».

Martin sorride a labbra strette. «Vuoi un caffè o qualcos'altro, Millie?»

«No, sono a posto», risponde. «Be', a meno che non facciano il latte macchiato dietetico – insomma, qualcosa di decente. Ma niente distributori automatici».

Lui si allontana e lei fa un sorrisino mentre segue il suo profilo allontanarsi. «Accidenti, Cait. Per te deve essere difficilissimo».

«No, va meglio adesso che sappiamo che il braccio guarirà e che non c'è nessun danno ai nervi».

«No, è a lui che mi riferivo: Sfilamutande. Essere costretti a trascorrere tutto questo tempo assieme, stipati in un ospedale orribile e puzzolente».

Il suo profumo agli agrumi sembra strano fra tutti gli odori dei disinfettanti.

«Siamo ancora i genitori di Jake», ribadisco.

«Lo so, però…».

«Non è un problema stare con lui. È rassicurante, in un certo senso».

Mi guarda con aria confusa. «Be', credo sia proprio invecchiato. Non ha mai avuto un aspetto così stanco quando era con te. E poi ha anche messo su qualche chilo».

Sorrido. È stata sincera, ma non è quello che ho bisogno di sentirmi dire, e comunque non è vero. Mi torna in mente quella notte, subito dopo la partenza di Martin, in cui io e Millie stavamo tornando in taxi dopo una notte trascorsa in giro e passammo per caso davanti alla via della Vacca. Feci l'errore di farglielo notare e lei continuò a insistere di chiedere all'autista di svoltare così da poter andare a scarabocchiare frasi piene d'odio sul parabrezza dell'auto di Martin. Per l'occasione, avrebbe anche sacrificato il suo rossetto preferito di Chanel, senza preoccuparsi del fatto che lo avremmo ridotto a un mozzicone appiccicoso. L'equilibrata e ragionevole Caitlin non gliel'avrebbe mai permesso. Ma la adorai per aver proposto questa idea.

Jake sbatte le palpebre e si sveglia.

«Ciao tesorino», gli dice in maniera brusca. «Guarda, ti ho portato una cosa». Gli allunga il mini biliardino che Travis tanto reclamava nel negozio dell'ospedale.

«Ehm, grazie», mormora, dandogli un colpetto senza tanto entusiasmo.

«Prego, caro. Riguardati, va bene? E guarisci alla svelta». Poi si gira verso di me e bisbiglia: «Spero non ti dispiaccia se scappo via prima che Sfilamutande faccia ritorno. Mi sento così a disagio in sua presenza».

«Certo che no. E grazie per essere passata».

Mentre si allontana, Jake aggrotta le ciglia. «Chi è Sfilamutande?»

«Oh, uno che non conosci».

Mi sorride con aria d'intesa e ridiamo, consapevoli entrambi che può leggere ogni maledetto pensiero che mi passa per la testa.

«È bello che Millie sia capace di nascondere il suo odio nei miei confronti», dice Martin a mo' di battuta.

«Lei è così. Non farci caso». Considerati fortunato, penso: io so che cos'aveva intenzione di combinare con il suo rossetto.

Adesso che Jake s'è svegliato, e Travis e Lola si sono stancati di guardare la televisione, non c'è alcuna possibilità di chiedere a Martin di che cosa volesse parlarmi. Quando capiterà questa possibilità? Forse è proprio questo che tra noi due non ha mai funzionato: non abbiamo tempo per noi. Ci siamo persi. Dov'era R – o una comprensiva postina del cuore – quando avevo bisogno di un piccolo aiuto?

«Pensi di portarli a casa questi ragazzi?», domanda Martin, sorseggiando il milionesimo caffè preso al distributore automatico.

«Si forse è meglio. Travis dovrebbe già essere a letto a quest'ora».

Mi guarda di sfuggita. «Mi manca tutto questo, sai?»

«Che cosa? L'ora del bagnetto? L'ora della nanna? L'ora X?».

Annuisce. «Tutto. Le cose quotidiane. Innanzitutto vederli tutti assieme; e poi prepararli per andare a scuola, fare quel pastrocchio con i cereali – ti ricordi la cascata di latte?»

«Sì, me la ricordo». Mando giù il rospo e mi sbrigo a infilare le braccia stanche e flosce di Lola nelle maniche del suo cappottino, mentre Martin abbottona il giacchetto di Travis.

Do un bacio sulla guancia a Jake. Lui alza lo sguardo verso di me e dice: «Il dottore mi ha assicurato che domani posso tornare a casa».

«Lo so, amore. È una notizia fantastica».

Si morde un labbro. «Mi abbracci per favore?».

La sua richiesta mi lascia talmente di stucco che all'inizio mi sento un po' a disagio mentre respiro il profumo della sua pelle e sento il cuore battergli attraverso la maglia del pigiama. Gli voglio talmente tanto bene che mi sento impotente.

Non ho osato chiedergli che cosa volesse dire quando ha usato la parola "casa".

CAPITOLO TRENTASEI

Buongiorno Cait,

Stavo aspettando il resoconto dettagliato dell'evento organizzato da «Bambino». Ma visto che non ho ricevuto nulla, sono costretto a chiedertelo: COM'È ANDATA?? Scommetto che non sei rimasta zitta/svenuta/corsa via dall'edificio urlando. Anzi, lo so. Sono ben conscio di quanto fossi incredibile e naturale, come se avessi già fatto una cosa del genere un'infinità di volte, e di quanto fossi spettacolare con quel vestitino nero e quelle meravigliose scarpe con i laccetti…

Il toast mi va di traverso. Era là anche lui.

Ebbene sì, Cait, devo confidarti una cosa. Billy passava la notte da sua madre, e lì per lì avevo deciso di andare a vedere un film nel West End. Una volta arrivato al cinema, i posti per gli unici titoli decenti erano già esauriti, e non avevo proprio voglia di andare in un bar a bere qualcosa. Poi mi è capitato di notare una copia di «Bambino» in un'edicola e mi sei venuta in mente tu. "Perché no?", ho pensato. Speravo non ti dispiacesse se mi facevo vedere così, di punto in bianco, e pensavo di riuscire a infonderti un supporto silenzioso, quindi ho comprato la stramaledetta rivista per sapere l'indirizzo dell'evento.

Anche se non avevo un biglietto, c'era talmente tanta confusione nell'atrio dell'hotel a causa degli operai, che sono semplicemente entrato; e dato che ero un po' in ritardo, non c'era più nessuno a chiedere i biglietti sulla porta.

A proposito, devo dire che la nuova foto che hanno messo su «Bambino» è un notevole passo in avanti rispetto alla precedente, ma non ti rende nemmeno lontanamente giustizia. Sei stupenda.

C'era anche lui.

Spero che mi perdonerai se non mi sono presentato. Sembravi iper-indaffarata, ti vedevo parlare con gruppi di persone, e non me la sentivo di intromettermi. Non mi pareva il momento opportuno, tutto qui. E alla fine del tuo intervento è come se tu ti fossi volatilizzata.

Driiiiin. Suonano alla porta. Salgo di corsa le scale proprio mentre Travis e Lola si buttano giù a capofitto dalle loro stanze facendo a gara a chi risponde per primo. Sono Martin e Jake.

«Eccomi a casa, mamma!», esordisce Jake, sorridendo. Viene immediatamente assalito dai suoi fratelli, quasi fossero stati separati per anni. Mi vedo costretta a indietreggiare, fondendomi assieme ai muri e agli scaffali.

«Mamma», urla Jake, «quand'è che avrò quella cosa enorme? Il regalo che hai promesso quando abbiamo fatto la foto?»

«Non posso credere che tiri ancora in ballo quella storia!».

Martin ride, mandandolo di sopra a mettersi dei vestiti puliti, e Travis e Lola a togliersi il pigiama e a vestirsi normalmente, come se abitasse qui.

Il soggiorno inghiotte avidamente la luce del sole non appena scosto le tende. «Daisy», vorrei dire a Martin, «cosa sta succedendo fra te e Daisy?». Fra me e me ero solita giocare con il suo nome: un fiore fragile, pieno di petali mingherlini; strappavo i petali uno a uno e poi spremevo la parte centrale colore del tuorlo, il suo cuore.

Ho covato un sacco di pensieri cattivi, come ad esempio presentarmi alla sede di Sorgenti di Purezza a Acton Lane con Jake, Lola e Travis e irrompere nel suo ufficio urlando: «Guarda cosa ci hai fatto! Era questo il tuo obiettivo, rovinare la vita dei miei poveri bambini?». Poi, una volta espulsa dai locali dagli imponenti addetti alla sicurezza, avevo pensato di gettare dei mattoni contro le finestre fino a quando non fosse venuta la polizia a portarmi via. A Travis sarebbe piaciuto salire sulla loro auto: avrebbe gridato "niii nooo" e magari gli avrebbero anche permesso di indossare il loro berretto.

Adesso non sono più infastidita da fantasie acide come queste. Nonostante abbia perso il filo delle fasi post-separazione, credo di averne passata una significativa senza essermene accorta.

Trascorriamo una mattina normale, con tanto di partita a Monopolino Junior e televisione (siamo ancora fermi a quella portatile), fino a quando la luce caramellosa del sole ci convince a uscire in giardino. Sembra quasi normale, di nuovo tutti insieme – come se il servizio post-vendita della ditta Sorgenti di Purezza non fosse mai esistito. Il caldo pomeriggio di fine giugno pare non finire mai, conferendo perfino al nostro soffocato giardino sul retro un'aria esotica. Io e Martin ci sediamo sui gradini della scala, ognuno con un bicchiere di Pinot.

«Insomma», azzardo, «di cosa volevi parlarmi in ospedale?».

Travis sfreccia urlante verso di noi con in mano un insetto in preda alle contorsioni trovato sotto un vaso di fiori, e adesso gli altri due stanno spostando tutti i vasi per cercare di catturare creature ignare.

«Bellissimo, Travis», commenta Martin. «Non fargli del male, d'accordo? Posalo a terra».

Travis mette il broncio e se ne va strascicando i piedi. «Sam ce li lascia mettere nei barattoli».

«Ma davvero?», mi guarda e la tensione gli oscura il volto.

«L'ospedale», lo incalzo. «Volevi...».

«È a proposito... di me e Daisy. È andata a stare da un'altra parte finché... riusciamo a capire cosa ci sta succedendo».

«Oh». Non posso dire di essere attanagliata dal dolore. Ma non mi sembra nemmeno il caso di gridare di gioia o di stappare bottiglie di champagne.

«Lei e Poppy staranno da sua madre a Hertfordshire».

«Ma... Cos'è che è andato storto?». Cerco di bandire ogni traccia di contentezza dalla mia voce.

Sospira profondamente. «Immagino di non essere l'uomo che si aspettava di aver incontrato. Insomma, lei è molto più giovane».

«Sì, lo so», dico seccata.

«E lei vuole una cosa... che non le potevo dare. Che non le volevo dare».

«Sarebbe?».

Si volta e mi guarda dritto negli occhi. Mi si stringe lo stomaco in maniera insopportabile. «Un altro figlio», mormora.

«Voleva un bambino da te?». Sono molto grata alla collezione di esserini striscianti per tenere occupati i ragazzi.

Martin scola il bicchiere. «Abbiamo preso uno spavento; per come l'ho vista io, almeno. Quando poi è risultato essere un falso allarme, è andata su tutte le furie; come se fosse stata la mia negatività, ha detto proprio così: "il tuo atteggiamento negativo", a non farlo diventare realtà».

Sono sbalordita. Non mi parlava così, intendo seriamente, da anni. Mi schiarisco la gola. «Martin... Perché non vuoi un bambino da lei?».

Il suo sguardo sembra dire: "Non è evidente?". Per un attimo mi ricorda Jake. «Io ce l'ho già la mia famiglia», mormora.

Guardo il lastricato in basso, dove delle formiche stanno correndo lungo una crepa.

«Cos'hai intenzione di fare?», gli domando con un tono tranquillo.

Alza le spalle. «Non so. Dipende». Non è per niente da lui essere incerto; non dal Martin che conosco, che secondo me a nove anni era già un adulto a tutti gli effetti.

"Vorresti tornare indietro?", mi piacerebbe chiedergli. "Hai capito che è stato solo uno sbaglio e adesso vuoi riaggiustare le cose?". Ho la testa che mi scoppia di parole. È seduto talmente vicino che riesco a sentirne il calore. Non so se è quello che voglio, se è quello che desidero veramente, o se invece è solo un bisogno di far tornare tutto stabile e stazionario come prima. Se adesso mi baciasse, come mi comporterei?

«Cait», dice, «Jake vuole tornare a casa. Da te, intendo».

«Per forza», ribatto bruscamente, «se Daisy si è trasferita e anche tu andrai a vivere chissà dove... è difficile che lui si possa sentire sicuro, o sbaglio?». La mia voce s'impenna. Lola si avvicina saltellando e aggrotta la fronte.

«Non è solo per quello. Ha commesso un errore e credo se ne sia accorto non appena è venuto a stare da me».

Me, non noi. Come se lei già non esistesse più.

Lola ci viene incontro correndo, con un maggiolino nero luccicante sul palmo della mano. «Mamma! Papà! Guardate!».

«Gli insetti sono la loro nuova ossessione», gli spiego.

«Posso tenerlo come un animale domestico?», domanda.

Martin ride. «Chiedilo alla mamma».

«Grazie». Gli faccio una smorfia. Nei momenti più difficili era sempre un "chiedilo alla mamma", e così è diventata una nostra battuta:

«Come sono stato concepito? Come mai sono nato?»

«Chiedilo alla mamma». «Da dove è arrivato l'uovo? Vuoi dire che un uovo come quello esce dal sedere della gallina? Come un uovo sodo?»

«Jake ha bisogno di te», mormora Martin.

Sono diffidente: ha bisogno di me o di una stanza di grandezza decente e di tutte le altre cose che non abbiamo inscatolato? Diavolo, ma chi se ne frega se gli interessano solo le mie frittelle: rivoglio il mio bambino a casa.

Ci spartiamo i compiti dell'ora X, proprio come una volta. Martin supervisiona il bagnetto di Lola e Travis e io leggo le favole. Jake salta in doccia, tendendo il braccio infortunato verso l'esterno per non bagnare il gesso e poi riesuma un pigiama dal suo cassettone.

«Posso entrare?». Mi affaccio in camera sua e lui si è già arrampicato sul letto.

«Sì, certo».

Faccio finta di camminare in maniera timorosa. «Jake, papà dice che vuoi tornare a casa».

Abbassa gli occhi e si tocca il gesso. Lola e Travis l'hanno già firmato; Travis l'ha decorato con un verme disegnato con un pennarello a punta grossa. «Sì», dice, «è vero».

«Sei sicuro, tesoro?»

«Ah-ha».

«C'è... qualcosa che ti ha infastidito da papà?», azzardo.

Alza lo sguardo verso di me, poi dà una rapida occhiata alla stanza, da me pulita quasi fino alla morte, azione che ha avuto la spiacevole conseguenza di fare sembrare il resto della casa uno schifo.

«No, mamma», risponde. «È solo la casa».

Sabato, ore 22,17.

Cait, ci sei? Ultimamente non ti sei fatta sentire per niente. Spero che il fatto che mi sia presentato all'incontro di «Bambino» non ti abbia innervosito o sconvolto. Ma forse sono solo troppo suscettibile ed è il tuo computer che fa i capricci. Comunque, volevo solo farti un saluto. Mi manchi.

Un bacio, R

Non rispondo. Mi limito a cancellarla, poi prendo dal frigo il vino avanzato – e una seconda bottiglia, caso mai la cucina venisse distrutta da un terremoto – e raggiungo Martin di sopra in soggiorno.

Gli riempio di nuovo il bicchiere e lui mi racconta di un appalto vinto dallo studio Bink&Smithson. Ascolto senza tanto interesse, assorbita dalla calma che discende sulla casa quando i bambini sono andati a letto. «Hanno intenzione di farmi socio», dice.

«È fantastico, Martin. Era ora, dopo tutti gli anni che ci hai dedicato».

Alza le spalle, consapevole di meritarselo.

«Cait», aggiunge a voce bassa. «Ho deciso che con Daisy è finita».

«Be', hai detto che se n'è andata di casa...».

«Lei è convinta che sia solo una cosa temporanea, che le cose possano funzionare ancora, ma... Non sono stato sincero con lei». I nostri sguardi si incrociano. «Non la amo, Cait. E penso di non averlo mai fatto».

«E allora perché...?», mi si spezza la voce.

«Colpa mia. Ho mandato tutto a puttane. Sono stato un pessimo marito; un pessimo padre...».

Mi sgorgano le lacrime dagli occhi. Gli appoggio istintivamente un braccio sulle spalle. Mi sembra così familiare, giusto.

Si scosta, sforzandosi di fare un sorriso nonostante le lacrime gli stiano rigando le guance. «Hai addosso il mio maglione», bisbiglia.

«Sì, lo porto spesso».

«Credevo l'avessi bruciato». Si passa un braccio sul volto.

Sorrido. «Non ti ho mai odiato fino a questo punto».

E poi ci baciamo, ed è come il nostro primo bacio in uno squallido pub a Soho, che da quel giorno è stato ribattezzato Bar Sbaciucchio. È il bacio di quei giorni in cui non riuscivamo a tenere addosso il pigiama.

Saliamo svelti di sopra, inebriati dal vino e dai baci, crollando sul letto; Martin è dalla sua parte, ed emana un caldo profumo dolciastro simile a quello delle caramelle mou, quasi non mi avesse mai lasciato.

Non ha mai smesso di essere la sua parte.

CAPITOLO TRENTASETTE

Domenica, ore 6,47.

C'è qualcuno nel mio letto.

Non è né Travis né Lola né Jake. È un uomo adulto con le gambe piegate contro le mie e un braccio abbandonato casualmente sulla mia pancia. Il braccio *nudo* di un uomo. È unito a un corpo con tutto l'armamentario al posto giusto; in particolare un pezzo a cui, giusto due brevissime ore fa, stavo prestando un'attenzione entusiasta.

Oddio. Ammazzatemi seduta stante con un cuscino o una pistola.

Dalle tende filtrano dei pallidi raggi di sole. Giro gli occhi verso la testa sull'altro cuscino. I capelli sono scompigliati in un ammasso di riccioli color nocciola. Si sente un leggero russare. Quello pacato e gorgogliante di Martin.

Merda.

Il sudore mi irrita la zona in mezzo al seno mentre gli orribili dettagli della serata mi ritornano piano piano in mente: il bacio, che in qualche modo è durato per tutto il tragitto lungo le scale (camminare e baciare? Chi l'avrebbe mai detto che gli uomini sono capaci di fare più di una cosa contemporaneamente?); il momento in cui ci siamo strappati i vestiti di dosso a vicenda, baciandoci avidamente per poi più o meno *collassare* sul letto.

Potrei mettermi a piangere.

Senza muovere il corpo, passo in rassegna la stanza con gli occhi. I jeans e le mutande sono ammucchiati sul pavimento, ed è evidente che sono stati tolti di fretta. La maglietta di Martin è finita sul cassettone. Il reggiseno è in fondo al letto, a quanto pare ancora allacciato. Me lo sono sfilato dalla testa? Magari l'ha fatto lui. Quanto abbiamo bevuto stanotte? Il mio maglione – il *suo* – è appallottolato accanto alla porta. Il cuscino è tutto arrotolato e ho il collo piegato in una posizione innaturale. Anche se sto ancora dormendo dalla "mia" parte, non sono più abituata ad avere qualcun altro nel letto. Mi ero dimenticata di quanto Martin fosse grosso – in senso generale, non il pezzo cruciale – e invadesse il mio spazio.

Voglio che se ne vada. Questo letto è mio. L'interno della mia bocca è tutto secco; come mai è così disidratato? Riesco a sentire il mio sapore, ed è disgustoso: "Sapevate che l'alito cattivo dipende più dalla lingua che dalle gengive o dai denti?".

Ops, abbiamo scolato anche la seconda bottiglia. Ma comunque devo essere stata io a volerlo. Non posso dare la colpa all'alcool per le mie azioni.

Cercando di muovermi il più lentamente possibile, scivolo fuori dal letto e sfilo la vestaglia dal gancio attaccato alla porta.

«Mmm», mormora Martin e un piccolo sorriso gli attraversa le labbra. Forse sta ripensando a quanto è successo ieri sera. Le braccia si ricoprono di pelle d'oca. Potrei vomitare proprio qui, sul pavimento della mia stanza da letto.

«Cait?», sussurra.

Non gli rispondo.

Apre gli occhi lentamente e sbatte le palpebre a causa della luce mattutina. «Tutto bene tesoro?»

«Sst» gli faccio, portando velocemente un dito sulla bocca.

«Cosa?»

«I bambini ti sentiranno!», gli sibilo.

Martin fa un sorriso addormentato.

«Che problema c'è? È permesso. Siamo i loro genitori».

«Non pensi che sarebbe strano per loro, vederti qui?»

«Sì, ma...».

«Ci siamo separati, te lo ricordi? Mi hai lasciata, o te ne eri dimenticato?» mi tremola la voce.

Aggrotta le sopracciglia, sistema un cuscino contro la testiera e si mette a sedere. La trapunta scivola via, scoprendo il torso fino al punto in cui i peli pubici si accumulano verso l'ombelico. Un fremito mi scuote e distolgo lo sguardo. Avevo dimenticato quanto peloso e, be', *robusto* risulti il corpo maschile contro le lenzuola bianche. Lo sguardo di Martin è fisso su di me. E anche se mi volto di spalle e stringo la cintura della vestaglia, lo sento penetrarmi la nuca.

«Faresti meglio a vestirti», gli dico con tono secco. «Sono quasi le sette – Travis fra poco sarà in piedi».

«Cait, ti prego...».

«Che c'è?», mi volto per guardarlo.

«Non è che te ne sei pentita, vero?».

Ma che razza di domanda è? «Sì, certo», borbotto. Non gli dico che mi è piaciuto – a dire il vero è stato fantastico – e finalmente mi sono sentita rinascere dopo... In realtà non me lo ricordo nemmeno quanto tempo è passato. Credo di non averlo mai fatto così. Tranne i primi giorni. Ecco come mi sono sentita stanotte: come quando facevamo sesso nei primi giorni di passione travolgente.

Martin corruga la fronte con aria preoccupata.

«Cait, stai piangendo...».

«No, non è vero». Mi appoggio all'angolo del letto dandogli le spalle e mi asciugo la faccia con la manica. «Ti prego, alzati e vattene a casa», aggiungo disperata.

Sospira. «Credi davvero che i bambini rimarranno sconvolti nel vedermi qui?».

Annuisco. È come se mi si stesse squagliando il volto.

«Ma non deve essere per forza... per forza un evento unico. Potrei tornare. La storia di Daisy... era solo...». Fa una pausa, cercando la parola giusta. «È stato uno sbaglio», continua senza un'idea precisa, «un errore tremendo che ha azionato un meccanismo dal quale non avrei mai dovuto farmi coinvolgere, e l'ho fatto solo per quella storia patetica dell'invecchiare, quando guardi indietro alla tua vita e ti dici: "È questa qui?"».

«Grazie», commento con aria sarcastica.

«Ti sei mai sentita così prima che me ne andassi?».

Deglutisco. «Sì, immagino di sì. Solo che pensavo fosse normale».

Martin sospira. «Non me lo sono mai perdonato. E Daisy lo sapeva. Si era accorta che avevo preso questa decisione senza rifletterci sopra, che non amavo lei tanto quanto amavo te».

Si allunga verso di me, ma tengo le mani appoggiate sul grembo. Un cigolio mi fa sobbalzare. Mi volto di scatto e Lola è in piedi sulla porta, con il pigiama di Topolino e le pantofole di Scooby Doo.

«Papà!», grida, correndo verso di lui e buttandosi fra le sue braccia. «Tu e mamma avete fatto un pigiama party?».

Martedì, ore 23,00.

Caro R,

Mi dispiace di non averti scritto per tutto questo tempo. Ci sono stati un po' di trambusto e di confusione. Sì, mi ha sorpreso che tu sia venuto all'incontro di «Bambino» e non mi abbia parlato – ma poi sono dovuta scappare perché Jake aveva avuto un incidente (adesso sta bene) per cui non ho potuto trattenermi. Tutto ok comunque, a parte il fatto di essere stata importunata dalla nostra carissima amica Harriet Pike. Sapessi che ramanzina mi ha fatto! A quanto pare crede che Millie l'abbia allontanata dalla rivista, insinuando che avesse bisogno di una piccola pausa, con l'intento di affidare a me la sua rubrica in via definitiva. Non riesco proprio a credere che Millie sia talmente contorta. O forse sì…

Ma comunque. Eccomi qui, di nuovo col bisogno di parlarti. Non posso spiattellare tutto a Millie – ne rimarrebbe disgustata e probabilmente mi scomunicherebbe dalla sua cerchia di amici – e Sam è troppo preso da altre questioni. È successo che l'altra notte ho dormito con Martin. Esatto: Sfilamutande. A mia difesa, vostro onore, posso solo dire che lui era lì e mi voleva, e io sono arcistufa di fare finta di star bene quando dentro di me mi sento sola.

Martin è rimasto da me tutta la giornata. Tutta la stramaledetta giornata, come se fosse casa sua! Ha voluto a tutti i costi preparare il pranzo, trattenendosi dal fare commenti cattivi sullo scarso assortimento di possibilità offerto dal mio frigorifero, e ha pure lavato i piatti. Era tutto allegro e vivace, continuava a saltare a destra e a sinistra per la cucina quasi stesse partecipando a *Masterchef*, e probabilmente avrà anche confuso i bambini da morire (quando viveva da noi era una totale testa di cazzo).

Poi abbiamo portato i ragazzi al parco. È stata una sua idea – il suo tentativo di rimediare un'occasione per parlare con me mentre loro si gingillavano sulle giostrine. Lola non ha fatto che bersagliarlo di domande tutta la mattina: «Torni a vivere da noi, papà?»

«Io, ehm, non so come andrà a finire», ha risposto, cercando di fissarmi con gli occhi. «Io e mamma dobbiamo parlare».

Il parco, dicevamo. Che famiglia normale e felice. Oddio, sbaglio o s'è messo a fare l'ingrato lavoro di spingere Travis, e un mucchio di altri bambini non nostri, sulla piattaforma girevole? Ha spinto Lola sull'altalena fino a quando lei l'ha pregato di farla scendere. E pensare che lui è quello che si rifiuta di avventurarsi nei parcogiochi senza una copia del «Guardian» da utilizzare come scudo. Ai tempi che furono, riusciva anche a dare una letta all'intero supplemente del «Guardian», il G2, mentre io andavo dall'altalena alla bilancia alla piattaforma rotante, consolandomi con il fatto che almeno stavo facendo un po' di ginnastica.

Mi ha chiesto se avevo considerato la possibilità di rimetterci assieme. Ha sottolineato che noi non siamo nemmeno divorziati, che non gli ho mai chiesto di avviare le procedure legali, e secondo lui questo stava a indicare che la porta di casa è sempre rimasta socchiusa nei suoi confronti. Ho pensato a te, R; a come hai cresciuto Billy da solo e a quando hai detto che la vita in un certo senso è migliore – almeno è onesta. Ho pensato, anch'io voglio questo. Deve essere meglio che rimanere sposati con la persona sbagliata. Quanti mesi passati a piangere con amarezza sulla perdita della mia relazione. Ma adesso basta.

Al parco ho visto Rachel (l'amica che si fa la pasta in casa, ti ricordi? Continua ancora!). Era assieme a Guy, il marito viscido, che una volta in un pub mi diede una pacca sul culo. Loro non si sono accorti di noi: erano troppo presi da una di quelle liti accese che si cerca di tenere dentro per il bene dei propri figli. Avevano portato tutto l'occorrente per un picnic e ogni cosa era stata predisposta sull'erba in modo impeccabile – Rachel prepara dei picnic straordinari – ma vedendo i loro volti amareggiati ho capito che stavano litigando. La loro povera figlia, Eve, aveva un'espressione tristissima.

Ho pensato, è quello che voglio anche io? No, R. Adesso ci sono solo io, io e i miei figli. Ho preso un appuntamento per incontrare un avvocato divorzista e così si spera di poter avviare le procedure per la separazione e risolvere la questione dei soldi in maniera adeguata. Come ben sai, essere scaricati non è divertente; non ho mai programmato di diventare una madre single. Ma c'è di peggio, come ad esempio essere costretti a vivere con un coglione come Guy, che si è alzato di scatto dalla coperta su cui erano seduti per il picnic e se n'è andato via in malo modo, mentre Rachel e Eve lo seguivano con uno sguardo cupo.

In realtà non penso a Martin come a uno Sfilamutande. Non più. È un bravo papà – devoto, a dire il vero – che però ha fatto un grandissimo errore.

Mi sento così bene a mettere queste cose per iscritto. Grazie per avermi ascoltata. Per la prima volta da quando se n'è andato mi sento come la vecchia Caitlin, che io credevo morta e sepolta molto tempo fa. Forse scoparmi il mio ex non sarà stato il modo più elegante per passarci sopra, scusa il gioco di parole, ma ha funzionato. Sono guarita.

Ti voglio bene, un bacio, C

Cara Cait,

Sono orgogliosissimo di te, amica mia. E poi poteva andare molto peggio: potevi indossare una giacca a sacco arancione da bambino.

Un bacio, R

PS: ti va di uscire assieme una volta o l'altra?

CAPITOLO TRENTOTTO

C'è uno spazzolino nuovo nel bagno di Sam. È viola e luccicante, come quelli per bambini, ma la misura è per adulti. Non credo sia il suo genere di spazzolini. Una volta tornata in giardino, la mia faccia dovrebbe aver assunto, almeno spero, una parvenza di normalità.

«Come sta andando il rientro di Jake?», domanda Sam. Mi sembra piuttosto nervoso oggi. Anziché stare seduto sulla terrazza con me, sta potando dei gerani cresciuti in maniera selvaggia, cercando di farli stare in ordine.

«È come se non se ne fosse mai andato», rispondo. «Solo che è diverso. È più allegro. E ha smesso di pulire la sua stanza. Non ha alzato nemmeno un dito. A un giorno dal suo ritorno c'erano già il pavimento ricoperto di fumetti e i pantaloni del pigiama spinti sotto il letto…».

Sam aggrotta le ciglia. «Non sei contenta?»

«Sto scherzando, Sam. Era uno scherzo».

«Ah, d'accordo». Taglia via un geranio all'apice della fioritura.

C'è un silenzio imbarazzante nell'aria. Non parlo dello spazzolino viola. O, visto che siamo in tema, del fatto che mi sia accidentalmente scopata Martin. Sam non mi chiama più così spesso. Ho pensato che fosse per via di Jake che era andato a stare da suo padre. Dopotutto, se stavamo insieme era solo per i nostri figli.

«Quindi, secondo te cos'è successo?», domanda, voltandosi verso di me. La barba incolta è una scoperta recente, e gli sta bene. Che la dannazione ricada sugli spazzolini viola.

«Ha detto che la Vacca è una maniaca dell'ordine», gli spiego, «e dà di matto se qualcuno posa un bicchiere senza mettere il sottobicchiere, però… Credo che gli mancasse casa. Oserei perfino dire che in realtà gli mancavo anche io».

«Be', sono contento», mormora. I bambini stanno sguazzando in una piscina gonfiabile che Sam ha riesumato dalla cantina.

«Tra loro è finita», aggiungo. «Intendo dire Martin e la Vacca».

«Perché non me l'hai detto? Devi esserne contenta!».

Cerco di sorridere. «Non proprio. Lui è ancora il padre dei bambini, e lo sarà per sempre, ma chiunque vedrà o qualunque cosa farà, non avrà nulla a che fare con me. Mai più».

Sam espira rumorosamente, getta le cesoie sul tavolo e tira indietro la sedia accanto a me. «Caspita, Caitlin Brown. Non avrei mai pensato che un giorno l'avresti detto».

«E non è tutto», aggiungo con un sorrisino. «Chiedimi cosa faccio stasera».

«Ehm, inaugurazione della mostra al White Cube? Una festa alcolica al Nigella?».

Arrossisco e se ne accorge. «Sam… Ho un appuntamento con quell'uomo. Quello che mi manda le e-mail da mesi ormai».

«Come? Cristo santo, ma ti è dato di volta il cervello?».

La sua reazione mi manda al tappeto.

«Sono solo curiosa. Andiamo talmente d'accordo via e-mail… Lo so che è strano, ma so anche di potergli parlare di qualsiasi cosa. Mi sento molto vicina a lui, Sam».

Aggrotta le sopracciglia e gli si rannuvola il volto.

«E va bene, allora. Vai e incontra il tuo maniaco con tanto di mannaia».

«Perché ti comporti così?». Non aveva mai alzato la voce con me prima d'ora. Nella piscina i bambini si sono messi a tacere e ci stanno guardando.

«Così come?», borbotta.

«Così… Così male. Insomma, non sono stupida: ci incontreremo in un pub. Non ho intenzione di andarmi a nascondere con lui in un vicolo buio – per lo meno non al primo appuntamento».

Fa una risata amara. «Me lo auguro».

Non ho mai visto un Sam così fino ad ora: in disaccordo; caustico. Una smorfia gli si dipinge sul volto.

«Credevo tu fossi mio amico», dico pateticamente.

«Certo che sono un tuo amico. Mi preoccupo per te, tutto qui».

Sì, certo. Oddio, mi sono trasformata in Jake prima che la sua personalità si desse una sistemata.

«Che problema c'è mamma?». Lola saltella verso di noi, schizzando delle gocce d'acqua per aria.

«Niente, tesoro, ma è meglio se ti asciughi perché adesso dobbiamo andare a casa».

«Non voglio andare già a casa». Incrocia le braccia con aria di sfida.

«Rachel stasera vi farà da babysitter», aggiungo, sapendo che questo la farà felice. A rigor di logica, Lola dovrebbe essere nata da una madre che fa la pasta in casa.

«Bene!». Afferra un asciugamano e se lo avvolge attorno.

«Jake, Travis, venite ad asciugarvi».

«No!», urla Travis.

«Dobbiamo proprio?», si lamenta Jake.

«Sì», ribatto con una fermezza impressionante.

Senza dire una parola, Sam distribuisce gli asciugamani. Poi, mentre i bambini si tirano via i costumi, ritorna al suo lavoro di potatura.

Credo che non mi abbia nemmeno salutata.

Un'ora più tardi sono tutti in pigiama tranne me. Io indosso una gonna nera svolazzante, un specie di top aderente con i bordi di pizzo e sopra un cardigan color lampone, un'aggiunta dell'ultimo minuto che spero faccia diminuire il battito schizofrenico del mio cuore.

«Troppo elegante». Lola, seduta a gambe incrociate sul mio letto, scuote la testa. I suoi capelli, ancora umidi dal bagno in piscina, si sono ammassati formando dei serpentelli.

«Non mi piace», sentenzia il guru della moda Travis, che sta cercando di fare una capriola all'indietro sul letto.

Esamino con attenzione la mia immagine riflessa nello specchio da tavolo. Più che l'effetto spettinato ad arte a cui ambivo, i miei capelli sembrano impazziti a forza di essere stati tirati su e poi giù e poi ancora su e poi di nuovo giù.

«Mettiti il tuo bel maglione blu», suggerisce Lola.

Lo guardo, steso sul letto: è quello in lambswool che avevo messo per incontrarmi con Darren la sera della giacca a sacco. Sembra rovinato, come se un po' della mortificazione che avevo provato fosse rimasta intrappolata nelle fibre. Dubito che lo indosserò di nuovo.

Mi lancio verso l'armadio, osservando rapidamente il vestito che Martin adorava particolarmente e che io ho indossato talmente tante volte che i suoi disegni sono sbiaditi, come se fossero stati decolorati dal sole. Do un'occhiata al mio abito da sposa – uno chemisier di seta color avorio – e faccio scorrere rapida altri vestiti sull'attaccapanni così da coprirlo. Nella disperazione totale, mi cambio, mettendomi un paio di jeans e sopra un vestitino floreale estivo (un look particolarmente alla moda, adesso); ma è come se avessi saccheggiato il guardaroba di un'adolescente.

«No, mamma», interviene disgustato Jake stando sulla porta.

«Puah», commenta Travis, aggrontando le sopracciglia.

Sto per cambiarmi di nuovo quando suona il campanello; è Rachel, la mia babysitter di salvezza.

«Ehi, sei bellissima», esordisce mentre scendo le scale. «I capelli ti stanno benissimo messi così, sensuali e disordinati. Dove vai?»

«Ehm, vado con un amico a bere qualcosa. Nessuno di tua conoscenza». Le guance mi si infiammano all'istante.

«Be', non avere fretta di tornare», dice tutta contenta. «A essere sincera, sono felice di stare un po' fuori casa. Ultimamente Guy si comporta da autentica testa di cazzo». La sua scurrilità mi sconvolge.

«Cos'è successo?», domando.

Fa un sorriso stoico e con un colpetto si sposta dagli occhi la frangia che si sta lasciando crescere. «Lo sai come sono fatti gli uomini. Si lamentano che non ti impegni più, che ti stai lasciando andare...».

«Oh Rachel»; le tocco un braccio.

«Ma ha ragione, no? Tutte quelle riviste come "Bambino" – non fanno altro che riempirsi settimana dopo settimana di foto ridicole di nuove madri in tute sportive di cashmere con i capelli conciati così».

Scoppio a ridere. «Ma non c'è niente di vero. È tutto finto».

Si sforza di ridacchiare. «No; non se vai a fare spesa da Leoni. E comunque, perché sei ancora qui ad ascoltarmi mentre ti annoio con le mie lagne quando hai un appuntamento che ti aspetta?».

Lola sta già rovistando nella sporta ricolma di oggetti fatti a mano che Rachel ha portato con sé. È questo il tipo di madre che volevo essere.

«Be', meglio se vado», mormoro.

«Divertiti». Rachel mi sorride, e noto un brillìo nei suoi occhi – invidia, forse.

«Grazie ancora».

Saluto i bambini con un bacio –anche Jake si fa baciare – e poi esco in strada. Solo allora mi ricordo che volevo rimettermi il vestito della prima ipotesi.

Accadono dei fatti molto strani mentre mi dirigo al Batters Corner, l'incrocio dove le persone si incontravano prima dell'avvento dei cellulari e prima che aprissero così tanti bar (e si incontrano ancora, secondo R, se sono dei romantici sdolcinati come lui). Anche io e Martin ci siamo incontrati lì qualche volta, ma provvedo a rimuovere velocemente quel ricordo dalla mia testa.

L'autista di un camion fischia dal finestrino della sua cabina; un altro uomo, che sta camminando verso di me, si volta per guardarmi mentre gli passo accanto e fa un fischio sottovoce. Che cosa sta succedendo? Non sono riuscita a sistemarmi per bene i capelli e a truccarmi, a parte una passata di un rossetto tenue. È come se d'improvviso fossi tornata di nuovo visibile.

Al Batters Corner non c'è traccia di qualcuno che possa essere R. È una serata tranquilla e secca e nell'aria c'è un leggero odore di aceto. Il posto deve il suo nome al negozio di arredamenti J. & J. Batters, un'istituzione che non esiste più da tempo e che era situata sull'incrocio a triangolo. L'edificio color crema è ancora lì, benché vuoto da anni, con le vetrine macchiate di polvere e un cartello con scritto "Affittasi". Ma R aveva ragione: è ancora un luogo di ritrovo. Ci sono alcune persone che si fanno un giro, cercando di sembrare indifferenti. C'è un ragazzo asiatico con i jeans larghi, una maglia gialla e un orologio d'argento luccicante, che controlla troppo spesso per essere davvero a suo agio. C'è una donna all'incirca della mia età vestita con molta cura e truccata da capo a piedi, come se fosse stata a farsi bella seduta alla toilette. Gironzola un altro paio di minuti e poi attraversa di corsa la strada per raggiungere un uomo in un morbido abito grigio.

Il terzo in attesa ha una zazzera grigia e indossa un maglioncino rosso con lo scollo a V e dei pantaloni che sembrano ricavati da una tenda. Mi lancia un'occhiata, indugiando con gli occhi umidi sulla zona del mio décolleté quanto basta per risultare strano. Ti prego, ti scongiuro, fa che non sia R. Mi giro alla svelta dall'altra parte. C'è un altro uomo con indosso un abito che continua a tirare fuori la lingua – una freccetta rosa – in maniera convulsa per inumidire le sue labbra ansiose.

Le otto sono passate da dodici minuti. Il tizio con il maglione rosso mi guarda come per dire "bidonata?", quasi fosse grato di non essere l'unico a quanto pare lasciato a piedi di venerdì sera. Ricambio il sorriso. Una ragazza dall'aria dolce con una scopa al posto della gonna gli corre incontro. Anche gli altri perdigiorno se ne sono andati e adesso sono rimasta solo io. R ormai è in ritardo di venti minuti, il che può significare assoluta scortesia o più semplicemente che non verrà.

Bidonata al Batters Corner. Fantastico. Arrabbiata, prendo il cellulare dalla borsetta e chiamo Rachel sul suo telefonino.

«Ciao Cait», esclama. «Stanno tutti bene – non c'era bisogno che ti preoccupassi. Vedi di passare una bella serata».

Con mia grande vergogna, non mi era nemmeno passato per la testa di informarmi sullo stato della mia prole. «Rachel», le dico, «il mio, ehm, amico non si è fatto vedere. Mi chiedevo se avesse per caso mandato una e-mail o che».

«Una e-mail? E perché non avrebbe dovuto chiamarti?»

«Non ha il mio numero».

«Be', ma non potevi chiamarlo tu?».

Le cose stanno peggiorando. Non posso raccontarle la verità – non dopo la sgridata che mi ha fatto da Leoni. «Io... Nemmeno io ho il suo numero. L'ho, ehm... L'ho conosciuto in Internet», balbetto a bassa voce.

Silenzio. «Ti sei iscritta a quei siti di appuntamenti?»

«Sì».

Ridacchia. «Non c'è niente di cui vergognarsi. Anzi, direi che in realtà è ragionevole per una persona nella tua situazione, anche se sono sicura che avresti potuto conoscere lo stesso qualcuno in un modo più *normale*...».

«Rachel», la interrompo, «potresti inserire la password nel mio computer e controllare la casella di posta? Sarà una cosa rapidissima».

«Oh, Cait, non sono molto tecnologica io. Aspetta un attimo...». Il telefono gracchia mentre attraversa la cucina. Sento una forte interferenza. Ma che cosa sta facendo: vuole accenderlo dalla tastiera?

«C'è un bottone», le spiego, mentre la disperazione s'insinua nella mia voce, «sulla grande scatola nera sotto la scrivania».

«Come? Bleah, qui c'è una buccia di banana. Aspetta che la butto via... Fatto. Devo... premerlo?».

Questa donna è capace di fare i ravioli di zucca, ma ha paura di premere un bottone. Che cosa crede, che gli scoppierà in faccia?

«Sì», sospiro, mentre guardo rapida a destra e a sinistra caso mai R apparisse, carico di scuse.

«Perfetto», dice Rachel, «È acceso». Nella sua voce si avverte un pizzico di fiducia in più. «E adesso?».

Adesso dovresti salire sulla piccola ruota da criceti che c'è sul retro e cominciare a correre per dargli energia. «Devi digitare la mia password», le spiego. «Che è, ehm…».

«Non ho capito. Ma sei per caso vicino a una strada trafficata? Dove sei?»

«Coglione», rispondo.

«Come?»

«È la mia password. Coglione. La uso da quando Martin se n'è andato». Faccio un risolino imbarazzato. «Immagino mi abbia aiutato a sfogare la mia rabbia, o qualcosa del genere. Scrivila a caratteri minuscoli».

«D'accordo». La sento battere le lettere sulla tastiera.

Non c'è da meravigliarsi dell'inclinazione di Jake a usare in modo scorretto le lettere magnetiche quando sua madre dimostra un tale profondo livello di immaturità.

Con molta pazienza, e continuando a guardarmi attorno in cerca di R, le spiego come accedere alla mia casella di posta elettronica. Avreste detto che ero un chirurgo che le dava istruzioni per eseguire una complessa operazione al margine della strada subito dopo un incidente.

«C'è una e-mail», mi comunica.

«Chi è il mittente?»

«Ehm, vediamo… Dice "Big Roger". Vuoi che la apra?»

«Sì, grazie». Il cuore mi saltella nella cassa toracica.

«Aspetta… Ci siamo… "Preoccupato per la tua perdita d'erezione? Viagra salutare e sicuro centoquindici dollari prezzo speciale". Oddio, Cait, ma chi è che manda questa roba? Non è che stai… facendo una cura, vero?». Si scioglie in una risatina.

«Ehm, no», mi sforzo di risponderle, guardando con aria triste l'insegna scheggiata del Batters Corner.

E poi eccola, una voce che chiama «Caitlin!» per la strada. La figura alta e snella aspetta che si apra un varco nel traffico prima di correre verso di me.

È Darren. Anzi, non è solo lui; c'è anche la ragazza con le mèches dorate e i capelli castani del pub. «Scusa, Rachel, devo andare», le dico automaticamente.

«È lui? È l'amico che devi incontrare?»

«Sì», rispondo e chiudo la chiamata.

Darren e la ragazza mi fanno entrambi un'espressione divertita mentre si avvicinano – uno sguardo del tipo, "guarda, è lei quella che tiene gli insetti nei barattoli e indossava quella specie di impermeabile di nylon arancione".

«Ehi, come stai?», mi domanda con un sorrisino.

«Bene, stupendamente». Mi limito a sorridere e controllo l'orologio.

«Aspetti qualcuno, Caitlin?», domanda la ragazza.

«No, be', sì. Ma abbiamo cambiato progetti». Mi esce una cosa a metà tra una risata e uno sbuffo. «E si sta davvero facendo tardi; meglio se vado...».

Mi avvio per la strada, mentre nelle mie orecchie infuocate echeggia la risata canzonatoria di Darren.

CAPITOLO TRENTANOVE

Non posso tornare a casa e affrontare Rachel. Ma non so che cos'altro fare. L'idea di andarmi a sedere in un pub a sorseggiare qualcosa da sola è tristissima, ma in quale altro modo posso riempire la serata? Vedere un film? Stare seduta in un cinema in questo momento mi attira quanto passare i rimasugli del venerdì sera seduta sulla panchina di un giardinetto ed essere agganciata dai matti.

Potrei andare a casa, intrufolarmi nel giardino sul retro e starmene nascosta per un po'. E magari far prendere uno spavento alla signora Catchpole.

Dannato R. Millie, Rachel, Sam – avevano tutti ragione. Certo, Cait, che ultimamente in quanto ad appuntamenti collezioni degli episodi favolosi! Saltellare in giro con una giacca a sacco, scoparti l'ex, passare quaranta minuti al Batters Corner con scritto in faccia "BIDONATA".

Continuo a camminare, ribollendo di rabbia, senza pensare a dove vado, e finisco nella strada parallela che porta alla Mimosa House. Potrei fare un salto a trovare la mia carissima mammina. Non le piaccio in modo particolare e probabilmente mi rimprovererà per non essere riuscita a ottenere un fisico come quello di Kate Moss, ma almeno mi conosce.

O almeno mi conosceva.

«Cait, prima che tu vada a trovare tua madre, vorrei mostrarti una cosa». Helena mi invita a entrare nell'ufficio del direttore e mi indica un libro pieno di orecchie appoggiato sul tavolo. È intitolato *La Glasgow dimenticata* ed è una di quelle raccolte di scatti in bianco e nero in cui sai già che troverai fotografie di cantieri navali, di bambini per la strada e di sale da ballo di un tempo.

Lo prendo in mano e do una scorsa alle pagine. «È di mamma?».

Helena sorride. «Abbiamo organizzato una vendita di libri di seconda mano per raccogliere fondi da destinare alle gite. A un certo punto in un mucchio di roba è saltato fuori questo. L'ho mostrato a Jeannie... ed è accaduto qualcosa, Caitlin. Le deve essere scattato qualcosa. È stato incredibile, come se riuscisse a ricordarsi un po' chi era... chi è».

Aggrotto le ciglia, osservando attentamente foto di bambini che giocano su delle rovine e calciano una palla su un terreno incolto.

«Pagina settantadue», mormora Helena.

Giro fino a quella pagina e vedo uno scatto di un cantiere navale degli anni Cinquanta, con sotto una didascalia che dice "La fonderia". Si vedono una fornace, il calore che ne fuoriesce in una boccata di luce bianca e diversi operai in fila con addosso una tuta scura. La foto è talmente sfocata che è impossibile riconoscere le facce dei lavoratori. Si capisce solo che sono donne.

Helena si allunga verso di me e indica una figura minuta e magrina in piedi alla fine della fila, un po' in disparte rispetto alle altre.

«Tua madre ha detto che questa è lei. Ha raccontanto che durante la guerra erano molte le donne che lavoravano nei cantieri navali, ma negli anni Cinquanta era una cosa rara, per cui il fotografo di un giornale era venuto per immortalarle. Ha un ricordo di quel giorno piuttosto lucido».

Studio la foto, cercando di mettere a fuoco la faccia. «Tu credi che sia davvero lei?».

Ride. «Be', tua madre ne è convinta. E ieri, quando l'abbiamo scoperto, alcuni ospiti si sono riuniti attorno a lei mentre ne parlava un po'. È stato affascinante, Caitlin. Conosceva più o meno tutti i posti ritratti, e poi ha spiegato come si faceva a fondere il metallo nella fornace e a dargli una forma e...», Helena si interrompe da sola e sorride. «Però non ho risposto alla tua domanda, vero? Se penso davvero che sia lei?». Richiude il libro e me lo allunga. «Credo che non sia importante», commenta.

Quando entro nel salone, mamma sta sgranocchiando una caramella e ha una coperta fatta all'uncinetto posata sulle ginocchia ossute. Non c'è nessuno oltre a lei. Gli altri ospiti devono essere già stati portati nelle loro stanze per la notte, ma il suo orologio biologico è talmente strampalato che per lei l'ora di dormire non ha alcun significato.

«Ancora tu», si lamenta, e un frammento di caramella le finisce sul grembo.

Che magnifica sorpresa, mia adorata figlia! Sì, sono sempre la stessa anziana signora che ha affascinato questi vecchietti raccontando loro episodi della mia giovinezza.

«Ho pensato di fare un salto a trovarti, mamma». Mi metto a sedere accanto a lei.

«Quella è la sedia di Florrie. Non puoi prenderla tu».

«Florrie è andata a letto».

«Dove vuoi portarmi?», domanda seccata.

«Da nessuna parte». Onestamente, sono stata trenta secondi in questa stanza e mi sembra di essere invecchiata di dieci anni.

«E allora che vuoi?», sbraita.

«Guarda, mamma. Helena mi ha mostrato questo libro». Le metto la copertina sotto gli occhi e lei la guarda con sospetto. «È interamente dedicato a Glasgow», aggiungo. «I posti che conoscevi quando eri giovane. Pensavo che potevamo sfogliarlo assieme».

«Ah, quello». Ridacchia e i riccioli freschi di permanente ondeggiano attorno al suo volto.

Vado alla pagina con la foto della fonderia. «Helena mi ha detto che questa sei tu. È vero, mamma?».

La esaminiamo entrambe.

«Ma certo che sono io», risponde con tono burbero.

Torno con gli occhi sulla pagina e il cuore accelera il battito. Il volto della ragazza non è più una semplice macchia, ma una faccia in carne e ossa, cone degli occhi scuri infossati e il naso all'insù, proprio come quello di Lola. Ha anche i capelli di Lola – una folta chioma di onde ribelli – che mamma ha cercato, invano, di sistemare sotto un cappello. «Non ti ho mai creduta», mormoro.

Ridacchia e mi prende il libro di mano. «Pensi sempre di saperne più degli altri, vero? Signorina "so tutto io". Guarda...». Volta le pagine lentamente. «Questo è il mercato che facevano in fondo alla nostra via, e questa è la giornata dello sport, che organizzavano ogni anno nel parco sopra la strada». Bambini trasandati stanno facendo la corsa con i sacchi su un pezzo di terreno incolto. Nessuno di loro assomiglia a mamma, ma ormai lei crede di essere ogni figura femminile delle foto. Solo Jeannie potrebbe pensare di essere tre donne nella stessa foto. «Di solito vincevo tutte le gare», esclama. «Intendiamoci, io ero una persona atletica. Fatta per andare veloce. Non come te».

Affiora un sorriso sulle mie labbra mentre osserviamo pagina dopo pagina. Mamma si è spostata più vicino, talmente vicino che riesco a sentire il suo alito al gusto di menta. Mi sembra che sia passata una vita da quando mi hanno tirato il bidone al Batters Corner, e questo grazie al suo chiacchierare con un tono di voce tremolante da favola della buona notte, quasi fossi di nuovo la sua bambina.

Passo tutto il fine settimana a controllare di continuo la casella di posta, non perché voglia essere trascinata in un'altra serie di e-mail con R, ma per il piacere di cancellare le sue umilianti scuse.

Non si materializza. Tutte le nostre chiacchiere, le confidenze e i segreti che ci siamo scambiati: non hanno significato nulla per lui. R, sei proprio una testa di cazzo. Sam s'intrufola nella mia testa; e non riesco a dimenticare lo spazzolino luccicante lasciato in bella vista nel suo bagno. Potrebbe anche tintinnare: «Guardami!

Adesso vivo qui», come lo spazzolino da denti musicale che Travis mi ha supplicato di comprargli. È sabato, sono venuta di corsa dal farmacista a comprare l'aspirina per Lola, e cerco di non guardare l'espositore con i prodotti per l'igiene orale.

La domenica pomeriggio, facciamo un salto a trovare mamma. È una visita disorientante. Sfogliamo il libro su Glasgow e lei indica la ragazza in coda alla fila nella fonderia. «Questa sei tu», premendo il dito contro il petto di sua nipote. Potremmo protestare all'infinito, ma tanto non si convicerà mai che nel 1957 Lola non esisteva.

È lunedì mattina e adesso che R non fa più parte della mia vita, mi sento più libera di occuparmi d'altro – come eliminare dal frigo le tagliatelle avanzate e buttarmi a capofitto in un articolo che Millie mi ha chiesto di scrivere. Parla di individuare i pericolosi segnali d'avvertimento della "mancanza di autostima" e del "lasciarsi andare", che, nel mondo «Bambino», sono due crimini passibili come minimo di detenzione.

Scrivo:

Ti sei sorpresa a riscaldare il caffè nel microonde perché pensi di non meritartene una tazza di fresco?

Prendi dalla zuppiera della frutta avvizzita che nessun altro si sognerebbe di mangiare?

Stai quaranta minuti al Batters Corner ad aspettare qualcuno che non verrà mai?

Smetto di scrivere, pensando che forse non sono la persona più indicata per occuparsi di questo articolo: quasi tutti i caffè che bevo sono stati passati al microonde a un alto livello di cancerogenicità, e a colazione ho divorato una banana che era lì da talmente tanto tempo che in pratica l'ho bevuta.

Così preferisco spostare la mia attenzione sulla questione urgente della "credenza dei problemi" nell'ingresso.

È piena di lettere dei lettori – quelle cui non ho avuto il tempo di rispondere, ma non me la sentivo di buttare via – e simbolizza tutto quello che detesto in me: la tendenza a rimandare l'inevitabile, la mancanza di una direzione, di coraggio. Se un consulente del disordine dovesse venire in questa casa – Rachel mi ha informata che queste persone esistono veramente, magari per suggerirmi che ho un forte bisogno del loro intervento – accenderebbe una torcia per guardare nella credenza e rimarrebbe inorridito. «Mmm», direbbe, «vedo che qui abbiamo un bel problema». Mi diagnosticherebbe innumerevoli difetti della personalità, scaturiti dallo stato attuale delle cose, per non menzionare la rottura del mio matrimonio.

Bisogna fare qualcosa. Ho già sorpreso Lola a curiosarci dentro, sul punto di mostrare a Eve una manciata di lettere a caso. Tradimenti, divorzi, vite sessuali insoddisfacenti: non è per niente materiale adatto a bambini di sei e sette anni. Insomma, non è proprio come leggere *Il G.G.G.* di Roald Dahl. Vado a prendere un sacco delle immondizie, ci metto dentro tutte le lettere e lo trascino giù in cucina dove, animata dal bisogno impellente di organizzazione, le verso tutte sul tavolo.

Din! È arrivata una e-mail. Mi fiondo verso la scrivania come un segugio. Me la manda R, ed è intitolata "Mi dispiace tantissimo".

Cait,

Che dire? Mi sono successe talmente tante cose negli ultimi giorni, ma niente può riparare al fatto che venerdì ti ho tirato il bidone. Mi dispiace tantissimo. Ecco, in poche parole, cosa mi è capitato.

Ho lasciato Billy da Jacqui, dato che questo fine settimana toccava a lei stare con lui. Sembrava andasse tutto bene. Il suo fidanzato, Kyle, era sempre il solito essere viscido e brutto. Poi sono tornato a casa e ho cominciato a preparami per uscire con te quando mi chiama al telefono, tutta agitata: Kyle aveva sculacciato Billy, per una cosa da poco – era tornato in cucina dopo essere stato in giardino, sporcando il pavimento con la terra. E quando dico "sculacciato", Cait, intendo dire che gli ha proprio dato una sberla dietro, sulle gambe – mentre lei era al telefono sentivo Billy piagnucolare. Kyle era andato su tutte le furie, accusando Jacqui di non riuscire a controllare suo figlio, e dicendo che quello era il tipico comportamento di un bambino cresciuto da un padre disperato.

Be', lasciamo perdere quello che pensa di me. Il fatto che avesse picchiato Billy mi ha reso furioso, così sono corso là in macchina. L'unica cosa che riuscivo a pensare era quanto mi sarebbe piaciuto riempirlo di pugni.

Ho tranquillizzato Billy e una volta andato a letto io e Jacqui ci siamo seduti a parlare. È saltato fuori che Kyle aveva picchiato anche lei. Una sberla in faccia durante una lite, una cosa del genere. Per quanto siano andate male le cose tra me e lei, non potevo sopportare l'idea che fosse stata maltrattata. Così mi sono fermato per la notte, nel caso lui si facesse vivo di nuovo. Ho fatto un pisolino sul divano, lo giuro, ho ancora il torcicollo come prova.

La mattina dopo, Jacqui ha deciso che con Kyle era finita e che non gli avrebbe permesso di ritornare. Mi ha perfino dato a intendere che magari potevamo tornare insieme. Non credo che stesse parlando sul serio. Nel pomeriggio tutto il risentimento e l'amarezza erano tornati, e stavamo già bisticciando.

Ovviamente, vedendomi a casa di Jacqui, Billy ha dedotto che papà e mamma fossero tornati insieme di nuovo e che ogni cosa sarebbe stata rosea. Ogni volta che cercavo di andarmene, si mostrava turbato, così mi sono fermato per tutto il fine settimana. È stato veramente terribile ed è un sollievo per me poterne parlare con te.

A essere sincero, Cait, non parlo con nessun altro in questo modo. Comunque, il succo del discorso è che mi dispiace moltissimo per venerdì e spero che ci possiamo mettere d'accordo per trovarci il più presto, se hai ancora voglia di rivolgermi la parola.

Bacio, R

Scruto la montagna di lettere dei lettori, quasi potesse darmi l'ispirazione. Dopotutto, anche loro sono convinti che io sia in grado di fornirgli la risposta giusta, o sbaglio? Non funziona. Dopo averle rimesse dentro la credenza – devo spingere lo sportello con tutto il mio corpo per riuscire a chiuderla – mi siedo alla scrivania e rispondo:

Caro R,

Sono davvero dispiaciuta per quello che ti è successo. Non preoccuparti per venerdì sera: ho trascorso una serata all'insegna dell'allegria al ricovero dei vecchietti. Certo che ho ancora voglia di rivolgerti la parola.

Un bacio, C

Ho una volontà di ferro, io.

CAPITOLO QUARANTA

Sabato, ore 19,45. Questa volta non ci provo nemmeno a nascondere il look da mamma. Mi infilo un maglione e un paio di jeans e mi raccolgo i capelli in una coda. I bambini sono da Martin. Se solo lo volessi, avrei tutto il tempo del mondo per coccolarmi e farmi bella. Ma il fatto è che voglio essere me stessa.

Stasera mi sento diversa, come se avessi esaurito tutto il mio nervosismo mentre aspettavo al Batters Corner. Sono quasi serena. Non importa quello che R penserà di me, perché qualsiasi cosa accadrà, questa sera tornerò a casa, più tardi, e telefonerò a Martin per controllare che i ragazzi si siano sistemati bene, come faccio sempre tutte le volte che stanno da lui.

Infine mi farò un bagno e andrò a dormire. Il mio solito sabato sera senza bambini. Magari non sarà niente di eccezionale, ma va bene così. Mi sento piuttosto euforica, nonostante Sam si sia lasciato scappare che Amelia l'ha invitato a cena questa sera e mi ha chiesto se potevo dargli il numero di Holly, la mia babysitter.

La Rose. Ecco dove andranno. «È un pittoresco ristorantino francese», mi ha raccontato Sam. «Ci andammo anni fa. Per noi era una specie di posto speciale. Non ho ben capito perché voglia a tutti i costi ritornarci». Sembrava indifferente – quasi per niente interessato – ma secondo me stava solo cercando di farmi stare meglio. Non può non sapere cosa provo, cosa *provavo*, per lui. Ma tanto adesso è tutto finito.

C'è stato un momento in cui morivo dalla voglia di raccontargli del mio incontro con l'avvocato divorzista, così avrebbe capito che sono capace di comportarmi da vera adulta; ma non mi sembrava giusto parlare di assegni di mantenimento, non quando doveva uscire con Amelia per pianificare il loro matrimonio. Gli ho dato il numero di Holly e ho riattaccato.

Millie mi telefona mentre sto cercando di trovare il mio portafoglio e il mio cellulare fra gli avanzi della cena dei bambini.

«Martin mi ha chiesto se volevo passare il fine settimana da lui», le racconto. «Ha detto: "potremmo uscire assieme se non hai altri programmi"».

«Mamma mia», borbotta. «Spero tu l'abbia mandato a fare in culo».

«Be'... no». La sto prendendo in giro. «Non proprio...».

«Ti prego, Cait, non dirmi che...».

«Tranquilla», la rassicuro, ridendo. «Gli ho detto che avevo un appuntamento con un avvocato e che dovevamo incontrarci per affrontare tutte le faccende legali». Qualche mese fa, avrei tratto un piacere perverso nel vederlo così afflitto. Adesso, quasi mi dispiace per lui. Sembrava stanco e stressato, e la sua abbronzatura sarda è sparita da tempo.

«E lui è d'accordo?», domanda Millie.

«Credo di sì. E comunque ha detto che non renderà le cose difficili. Lascerà la casa a me e ai bambini e lui continuerà a stare in affitto nell'appartamento che condivideva con Daisy».

C'è un attimo di silenzio. «Be', buono. Insomma, che fai di bello stasera? Mi chiedevo se potevo trascinarti fuori a bere qualcosa...».

«Ma non dovevi vedere mister pubblicitario?».

Sospira. «È come se... piano piano fosse scomparso. A dire il vero», sbuffa, «è tornato dalla sua ex, per cui avrei proprio bisogno di farmi due risate».

«Oh, tesoro, mi dispiace. Solo che...».

«Non dirmelo. Stai per andarti a sbaciucchiare con Sam».

«In realtà», le dico, non potendo resistere, «finalmente sto per andare a incontrare R».

«Stai scherzando, vero?», dice ansimando.

«Be'», proseguo, «questa è la mia intenzione. Se mi tira il bidone un'altra volta, sarai la prima persona a cui telefonerò».

Risatina. «Dove vi siete dati appuntamento?»

«Un pub qui in zona: la "Locanda nel parco". Ho pensato che fosse meglio di una cena, così se è orribile e ho fatto un errore madornale, posso sempre...».

«Tagliare la corda».

«Millie?», dico con tono esitante. «Pensavo mi avresti fatto la predica...».

«Tesoro», commenta, «ormai sei adulta. Paragonata alla mia, la tua vita è iper-equilibrata. Cristo santo, capisco sì e no la metà degli articoli che pubblichiamo sulla rivista. Tutta quella roba per crescere i bambini. Ma che diavolo sto facendo, Cait?»

«Io veramente credevo che adorassi il tuo lavoro», insisto. «Eri talmente sicura di te all'incontro con i lettori, il modo in cui hai coordinato il tutto...».

«Era solo scena, tesoruccio. Comunque, stavo pensando...».

«Che tipo di pensieri?».

Ride a bassa voce. «Forse è ora che mi trovi un lavoro vero».

Vedo R mentre mi avvicino al pub. Sono certa che è lui. È seduto a uno dei tavolini esterni con un birra e un volto incantevole, bellissimo: occhi di un azzurro brillante, labbra carnose, lineamenti graziosi; mi pare di averlo già visto.

Il tizio con le olive alla bottega di Leoni. Era davvero lui. Mentre lo raggiungo sorrido come una stupida; lui si alza in piedi, apre le braccia e mi stringe a sé. Mi sembra così naturale che non provo nemmeno un briciolo di imbarazzo.

«Ciao, Cait», dice.

«Ciao», gli dico, tirandomi un po' indietro per studiarlo in volto. «Insomma... Mi dici qual è il tuo nome, ho devo continuare a chiamarti R?»

«Mi chiamo Richard», risponde incredulo. «Non viene visualizzato automaticamente nelle e-mail?»

«Ehm, no», rispondo ridendo. «Però mi piaceva, in un certo senso – l'aria da misterioso sconosciuto».

«Be'», sorride, «sperò che la realtà non sia una grossa delusione».

«Certo che no». Arrossisco.

«È un sollievo. Avevo paura che saresti scappata urlando. Ad ogni modo, caso mai stessi progettando di svignartela, permettimi di offrirti qualcosa da bere. Cosa preferisci?»

«Un bicchiere di vino, grazie».

Sono contenta di stare qualche minuto da sola a godermi la mia buona sorte. Richard. Rigiro il nome tra me e me: gli sta a pennello. Un uomo bello, sensuale, a occhio e croce verso i quaranta. Non un tipo strano con la pelle marroncina, pallida che farebbe subito pensare a una persona incollata al computer il novanta per cento del suo tempo, con tanto di tende chiuse. E non sembra nemmeno avere la tendenza a tagliuzzarsi i peli pubici.

Il cuore comincia ad accelerare il suo ritmo in anticipo. È sabato sera e lui è meraviglioso – nemmeno troppo diverso dall'idea che mi ero fatta. Chi se ne frega di Sam e Amelia; o del fatto che Martin abbia avuto il coraggio di pensare che dopo una scopata imprudente, io sarei corsa da lui a tenergli compagnia nel suo enorme letto troppo vuoto.

Basta.

Richard torna con il mio bicchiere di vino.

«Eri tu, vero?», provo a dire mentre si siede. «Quello nel negozio di Leoni. E mi hai pure riconosciuta, ma non hai detto nulla».

Ridacchia, e le rughe attorno alla bocca si piegano in maniera seducente. «Sembravi fin troppo occupata con i tuoi bambini che ti chiedevano quello e quell'altro. Così ho pensato di aspettarti fuori e di presentarmi quando saresti uscita – non vedevo l'ora – ma poi uno dei bambini ha fatto una scenata...».

«Eh, già». Sorrido. «Travis voleva il salame gigante appeso sopra il banco della carne».

«Anche Billy ne va matto! Infatti di solito quel negozio lo evito proprio a causa dello stramaledetto salame; ma quel giorno mi ha supplicato di entrare perché adora quelle elaborate patatine fritte che fanno lì. Billy è talmente *raffinato* in fatto di patatine».

«Cosa? Niente patatine Walkers?»

«Scherzi? Da Leoni ci mettono il rosmarino e lo scalogno arrosto o qualunque altra diavoleria utilizzino».

Ridiamo, anche se avverto un pizzico di disagio. Non c'è timidezza, nessuna ansia per non poter parlare di bambini. Eppure... è fin troppo facile. Come chiacchierare con una qualsiasi delle altre dozzine di madri a cui mi sono seduta accanto in questi anni ai gruppi dove si portano i bambini piccoli per farli giocare. È quasi come... Essere ai *Tre orsi*, a parlare del più e del meno con Rachel.

Qualcosa si affievolisce dentro di me.

«Sono schizzinosi in fatto di mangiare i tuoi bambini?», domanda Richard.

«Sì, a volte sì».

Beve un sorso di birra e sorride tutto contento. «Accidenti, sono qui che continuo a divagare sui bambini. Mi ero ripromesso di non farlo per stasera».

«No, tranquillo». Mi esce un sorriso largo, ma il mio stomaco comincia a covare delusione. «Com'è andata a finire con Jacqui? Si è liberata del suo fidanzato?»

«Per il momento sì», risponde. «Ha accettato di non farlo venire quando Billy è da lei. Nel caso voglia ritrattare, dovrà essere formalizzato tramite i nostri avvocati».

Gli tocco il braccio e lui sorride. «Non è facile, vero?».

I suoi occhi si concentrano su di me. «È stato un bene avere te con cui poter parlare; ha reso le cose più facili. Però, devo confidarti», aggiunge, arrossendo, «che ero molto nervoso – a proposito di incontrarci finalmente sul serio...».

«Richard», lo interrompo, «cos'è che più ti ha spinto a scrivermi?».

Sorride. «Ero curioso. Mi hai dato l'impressione di essere molto premurosa, dolcissima, e sinceramente stentavo a credere che tu lo fossi per davvero».

Lo guardo sbattendo le palpebre. «Volevo dire, qual è il vero motivo per cui mi hai scritto?».

Un altro sorso di birra. Il suo sguardo è esitante. «Ricordi quando ti dissi che Jacqui aveva un abbonamento a "Bambino"?»

«Ah-ha».

«Quell'altra che curava la posta del cuore, Harriet vattelapesca...».

«Pike».

«Jacqui impostava la vita in base alle sue parole. Quello che facevo con Billy era tutto sbagliato e non seguiva le raccomandazioni di Harriet. Sai? Una delle nostre liti più furibonde è stata scatenata da una lettera apparsa su quella rivista».

«Davvero?». Do un'occhiata ai clienti seduti agli altri tavoli. Ci sono alcune coppie, un ragazzo solitario in tuta da ginnastica e una donna seduta per conto proprio. Si volta da un'altra parte; riesco a vederle solo un'orecchio e una guancia. E mi ritrovo a chiedermi chi starà aspettando.

«Nella sua rubrica c'era questa lettera», prosegue. «Qualcuno aveva scritto a proposito del figlio che si svegliava di notte e si intrufolava nel letto dei genitori. Anche Billy si comporta così quando fa gli incubi, ma quella Harriet Pike, non avendone mai avuti e in preda alla collera, rispose che bisogna porre dei paletti ben saldi e non tornare mai indietro, e che ai figli bisogna far vedere chi è che comanda...».

Ridacchio. «Tipico della Pike. Quindi cos'è successo?»

«Quella è diventata la nostra regola. Se Billy fosse venuto da noi, io avrei dovuto riportarlo a letto, tra i pianti e le urla. A volte era così sconvolto che faceva la pipì addosso a me».

«È una cosa terribile».

«Se invece mi rifiutavo, provava Jacqui a riportarlo indietro e poi facevamo delle litigate pazzesche nel cuore della notte».

«E pensare che quelle come lei dovrebbero aiutare le persone. Resta il fatto, però, che io non mi chiamo Harriet Pike, eppure hai mandato lo stesso quella e-mail aggressiva...».

Richard alza le spalle. «Ho pensato: eccone un'altra – il genitore perfetto che ritiene di sapere tutto».

«È solo un lavoro, Richard. È quello che faccio. Tutto qui».

Aggrotta le sopracciglia. «La pensi davvero così?»

Cambio posizione, un po' a disagio. È come se sapesse che ho ignorato gli avvertimenti di Millie, rispondendo a più lettere possibili. Seduta alla mia scrivania, a qualche ora assurda, rimuginando sui problemi di Esaurita da Doncaster o Madre di Merda da Leeds… come se potessi davvero fare la differenza. «No», mormoro. «Credo di averlo preso fin troppo seriamente. Sto pensando di chiedere a mio fratello se mi crea un sito internet così da poter rispondere più facilmente ai problemi – una specie di bacheca per i messaggi – e pubblicare le mie risposte».

«Sembra un'idea grandiosa. Sei proprio fatta su misura per questo lavoro, vero? Ti viene in maniera talmente spontanea».

Sorrido e butto un occhio di nuovo alla donna seduta al tavolo. Il profilo di quelle guance mi sembra molto familiare. «Be', almeno la parte professionale della mia vita procede bene», gli confesso.

«E quella amorosa?».

Il mio sbuffo dice tutto.

«Come procedono le cose con Sam?», domanda.

La donna si volta lentamente verso di noi e… Oddio, ma è Millie, venuta per assicurarsi che non venga portata in un vicolo da un maniaco delle e-mail.

«Sam è soltanto un amico», rispondo decisa. «Non ti ho detto che lui e Amelia si stanno per risposare?»

«Ne sei sicura?», Richard solleva un sopracciglio.

Mi muovo a disagio sulla sedia. «So per certo che questa sera sono a cena fuori e lei gli chiederà di sposarla di nuovo».

Non riesco a trattenermi e sono mortificata dal ritrovarmi con gli occhi lucidi. Disperata, cerco di ricacciare indietro le lacrime.

«Ma Cait», insiste, «sei davvero pronta a incrociare le braccia e lasciare che accada?».

Rido forzatamente. «Non ci posso fare niente».

Scruta il mio volto. Tutto ciò non ha senso. Ho davanti un uomo attraente che io considero come un amico e con cui mi posso sfogare di qualsiasi cosa, perfino della serata della giacca a sacco e della scopata con Martin, un uomo che negli ultimi mesi è sempre stato presente, e tutto ciò che provo…

Lo sguardo di Millie incrocia il mio. Mi alzo di colpo dalla sedia. «Richard», dico senza pensarci sopra, «ho appena visto un'amica. Ti dispiace se si unisce a noi?»

«Assolutamente no», risponde, allungandosi verso di me e toccandomi il braccio, «ma posso solo chiederti perché fingi che non t'importi nulla di Sam?»

«Perché è un padre ed è giusto che torni assieme alla madre di suo figlio».

Ha uno sguardo canzonatorio. «Lo pensi veramente? Daresti lo stesso consiglio a una persona nella tua situazione?».

Scuoto la testa, ormai esasperata. «Millie!», grido, agitando il braccio.

«Credevi», ribadisce Richard, «che tornando loro due assieme, tu saresti riuscita a dimenticarlo?».

Grazie al cielo Millie sta venendo verso di noi, bellissima nel suo abito attillato con le spalline.

«Cos'è che te lo fa pensare?», domando innervosita.

Richard fa un sorriso compiaciuto e il suo sguardo brilla come quello di uno che la sa lunga. «Era solo una supposizione».

«Non ho bisogno di supposizioni, grazie».

«Ma per quanto tu finga che non ti interessi, devi affrontare la questione, Caitlin».

«Millie», esordisco, «ti presento Richard». Gli fa un sorriso raggiante e sono certa che sta pensando: Wow, *ciaaao*. «Ciao Richard, piacere di conoscerti. Mi hanno parlato molto di te».

«Piacere mio, Millie». Le stringe la mano. «Posso offrirti qualcosa?»

«Ho già ordinato da bere, grazie. Se per voi non è un problema, vado a prenderlo e torno…».

«Certo che non è un problema», commenta calorosamente. Lo sorprendo che la giudica mentalmente mentre lei va a recuperare il bicchiere.

Quando ritorna, lui le ha già preso una sedia libera, così si siede proprio accanto a lui e si mettono a chiacchierare immediatamente. Cerco di non pensare a La Rose e alle bottiglie di vino ricoperte dalle gocce di cera.

Millie e Richard non parlano dei diversi tipi di patatine; non nominano persone schizzinose nel mangiare o fissate per i salami enormi. Ridono e chiacchierano, e nonostante a volte cerchi pure io di partecipare, non riesco a essere più di tanto interessata; ormai la mia mente se n'è andata piano piano da un'altra parte.

«Come hai fatto a essere qui così alla svelta?», sibilo a Millie quando Richard va in bagno.

«Non potevo sopportare l'idea di starmene in casa. Quale triste essere spregevole rimarrebbe a casa il sabato sera?»

«Io», le faccio notare.

«Ma non questa sera. Quando ti ho telefonato ero a metà strada per la città; poi mi hai detto che ti saresti incontrata con quello sconosciuto strambo e ho pensato di venire anch'io, giusto per essere sicura che non ti accadesse niente».

«Bugiarda», dico, ridendo. «Volevi vedere che aspetto aveva. Era più forte di te».

Alza le spalle. «Be', sì. Non è stupendo?»

«È... carino».

«Ma fammi il piacere». Il suo sguardo corrucciato si trasforma in un sorriso radioso non appena Richard ritorna al tavolo.

D'un tratto, mi sento come se fossi fuori posto; come se fosse meglio starmene chiusa in casa con le scimmie di mare. «Millie, Richard», intervengo, «credo mi avvierò verso casa, se non vi dispiace».

Nessuno sembra particolarmente afflitto. Millie è in piena fase "corteggiamento" e Richard se la sta godendo. Ci sono tantissime cose che non so di lui, ma magari Millie mi aggiornerà al nostro prossimo incontro.

Sembra quasi che io non esista più. La abbraccio, le do un bacetto sulla guancia e mi dirigo verso casa, dove non c'è nessuno pronto ad analizzarmi, dato che le scimmie di mare non ne sono capaci.

Quindi Richard crede di conoscermi e di sapere cosa provo per Sam? Mi viene in mente la prima e-mail in assoluto che gli ho mandato, in cui c'era scritto semplicemente: "Che diavolo ne sai tu della mia vita?".

CAPITOLO QUARANTUNO

Mentre cammino verso casa penso, “Complimenti, Caitlin Brown”. Dieci e lode. Solo una cretina troppo illusa come me poteva pensare che ci sarebbe stata qualche scintilla, qualcosa di vero, tra lei e uno sconosciuto che le mandava delle e-mail. Devo darmi una controllata; comportarmi da vera adulta e vivere nel mondo reale. Le mie aspettative sono scoppiate, come le bolle di sapone sparate dalla pistoletta di Travis.

Sono quasi arrivata quando il cellulare fa un bip. Lo ripesco dalla borsetta; è un messaggio da parte di Sam. Curioso, mi aspettavo che fosse a La Rose, impegnato in altre cose. A meno che… non mi abbia mandato un messaggio per darmi la buona notizia; tipo: L’AVRESTI MAI DETTO? CI RISPOSIAMO. Ma piuttosto di leggerlo e dover soffrire ulteriormente, preferisco rilanciare il telefonino nella borsa e aumentare il passo. In questo momento non ho proprio voglia di conoscere i cruenti particolari.

Entro in casa. C’è una quiete sinistra, come sempre quando i bambini sono da Martin. A volte non so che cosa darei per un attimo di pace; eppure quando loro non ci sono, ho un disperato bisogno di rumore e trambusto.

C’è una cosa che faccio e non l’ho mai raccontato a nessuno – nemmeno a R: controllo le stanze dei ragazzi anche quando loro non ci sono. Il letto di Travis è sfatto e il pavimento è un tripudio di costruzioni *Sticklebrick*, che da bambina adoravo e pensavo fossero spariti dalla circolazione, ma poi Sam è riuscito a trovarli a una fiera di beneficenza. La stanza di Lola è stranamente in ordine e mi chiedo se stare da Martin non l'abbia in qualche modo influenzata. Non so se Daisy se ne sia andata per sempre, o se Martin si riavvicinerà a lei ora che tra noi è finita per davvero. Comunque sia, non mi interessa proprio.

Adesso è davvero finita e va bene così. Potrà anche sembrare tristissimo aggirarsi per una casa vuota di sabato sera, ma è sicuramente molto meglio che svegliarsi con la faccia di Martin sul cuscino accanto al mio.

Infine, do una sbirciatina alla stanza di Jake. Non è un campo di battaglia e nemmeno pulita in modo maniacale: semplicemente vissuta, con una selezione di libri sui pirati e i miti greci sparsi sul letto e le sue cose per colorare sparpagliate sul tappeto; proprio come dovrebbe essere la stanza di un bambino. Le scarpe da calcio sono riposte in un angolo e da quando è tornato qui non le ha mai toccate. Adesso a scuola frequenta i circoli degli scacchi e dei libri. Travis è arrabbiato perché le scarpe di Jake non gli vanno ancora bene.

Scendo in cucina e ascolto i messaggi sulla segreteria telefonica. «Ciao Cait, sono io; mi chiedevo come te la passi, come sta mamma...». Adam. La solita telefonata bimestrale per informarsi sulla salute di nostra madre.

Secondo messaggio: «Cait, sono Ross. Scusa se ti chiamo di sabato, ma sono stato all'estero per sistemare un affare e parlare con i fornitori e via dicendo... Mi chiedevo se t'interesserebbe partecipare a un nuovo sito che stiamo creando? È simile a Vitalworld, ma questa volta punteremo a un settore di mercato più alto; più o meno il lettore tipo di "Bambino". A proposito, la tua rubrica è fantastica. Ho notato che ti sei fatta un bel gruppo di seguaci. Chiamami appena hai un minuto, d'accordo? Ah, le tue parcelle arretrate dovrebbero esserti liquidate nel giro di un paio di giorni». Di nuovo nel mondo degli spazzola lingua? Non ci penso proprio.

Porto una sedia alla scrivania e controllo le e-mail. Esclusa la solita valanga di spam sul Viagra, ne rimane solo una.

Cara Caitlin,
Seguo con entusiasmo la tua rubrica ogni settimana e spero tu possa aiutarmi

con il mio problema. Sono un padre single di un bambino di dieci anni e ho una grande amica che guarda caso è madre single di tre bambini. Ci stiamo frequentando da qualche mese a questa parte, e all'inizio era come una di quelle amicizie casuali che si fanno davanti al cancello della scuola, a cui nessuno dà molto peso. Comunque, la nostra amicizia è cresciuta e adesso trascorriamo un sacco di tempo assieme. Spettegoliamo e chiacchieriamo come qualsiasi coppia normale di amici; però, almeno da parte mia, è molto di più.

Innanzitutto, lei è bellissima (ecco, l'ho detto). Quando entra in casa sembra che tutto sia più luminoso. Magari ho avuto una giornata orribile, perché ho dovuto brontolare con mio figlio che non voleva fare i compiti o mettere in ordine quella che più che una stanza è un campo di battaglia; ma alla fine lei entra in casa e io mi sento da dio.

Interrompo un attimo la lettura. Il cuore mi batte all'impazzata.

A volte mi chiedo se anche lei possa provare per me qualcosa di più di un'amicizia. In altre occasioni, soprattutto ultimamente, diventa molto fredda e distante e non risponde alle mie chiamate, e questo mi ferisce e mi rende confuso. Divento pazzo nel tentativo di analizzare ogni sua singola mossa, ogni suo gesto, il modo in cui mi ha guardato, o non lo ha fatto (lo so, sembro un quindicenne. Ma ci tengo a sottolineare che sono abbastanza vecchio e triste da saperne di più).

Il che mi porta al punto cruciale del problema. Devo rivelarle i sentimenti che provo per lei, rischiando di mettere in imbarazzo entrambi e di rovinare la nostra amicizia; o continuo ad andare avanti così, anche se impazzirò definitivamente? Potresti fare una stima del rischio per me, Caitlin? O almeno dirmi di farla finita e di cominciare a vivere sul serio?

Sono certo che riceverai centinaia di lettere al giorno, tanto da sommergere il computer, che è in cucina sulla scrivania, accanto all'acquario con le scimmie di mare...

Mi porto la mano alla bocca. Le lacrime sgorgano dagli occhi all'istante.

Questa sera sarei dovuto uscire a cena con la mia ex, ma poi ho deciso che non ce la potevo fare. Avevo intuito le sue intenzioni e sapevo che non era e non sarebbe mai stata la cosa giusta. Credo che al momento non sarò in cima alla lista delle sue persone preferite. Anzi, credo che sia stata proprio questa amicizia a renderla così determinata nel provarci di nuovo con me. Prima di conoscere questa persona, la mia ex moglie non era affatto interessata a riconciliarsi, ma sono certo che si sia resa conto di cosa provo per la mia amica; lo capirebbe perfino uno stupido a due chilometri di distanza.

A parte lei, però. Ed è per questo che la amo.

Demente, da Bethnal Green

CAPITOLO QUARANTADUE

Ho le mani che tremano mentre scrivo:

Caro Demente,

Il tuo problema è molto interessante, dato che anche io ne ho uno simile. Sai, anch'io ho un amico. Un amico speciale. Mi ha aiutata a superare un periodo davvero molto difficile, ma anche per me la nostra non è una semplice amicizia. È l'unica persona in grado di farmi ridere quando fino a pochi secondi prima ero sull'orlo di fracassarmi la testa contro una porta.

Ultimamente i miei sentimenti mi hanno tormentata e reso molto confusa. Finalmente posso confessare quanto mi abbia scoraggiato l'aver visto uno spazzolino viola nuovo nel suo bagno e una sciarpa da donna appoggiata su una sedia. Ho cercato di distogliere lo sguardo, ma non ci sono riuscita. Ho sperato che i miei sentimenti svanissero, perché mi sembravano assurdi e credevo che avrebbero di certo ostacolato la nostra amicizia. Ma ovviamente non è accaduto.

Devo aggiungere che è anche superaffascinante.

Quindi, Demente, l'unico consiglio che ti posso dare è quello di mettere del vino in fresco e vedere come va a finire.

Un bacio, C

Sto per disconnettermi quando ricevo un'altra e-mail. È da parte di R, Richard. Quasi quasi non la apro nemmeno. Spero che lui e Millie si siano messi d'accordo per incontrarsi di nuovo, ma in questo momento la mia testa è troppo occupata da altre questioni per pensare anche a loro due.

La apro; non posso resistere.

Ciao Cait,

Be', sono appena tornato dal pub. Mi ha fatto un sacco piacere incontrarti dopo tutto questo tempo. Scusa se scrivo una e-mail brevissima, ma la tua amica Millie ha pensato di venire da me per un caffè e mi sembra scortese starmene al computer.

Quindi volevo solo ringraziarti. Per tutto. E in particolare per avermi fatto ridere e per avermi permesso di entrare a far parte della tua vita nonostante all'inizio sia stato così scontroso e detestabile.

Sei fantastica, Caitlin, e qualunque cosa deciderai di fare d'ora in poi, spero che ti vada tutto bene.

Con affetto,

Un bacio, R

Lo so che non ci manderemo più delle e-mail. Una volta che le persone le incontri cambia tutto; e comunque c'è una persona in carne e ossa che mi sta aspettando. Riesco a malapena a controllare le mie dita, ma scrivo:

Addio, Richard, e grazie per essere stato il mio postino del cuore personale. Buona fortuna.

Un bacio, C

Spengo il computer, salgo in ingresso e mi metto il giacchetto. Controllo lo stato del rossetto allo specchio e do una rapida sistemata ai capelli. Poi penso a Sam che mi sta aspettando.

Quando esco nella notte, ho il cuore alle stelle e mi sento leggera come la lanugine di un dente di leone.

EPILOGO

«Mamma», grida Lola, «Travis dice che lui è il più bravo della classe a scrivere. È vero?»

«Sì», rispondo. «Me l'ha detto la signorina Farnham ai colloqui».

Aggrotta le sopracciglia, rassegnandosi, e mette un dito nella terrina sul tavolo. Sto tentando di fare un Pan di Spagna per la bancarella di "Indovina il peso della torta" alla festa d'estate organizzata dall'Associazione genitori e insegnanti. È stata Bev ad affidarmi l'incarico. Temo che la mia creazione se ne starà tutta sola in un angolo, senza la protezione di tutte le altre torte e biscotti della sezione "fatti in casa". A dire il vero, comincio a credere che me l'abbia chiesto a mo' di scherzo perverso.

«Fammi mescolare un po'», dice Jake rientrando dal giardino. Mi prende il cucchiaio dalle mani. Sto per dirgli che prima si deve lavare le mani – sono ricoperte di terra; a Bev verrebbe un attacco – ma qualcosa mi blocca.

Diciotto mesi fa, se Jake avesse toccato la terra si sarebbe sfregato le mani fino a farsi venire via la pelle. Lo guardo mentre sbatte gli ingredienti con vigore, facendo diventare l'impasto leggero e soffice come una nuvola. Verso la torta nello stampo e la inforno.

Sam arriva in cucina con in mano un contenitore di vetro sottile, il vermicaio che ha costruito assieme ai bambini. Ero così spaventata dalla reazione che avrebbero potuto avere quando Sam e Harvey si sono trasferiti da noi; temevo soprattutto per Jake. Anche se lui e Harvey sono ancora grandi amici, non ero sicura che gli sarebbe piaciuto condividere la sua stanza dopo averla avuta interamente per sé per tutti questi anni. Ma quello che mi preoccupava ancora di più era quello che avrebbe pensato di me e Sam assieme. Qualche mese fa gli chiesi: «Ti va bene se Sam e Harvey vengono a stare da noi?».

Lui socchiuse gli occhi e il mio cuore cominciò ad accelerare il ritmo, in previsione di una sfuriata. «Sì», rispose dapprima sospettoso; poi si sciolse in un sorriso. «Così avremo la televisione di Sam e non dovremo più guardare quello schifo di aggeggio».

Anche Travis è contento per la nostra nuova, migliore, televisione e ancor di più per l'enorme secchiello di lettere magnetiche che Martin gli ha regalato la settimana scorsa per il suo quinto compleanno. Le utilizza per scrivere delle parole sul frigorifero. E sì, forse è davvero il più bravo della sua classe a scrivere; ma non mi metterò a fare la Marcia della situazione e a dire che è un bambino prodigio.

«Ha scritto "Sam"», riferisce Lola, «e "scimmia di mare". Però ti sei sbagliato, Travis. Si scrive S-C-I-M-M...».

«Lola, ha solo cinque anni», la rimprovero.

«Adesso ha scritto "TV"!», annuncia Harvey.

«Sono solo due lettere», replica Jake. «Ci riuscirebbe chiunque».

Sam mi guarda e le mie labbra si curvano in un sorriso. Funziona ancora, ogni volta che mi guarda: mi riscalda ovunque. La cucina è invasa dal profumo della torta. Di fatto, ho preparato una vera torta, come quelle di Rachel, una cosa che fanno le mamme serie. Spero solo che non ci sia finita dentro della terra.

Dopo un po', Sam la sforna e, accidenti, mi sembra assolutamente perfetta. Il tavolo è ricoperto dalle mie cose di lavoro e da quelle di Sam, così lui sposta da una parte una pila di carta per poterla appoggiare.

Un lettera da parte del notaio di mamma svolazza a terra e la metto nel cassetto sotto la mia scrivania. Se n'è andata l'inverno scorso – ormai sono cinque mesi – nel sonno, senza soffrire; non era più in grado di riconoscermi, e perfino di riconoscere Helena. Ho cominciato a temere che fosse vicina alla fine dopo che ha smesso di chiedermi quand'è che mi sarei decisa a trovare un uomo decente; anche se quando le ho portato Sam per fargliela conoscere, nei suoi occhi brillava qualcosa, curiosità, forse, o più probabilmente sollievo.

È strano, ma dopo aver perso mamma mi sono sentita in qualche modo più libera e volevo che io e Sam cominciassimo da capo... non mi andava di stare nella casa dove mi sono sentita abbandonata. Non volevo che la signora Catchpole sbucasse da sopra la staccionata, chiedendosi come mai Sam non fosse lo stesso uomo gentile che le aveva montato il tavolo. Necessitavo disperatamente di una camera in cui Martin non avesse mai dormito e nessuno mi avesse chiesto di fare cose perverse indossando una giacca a sacco.

E dato che la casa di Sam è troppo piccola per poterci stare tutti, stiamo cercando un posto nuovo, con un giardino più grande dall'altissimo potenziale di insetti da collezione e uno studio vero e proprio sia per Sam che per me.

Io e Sam. Sento che è la cosa giusta e credo lo sia sempe stata.

«Mamma!», urla Lola. «Travis ha scritto "Harvey"! E giusto!».

«Benissimo, tesoro», le dico. Oh sì; già m'immagino la faccia sconvolta che farà Marcia quando Travis ritirerà il trofeo per essere stato il più bravo a scrivere alla cerimonia delle premiazioni. Cercherò di raccogliere tutta la concentrazione che ho per non scoppiare di orgoglio.

«E adesso», continua Lola con una certa esitazione, «adesso sta scrivendo... Mamma! Mamma, vieni a vedere!».

«Che c'è?», domando senza farci caso.

«Ha... ha scritto una *parolaccia*».

Sam scruta la porta del frigorifero, alza la testa e sbuffa, «Be', ehm, molto originale, Travis».

«Cos'ha scritto?», domando mentre mi avvicino per guardare.

Ed eccola lì, scritta con lettere di plastica rosse, rosa e verdi.

«Travis», gli dico nella voce più seria che riesco a fare, «quella è una parolaccia. Lo sai, vero? Chi è che l'ha detta?».

Il sorriso gli attraversa il volto da parte a parte.

«Tu», risponde.

RINGRAZIAMENTI

Grazie infinite a:

Jenny Tucker, per avermi senza volere suggerito il titolo (e anche a Pedro, il papà che dice le parolacce); Cathy Gillian, per essere stata la migliore compagna di scrittura che potessi desiderare; Tania Cheston, per avermi accompagnato a correre e per essermi stata molto d'aiuto con l'intreccio del romanzo; le scrittrici del Dolphinton Women Writers, un ottimo stimolo per la mente: Vicki Feaver, Elizabeth Dobie, Margaret Dunn e Amanda McLean; Kirsty Scott, Wendy Rigg, Anita Naik e Daniel Blythe, per tutto l'incoraggiamento che mi hanno dato e per le loro e-mail risolleva-morale; Jane Wright e il «Sunday Herald», per avermi affidato l'angolo della posta del cuore per un intero anno; Wendy Varley e Ellie Stott, per aver letto le bozze e per avermi dato una montagna di incoraggiamenti; Chris, Sue e Jilly della libreria Atkinson Pryce; Annette Green, la mia strepitosa agente; tutti quelli della casa editrice Hodder, in particolare Sara Kinsella e Isobel Akenhead, le mie editor, e Emma Knight, l'ufficio stampa; Jen e Tony di www.bluex2.com, per aver curato il mio sito web; infine, un grazie alla mia famiglia formidabile – Jimmy, Sam, Dex e Erin – per esserci sempre, pronta a farmi ridere, a non farmi impazzire, e a darmi ragione sul fatto che in quanto a conservare il pesce siamo proprio delle frane.

www.fionagibson.com

INDICE

Anagramma

7. **Federica Bosco**, *Mi piaci da morire*
8. **Jack Kerouac**, *Pic. Storia di un vagabondo «sulla strada»*
9. **Alexandra Gray**, *Dieci ragazzi per me*
13. **Tama Janowitz**, *Il diario intimo di Peyton Amberg*
16. **Massimiliano Palmese**, *L'amante proibita*
19. **Federica Bosco**, *Cercasi amore disperatamente*
20. **Nicholas Pileggi**, *Quei bravi ragazzi*
24. **Giovanna Bandini**, *Il bacio della tarantola*
27. **Lisa Beth Kovetz**, *Il club erotico del martedì*
28. **Alberto Calligaris**, *Il volo delle anatre a rovescio*
29. **Amanda Filipacchi**, *Il club degli innamorati*
30. **Jennifer Vandever**, *L'amore non basta mai*
35. **Raffaella Bedini**, *Sei parte di me*
36. **Clare Dowling**, *Il mio favoloso divorzio*
37. **Edwin Torres**, *Carlito's way*
38. **Caprice Crane**, *Un amore stupido e contagioso*
39. **Nancy Geary**, *Gli anni dell'amore perfetto*
40. **Lucy Edge**, *L'amore, il sesso e lo yoga*
41. **Billy Hayes - William Hoffer**, *Fuga di mezzanotte*
42. **Federica Bosco**, *L'amore non fa per me*
43. **Cameron S. Redfern**, *L'amore infedele*
44. **Carole Matthews**, *Il sexy club del cioccolato*
45. **Rossella Canevari - Virginia Fiume**, *Voglio un mondo rosa shokking*
46. **Saradisperata**, *Mi vendo*
47. **James Scudamore**, *La gang degli smemorati*
48. **Maggie Marr**, *Il club delle ragazze di Hollywood*

49. **Peter Sheridan**, *Il mio grosso grasso amore*
50. **Judith Summers**, *La mia vita con George*
51. **Kaui Hart Hemmings**, *Eredi di un mondo sbagliato*
52. **Francesco Cagno**, *Se mi lasci sto male*
53. **Tracy Culleton**, *Amami ancora*
54. **Holly Chamberlin**, *C'era una volta una serial single*
55. **Deirdre Purcell**, *I segreti del cuore*
56. **Alberto Calligaris**, *(Non) mi piace come sei*
57. **Anna David**, *Le avventure erotiche di una party girl*
58. **Paul Vlitos**, *Tecniche maldestre di corteggiamento*
59. **Fiona Neill**, *Mamme sull'orlo di una crisi di nervi*
60. **Manuela Blasi**, *Mamma mi sono innamorata di un tronista*
61. **Bruno Burbi**, *Si può essere amici per sempre*
62. **Rossella Canevari**, *Un amore rosa shokking*
63. **Annie Downey**, *Cerco un amore da favola*
64. **Eliselle**, *Fidanzato in affitto*
65. **Carole Matthews**, *Mangio troppa cioccolata*
66. **Alessandra Del Prete**, *Ridatemi il tempo delle mele*
67. **Jessica Morrison**, *Il club dei cuori spezzati di Buenos Aires*
68. **Carmen Reid**, *Il club dello shopping*
69. **Catherine O'Flynn**, *La bambina che sapeva troppo*
70. **Tan Twan Eng**, *La donna venuta dalla pioggia*
71. **Andrea Meyer**, *L'uomo dei tuoi sogni*
72. **Francesco Cagno**, *Sposati e pericolosi*
73. **Giovanna Bandini**, *Lezione d'amore*
74. **Federica Bosco**, *L'amore mi perseguita*
75. **Judith Summers**, *Chi prenderà Fluffy?*
76. **Anne Cherian**, *La moglie indiana*
78. **Lucy Hepburn**, *L'altra metà dell'amore*
79. **Debby Holt**, *I cattivi pensieri di Annie May*
80. **Mariafrancesca Venturo**, *La sindrome dello shopping*
81. **Massimiliano Palmese**, *Pop Life*
82. **Leslie Carroll**, *Amori e centrifughe*

L'amore mi perseguita

Federica Bosco è scrittrice e sceneggiatrice. Appassionata di yoga e convinta sostenitrice dell'alimentazione vegan a cui sottopone parenti e amici, ultimamente sta anche imparando a fare il pane («Con i tempi che corrono è bene avere un mestiere in mano!»). Potete leggere di lei nel suo blog all'indirizzo www.federicabosco.com
Con la Newton Compton ha pubblicato *Mi piaci da morire* e *L'amore non fa per me*, i primi due romanzi con Monica come protagonista, e *Cercasi amore disperatamente*: tutti hanno avuto un grande successo di pubblico e di critica, in Italia e all'estero. È anche autrice di uno spassosissimo manuale di sopravvivenza per giovani donne: *101 modi per riconoscere il tuo principe azzurro (senza dover baciare tutti i rospi)*.

AGN 74. Volume di 288 pagine. € 9,90

Monica torna a New York per la seconda volta, per ricominciare tutto da capo. Reduce da una convivenza tragicomica con quello che credeva essere l'uomo della sua vita (Edgar) e dopo essersi fatta spezzare ancora il cuore dall'altro uomo della sua vita (David), certa di non poter statisticamente incappare in soggetti più instabili di così, decide di puntare le ultime energie sulla carriera e accetta un incarico temporaneo come cronista per «Vanity Fair». Più scettica e disillusa che mai nei confronti dell'altro sesso, Monica non immagina quali altri scherzi il destino abbia in serbo per lei...
Determinata a fare tutto da sola, anche se il suo passato torna a bussare puntuale come sempre, si troverà ad affrontare le situazioni più catastrofiche con la consueta dose di autoironia e leggerezza finché qualcuno arriverà a sconvolgere completamente i suoi piani. Riuscirà, dopo tante delusioni, a ritrovare la fiducia nel grande amore? E in fondo, esiste davvero il grande amore o è solo una trovata pubblicitaria? Un altro capitolo dell'irresistibile saga di Monica, la protagonista di *Mi piaci da morire* e *L'amore non fa per me*, che non smetterà di sorprendervi.

ANAGRAMMA

La moglie indiana

Anne Cherian è nata e cresciuta a Jamshedpur, in India. Ha studiato a Bombay e Bangalore, e ha conseguito due master (in giornalismo e letterature comparate) all'università della California, Berkeley. Vive a Los Angeles, ma si reca periodicamente in India. *La moglie indiana* è il suo primo romanzo.

AGN 76. Volume di 384 pagine. € 12,90

Neel è un anestesista, fiero della propria capacità di decisione, dentro e fuori la sala operatoria. Perciò pensa di poter gestire la richiesta di sua madre che lo richiama in India perché sposi una brava ragazza indiana. Figuriamoci, Neel ha già una fidanzata a San Francisco, e una carriera ben avviata: un matrimonio combinato è l'ultima cosa che gli passa per la testa.
Leila è un'insegnante nel villaggio della famiglia di Neel. Ha trent'anni, ma ancora non è stata promessa a nessuno: la sua famiglia è troppo povera per procurarle una dote, e poi si vocifera sulla sua antica amicizia con Janni, un ragazzo musulmano.
I destini di Neel e Leila si incontreranno nel più improbabile dei matrimoni, e i due dovranno lottare per conciliare i propri desideri con le aspettative delle famiglie, mentre l'apparente libertà americana si confronterà con le tradizioni e le usanze indiane. La moglie indiana segna l'esordio di un'autrice che ha sperimentato in prima persona il distacco dalla nativa India e l'immigrazione negli Stati Uniti d'America, in un romanzo capace di ricreare per il lettore tutto il complesso e contraddittorio fascino di un mondo esotico.

NEWTON COMPTON EDITORI

ANAGRAMMA

La sindrome dello shopping

Mariafrancesca Venturo vive a Roma. Ha conseguito la laurea in Arti e Scienze dello Spettacolo mantenendosi agli studi grazie a un lavoro come shop assistant. Ha studiato recitazione con Perla Peragallo e si è perfezionata in teatro rinascimentale. Ora è insegnante precaria in una scuola primaria statale. Ama suonare la chitarra e dirige un coro di bambini. Questo è il suo primo romanzo, ma le avventure della giovane Francesca continuano online all'indirizzo http://lasindromedellacommessa.splinder.com

AGN 80. Volume di 192 pagine. € 12,90

Un pantalone "a mezzo sedere", un maglione "a scorza d'albero", un capo più "sghenzo" degli altri: quando si è alle prese con i desideri delle clienti di un negozio d'abbigliamento nessuna richiesta è troppo assurda e nessuna domanda troppo inverosimile. Così le signore "abbondanti" continuano a pretendere di entrare in una taglia 42, le maniache delle shopping non si accorgono che la carta di credito è ormai prosciugata mentre le commesse assistono imperterrite, sfoggiando un sorriso a trentadue denti. Un negozio d'abbigliamento è un microcosmo dove chiunque può entrare, chiedere le cose più strane e dar voce ai desideri più improbabili. D'altronde si sa: il cliente ha sempre ragione... *La sindrome dello shopping* è uno stupidario della moda, un dizionario dei termini incredibili usati dalle clienti, una carrellata divertita e pungente sull'incredibile assurdità del genere umano. È un libro sui desideri, di donne in cerca di bellezza, di gente in cerca di una leggera e sincera felicità.

NEWTON COMPTON EDITORI

A N A G R A M M A

Amori e centrifughe

Leslie Carroll è nata e cresciuta a New York. I suoi primi romanzi, *Miss Match*, *Reality Check*, e *Temporary Insanity*, deliziose commedie romantiche contemporanee, hanno avuto un grande successo di pubblico e di critica. Oltre a dedicarsi alla narrativa, Leslie è attrice, autrice teatrale e giornalista.

AGN 82. Volume di 320 pagine. € 9,90

Amy è diventata mamma da poco; Meriel, governante giamaicana, non sopporta più la sua datrice di lavoro; Naomi e Claude, due ragazze innamorate, vorrebbero al più presto adottare un bambino; Faith ha perso da poco il marito mentre Talia, ballerina, deve vedersela con un infortunio che la tiene lontana dal palco. Cosa hanno in comune tutte queste donne? Apparentemente nulla se non fosse che tutte e sei vivono a Manhattan, nello stesso palazzo in cui abita un personaggio un po' speciale: Susan, di professione psicoterapeuta. Così nella lavanderia del seminterrato, tra un candeggio e un prelavaggio, a ciascuna di loro toccherà "stendersi sul divanetto". E a poco a poco ciò che inizia un po' per caso e un po' per gioco diventa un appuntamento irrinunciabile: scendere dal proprio appartamento con la cesta dei panni sporchi e approfittare della presenza di Susan per dare vita a un'alleanza tra donne sempre pronte a correre in soccorso l'una dell'altra. La condizione ideale per lanciarsi in un mondo di avventure metropolitane dedicate all'amore, al sesso e alla riscoperta della propria femminilità.

NEWTON COMPTON EDITORI

POCKET

Mi piaci da morire

Federica Bosco è scrittrice e sceneggiatrice. Appassionata di yoga e convinta sostenitrice dell'alimentazione vegan a cui sottopone parenti e amici, ultimamente sta anche imparando a fare il pane («Con i tempi che corrono è bene avere un mestiere in mano!»). Potete leggere di lei nel suo blog all'indirizzo www.federicabosco.com
Con la Newton Compton ha pubblicato anche *L'amore non fa per me* e *L'amore mi perseguita*, gli altri due romanzi con Monica come protagonista, e *Cercasi amore disperatamente*: tutti hanno avuto un grande successo di pubblico e di critica, in Italia e all'estero. È anche autrice di uno spassosissimo manuale di sopravvivenza per giovani donne: *101 modi per riconoscere il tuo principe azzurro (senza dover baciare tutti i rospi)*.

Newton Pocket n. 2. Volume di 192 pagine. € 4,90

Monica ha 31 anni, vive a New York ed è... cronicamente single! Lavora per due acide vecchie zitelle in un negozio di stoffe pregiate, ma il suo sogno è diventare una scrittrice, come Salinger, autore per il quale ha una vera e propria passione. Convive con una cantante di colore esperta di astrologia e un gay che vorrebbe adottare un bambino, e tutti gli appuntamenti al buio che gli amici le organizzano finiscono puntualmente in disastri sentimentali. Almeno finché...
Questo romanzo, fresco e ironico, unisce a uno stile frizzante un tocco di leggerezza tutta femminile: le (dis)avventure di Monica vi piaceranno da morire!

NEWTON COMPTON EDITORI